CEMITÉRIO DE INDIGENTES

A marca FSC é a garantia de que a madeira utilizada na fabricação do papel deste livro provém de florestas que foram gerenciadas de maneira ambientalmente correta, socialmente justa e economicamente viável, além de outras fontes de origem controlada.

PATRICIA CORNWELL

CEMITÉRIO DE INDIGENTES

TRADUÇÃO
Luciano Vieira Machado

3ª edição

COMPANHIA DAS LETRAS

Título original:
From potter's field

Capa:
Elisa v. Randow

Foto de Capa:
Henk Nieman

Preparação:
Roberto de Albuquerque

Revisão:
Cecília Madarás
Isabel Jorge Cury

Dados Internacionais de Catalogação na Publicação (CIP)
(Câmara Brasileira do Livro, SP, Brasil)

Cornwell, Patricia.
Cemitério de indigentes / Patricia Cornwell; tradução Luciano Vieira Machado. — São Paulo : Companhia das Letras, 1997.

Título original: From potter's field.
ISBN 978-85-7164-637-7

1. Romance norte-americano I. Título.

97-0241 CDD-813.5

Índices para catálogo sistemático:
1. Romances : Século 20 : Literatura norte-americana 813.5
2. Século 20 : Romances : Literatura norte-americana 813.5

2010

EDITORA SCHWARCZ LTDA.
Rua Bandeira Paulista, 702, cj. 32
04532-002 — São Paulo — SP
Telefone: (11) 3707-3500
Fax: (11) 3707-3501
www.companhiadasletras.com.br

À dra. Erika Blanton
(Scarpetta com certeza seria sua amiga)

E o Senhor disse-lhe: "Que fizeste? Eis que a voz do sangue do teu irmão clama por mim desde a terra".

Gênesis 4:10

ERA VÉSPERA DE NATAL

Ele caminhou com passos firmes pela neve, que estava muito alta no Central Park. Era tarde, mas ele não sabia as horas, e para os lados da Ramble já escurecia. Ele conseguia ver e ouvir a própria respiração, porque não era como as outras pessoas. Temple Gault sempre tivera algo de mágico, um deus num corpo de homem. Ele não escorregava ao andar na neve, por exemplo, quando era certo que outros o fariam, e não sabia o que era o medo. Sob a aba do boné de beisebol, seus olhos estavam vigilantes.

Naquele lugar — e ele sabia exatamente onde se encontrava —, Gault se agachou, afastando a aba do casaco preto comprido. Colocou sobre a neve uma velha mochila de campanha e estendeu as mãos ensangüentadas diante de si. Elas estavam muito frias, mas não insuportavelmente frias. Gault não gostava de usar luvas, a menos que fossem de borracha, que aliás também não serviam para esquentar. Ele limpou as mãos e o rosto com a neve macia e fresca, depois fez uma bola com a neve ensangüentada e a colocou junto à mochila, porque não podia abandonar nem uma nem outra.

Riu seu riso contido. Sentia-se feliz como um cão cavoucando a areia da praia ao revolver a neve, apagando pegadas e procurando a saída de emergência. Sim, ela se encontrava bem onde Gault supunha, e ele removeu mais neve até encontrar a chapa de alumínio dobrada, que colo-

cara entre a porta e o batente. Agarrou uma argola que funcionava como puxador e abriu o tampo. Lá embaixo, as negras entranhas do metrô e o silvo de um trem. Deixou cair a mochila e a bola de neve. Suas botas fizeram ressoar a escada de metal, quando ele desceu.

1

A véspera de Natal estava fria e traiçoeira, cheia de gelo sujo e crime pipocando em nossas tevês. Era raro eu passar pelos conjuntos habitacionais de Richmond depois do anoitecer sem estar dirigindo. Normalmente era eu mesma quem dirigia. Costumava ir sozinha ao volante do rabecão azul, que eu levava para as cenas de mortes violentas e inexplicáveis. Mas naquela noite eu estava ao lado do motorista de um Crown Victoria, com uma música natalina entremeando a fala dos controladores e dos policiais, que conversavam em código.

"O xerife Papai Noel acabou de entrar à direita bem ali." Eu apontei para a frente. "Acho que ele se perdeu."

"É, acho que ele está bêbado", disse o capitão Pete Marino, comandante do violento distrito policial que estávamos atravessando. "Da próxima vez que a gente parar, dê uma olhada em seus olhos."

Para mim não era surpresa. O xerife Lamont Brown tinha um Cadillac, usava pesadas jóias de ouro e era amado pela comunidade por causa do papel que desempenhava na ocasião. Aqueles de nós que sabiam a verdade não ousavam dizer nem uma palavra. Afinal de contas, é um sacrilégio dizer que Papai Noel não existe e, naquele caso, ele não existia mesmo. O xerife Brown cheirava cocaína, e provavelmente todo ano roubava metade do que era doado a ele para distribuir aos pobres. Era um canalha que havia pouco tempo mexera os pauzinhos para que eu fosse convocada a fazer parte de um júri, porque a antipatia que sentia por mim era plenamente correspondida.

Os limpadores de pára-brisa deslizavam pelo vidro. Flocos de neve rodopiavam e resvalavam no carro de Marino como donzelas saltitantes, timidamente vestidas de branco. Eles pululavam à luz dos faróis e ficavam pretos como o gelo que cobria as ruas. Fazia muito frio. Quase todos na cidade estavam em casa com a família, árvores iluminadas ocupando as janelas e lareiras acesas. Karen Carpenter estava sonhando com um Natal branco quando Marino mudou bruscamente de estação.

"Não tenho o menor respeito por uma mulher que toca bateria", disse, acendendo o isqueiro.

"Karen Carpenter já morreu", comentei, como se isso fosse alguma garantia contra outros insultos. "E agora ela não estava tocando bateria."

"Oh, sim." Ele pegou um cigarro. "É verdade. Ela tinha um desses problemas digestivos. Esqueci como você o chama."

O coro do Tabernáculo Mórmon começou a cantar o trecho da Aleluia. Eu deveria voar para Miami na manhã seguinte para ver minha mãe, minha irmã e Lucy, minha sobrinha. Fazia várias semanas que minha mãe estava internada no hospital. Houve uma época em que ela fumava tanto quanto Marino. Abri um pouco a minha janela.

"Então o coração parou. Foi isso que deu cabo dela no final", ele continuou falando.

"Na verdade, é isso que dá cabo de todo mundo, no final das contas."

"Não por estas bandas. Aqui neste maldito lugar é envenenamento por chumbo."

Estávamos entre duas radiopatrulhas da polícia de Richmond, com luzes vermelhas e azuis piscando numa comitiva de policiais, repórteres e equipes de tevê. A cada parada, a imprensa demonstrava seu espírito natalino, abrindo caminho com blocos de anotações, microfones e câmaras. Alvoroçados, os repórteres lutavam para fazer uma cobertura emocionada do xerife Papai Noel, que, radiante, distribuía presentes e alimentos para as crianças esquecidas dos conjuntos habitacionais e suas mães sobressaltadas. Marino e eu nos encarregávamos dos cobertores, porque naquele ano cabia a mim distribuí-los.

Adiante, as portas dos carros se abriam em toda a extensão da rua Magnólia, em Whitcomb Court.

Um pouco mais à frente, vi de relance um vulto vermelho brilhante, quando Papai Noel passou pela luz dos faróis, seguido imediatamente pelo chefe da polícia de Richmond e por outros figurões de alto coturno. As câmaras de tevê erguiam-se e deslocavam-se no ar como OVNIS, e os flashes pipocavam.

Marino resmungava, carregando sua pilha de cobertores. "Esses troços me cheiram a coisa barata. Onde você os conseguiu? Numa loja de animais?"

"Eles são quentes, laváveis, e não produzem gases tóxicos como cianeto, em caso de incêndio", respondi.

"Jesus! Isso está fazendo você ficar em clima de feriado."

"Eu não usaria um desses nem na casinha do cachorro", continuou ele.

"Você não tem nem casa, nem casa de cachorro, e eu não estou oferecendo a você nenhum cobertor. Por que estamos indo para esse apartamento? Ele não está na relação."

"Essa é uma boa pergunta."

Repórteres e gente da justiça e dos serviços sociais estavam à porta de um apartamento que se assemelhava a todos os outros, num conjunto que lembrava as instalações de um quartel. Marino e eu tentávamos passar, enquanto os refletores das câmaras flutuavam na escuridão, os faróis brilhavam e o xerife Papai Noel berrava: "HO! HO! HO!".

Conseguimos enfim abrir caminho porta adentro. Papai Noel estava com um menininho no colo e lhe dava muitos brinquedos embrulhados em papel de presente. O nome do menino, como pude ouvir, era Trevi, e ele usava um boné azul com o desenho de uma folha de maconha acima da aba. Seus olhos eram grandes, e olhavam perplexos para aquele colo de veludo vermelho junto de uma árvore prateada enfeitada de luzes. A salinha estava muito quente, abafada, e cheirava a gordura rançosa.

"Olhe a frente, dona." Um câmara forçou a passagem me acotovelando.

"Você pode colocar a pilha bem aí", disse a Marino.

"Quem está com o resto dos brinquedos?"

"Ouça, dona, você vai ter que se afastar um pouco." O câmara praticamente me empurrou. Senti minha pressão subir.

"Precisamos de mais uma caixa..."

"Não, não temos. Lá do outro lado."

"... de alimentos. Ah, certo. Bingo!"

"Se você é do serviço social", disse-me o câmara, "que tal ficar lá do outro lado?"

"Se você tivesse pelo menos metade do cérebro, poderia perceber que ela não é do serviço social", falou Marino, fuzilando-o com o olhar.

Uma velha num vestido empapuçado começou a chorar no sofá, e um policial de camisa branca e distintivo sentou-se junto a ela para confortá-la. Marino aproximou-se de mim e cochichou:

"A filha dela foi morta no mês passado, sobrenome King. Lembra do caso?"

Fiz que não com a cabeça. Havia tantos casos.

"O malandro que a gente pensa ser o culpado é um traficante valentão chamado Jones", continuou ele, tentando refrescar minha memória.

Balancei a cabeça novamente. Eram tantos os traficantes valentões, e o nome Jones era tão comum.

Naquele momento, o xerife Papai Noel me lançou um olhar frio, cheio de desprezo. Ao virar o rosto, o câmara me deu mais um esbarrão.

"Eu não faria isso mais uma vez se fosse você", adverti-o, num tom que não deixava dúvidas sobre minha seriedade.

A imprensa voltara sua atenção para a avó. Essa era a história da noite. Alguém fora assassinado, a mãe da vítima estava chorando e Trevi ficara órfão. O xerife Papai Noel, não mais sob a luz dos refletores, pôs o menino no chão.

"Capitão Marino, vou pegar um desses cobertores", disse uma assistente social.

"Não sei por que estamos aqui neste cubículo", comentou ele, passando-lhe a pilha de cobertores. "Eu queria que alguém me dissesse."

"Aqui há apenas uma criança. Por isso não precisamos de todos esses", disse ela, ao pegar um cobertor dobrado e devolver o resto, como se Marino tivesse feito algo errado.

"Constava que haveria cinco crianças. Como já disse, este cubículo não estava na lista", resmungou Marino.

Um repórter aproximou-se de mim. "Desculpe-me, doutora Scarpetta, o que a traz aqui esta noite? Está esperando que alguém morra?"

Ele trabalhava para o jornal da cidade, que nunca me tratara bem. Fingi que não ouvi. Enquanto isso, o xerife Papai Noel foi entrando na cozinha, e eu achei aquilo um pouco estranho, pois nem pediu licença. Mas a avó, sentada no sofá, não estava em condições de ver ou se preocupar com o que o xerife estava fazendo.

Ajoelhei-me ao lado de Trevi, que estava sozinho, no chão, deslumbrado com os brinquedos novos. "Olha, você tem aí um caminhão de bombeiros", disse-lhe.

"Ele acende." Ele me mostrou uma luzinha vermelha no teto do caminhão de brinquedo que acendia quando ele apertava um botão.

Marino também se agachou do lado dele. "Eles lhe deram pilhas sobressalentes para esse brinquedo?" Tentava parecer sisudo, mas não podia disfarçar o sorriso no tom de voz. "Você tem que comprar do tamanho certo. Está vendo este compartimento aqui? As pilhas vão aí, certo? E você tem que usar as de tamanho C..."

O primeiro disparo, vindo da cozinha, soou como o estampido de um escapamento defeituoso. Percebi os olhos de Marino vidrados no momento em que sacava sua pistola do coldre. Trevi encolheu-se no chão como uma centopéia, e eu colei meu corpo no dele. Os disparos explodiam rapidamente, à medida que um pente de uma semi-automática ia sendo esvaziado em alguma parte além da porta da cozinha.

"Abaixem-se! ABAIXEM-SE!"

"Oh, meu Deus!"

"Jesus!"

Câmaras e microfones desabaram no chão quando as pessoas se precipitaram para a porta, atropelando-se e se jogando no chão.

"TODO MUNDO NO CHÃO!"

Marino dirigiu-se à cozinha em posição de combate, empunhando a nove-milímetros. Os disparos cessaram e a sala ficou em silêncio.

Eu levantei Trevi, o coração aos saltos. Comecei a tremer. A avó continuava no sofá, encurvada, os braços cobrindo a cabeça como se estivesse num avião prestes a se espatifar. Sentei-me ao seu lado, mantendo o menino junto de mim. Ele estava tenso, e sua avó soluçava aterrorizada.

"Oh, Jesus. Por favor, não, Jesus." Ela gemia e tremia.

"Está tudo bem", disse-lhe firmemente.

"Não, não quero mais nada disso! Não agüento mais! Meu bom Jesus!"

Tomei sua mão. "Tudo vai ficar bem. Ouça. Agora está tudo calmo. Parou."

Ela tremia e chorava, com Trevi agarrado ao seu pescoço.

Marino reapareceu no vão da porta entre a cozinha e a sala, o rosto tenso, os olhos fuzilando. "Doutora." Ele me fez um sinal.

Segui-o e chegamos a um quintal sórdido, cheio de varais cediços, onde a neve torvelinhava ao redor de uma negra elevação na grama congelada. A vítima era um jovem negro, deitado de costas, olhos entreabertos, fixados cegamente no céu leitoso. Sua camiseta azul apresentava rasgões minúsculos. Uma bala entrara em sua face direita, e quando apertei seu peito e soprei em sua boca, o sangue cobriu minhas mãos e logo se esfriou em meu rosto. Eu não podia salvá-lo. As sirenes berravam e gemiam na noite, como uma turba de espíritos selvagens protestando contra mais uma morte.

Com a ajuda de Marino, levantei-me, ofegante. Naquele momento eu percebi, pelo canto do olho, a movimentação de uns vultos. Voltei-me e vi três agentes levando o xerife Papai Noel, algemado. Seu gorro tinha caído, e eu o avistei não muito longe de mim, onde as cápsulas brilhavam à luz da lanterna de Marino.

"Por Deus, o que está havendo?", indaguei, chocada.

"Parece que o velho Satã aborreceu o velho Crack e eles tiveram uma briguinha aqui no pátio", disse Marino, muito agitado e ofegante. "Foi por isso que desviaram a parada justamente para cá. Ele só estava no itinerário do xerife."

Eu estava aturdida. Senti o cheiro de sangue e pensei na AIDS.

O chefe de polícia veio e pôs-se a fazer perguntas.

Marino começou a contar. "Parece que o xerife tinha em mente entregar mais do que presentes aqui na redondeza."

"Drogas?"

"É o que estamos supondo."

"Eu estava me perguntando por que paramos aqui", disse o chefe. "Este endereço não estava na lista."

"Bem, aí está o porquê." Marino olhou inexpressivamente para o corpo.

"Sabemos de quem se trata?"

"Anthony Jones, do famigerado bando dos irmãos Jones. Dezessete anos, já foi preso mais vezes do que a doutora foi à ópera. Seu irmão mais velho foi espancado no ano passado por um detetive. Foi na Fairfield Court, na rua

Phaup. E parece que no mês passado Anthony assassinou a mãe de Trevi, mas você sabe como são as coisas por aqui. Ninguém viu nada. Não é um caso de polícia. Talvez agora possamos esclarecer isso."

"Trevi? Você está se referindo àquele menino?" A expressão do rosto do chefe não mudou.

"Sim. E acredito que Anthony é o pai do menino. Ou era."

"E quanto à arma?"

"Em que caso?"

"Neste."

"Smith & Wesson 38, com todos os cartuchos disparados. Jones ainda não tinha descarregado sua arma e achamos um cartucho na grama."

"Ele atirou cinco vezes e errou todas", disse o chefe, em seu uniforme brilhante. A neve se acumulava no alto do seu quepe.

"É difícil afirmar. O xerife Brown estava usando um colete."

"Ele usava um colete à prova de balas por baixo de sua roupa de Papai Noel." O chefe continuou repetindo os informes, como se estivesse tomando notas.

"Sim." Marino aproximou-se de um poste do varal meio caído. Um raio de luz deslizava pelo metal enferrujado. Com o polegar enluvado, Marino esfregou uma covinha feita por uma bala. "Bem, bem", continuou, "parece que esta noite mataram um negro e um polaco."*

O chefe ficou calado por um instante, depois disse: "Minha mulher é polonesa, capitão".

Marino ficou sem graça e eu o senti encolher por dentro. "O sobrenome dela não é polonês", disse ele.

"Ela adotou meu nome e eu não sou polonês", explicou o chefe, que era negro. "Sugiro que você evite fazer piadinhas étnicas e raciais, capitão", advertiu ele, com as mandíbulas crispadas.

(*) Trocadilho com a palavra *pole*, que em inglês significa poste, estaca, mas também polaco, polonês. (N. T.)

A ambulância chegou. Comecei a tremer.

"Ouça, não tive a intenção...", começou Marino.

O chefe interrompeu. "Acho que você é um candidato perfeito para o curso de reeducação de diversidade cultural."

"Eu já fiz esse curso."

"Já fez, e vai fazer novamente, capitão."

"Mas eu já fiz três vezes! Não é necessário me mandar fazer mais uma vez", disse Marino, que preferia ir ao proctologista a freqüentar novamente um curso daqueles.

Ouvimos portas batendo, e logo o pessoal da maca chegou.

"Marino, não há nada mais a fazer aqui." Eu queria calar sua boca antes que ele se complicasse ainda mais. "E preciso ir ao necrotério."

"O quê? Você vai examiná-lo esta noite?" Marino estava abatido.

"Acho que é uma boa idéia, dadas as circunstâncias", disse-lhe com toda a seriedade. "E vou viajar amanhã de manhã."

"Natal com a família?", perguntou o chefe Tucker, que era muito jovem para o cargo que ocupava.

"Sim."

"Isso é bom", disse ele, sem sorrir. "Venha comigo, doutora Scarpetta. Eu lhe dou uma carona até o necrotério."

Marino ficou olhando para mim, enquanto acendia um cigarro. "Vou até lá assim que resolver as coisas por aqui", disse ele.

2

Paul Tucker fora nomeado chefe da polícia de Richmond já havia alguns meses, mas só tínhamos nos encontrado rapidamente em cerimônias oficiais. Aquela noite era a primeira vez em que nos achávamos juntos na cena de um crime, e o que eu sabia sobre ele caberia numa fichinha de arquivo.

Ele fora uma estrela do basquetebol na Universidade de Maryland e bolsista Rhodes. Diplomado pela Academia Nacional do FBI, era muitíssimo competente e brilhante. Eu não estava bem certa se gostava dele.

"Marino não falou por mal", disse-lhe, quando passávamos pelo sinal amarelo na rua East Broad.

Pude sentir os olhos negros de Tuck em meu rosto e notei sua curiosidade. "O mundo está cheio de gente que não tem intenção de fazer mal, mas que não faz outra coisa." Ele tinha uma voz sonora e profunda, que me lembrava bronze e madeira polida.

"Não posso negar isso, coronel Tucker."

"Pode me chamar de Paul."

Eu não lhe disse que podia me chamar de Kay, porque sendo mulher há tanto tempo num mundo como este, eu aprendera.

"Não vai adiantar nada mandá-lo para outro curso de reeducação", continuei.

"Marino precisa aprender disciplina e respeito", disse, olhando novamente para a frente.

"Ele tem as duas coisas, lá à sua maneira."

"Ele precisa ter as duas coisas da maneira certa."

"Você não vai conseguir mudá-lo, coronel", disse-lhe. "Ele é difícil, irritante, mal-educado, e o melhor detetive de homicídios com quem já trabalhei."

Tucker ficou em silêncio até passarmos pela Escola de Medicina da Virgínia, dobrando a rua 14.

"Diga-me uma coisa, doutora Scarpetta. A senhora acha que seu amigo Marino é um bom comandante de distrito?"

A pergunta me apanhou desprevenida. Eu me surpreendera quando Marino foi promovido a tenente e fiquei simplesmente estupefata quando se tornou capitão. Ele sempre odiara o pessoal das altas patentes, e agora que se tornara um deles, continuava a odiá-los como se não o fosse.

"Acho que Marino é um excelente oficial. Ele é honestíssimo e tem um bom coração", comentei.

"Quer responder à minha pergunta, ou não?" O tom de Tucker era um tanto divertido.

"Ele não é diplomático."

"Com certeza."

O relógio da torre da estação Main Street marcou a hora do alto da cúpula da velha estação, com seu telhado de terracota e sua rede de trilhos. Por trás do edifício dos Laboratórios Reunidos, estacionamos numa vaga com a indicação LEGISTA TITULAR, uma pequena faixa de asfalto onde meu carro passava a maior parte do tempo.

"Ele fica muito tempo por conta do FBI", continuou Tuck.

"Ele presta um serviço inestimável", disse-lhe.

"Sim, sim, eu sei, e a senhora também faz isso. Mas no caso dele, isso nos traz um sério problema. Ele deve trabalhar no Primeiro Distrito, e não ficar se metendo em crimes de outras cidades. Estou tentando dirigir um departamento de polícia."

"Quando a violência ocorre em qualquer lugar, ela é um problema de todos, não importando qual seja o seu distrito ou departamento."

Tucker ficou olhando para a frente pensativamente, fitando a porta de aço do pátio, até que disse: "Eu garanto que não teria condições de fazer o que a senhora faz, tarde da noite, sem ninguém por perto, a não ser o pessoal de dentro do refrigerador".

"Não é deles que tenho medo", respondi, prosaicamente.

"Por mais irracional que isso seja, eu teria muito medo deles."

A luz dos faróis iluminava o estuque sujo e o aço, pintados com o mesmo bege insípido. Um cartaz vermelho numa das portas laterais anunciava aos visitantes que tudo o que se encontrava lá dentro constituía material perigoso para a saúde, e dava algumas instruções sobre como manipular os cadáveres.

"Preciso lhe fazer uma pergunta", disse o coronel Tucker.

O tecido de lã do seu uniforme raspava no estofamento do carro fazendo um barulhinho quando ele mudava de posição, aproximando-se mais de mim. Ele cheirava a colônia Hermes. Era bonito, com as maçãs do rosto pronunciadas e fortes dentes brancos, o corpo vigoroso, como se sua cor negra fosse a pele de um leopardo ou de um tigre.

"Por que a senhora faz isso?", perguntou-me.

"Por que eu faço o quê, coronel?"

Ele se recostou no assento do carro. "Olhe", disse, enquanto as luzes dançavam no nosso painel de controle. "A senhora é advogada. É médica. A senhora é chefe e eu sou chefe. É por isso que estou perguntando. Não perguntei por mal."

Eu sabia que não. "Não sei por quê", confessei.

Ele ficou calado por um momento. Depois, continuou. "Meu pai era manobrista de ferrovia e minha mãe fazia faxina na casa de gente rica, em Baltimore." Fez uma pausa. "Agora, quando vou até lá, eu me hospedo em bons hotéis e como nos restaurantes do porto. As pessoas me cumprimentam. Sou chamado de 'Excelência' em algumas correspondências que recebo. Tenho uma casa em Windsor Farms."

"Tenho sob meu comando", prosseguiu, "mais de seiscentas pessoas armadas nesta sua cidade violenta. A senhora sabe por que eu faço isso, doutora Scarpetta. Porque eu não tinha nenhum poder quando era criança. Vivia com pessoas que não tinham nada, e aprendi que todo o mal contra o qual me advertiam na igreja fundava-se no abuso dessa coisa que eu não tinha, poder."

O ritmo e a coreografia da neve não mudaram. Fiquei olhando-a acumular-se lentamente no capô do seu carro.

"Coronel Tucker", disse-lhe, "é véspera de Natal e, ao que me consta, o xerife Papai Noel matou uma pessoa a tiros em Whitcomb Court. A imprensa vai ficar louca com isso. O que você aconselha?"

"Vou passar a noite no quartel. Providenciarei para que seu edifício seja vigiado. A senhora quer ser escoltada até sua casa?"

"Acho que Marino vai me acompanhar, mas eu ligo se precisar de reforço. É preciso que o senhor entenda que a situação é ainda mais complicada pelo fato de que Brown me odeia, e agora vou ser testemunha no seu caso."

"Se todo mundo tivesse a mesma sorte."

"Não me sinto feliz."

"Tem razão." Ele suspirou. "A senhora não deve se sentir feliz, porque felicidade não tem nada a ver com isso."

"Meu caso está chegando", disse-lhe, ao perceber que a ambulância estacionava no pátio, com as luzes e as sirenes desligadas, pois não há a mínima pressa quando se transportam mortos.

"Feliz Natal, doutora Scarpetta", disse Tucker, despedindo-se.

Entrei por uma porta lateral e apertei um botão na parede. A porta do pátio foi abrindo devagar, chiando, e a ambulância entrou. Os auxiliares abriram a tampa traseira. Pegaram a maca e foram empurrando o corpo rampa acima, enquanto eu abria a entrada do interior do necrotério.

Iluminação fluorescente, foscas lajes de concreto e assoalho davam ao corredor uma ilusória aparência asséptica. Nada era asséptico naquele lugar. Pelos padrões sanitários normais, nada chegava a ser ao menos limpo.

"Quer que o coloque no refrigerador?", perguntou-me um dos membros da equipe.

"Não. Pode levá-lo para a sala de radiografia." Abri mais algumas portas, a maca fazendo barulho atrás de mim, deixando gotas de sangue no ladrilho.

"A senhora vai ficar sozinha aqui esta noite?", indagou-me um auxiliar que parecia ser de origem latina.

"Temo que sim."

Desdobrei um avental plástico e enfiei-o pela cabeça, torcendo para que Marino aparecesse logo. No vestiário, peguei uma luva cirúrgica de uma prateleira e calcei pantufas e dois pares de luvas.

"Quer que a gente ajude a pôr ele na mesa?", perguntou um auxiliar.

"Seria ótimo."

"Ei, pessoal, vamos pôr ele na mesa para a doutora."

"Claro."

"Ora, esse saco está vazando. Precisamos arrumar outros novos."

"De que lado quer que ponha a cabeça?"

"Deste aqui."

"De costas?"

"Sim", respondi. "Obrigada."

"Certo. Um, dois, três, upa!"

Passamos Anthony Jones da maca para a mesa, e um dos auxiliares começou a abrir o zíper da bolsa.

"Não, não, pode deixar fechada", disse eu. "Vou trabalhar no corpo cortando a bolsa."

"Quanto tempo vai levar?"

"Não vai demorar muito."

"A senhora vai precisar de ajuda para mudar o corpo de posição."

"Vou aceitar toda a ajuda que me oferecerem", respondi.

"Podemos ficar por aqui mais alguns minutos. Vai mesmo fazer todo o trabalho sozinha?"

"Estou esperando uma outra pessoa."

Um pouco mais tarde, levamos o corpo para a sala de autópsia e despimo-lo em cima da primeira mesa de aço. Os auxiliares foram embora, e o necrotério voltou ao seu barulho habitual, água correndo nas pias e instrumentos de aço batendo contra aço. Fixei as radiografias da vítima nos negatoscópios, onde as sombras e as formas dos seus órgãos e ossos despiam sua alma para mim. As balas e seus inúmeros fragmentos eram como uma nevasca letal, que devastara fígado, pulmões, coração e cérebro. Ele tinha uma bala antiga na nádega esquerda e uma fratura já cicatrizada no úmero direito. O sr. Jones, como tantos outros pacientes meus, morrera da forma como vivera.

Eu estava fazendo uma incisão em forma de Y quando ouvi uma sirene tocando lá fora. Continuei trabalhando. O guarda se encarregaria de ver quem era. Logo depois ouvi passos pesados no corredor, e Marino entrou.

"Eu queria ter vindo mais cedo, mas todos os vizinhos decidiram apreciar a cena."

"Que vizinhos?" Olhei ironicamente para ele, o bisturi levantado no ar.

"Os vizinhos do vagabundo de Whitcomb Court. A gente começou a temer que houvesse um puta dum escarcéu. Correu a notícia de que ele fora morto por um tira, e que foi Papai Noel quem o acertou. Aí começou a aparecer gente de tudo quanto é buraco."

Marino, ainda de uniforme, tirou o casaco e colocou-o numa cadeira. "Estão todos lá, em volta de suas garrafas de Pepsi dois litros, sorrindo para as câmeras de tevê. Que coisa incrível", disse, puxando um maço de Marlboro do bolso da camisa.

"Achei que você estava melhor com essa história de fumar", comentei.

"E estou. A coisa vai melhorando cada vez mais."

"Marino, isso não é assunto para brincadeiras." Pensei em minha mãe e na sua traqueotomia. O enfisema não curara seu vício, até que ela teve uma parada respiratória.

"Certo." Ele se aproximou mais da mesa. "Vou lhe dizer a verdade. Cortei para meio maço por dia, doutora."

Fui cortando o cadáver através das costelas e removi o peitoral.

"Molly não me deixa fumar nem no carro nem na casa dela."

"Faz ela bem", comentei, referindo-me à mulher com quem Marino começou a ter um caso no dia de Ação de Graças. "Como vão as coisas entre vocês?"

"Muito bem."

"Vocês vão passar o Natal juntos?"

"Ah, sim. Com sua família em Urbana. Eles preparam um peru grande, de uns cinco quilos." Ele bateu o cigarro, fazendo a cinza cair no chão, e se calou.

"Isso aqui vai demorar um pouco", falei. "As balas se fragmentaram, como você pode ver pelas radiografias."

Marino ficou olhando o mórbido claro-escuro exibido nos negatoscópios em volta da sala.

"O que ele estava usando? Hydra-Shok?", perguntei.

"Todos os policiais por aqui estão usando Hydra-Shok atualmente. Acho que dá pra entender por quê. A coisa funciona."

"Seus rins têm a superfície finamente granulada. Ele é muito jovem para isso."

"Que é que isso significa?" Marino olhou com interesse.

"Talvez um sinal de hipertensão."

Ele ficou quieto, provavelmente se perguntando se seus rins pareciam com aqueles, e eu desconfio que sim.

"Ajudaria bastante se você fizesse as anotações", disse-lhe.

"Tudo bem, desde que você soletre palavra por palavra."

Marino foi até o balcão, pegou uma prancheta e uma caneta e pôs luvas.

Eu mal havia começado a ditar pesos e medidas quando o pager dele tocou. Ele o tirou do cinto e levantou-o para ler a mensagem. Seu rosto ficou sombrio.

Marino foi até o telefone do lado extremo da sala de autópsias e discou. Ele estava de costas para mim, e eu ouvia apenas uma ou outra palavra, que abria caminho através dos ruídos de minha mesa. Pude perceber que o que ele estava ouvindo não era coisa boa.

Quando desligou, eu estava extraindo fragmentos de chumbo do cérebro e tomando notas com um lápis num saquinho de luvas vazio e ensangüentado. Interrompi o que fazia e olhei para ele.

"O que está havendo?", perguntei, supondo que o telefonema tivesse relação com o que acontecera, que já fora bastante ruim.

Marino estava suando, o rosto vermelho. "Benton mandou um 911 ao meu pager."

"Ele mandou o quê?", perguntei.

"É o código que combinamos para o caso de Gault voltar a atacar."

"Oh, meu Deus", foi só o que consegui dizer.

"Eu disse a Benton que não se preocupasse em ligar para você, porque estou aqui e posso contar tudo pessoalmente."

Descansei as mãos na extremidade da mesa. "Onde?", perguntei, tensa.

"Encontraram um corpo no Central Park. Sexo feminino, branca, talvez na casa dos trinta anos. Parece que Gault resolveu comemorar o Natal em Nova York."

Eu temia este dia. Esperava e rezava para que o silêncio de Gault durasse eternamente, para que ele estivesse doente ou morto em alguma cidadezinha onde ninguém sabia seu nome.

"O FBI está mandando um helicóptero para nos pegar", continuou Marino. "Logo que você encerrar esse exame, doutora, vamos embora. Desgraçado, filho da puta!" Começou a andar de um lado para o outro furiosamente. "Ele tinha que fazer isso na véspera de Natal!" Marino lançava olhares furiosos. "É de propósito! Ele calcula o tempo."

"Vá ligar para Molly", sugeri, tentando manter a calma e trabalhar mais depressa.

"Quem diria que eu ia ter que vestir essa coisa de novo." Ele se referia ao uniforme.

"Você tem uma muda de roupa?"

"Vou ter que passar em casa bem rápido. Tenho que deixar minha arma. O que você vai fazer?"

"Eu sempre deixo umas coisas aqui. Quando sair, você pode ligar para minha irmã em Miami? Lucy deve ter chegado lá ontem. Conte-lhe o que aconteceu e que não vou para lá, pelo menos não agora." Dei-lhe o número e ele foi embora.

Perto da meia-noite, a neve já parara de cair e Marino voltara. Anthony Jones tinha sido trancado no refrigerador, e cada um dos seus ferimentos, novos e antigos, tinha sido documentado para o meu depoimento em juízo.

Dirigimo-nos ao terminal do Aero Services International, onde ficamos por trás de um vidro, e vimos Benton Wesley descer turbulentamente num Belljet Ranger. O helicóptero aterrissou numa pequena plataforma de madeira enquanto um caminhão de combustível surgia da escuridão. As nuvens deslizavam como véus pela face da lua cheia.

Eu observei Wesley descer e afastar-se rapidamente das hélices. Percebi raiva nas suas atitudes e impaciência na forma como andava a passos largos. Ele era alto e desempenado, e possuía uma força tranqüila que dava medo nas pessoas.

"Vai levar uns dez minutos para reabastecer", disse ele, ao se aproximar de nós. "Será que aí tem café?"

"É uma boa idéia. Marino, quer que a gente traga um pouco pra você?"

"Não."

Deixamos Marino e andamos em direção a uma saleta que ficava entre dois toaletes.

"Sinto muito por esse aborrecimento", disse Wesley, delicadamente.

"Não temos escolha."

"Ele também tem consciência disso. O momento que escolheu não foi por acaso." Ele encheu dois copinhos de poliestireno. "Este aqui está muito forte."

"Quanto mais forte, melhor. Você parece exausto."

"Eu sempre dou essa impressão."

"Seus filhos vão passar o Natal em casa?"

"Sim. Todo mundo vai estar lá — exceto eu, naturalmente." Por um instante, ele fitou o vazio. "Ele está jogando cada vez mais pesado."

"Se realmente for Gault, concordo."

"Sei que é ele", disse Wesley, com uma dura calma que disfarçava a raiva. Ele odiava Temple Brooks Gault. Wesley se enfurecia e ficava perplexo com o gênio maligno de Gault.

O café não estava muito quente e nós o tomamos rapidamente. Wesley não deu nenhuma mostra da familiaridade que havia entre nós, exceto pelo olhar, que eu aprendera a entender muito bem. Ele não precisava de palavras, e eu já tinha grande prática em ouvir seu silêncio.

"Vamos", falou, ao tocar no meu cotovelo, e alcançamos Marino quando ele já estava saindo com nossas malas.

Nosso piloto era membro da Equipe de Resgate de Reféns, ou ERR. Vestindo um traje de vôo negro, e alerta ao que acontecia à sua volta, olhou para nós para demonstrar que percebia a nossa chegada. Mas ele não nos acenou, não sorriu, nem disse nada quando abriu as portas do helicóptero. Abaixamo-nos para evitar as hélices, e na minha mente, o barulho e o vento causados por elas ficariam associados para sempre a assassinatos. Toda vez que Gault atacava, o FBI chegava num turbilhão de ar deslocado e de metal brilhante, e me levava embora.

Já fazia muitos anos que procurávamos pegá-lo, e seria impossível fazer um levantamento completo de todo o mal que ele causara. Não sabíamos ao certo quantas vítimas ele fizera, mas conhecíamos pelo menos cinco, incluindo uma mulher grávida, que trabalhara para mim em certa ocasião, e um menino de treze anos, chamado Eddie Heath. Não sabíamos também quantas vidas ele envenenara com suas maquinações, mas com certeza a minha era uma delas.

Wesley estava atrás de mim com seu fone de ouvido; o encosto do meu assento era muito alto, e me impedia de vê-lo ao olhar para trás. As luzes de dentro do helicóptero se apagaram e começamos a subir devagar, voando de lado e tomando a direção nordeste. O céu estava cheio de nuvens que se deslocavam rapidamente, e lagos e rios brilhavam como espelhos na noite de inverno.

"Em que estado ela se encontra?" A voz de Marino soou abruptamente no meu fone de ouvido.

Wesley respondeu: "Está congelada".

"Isso quer dizer que ela pode ter estado lá por vários dias, sem começar a se decompor. Certo, doutora?"

"Se ela estivesse lá por vários dias", disse, "pode-se imaginar que alguém já a teria encontrado antes."

"Achamos que ela foi assassinada na noite passada. Estava exposta, encostada...", continuou Wesley.

"Sim, aquele verme. Isso é coisa dele."

"Ele os faz sentar ou os mata quando estão sentados", comentou Wesley. "Fez isso com todos até agora."

"Pelo menos com aqueles de que temos conhecimento", lembrei-lhes.

"As vítimas de que temos notícia."

"Certo. Sentadas num carro, numa cadeira, encostadas num latão de lixo."

"O menino em Londres."

"É, ele não estava sentado."

"Parece que foi simplesmente desovado perto dos trilhos da ferrovia."

"Não sabemos quem cometeu esse crime." Wesley parecia ter razão. "Não acho que tenha sido Gault."

"Na sua opinião, por que é importante para ele que os corpos fiquem sentados?", perguntei.

"É o seu jeito de dar uma banana para nós", disse Marino.

"Desprezo, zombaria", acrescentou Wesley. "É a sua assinatura. Acho que deve haver uma razão mais profunda."

Eu também achava. Todas as vítimas de Gault encontravam-se sentadas, as cabeças inclinadas para a frente, mãos no colo ou pendentes dos lados, como se fossem bonecos. A única exceção era uma policial chamada Helen. Seu corpo, vestido de uniforme, estava numa cadeira, mas sem a cabeça.

"Com certeza, a posição...", comecei a falar, mas as vozes dos microfones nunca ficavam em sincronia, de forma que era difícil se comunicar.

"O filho da puta quer esfregar nosso nariz nisso."

"Não acho que seja só..."

"Nesse exato instante, ele quer que a gente saiba que está em Nova York..."

"Marino, deixe-me terminar. Não acho que seja só o simbolismo."

"Gault poderia expor os corpos de muitas formas. Mas até agora escolheu sempre a mesma posição. Ele os faz sentar. Isso faz parte de sua fantasia."

"Que fantasia?"

"Se eu soubesse qual, Marino, talvez essa viagem não fosse necessária."

Dali a algum tempo, nosso piloto falou conosco: "O Departamento de Aviação emitiu um SIGMET".

"Que diabo é isso?"

"Um aviso sobre turbulência. Está ventando muito em Nova York, vinte e cinco nós, com rajadas de trinta e sete."

"Quer dizer que não podemos aterrissar?", perguntou Marino, que odiava voar e parecia estar com um pouco de medo.

"Vamos voar a baixa altura. Os ventos estarão soprando mais acima."

"O que você quer dizer com 'baixa altura'? Você já prestou atenção na altura dos edifícios de Nova York?"

Eu estendi a mão entre meu assento e a porta, e dei um tapinha no joelho de Marino. Estávamos a quarenta milhas náuticas de Manhattan, e eu mal podia enxergar uma luz piscando no topo do Empire State. A lua estava inchada, aviões chegavam e partiam do La Guardia como estrelas flutuantes, e as chaminés lançavam no ar enormes plumas brancas. Através da cúpula de vidro sob meus pés, observei doze faixas de tráfego na auto-estrada de Nova Jersey, e por toda parte as luzes brilhavam como jóias, como se a cidade e suas pontes tivessem saído da ourivesaria de Fabergé.

Voamos por trás da Estátua da Liberdade, passamos pela ilha Ellis, onde meus avós tiveram seu primeiro contato com a América, num posto de imigração apinhado de gente, em um dia frio de inverno. Eles tinham deixado Verona, onde não havia nenhuma perspectiva para meu avô, o quarto filho de um ferroviário.

Eu descendia de uma família de gente sadia e trabalhadora, que emigrara da Áustria e da Suíça no começo do século passado, o que explicava meus cabelos loiros e meus olhos azuis. Apesar de minha mãe dizer que, quando Napoleão I cedeu Verona à Áustria, nossos ancestrais mantiveram a pureza da linhagem italiana, eu era de opinião contrária. Desconfiava de que havia uma razão genética para a predominância de caracteres germânicos em mim.

O Macy's, os outdoors e os arcos dourados do McDonald's começaram a aparecer à medida que Nova York se materializava lá embaixo, com estacionamentos e ruas cobertas de neve, a qual mesmo lá de cima se podia perceber que estava suja. Demos uma volta sobre o heliporto VIP na rua 30 Oeste, iluminando e agitando as águas escuras do Hudson no momento em que soprava a viração. Descemos num espaço próximo a um brilhante Sikorssky S-76, que fazia todos as outras aeronaves parecerem comuns.

"Cuidado com o rotor traseiro", advertiu nosso piloto.

Já dentro de um pequeno edifício não muito bem aquecido, fomos cumprimentados por uma mulher de uns trinta anos, cabelos pretos, expressão inteligente no rosto e olhos cansados. Embrulhada num grosso casaco de lã, calças largas, botas de cadarço e luvas de couro, apresentou-se como comandante Frances Penn, da Polícia de Trânsito de Nova York.

"Muitíssimo obrigada por terem vindo", disse ela, estendendo a mão para cada um de nós. "Se todo mundo estiver pronto, já temos carros esperando."

"Estamos prontos", disse Wesley.

Ela nos levou então de volta ao frio cortante. Duas radiopatrulhas nos esperavam, com dois agentes em cada uma delas, os motores funcionando, e com o sistema de calefação ligado. Houve um momento de hesitação, quando abrimos as portas sem saber quem iria com quem. Como costuma acontecer, dividimo-nos por sexo, a comandante Penn e eu ficamos juntas. Comecei a indagá-la sobre questões de jurisdição, porque num caso de tanta repercussão como aquele, certamente haveria muita gente achando que deveria assumir a responsabilidade.

"A Polícia de Trânsito entende que o caso envolve sua competência, pois achamos que a vítima encontrou seu agressor no metrô", explicou a comandante, um dos três delegados-chefes do sexto maior departamento de polícia dos Estados Unidos. "O crime deve ter acontecido no final da tarde de ontem."

"Como você sabe?"

"É uma coisa impressionante. Um dos nossos agentes, à paisana, fazia a ronda na estação de metrô da 81 com a Central Park West quando, lá pelas cinco e meia da tarde, ele notou um estranho casal que surgiu da saída do Museu de História Natural, a qual leva diretamente ao metrô."

Esbarrávamos em gelo e caíamos em crateras que sacolejavam os ossos das minhas pernas.

"O homem imediatamente acendeu um cigarro e a mulher estava com um cachimbo."

"Interessante", comentei.

"É proibido fumar no metrô, e isso é um dos motivos que fizeram com que nosso agente se lembrasse deles."

"Eles foram intimados?"

"O homem, sim. A mulher, não, porque não acendeu o cachimbo. O homem mostrou ao agente sua carteira de motorista, que agora imaginamos ser falsa."

"Você disse que o casal tinha uma aparência estranha. "Como assim?"

"Ela usava um grande casaco masculino e um boné do Atlanta Braves, do beisebol. Tinha a cabeça raspada. Na verdade, o agente não sabia ao certo se se tratava de um homem ou de uma mulher. No início, ele pensou que eles eram um casal homossexual."

"Descreva o homem com quem ela estava", disse.

"Altura mediana, magro, com feições esquisitas e olhos azuis estranhíssimos. O cabelo era vermelho cor-de-cenoura."

"A primeira vez que vi Gault, seus cabelos eram loiros esbranquiçados. Quando eu o vi em outubro passado, estavam pretos, da cor de cera de sapato."

"Ontem estavam com certeza vermelhos cor-de-cenoura."

"E provavelmente hoje estão de outra cor. Ele realmente tem olhos estranhos. Muito intensos."

"Ele é muito inteligente."

"Não há maneira de definir o que ele é."

"A gente pensa na encarnação do mal, doutora Scarpetta", disse ela.

"Por favor, pode me chamar de Kay."

"Se você me chamar de Frances."

"Quer dizer que eles visitaram o Museu de História Natural ontem à tarde", disse. "Que exposição está tendo lá?"

"Tubarões."

Olhei para ela, seu rosto continuava sério, enquanto o jovem agente dirigia habilmente, enfrentando o trânsito de Nova York.

"Acho que todos os tipos de tubarões, desde o começo dos tempos", acrescentou.

Fiquei calada.

"Até onde podemos supor", continuou Penn, "Gault — vamos chamá-lo assim, pois achamos que é com ele que estamos lidando — levou-a a uma parte do Central Park chamada Cherry Hill, matou-a a tiros e deixou seu corpo nu encostado ao chafariz."

"Por que ela o acompanharia ao Central Park depois do anoitecer? Ainda mais com esse tempo?"

"Achamos que ele a convidou para um passeio na Ramble."

"Que é freqüentada por homossexuais."

"Sim. É um ponto de encontro, uma área muito rochosa, com mata fechada e trilhas tortuosas que parecem não levar a lugar nenhum. Nem mesmo os agentes do distrito do Central Park, do Departamento de Polícia de Nova York, gostam de ir lá. Você se perde, não importa o número de vezes que tenha ido até lá. É alta a criminalidade. Talvez uns vinte e cinco por cento de todos os crimes cometidos no Central Park aconteçam na Ramble. Assalto, na maioria das vezes."

"Se é assim, Gault deve conhecer bem o Central Park, já que ele a levou à Ramble depois do anoitecer."

"Deve conhecer mesmo."

Tal fato sugeria que Gault devia estar escondido em Nova York havia algum tempo, e isso me frustrou tremendamente. Talvez ele estivesse sob as nossas barbas e a gente não sabia.

A comandante Penn falou: "A cena do crime está sendo preservada. Imaginei que você gostaria de dar uma olhada, antes de a deixarmos em segurança no hotel".

"Claro", disse. "Que me diz de vestígios?"

"Retiramos um cartucho de dentro do chafariz com a marca da agulha compatível com uma Glock nove-milímetros. E achamos cabelo."

"Onde?"

"Junto à vítima, nas volutas de uma estrutura de ferro lavrado dentro do chafariz. O fio de cabelo deve ter ficado preso quando ele estava ajeitando o corpo."

"De que cor?"

"Vermelho brilhante."

"Gault é cuidadoso demais para deixar uma cápsula ou cabelo", comentei.

"Provavelmente ele não viu onde a cápsula caiu", disse Penn. "Estava escuro. A cápsula devia estar muito quente quando caiu na neve. Aí dá para imaginar o que aconteceu."

"Sim", disse. "Dá sim."

3

Minutos depois de nós, Marino e Wesley chegaram a Cherry Hill. Foram colocadas lâmpadas para reforçar a iluminação dos velhos postes na periferia de uma praça circular. O que antes era um espaço para manobra de carruagens e um bebedouro para os cavalos, agora estava cheio de neve, delimitado com a fita amarela que se usa para circunscrever a cena do crime.

No centro desse espetáculo soturno, um chafariz de ferro batido e trabalhado, coberto de gelo, que não funcionava em nenhuma época do ano, segundo nos disseram. Foi ali que encontraram o corpo nu de uma jovem mulher. Ela fora mutilada, e acredito que dessa vez a intenção de Gault não fosse disfarçar os ferimentos, mas deixar sua assinatura de forma que pudéssemos imediatamente identificar o artista.

Tanto quanto se podia imaginar, Gault forçara sua última vítima a se despir e a andar descalça até o chafariz, onde seu corpo foi encontrado congelado. Ele atirou nela de perto, na têmpora direita, e retirou pedaços de pele da parte interna das coxas e do ombro esquerdo. Pegadas de duas pessoas iam em direção ao chafariz, mas afastando-se dele só havia pegadas de uma. O sangue da mulher cujo nome desconhecíamos salpicava a neve de manchas brilhantes, e para além da cena de sua morte hedionda o Central Park dissolvia-se em espessas e agourentas sombras.

Fiquei bem perto de Wesley, nossos braços se tocando, como se precisássemos do calor um do outro. Ele não falou nada enquanto olhava atentamente as pegadas e o chafariz, e a sombra longínqua da Ramble. Percebi que seus ombros ergueram-se quando ele respirou profundamente, e então ele se apoiou mais pesadamente em mim.

"Jesus", murmurou Marino.

"Suas roupas foram encontradas?", perguntei à comandante Penn, embora eu já soubesse a resposta.

"Nem o menor vestígio." Ela estava olhando em volta. "Só aparecem marcas de pés nus aqui na área da praça." Ela apontou uma distância de cinco metros a oeste do chafariz. "Dá para ver perfeitamente o ponto em que começam as marcas de pés descalços. Antes disso, ela usava uma espécie de bota, suponho. Algo com sola lisa e salto, como uma bota de cano curto ou de caubói, talvez."

"E ele?"

"Encontramos pegadas suas na direção oeste, desde a Ramble, mas não podemos afirmar com certeza. Há muitas pegadas por ali e muita neve pisoteada."

"Então os dois saíram do Museu de História Natural passando pela estação de metrô, entraram no parque pelo lado oeste, provavelmente andaram até a Ramble, e vieram para cá." Tentei reconstituir os fatos. "Dentro da praça, ele pelo visto forçou-a a se despir e a tirar os sapatos. Ela andou descalça até o chafariz, onde ele atirou em sua cabeça."

"É isso que nos parece agora", disse um troncudo detetive do Departamento de Polícia de Nova York que se apresentou como O'Donnell.

"A temperatura está a quantos graus?", perguntou Wesley. "Ou melhor, qual era a temperatura ontem à noite?"

"Ela desceu a onze graus", disse O'Donnell, que era jovem, irritadiço e tinha grossos cabelos pretos. "O efeito de resfriamento do vento chegava a dez abaixo de zero."

"E ela tirou as roupas e os sapatos", falou Wesley, como para si mesmo. "Isso é estranho."

"Não se alguém está apontando uma arma para sua cabeça." O'Donnell bateu os pés no chão. As mãos estavam enterradas nos bolsos de um casaco azul-escuro da polícia, que não era quente o bastante para as baixas temperaturas dessa época do ano, mesmo com o colete de proteção.

"Se você é forçado a se despir ao ar livre com um tempo desses", considerou Wesley, com toda a razão, "você sabe que vai morrer."

Ninguém falou nada.

"De outro modo, você não seria forçado a tirar roupas e sapatos. O próprio fato de se despir contraria qualquer vestígio de instinto de sobrevivência, porque, obviamente, aqui não se pode sobreviver por muito tempo sem roupas."

Todos continuamos em silêncio enquanto olhávamos a terrível exposição do chafariz. Ele estava cheio de neve, e dava para ver as amolgaduras feitas pelas nádegas nuas da vítima, quando seu corpo foi colocado naquele lugar. Seu sangue, congelado, conservava o mesmo brilho do momento de sua morte.

Então Marino falou: "Por que diabos ela não correu?".

Wesley afastou-se abruptamente de mim e se agachou para observar o que considerávamos as pegadas de Gault. "Essa é a pergunta do dia", disse ele. "Por que ela não correu?"

Abaixei-me ao seu lado para também observar as pegadas. As marcas deixadas pelo sapato na neve eram muito curiosas. Gault usava alguma espécie de calçado com solado de um padrão intrincado de losangos e faixas onduladas. Percebiam-se a marca do fabricante na altura do dorso do pé e um logotipo entrançado no salto. Calculei que seu número era trinta e nove ou quarenta.

"Como vocês estão conservando essas pegadas?", perguntei à comandante Penn.

O detetive O'Donnell respondeu. "Nós as fotografamos, e ali adiante", ele apontou um grupo de agentes, "temos outras melhores. Estamos tentando fazer um molde."

Tirar moldes de pegadas na neve envolve muitos riscos. Se a massa de protético não estivesse fria o bastante e a neve não estivesse suficientemente dura, terminava-se por derreter o vestígio. Wesley e eu nos levantamos e caminhamos em silêncio até o lugar que o detetive apontara. Olhando em volta, vi as pegadas de Gault.

Ele não se preocupou com as pegadas nítidas que deixou na neve, nem com o fato de deixar uma trilha, que iríamos diligentemente rastrear até chegar ao seu extremo. Estávamos decididos a descobrir cada lugar por onde ele passara, e isso lhe era indiferente. Ele não acreditava que pudéssemos pegá-lo.

Os agentes do outro lado do chafariz borrifavam duas pegadas com cera para recolher impressões na neve, segurando latas de aerossol a uma distância segura e num ângulo calculado, a fim de evitar que a cera vermelha, pressurizada, apagasse as frágeis marcas na neve. Um agente mexia a massa de protético num balde de plástico.

Quando várias camadas de cera tivessem sido aplicadas nas pegadas, a massa de protético já estaria fria o bastante para derramar e fazer os moldes. As condições estavam de fato muito boas para uma tarefa que é normalmente muito delicada. Não havia sol nem vento, e, ao que parece, os técnicos do DPNY tinham tido o cuidado de manter a cera na temperatura adequada, porque ela não perdera a pressão. Os jatos não saíam fortes demais, e os orifícios de saída não entupiam, como eu já vira tantas vezes ocorrer.

"Talvez dessa vez a gente tenha sorte", disse a Wesley no momento em que Marino se aproximava de nós.

"Nós vamos precisar de muita sorte", disse ele, lançando um olhar à mata escura.

A leste de onde estávamos, ficavam os limites dos quinze hectares conhecidos como a Ramble, uma área isolada do Central Park, notória por ser um bom ponto de observação de pássaros e por suas trilhas tortuosas entre a mata fechada, em terreno rochoso. Todos os guias turísticos que eu conhecia advertiam que não era conveniente andar na Ramble sozinho, fosse qual fosse a estação ou a hora do dia. Eu me perguntava como Gault teria conseguido atrair sua vítima para o parque, onde ele a teria encontrado e o que o fizera decidir-se a cometer o crime. Talvez ela tenha surgido como uma oportunidade inesperada e ele estivesse predisposto a aproveitá-la.

"Como se vem da Ramble até aqui?", perguntei aos que estavam ao alcance de minha voz.

O agente que mexia a massa de protético olhou-me nos olhos. Ele tinha mais ou menos a mesma idade de Marino, bochechas gordas e vermelhas de frio.

"Há um caminho beirando o lago", disse ele, o hálito condensando-se numa nuvem.

"Que lago?"

"Não dá para ver muito bem. Está congelado e coberto de neve."

"Você sabe se foi esse o caminho que eles tomaram?"

"O parque é muito grande, senhora. A neve está pisoteada em vários outros lugares, como a Ramble, por exemplo. Nada — nem três metros de neve — vai impedir que as pessoas apareçam por lá em busca de drogas ou de um encontro. Mas aqui em Cherry Hill é outra história. É proibida a circulação de carros, e com certeza os cavalos não vêm até aqui num tempo desses. Tivemos sorte. A cena do crime ficou preservada."

"Por que você imagina que o criminoso e a vítima saíram da Ramble?", perguntou Wesley, que era sempre muito direto e objetivo quando sua mente analítica se punha a trabalhar intensamente, vasculhando seu tremendo banco de dados.

"Um dos caras acha que ele deve ter desfeito as pegadas da vítima lá", disse o agente, que gostava de falar. "O problema é que as dela, como você pode ver, não são muito nítidas."

Olhamos a neve que ia ficando cada vez mais pisoteada pelos policiais. O calçado da vítima tinha a sola lisa, não deixou marcas.

"Além disso", continuou ele, "uma vez que deve haver um componente homossexual, estamos considerando a Ramble como o ponto de partida deles."

"Que componente homossexual?", perguntou Wesley, calmamente.

"Com base nas descrições feitas anteriormente, eles pareciam um casal homossexual."

"Não estamos falando de dois homens", disse Wesley.

"Vista de relance, a vítima não parecia ser mulher."

"Vista por quem?"

"Pela Polícia de Trânsito. Você precisa falar com eles."

"Ei, Mossberg, já colocou a massa para o molde?"

"Tenho que aplicar mais uma camada."

"Já aplicamos quatro. Vamos ter uma bela fôrma, isso se o seu material estiver frio o bastante."

O agente Mossberg agachou-se e começou a derramar com cuidado a massa pastosa na pegada coberta de cera vermelha. As pegadas da vítima estavam próximas das que queríamos preservar, as do mesmo tamanho que o pé de Gault. Eu me perguntava se algum dia ainda conseguiríamos encontrar suas botas. Os meus olhos seguiam a trilha em direção a uma área distante aproximadamente quatro metros do chafariz, onde começavam as pegadas de pés descalços. Vinte e dois passos levaram a vítima direto ao chafariz onde Gault atirou em sua cabeça.

Olhando as sombras que se avolumavam para além da praça iluminada e sentindo o aguilhão do frio intenso, eu não conseguia entender a atitude daquela mulher. Não conseguia entender sua submissão e passividade na noite anterior.

"Por que ela não ofereceu resistência?", perguntei.

"Porque Gault a aterrorizou de tal forma que ela ficou fora de si", disse Marino, que agora estava do meu lado.

"Haveria algum motivo que fizesse você tirar suas roupas num lugar como esse?"

"Eu não sou ela", respondeu ele, com raiva.

"Não sabemos nada sobre ela", acrescentou, sensatamente, Wesley.

"Exceto que raspou a cabeça por algum motivo maluco", disse Marino.

"Não sabemos o bastante para entender seu comportamento", disse Wesley. "A gente nem sabe quem é ela."

"O que você acha que ele fez com suas roupas?", perguntou Marino olhando em volta, com as mãos nos bolsos de um comprido casaco de couro de camelo, que passara a usar depois de alguns encontros com Molly.

"Provavelmente a mesma coisa que fez com as de Eddie Heath", disse Wesley, não resistindo à tentação de andar um pouco mata adentro.

Marino olhou para mim. "Não sabemos o que Gault fez com as roupas do garoto."

"Acho que aí é que está o problema." Olhei Wesley com o coração pesado.

"Eu, pessoalmente, não acho que esse verme as guarde como suvenir. Ele não deve querer um monte de trastes consigo quando vai de um lado para outro."

"Ele deve dar um fim a elas", confirmei.

Um isqueiro Bic falhou várias vezes antes de oferecer, de má vontade, uma tímida chama a Marino.

"Ela estava totalmente sob seu controle", pensei alto. "Ele a trouxe até aqui, ordenou que se despisse, e ela obedeceu. Dá para ver onde acabam as marcas dos sapatos e onde começam as dos pés. Não houve nenhuma luta, nenhuma intenção de fugir. Nenhuma resistência."

Marino acendeu um cigarro. Wesley afastou-se da mata, prestando atenção onde pisava. Percebi que me olhava.

"Eles tinham um caso", afirmei.

"Gault não tem caso com ninguém", disse Marino.

"Ele os tem em seu próprio estilo. Tortos e perversos que sejam. Envolveu-se com a diretora da penitenciária de Richmond e com a guarda Helen."

"Sim, e acabou com as duas. Cortou a cabeça de Helen e largou-a num saco de boliche em um descampado. O lavrador que achou o presentinho até hoje não se refez do susto. Ouvi falar que ele começou a beber feito gambá, e não quer saber de plantar nada naquele lugar. Ele não deixa nem as vacas pastarem mais lá."

"Eu não quis dizer que ele não mata as pessoas com as quais se relaciona", respondi. "Eu apenas disse que ele mantém algum tipo de relação."

Olhei para as pegadas da vítima ali perto. Ela devia calçar trinta e oito ou trinta e nove.

"Espero que consigam tirar moldes das pegadas da moça também", disse.

O agente Mossberg usava um misturador de tinta para espalhar a massa cuidadosamente em cada uma das partes da pegada que estava tentando fixar num molde. Começara a nevar novamente, pequenos flocos duros e ardentes.

"Eles não vão fazer moldes das pegadas da moça", disse Marino. "Eles vão tirar fotografias e não vai passar disso, já que ela própria não poderá sentar em nenhum banco de testemunhas neste mundo."

Eu estava acostumada a testemunhas que não falavam para ninguém, exceto para mim. "Eu gostaria de um molde da marca de seus sapatos", falei. "Precisamos identificá-la. Talvez ajude."

Marino foi até Mossberg e seus colegas, e começaram a conversar, olhando de vez em quando em minha direção. Wesley olhou para o céu nublado e escuro, quando a neve começou a cair mais forte.

"Cristo", disse ele. "Espero que isso pare."

Nevava ainda mais pesadamente quando Frances nos levava de carro ao Athletic Club de Nova York, no Central Park South. Não se podia fazer mais nada até o nascer do sol, e eu temia que nesse meio tempo se perdessem os vestígios do ato assassino de Gault.

A comandante Penn estava pensativa, enquanto dirigia pelas ruas desertas em direção à cidade. Eram quase duas e meia da manhã. Nenhum de seus agentes estava conosco. Eu ia na frente, Marino e Wesley atrás.

"Para falar com franqueza, confesso que não gosto de investigações multijurisdicionais", disse-lhe.

"Então você deve ter bastante experiência com elas. Qualquer um que tenha idéia de como elas são, as detesta."

"Elas são um verdadeiro pé no saco", comentou Marino, enquanto Wesley, como de costume, mantinha-se calado.

"Como você acha que a coisa vai se desenrolar?", perguntei, tentando ser o mais diplomática possível. Mas ela sabia o que eu queria.

"O Departamento de Polícia vai trabalhar oficialmente nesse caso, mas serão meus agentes que estarão fuçando, dedicando mais tempo e fazendo o trabalho braçal. É sempre assim, quando partilhamos um caso que atrai a atenção da mídia."

"Meu primeiro emprego foi no DPNY", disse Marino.

A comandante Penn olhou-o pelo retrovisor.

"Saí daquele esgoto porque quis", acrescentou ele, com sua habitual diplomacia.

"Você ainda conhece alguém lá?", perguntou ela.

"Muitos dos caras com quem comecei a trabalhar provavelmente já se aposentaram, estão juridicamente inaptos, ou foram promovidos e estão gordos e amarrados a suas mesas."

Eu me interrogava se Marino não considerava a possibilidade de seus colegas virem a dizer o mesmo dele no futuro.

Então Wesley falou. "Não é uma má idéia ver se ainda tem algum conhecido por lá, Pete. Amigos, quero dizer."

"Bem, não espere muito disso."

"Não queremos que haja problemas nessa área."

"Não há maneira de evitar isso", disse Marino. "Os policiais vão brigar por isso, além de regular tudo o que sabem a respeito. Todo mundo quer virar herói."

"Não podemos nos dar ao luxo dessas picuinhas", continuou Wesley, sem a menor variação no tom de voz.

"Realmente não."

"Procurem-me quando quiserem", disse a comandante Penn. "Vou fazer o que puder."

"Se eles deixarem...", retrucou Marino.

A Polícia de Trânsito tinha três comandos, e o dela era a Gerência de Apoio e Fomento. Ela era encarregada de educação, instrução e análise criminal. Os detetives ligados ao seu departamento ficavam sob o Comando de Campo, e não estavam sob suas ordens.

"Eu cuido dos computadores e, como vocês sabem, nosso departamento tem um dos mais sofisticados sistemas de computação dos Estados Unidos. Foi por estarmos conectados ao CAIN que pude avisar Quantico tão depressa. Estou participando das investigações. Não precisam se preocupar", disse Penn, calmamente.

"Fale um pouco mais sobre o papel do CAIN neste caso", pediu Wesley.

"Logo que fiquei sabendo dos detalhes da natureza do homicídio, percebi que havia nele algo de familiar. Coloquei o que sabia no terminal PCCV e acertei na mosca. Assim, pude contatar vocês praticamente ao mesmo tempo em que o CAIN entrava em contato comigo."

"Você já ouviu falar de Gault?", perguntou-lhe Wesley.

"Não posso dizer que conheço a fundo seu *modus operandi.*"

"Agora pode", corrigiu Wesley.

A comandante Penn parou em frente ao Athletic Club e abriu as portas.

"Sim", disse ela, sombriamente. "Agora sim."

Passamos por um balcão vazio, num bonito saguão com decoração de época, e Marino dirigiu-se rapidamente ao elevador. Nem esperou por nós, e eu sabia por quê. Queria telefonar para Molly, por quem continuava perdidamente apaixonado, e não estava se preocupando nem um pouco com o que eu e Wesley fizéssemos ou deixássemos de fazer.

"Não sei se o bar está aberto a essa hora", disse-me Wesley, quando as portas metálicas do elevador se fecharam e Marino subiu para o seu andar.

"Tenho quase certeza de que não está."

Ficamos por um instante olhando ao redor do saguão, como se, permanecendo ali o tempo suficiente, aparecesse alguém miraculosamente com copos e garrafas.

"Vamos." Ele tocou delicadamente meu cotovelo e subimos para o nosso andar.

No décimo segundo andar, ele me levou até o meu quarto. Eu estava meio nervosa ao tentar passar o cartão magnético para abrir a porta. Enfiei-o do lado errado e não conseguia colocar a faixa magnetizada na posição certa. Acendeu-se uma luzinha vermelha perto da maçaneta.

"É assim", disse Wesley.

"Acho que agora deu."

"Podemos tomar um *nightcap*?",* perguntou ele quando abri a porta do quarto e acendi a luz.

"A essa hora, acho que seria melhor tomarmos uma pílula para dormir."

"Mas é pra isso que o *nightcap* serve."

Meus aposentos eram modestos mas muito bem mobiliados. Joguei minha bolsa na cama *queen-sized*.

"Você é sócio disso aqui por causa do seu pai?", perguntei.

Wesley e eu nunca estivéramos em Nova York juntos, e me incomodava o fato de que, além disso, havia ainda muitas outras coisas dele que eu desconhecia.

"Ele trabalhava em Nova York. Então, é isso mesmo. Eu costumava vir muito aqui na minha adolescência."

"O minibar fica embaixo da tevê", disse-lhe.

(*) Drinque que se toma antes de dormir para facilitar o sono. (N. T.)

"Preciso da chave."

"Claro."

Seus olhos tinham um brilho maroto quando pegou a chavezinha da minha mão aberta, os dedos tocando minha palma com uma delicadeza que me lembrou outros tempos. Wesley tinha um modo de ser muito seu, diferente de todo mundo.

"Quer que eu pegue gelo?" Ele tirou a tampa de uma garrafinha de duas doses de Dewars.

"Pra mim, pura está ótimo."

"Você bebe como um homem." Ele me passou o copo.

Observei-o tirar o sobretudo preto de lã e o casaco de corte impecável. Sua camisa branca engomada estava amarrotada pelas lides do longo dia, e ele tirou o coldre do ombro e a pistola, colocando-os no criado-mudo.

"É esquisito ficar desarmado", disse-lhe. Eu sempre trazia comigo meu 38, ou, em períodos de maior turbulência, o Browning High Power. Mas as leis de porte de arma em Nova York nem sempre favoreciam a polícia de outros estados, ou visitantes como eu.

Wesley sentou-se na cama oposta à minha. Bebericamos nossos drinques olhando um para o outro.

"Não temos estado muito juntos nos últimos meses", comentei.

Ele assentiu.

"Acho que a gente podia tentar discutir isso", continuei.

"Certo." Seu olhar não desviou do meu. "Continue."

"Sei. Eu é que tenho que começar."

"Eu poderia começar, mas você não iria gostar do que tenho a dizer."

"Eu gostaria de ouvir, seja lá o que for que você queira dizer."

Ele falou: "Penso que estamos na manhã do dia de Natal, e eu estou no seu quarto de hotel. Connie está sozinha dormindo em nossa cama e triste porque não estou lá. As crianças também estão tristes porque não estou lá".

"Eu deveria estar em Miami. Minha mãe está muito doente", disse-lhe.

Ele fitou o vazio em silêncio, e eu senti que amava os ângulos e as sombras de suas faces.

"Lucy está lá e, como de costume, eu não estou. Você tem idéia de quantos feriados deixei de passar com minha família?"

"Sim. Eu sei muito bem", respondeu ele.

"Pra falar a verdade, nem sei se consigo me lembrar de algum feriado em que meus pensamentos não tenham sido perturbados por algum caso terrível. E já que é assim, quase não faz diferença se estou com minha família ou sozinha."

"Você tem que aprender a desligar, Kay."

"Eu aprendi a fazer isso tanto quanto se pode aprender."

"Você tem que deixar essas preocupações do lado de fora da porta, como a roupa suja da cena de um crime."

Mas eu não conseguia fazer isso. Não havia um dia sem que me viesse uma lembrança, sem que eu fosse assaltada por uma alguma imagem terrível: um rosto inchado por espancamento e morte, um corpo em cativeiro. Assistia ao sofrimento e à aniquilação em detalhes insuportáveis, porque nada era escondido de mim. Eu conhecia as vítimas bem demais. Fechei os olhos e vi pegadas na neve. Vi sangue no vermelho brilhante do Natal.

"Benton, não quero passar o Natal aqui", disse, profundamente deprimida.

Ele sentou-se perto de mim e me puxou para si, e ficamos de mãos dadas por algum tempo. Não podíamos ficar perto sem nos tocar.

"Não devíamos estar fazendo isso", falei, enquanto continuava a acariciar-lhe a mão.

"Eu sei."

"E é realmente muito difícil falar sobre isso."

"Eu sei." Ele estendeu a mão para o interruptor e desligou a luz.

"Acho isso irônico", disse-lhe. "Quando se pensa na experiência que partilhamos, em tudo o que vimos. Não devia ser difícil falar."

"Esses espetáculos terríveis não têm nada a ver com relações íntimas", afirmou Wesley.

"Têm sim."

"Então por que você não as tem com Marino? Ou com seu assistente, Fielding?"

"Trabalhar com os mesmos horrores não quer dizer que o passo seguinte seja ir para a cama com eles. Mas acho que eu não conseguiria ser íntima de alguém que não entendesse o que isso significa para mim."

"Eu não sei." Suas mãos se aquietaram.

"Você contou a Connie?" Eu me referia à sua mulher, que não sabia que no último outono nós nos tornáramos amantes.

"Eu não lhe conto tudo."

"O que ela sabe?"

"Ela nada sabe de certas coisas." Ele fez uma pausa. "Na verdade, ela sabe muito pouco sobre meu trabalho. Não quero que ela saiba."

Fiquei em silêncio.

"Não quero que ela saiba por causa dos efeitos que isso tem sobre nós. Nós mudamos de cor, da mesma forma como as mariposas, quando as cidades se tornam poluídas."

"Não quero me prender ao lado sórdido do nosso meio. Recuso-me a isso."

"Você pode se recusar ao que quiser."

"Você acha que é bom esconder tanta coisa de sua mulher?", disse calmamente, apesar de minha carne estar em brasa nos pontos em que ele a afagava.

"Não é bom para ela, nem para mim."

"Mas você sente que não tem escolha."

"Sei que não tenho. Connie percebe que em mim há muitas coisas inacessíveis a ela."

"E é assim que ela quer que seja?"

"Sim." Percebi que ele pegava o copo de uísque. "Pronta para um outro round?"

"Sim", respondi.

Ele se levantou e o metal estalou na escuridão quando ele abriu mais uma garrafinha. Pôs uísque puro em nossos copos e sentou novamente.

"É o único que temos, a menos que você queira mudar para uma coisa diferente."

"E eu nem preciso tanto disso."

"Se você quer saber se o que fizemos é certo, não sei", disse ele. "Eu não diria isso."

"Eu sei que o que fizemos não é certo."

Tomei um gole da minha bebida e quando estendi a mão para colocar o copo no criado-mudo, suas mãos se movimentaram. Beijamo-nos profundamente, e ele não perdeu tempo com botões quando suas mãos subiam e desciam afagando tudo o que encontravam pelo caminho. Estávamos excitadíssimos, como se nossas roupas estivessem em chamas e precisássemos nos livrar delas.

Mais tarde, as cortinas começaram a brilhar à luz da manhã, enquanto flutuávamos entre a paixão e o sono, as bocas com gosto de uísque velho. Sentei-me, puxando as cobertas à minha volta.

"Benton, são seis e meia."

Resmungando, ele cobriu os olhos com um braço, como se o sol fosse muito grosseiro em acordá-lo. Ficou deitado de costas, embrulhado nos lençóis, enquanto eu tomei banho e comecei a me vestir. A água quente desanuviou minha cabeça. Aquela era a primeira manhã de Natal, em muitos anos, em que eu acordava com alguém na mesma cama que eu. Sentia como se tivesse roubado alguma coisa.

"Você não pode ir a lugar nenhum", murmurou Wesley, ainda meio dormindo.

Abotoei meu casaco. "Tenho que ir", disse, olhando para ele com tristeza.

"É Natal."

"Estão esperando por mim no necrotério."

"Sinto muito em ouvir isso", falou com a boca enfiada no travesseiro. "Não sabia que você estava se sentindo tão mal."

4

A sede do Departamento de Medicina Legal de Nova York ficava na Primeira Avenida, no edifício em frente ao hospital em estilo gótico, de tijolos vermelhos, chamado Bellevue, onde, há muito tempo, se faziam as autópsias da cidade. Videiras castanhas, ferro batido, paredes cobertas de grafite e gordos sacos de lixo pretos em cima da neve esperando ser recolhidos. Canções de Natal tocavam sem parar dentro do táxi caindo aos pedaços. Quando finalmente chegamos ao nosso destino, ele freou cantando os pneus, na avenida quase sempre muito movimentada.

"Preciso de um recibo", falei para o chofer russo, que passara os últimos dez minutos me explicando o que estava errado no mundo.

"De quanto?"

"Oito." Fui generosa. Era manhã de Natal.

Ele fez um movimento com a cabeça, começou a rabiscar, enquanto eu observava um homem na calçada, perto das grades do Bellevue, olhando para mim. Barba por fazer, cabelos compridos desgrenhados, jaqueta jeans forrada de lã e bainha das calças manchadas enfiada no cano das botas de caubói, em petição de miséria. Quando desci do táxi, ele começou a cantar e a tocar uma guitarra imaginária:

Bate o sino, pequenino, sino de Belém/ Que legal, ir pra Galveston, no ano que vem-eeeemmm...

"Veja só, você arranjou um admirador", disse o chofer, divertido, ao me passar o recibo pela janela do carro.

Ele arrancou e sumiu numa nuvem de fumaça. Não havia carros nem ninguém à vista, e a horrível cantoria aumentou de volume. Então meu baratinado admirador veio atrás de mim. Entrei em pânico quando ele começou a gritar "Galveston!", como se fosse meu nome ou uma acusação. Corri para o saguão do edifício.

"Tem um sujeito me seguindo", falei para uma guarda de segurança que, sentada à sua mesa, parecia carecer de espírito natalino.

O músico desequilibrado apertou a cara contra o vidro da porta e ficou olhando para dentro, o nariz amassado, as faces lívidas. Escancarou a boca e começou a passar a língua no vidro e a movimentar a pélvis para a frente e para trás, como se estivesse fazendo sexo com o edifício. A guarda, uma mulher troncuda que usava trancinhas afro, aproximou-se da porta e bateu nela com os punhos.

"Benny, dê o fora daqui", gritou ela. "Caia fora daqui agora mesmo, Benny." Ela bateu com mais força. "Não me obrigue a ir aí fora."

Benny afastou-se do vidro. De repente, transformou-se em Nureyev, fazendo piruetas na rua deserta.

"Sou a doutora Scarpetta", falei para a guarda. "O doutor Horowitz está me esperando."

"Impossível. É Natal", disse ela, olhando-me com aqueles olhos negros experientes que já haviam visto tudo. "Se você quiser, posso chamar o doutor Pinto." Ela voltou para seu posto.

"Eu sei que é Natal", fui atrás dela, "mas ficou acertado que o doutor Horowitz iria me esperar aqui." Tirei minha carteira e mostrei meu distintivo dourado de legista titular.

Ela não se impressionou. "Já veio aqui antes?"

"Muitas vezes."

"Hum. Bem, tenho certeza de que não vi o chefe hoje. Mas isso não quer dizer que ele não tenha entrado pelo estacionamento sem me avisar. Às vezes eles ficam aí horas a fio sem eu saber. Humm. É isso, ninguém se dá ao trabalho de me avisar."

Ela pegou o telefone. "Humm. Não, senhor, eu não preciso saber de nada." Discou. "Eu não preciso saber de coisa nenhuma. Doutor Horowitz? Aqui é Bonita, da segurança. Está aqui uma pessoa chamada Scarlet." Ela fez uma pausa. "Não sei." Olhou para mim. "Como se soletra isso?"

"S-c-a-r-p-e-t-t-a", falei, pacientemente.

Ela não conseguiu pronunciar direito, mas chegou perto. "Sim, senhor, mando sim." Em seguida, desligou e disse: "Pode entrar e sentar ali".

A decoração e o carpete da sala de espera eram cinza, havia revistas sobre mesas pretas e uma modesta árvore de Natal no centro. Havia uma inscrição latina na parede de mármore: *Taceant Colloquia Effugiat Risus Hic Locus Est Ubi Mors Gaudet Succurrere Vitae*, que queria dizer que não se podia esperar encontrar risos e conversas naquele lugar onde a morte se comprazia em ajudar os vivos. Um casal de orientais estava sentado de mãos dadas no sofá à minha frente. Eles não falavam, nem levantavam os olhos. Dali para a frente o Natal para eles seria mergulhado em tristeza.

Eu me perguntava por que estavam ali e quem haviam perdido, e pensei em tudo o que sabia. Desejei poder ajudá-los e confortá-los de alguma forma, embora eu não tivesse jeito para esse tipo de coisa. Depois de todos aqueles anos, a melhor coisa que eu podia dizer àqueles que haviam perdido uma pessoa querida era que a morte fora rápida e que ela não sofrera. Na maioria das vezes, essas palavras não eram verdadeiras. Como se pode medir a angústia de uma mulher obrigada a se despir num parque deserto, numa noite gelada? Como imaginar o que ela sentiu quando Gault a conduziu àquele chafariz cheio de neve e engatilhou a arma?

Obrigá-la a se despir era um sinal de sua profunda crueldade e de sua insaciável sede de zombaria. A nudez não era necessária. Ela não precisava ser informada previamente de que iria morrer sozinha no Natal, sem ninguém saber o seu nome. Gault poderia simplesmente matá-la a tiros, e ponto final. Ele poderia sacar sua Glock, pegando-a desprevenida. O filho da puta.

"Senhor e senhora Li?" Uma mulher de cabelos brancos surgiu diante do casal.

"Sim."

"Posso ir com os senhores, se já estiverem prontos."

"Sim, sim", disse o homem, enquanto a mulher começava a chorar.

Eles foram levados à sala em que se fazia o reconhecimento, para onde o corpo de seu ente querido seria levado do necrotério por um elevador especial. Muitas pessoas simplesmente se recusam a acreditar na morte, antes de tê-la visto e tocado. Quanto a mim, apesar de ter visto e testemunhado inúmeras cenas de reconhecimento de corpo, não conseguia me imaginar participando daquele ritual. Acho que não conseguiria suportar esse último e rápido olhar através do vidro. Sentindo o começo de uma dor de cabeça, fechei os olhos e comecei a massagear minhas têmporas. Fiquei sentada ali por muito tempo, até sentir a presença de alguém.

"Doutora Scarpetta?" A secretária do dr. Horowitz estava de pé ao meu lado, parecendo preocupada comigo. "A senhora está bem?"

"Emily", disse, surpresa. "Sim, estou bem, mas não esperava encontrar você aqui hoje." Levantei-me.

"Quer um Tylenol?"

"Agradeço a sua gentileza, mas estou bem."

"Eu também não esperava encontrar a senhora aqui hoje. Mas não se pode dizer exatamente que as coisas estão dentro da normalidade. É de surpreender o fato de que você tenha conseguido chegar aqui sem ser importunada por uma multidão de repórteres."

"Não vi repórter nenhum", comentei.

"Ontem à noite eles estavam em toda parte. A senhora viu o *Times*, não viu?"

"Não tive muito tempo pra isso", respondi, um tanto constrangida. Fiquei imaginando se Wesley ainda estava na cama.

"Está a maior confusão", disse Emily, uma jovem de cabelos compridos e pretos, sempre tão recatada e com roupas tão modestas que parecia ser de outra época. "Até o prefeito apareceu. Não é esse tipo de publicidade que a cidade quer ou precisa. Ainda não me acostumei com a idéia de que foi um repórter que encontrou o corpo."

Lancei-lhe um olhar rápido e intenso. "Um repórter?"

"Bem, na verdade ele é uma espécie de editor de texto do *Times* — um desses malucos que não podem deixar de correr, chova ou faça sol. Aconteceu então de ele estar ontem lá pelas nove da noite no parque dando uma volta em Cherry Hill. Fazia muito frio, nevava e a área estava deserta. Ele se aproximou do chafariz e lá encontrou a pobre mulher. Nem é preciso dizer que o jornal da manhã trouxe uma descrição completa, e as pessoas ficaram fora de si de tão assustadas."

Após passarmos por várias portas, ela pôs a cabeça na sala do chefe para anunciar a nossa chegada e evitar que entrássemos intempestivamente. O dr. Horowitz, que já não era mais moço, estava ouvindo cada vez menos. Seu escritório exalava o leve perfume de diversas flores, pois ele gostava de orquídeas, violetas africanas e gardênias, e, sob seus cuidados, elas vicejavam.

"Bom dia, Kay." Ele se levantou da escrivaninha. "Veio alguém com você?"

"O capitão Marino deve vir também."

"Emily vai lhe mostrar o caminho. A menos que você queira esperar por ele."

Eu sabia que o dr. Horowitz não queria esperar. Não havia tempo para isso. Ele dirigia o maior departamento de medicina legal do país, onde oito mil pessoas por ano — a população de uma cidade pequena — eram submetidas a autópsia em suas mesas de aço. Um quarto delas, vítimas de homicídio, e muitas nunca seriam identificadas. Nova York tinha tal dificuldade em identificar seus mortos que a divisão de detetives do DPNY possuía uma unidade de pessoas desaparecidas funcionando no edifício do dr. Horowitz.

O chefe pegou o telefone e falou com uma pessoa sem a chamar pelo nome. "A doutora Scarpetta chegou. Já estamos descendo."

"Não se preocupem que eu me encarrego de levar Marino até os senhores", disse Emily. "Acho que esse nome não me é estranho."

"Já faz muito tempo que trabalhamos juntos", falei. "E ele tem trabalhado como assistente da Unidade de Apoio a Investigações do FBI em Quantico, desde que ela foi criada."

"Eu pensava que se chamava Unidade de Ciência Comportamental, como nos filmes."

"O FBI mudou o nome, mas o trabalho é o mesmo", expliquei, referindo-me ao pequeno grupo de agentes, famoso por sua abordagem psicológica e pela perseguição de agressores sexuais e assassinos. Quando, não faz muito tempo, fui nomeada patologista forense consultora da unidade, eu não acreditava que ainda havia muito para ser visto. Estava enganada.

O sol entrava pelas janelas do escritório do dr. Horowitz e batia nas prateleiras de vidro, cheias de flores e árvores em miniatura. Eu sabia que no banheiro úmido e escuro ele cultivava orquídeas em perchas ao redor da pia e da banheira, e que tinha uma estufa em casa. A primeira vez em que o vi, achei-o parecido com Lincoln. Tanto um quanto outro tinham rostos ossudos e benevolentes, devastados por uma guerra que dilacerava a sociedade. Eles suportavam a tragédia como se tivessem sido escolhidos para isso, e tinham grandes e pacientes mãos.

Descemos pelas escadas em direção ao que o Departamento de Polícia de Nova York chamava de sua casa mortuária, um apelido estranhamente eufêmico para o necrotério de uma das cidades mais violentas dos Estados Unidos. O ar que se insinuava ali, vindo do pátio, era muito frio e cheirava a cigarro velho e a morte. Cartazes fixados nas paredes azul-esverdeadas pediam que as pessoas não jogassem lençóis ensangüentados, mortalhas, trapos ou vasilhas nos latões de lixo.

Era obrigatório o uso de pantufas, não se podia comer, e em quase todas as portas havia cartazes advertindo sobre a existência de material perigoso à saúde. O dr. Horowitz informou que um dos seus trinta subdelegados iria proceder à autópsia da desconhecida, que acreditávamos ser a última vítima de Gault.

Entramos num vestiário onde o dr. Lewis Rader, de avental, atava um jogo de pilhas à cintura.

"Doutora Scarpetta", disse o dr. Horowitz, "você já conhece o doutor Rader?"

"Já faz uma eternidade que nos conhecemos", disse Rader, com um sorriso.

"É sim", confirmei, calorosamente. "Mas a última vez que nos vimos foi em San Antonio, se não me engano."

"Puxa. Faz tanto tempo assim?"

Fora na Academia Americana de Ciências Forenses, no encontro que legistas realizavam uma vez por ano, com o tema *Traga sua própria lâmina*, para expor e falar. Rader apresentara o caso da estranha morte de uma jovem, provocada por um raio. Como suas roupas sumiram e ela batera com a cabeça no concreto ao cair, ela dera entrada no Departamento de Medicina Legal como um caso de agressão sexual. Os policiais aceitaram essa versão até o momento em que Rader mostrou-lhes que a fivela de seu cinto estava magnetizada, e que havia uma pequena queimadura na sola de um de seus pés.

Lembro-me que, depois da apresentação, Rader me servira um Jack Daniels puro num copo de papel e rememoramos os velhos tempos em que havia poucos patologistas forenses, e eu era a única mulher do grupo. Rader beirava os sessenta e tinha o reconhecimento de seus pares. Mas ele não daria um bom chefe. Não lhe agradava lidar com papelada e politicagem.

Parecia que estávamos nos preparando para uma viagem espacial quando colocamos tubos de oxigênio, máscaras protetoras e toucas cirúrgicas. Trabalhar com AIDS é um problema, porque você pode levar uma picada de agulha ou um corte ao lidar com um corpo infectado, mas as infecções de transmissão aérea, como tuberculose e meningite, constituíam um perigo ainda maior. Naqueles dias nós usávamos duas luvas, respirávamos ar purificado, e vestíamos roupas descartáveis. Alguns legistas, como Rader, usavam malhas de aço inoxidável que faziam lembrar as antigas cotas de malha.

Eu estava colocando a touca cirúrgica quando O'Donnell, o detetive que conhecêramos na noite anterior, entrou na sala junto com Marino, que parecia estar irritado e de ressaca. Eles colocaram máscaras cirúrgicas e luvas, e ninguém olhava para ninguém. Nosso caso sem nome encontrava-se na gaveta de aço número 121, e enquanto saíamos do vestiário, os funcionários do necrotério tiraram o corpo e o colocaram numa maca. A mulher morta estava nua e inspirava pena em seu frio leito de aço.

As partes dos ombros e das coxas que haviam sofrido cortes e amputações exibiam feias manchas de sangue coagulado e enegrecido. Sua pele apresentava a coloração rosa brilhante do *livor mortis* do frio, típico de corpos congelados ou mortos por exposição a baixas temperaturas. O ferimento do tiro na sua têmpora direita era de grosso calibre, e pude ver imediatamente a marca que o cano deixara em sua pele, quando Gault encostou a arma e apertou o gatilho.

Homens de avental e máscaras levaram-na para a sala de raios X, onde cada um de nós recebeu um par de óculos de plástico cor-de-laranja para acrescentar a nossa armadura. Rader ligou um gerador de energia chamado Luma-Lite, uma caixa preta simples, com um cabo de fibra óptica azul bastante aperfeiçoado. Era como se fosse mais um par de olhos que viam o que não conseguíamos ver, uma suave luz branca que tornava as impressões digitais fluorescentes, e fazia cabelos, fibras, manchas de sêmen e de narcóticos brilharem como fogo.

"Alguém aí apague as luzes."

No escuro, ele começou a iluminar o corpo com o Luma-Lite, e inúmeras fibras começaram a brilhar como filamentos metálicos incandescentes. Usando um fórceps, Rader coletou material dos pêlos pubianos, pés, mãos e dos cabelos curtos do couro cabeludo. Umas manchas amarelas brilharam como o sol quando ele iluminou algumas partes dos dedos de sua mão direita.

"Temos aqui alguma substância química", disse Rader.

"Às vezes, o sêmen tem o mesmo brilho."

"Não acho que seja isso."

"Pode se tratar de substâncias que aderem ao nosso corpo na rua", opinei.

"Vamos colher material para exame", disse Rader. Onde está o ácido clorídrico?"

"Já está chegando."

O material foi colhido e Rader prosseguiu. A luzinha branca foi passeando pelo corpo sem vida da mulher, pelos recessos escuros onde sua carne fora arrancada, pela planície de seu ventre e pelos suaves aclives de seus seios. Praticamente não havia nenhum vestígio revelador em seus ferimentos. Isso corroborava nossa teoria de que Gault a matara e mutilara no mesmo lugar onde fora encontrada, porque se ela tivesse sido levada para lá depois do crime, poderiam ser encontrados alguns detritos no sangue coagulado. Mas, na verdade, os ferimentos eram as áreas mais limpas de seu corpo.

Trabalhamos no escuro por mais de uma hora, e a vítima foi se revelando palmo a palmo. Sua pele era delicada, e parecia nunca ter visto o sol. Ela não era nem um pouco musculosa, magra, um metro e cinqüenta e três de altura. A orelha esquerda tinha sido furada três vezes, a direita, duas, e ela usava brinquinhos e argolinhas de ouro. Tinha curtíssimos cabelos loiros não muito claros, olhos azuis e aparência serena que talvez não se mostrasse tão tranqüila se não tivesse a cabeça raspada e não estivesse morta. As unhas não eram pintadas e estavam roídas até a carne viva.

Os únicos sinais de ferimentos antigos eram cicatrizes na testa e no alto da cabeça, na altura do osso parietal esquerdo. As cicatrizes eram lineares e mediam de quatro a cinco centímetros. O resíduo visível do disparo em suas mãos era a marca do ejetor na palma da mão direita, entre o indicador e o polegar, mostrando que ela colocara a mão em posição defensiva quando a pistola foi disparada. Esses vestígios excluíam totalmente a hipótese de suicídio, mesmo que muitos outros sinais o sugerissem, o que não era o caso.

"Acho que não dá para saber se ela era manidestra", a voz do dr. Horowitz soou na escuridão, em algum ponto atrás de mim.

"Sua mão direita é ligeiramente mais desenvolvida que a esquerda", observei.

"Manidestra, então; é o que acho. Sua higiene pessoal e sua comida eram pobres", disse o dr. Horowitz.

"Como uma pessoa que mora na rua ou uma prostituta. É isso que estou supondo", comentou O'Donnell.

"Nenhuma prostituta que conheço rasparia a cabeça", soou a voz mal-humorada de Marino na escuridão, do outro lado da mesa.

"Isso depende de quem ela queria seduzir", disse O'Donnell. "O agente que a viu no metrô pensou a princípio que ela era um homem."

"Isso foi quando ela estava com Gault", falou Marino.

"Quando ela estava com o cara que vocês imaginam que era Gault."

"Eu tenho certeza", disse Marino, "era com ele que ela estava. Eu quase consigo farejar o filho da puta, como se ele deixasse um mau cheiro por onde passa."

"Acho que o fedor que você sentiu é dela", comentou O'Donnell.

"Puxe um pouco para baixo, aqui. Está bem, obrigado." Rader colheu mais fibras enquanto vozes descarnadas continuavam a conversar numa escuridão espessa como veludo.

A certa altura comentei: "Acho isso muito fora do comum. Normalmente associo essa quantidade de resíduos a alguém que foi embrulhado num lençol sujo e transportado no porta-malas de um carro".

"É evidente que já fazia algum tempo que ela não tomava banho, e estamos no inverno", disse Rader, enquanto continuava a mover o cabo de fibra óptica, iluminando uma cicatriz de infância, causada pela vacina contra varíola. "Ela já devia estar usando as mesmas roupas por muitos dias, e se andava de metrô ou de ônibus, elas se encheram de resíduos."

Isso significava que ela era uma mulher cujo desaparecimento, pelo que eu sabia, não fora reclamado por ninguém, porque ela não tinha um lar, nem ninguém que se preocupasse com ela ou se incomodasse com o que lhe acontecesse. Ela era a tragicamente típica sem-teto, supúnhamos, até o momento em que a colocamos na mesa número seis da sala de autópsias, onde o dentista forense, o dr. Graham, esperava para examinar seus dentes.

Ele era um jovem de ombros largos, que eu associava a professores da escola de medicina, e fora cirurgião-dentista na ilha Staten, quando trabalhava com os vivos. Mas aquele era dia de trabalhar com quem se queixava com línguas silenciosas, o que ele fazia por uma remuneração que provavelmente não daria nem para cobrir as despesas com o táxi e a refeição. O *rigor mortis* já dominara seu corpo, e como uma criança que odeia o dentista, a defunta se recusava a cooperar. Afinal, ele conseguiu abrir suas mandíbulas com uma lima fina.

"Feliz Natal", disse, aproximando a luz. "Ela tem a boca cheia de ouro."

"Muito interessante", acrescentou o dr. Horowitz, como um matemático refletindo sobre um problema.

"São restaurações de ouro." Graham começou a apontar obturações em forma de feijão próximas à linha das gengivas, em cada um dos dentes da frente. "Tem aqui, aqui e aqui." Ele mostrava e tornava a mostrar. "Seis, ao todo. Isso é muitíssimo raro. Pra falar a verdade, nunca vi algo assim. Não num necrotério."

"Mas que diabo é essa tal de restauração de ouro?", perguntou Marino.

"É um pé no saco, é o que é", disse Graham. "Um tipo de restauração difícil e chata."

"Acho que antigamente era preciso saber fazê-las para obter o diploma", comentei.

"Isso mesmo. E os estudantes a odiavam."

Ele continuou a explicar, dizendo que nesse tipo de restauração, o dentista tinha que colocar bolinhas de ouro dentro de um dente, e um mínimo de saliva já seria capaz de fazer a obturação cair. Embora essas restaurações fossem muito boas, elas eram trabalhosas, penosas e caras.

"E poucos pacientes", acrescentou ele, "querem ter ouro à mostra na superfície dos dentes da frente."

Graham continuava a examinar várias restaurações, extrações, formas e deformações que definiam quem era aquela mulher. Sua mordida era levemente aberta, e havia um desgaste semicircular nos dentes da frente, compatível com o fato de ela usar cachimbo, dado que fora vista com um na mão.

"Se ela fosse uma fumante contumaz de cachimbo, os dentes não teriam manchas de fumo?", perguntei, ao não identificar nenhum vestígio disso.

"Possivelmente. Mas note como a superfície dos dentes está desgastada — essas áreas escavadas ao longo da gengiva que precisaram das restaurações de ouro", ele mostrou. "O maior estrago de seus dentes deve ter sido causado por excesso de escovação."

"Quer dizer que se ela escovasse os dentes dez vezes por dia, não teria manchas de fumo", disse Marino.

"Essa superescovação não combina com seus pobres hábitos higiênicos", comentei. "Na verdade, sua boca não combina com mais nada que sabemos dela."

"Dá para saber quando esse trabalho foi feito?", perguntou Rader.

"Pra falar a verdade, não", falou Graham, enquanto continuava o exame. "Mas é um trabalho excelente. Eu diria que foi o mesmo dentista que fez todas elas, e o único lugar no país em que ainda se fazem boas restaurações de ouro é na Costa Oeste."

"Fico me perguntando como pode saber tudo isso", disse o detetive O'Donnell.

"Você só consegue que lhe façam esse tipo de restauração onde haja gente que ainda as faça. Eu não faço, nem conheço ninguém que faça. Mas existe uma organização chamada Academia Americana de Restaurações de Ouro, que possui várias centenas de membros — dentistas que se orgulham de ainda fazer esse tipo de trabalho. E a maior concentração deles é no estado de Washington."

"Por que uma pessoa pode querer uma restauração desse tipo?", perguntou O'Donnell.

"Ouro dura muito tempo." Graham olhou para ele. "Existem pessoas que se preocupam com o que põem na boca. As substâncias químicas das obturações normais podem causar danos aos nervos. Elas mancham e estragam mais rápido. Certas pessoas acreditam que a prata pode causar todo tipo de dano, desde fibrose cística até queda de cabelo."

Então Marino falou: "Bom, muitos sujeitos simplesmente gostam de ouro".

"Sim. Ela devia ser uma dessas."

Mas eu achava que não. Aquela mulher não me parecia preocupar-se com a própria aparência. Eu desconfiava que ela não tinha raspado a cabeça para assumir alguma posição ou porque estivesse na moda. Quando começamos a examiná-la por dentro, fui entendendo melhor, ainda que o mistério aumentasse, ao invés de diminuir.

Ela sofrera uma histerectomia que extraíra seu útero por via vaginal, poupando os ovários, e seus pés eram chatos.

Tinha também um antigo hematoma intracerebral no lobo frontal do cérebro, oriundo de uma pancada que fraturara seu crânio sob as cicatrizes que havíamos descoberto.

"Ela foi vítima de agressão, provavelmente há muitos anos", comentei. "E este é o tipo de traumatismo que a gente associa à mudança de personalidade." Pensei na vítima vagando pelo mundo, sem que ninguém sentisse a sua falta. "Provavelmente ela vivia afastada da família e tinha ataques apopléticos."

O dr. Horowitz voltou-se para Rader. "Veja se podemos detectar tóxico. Talvez encontremos difeniliadantoína."

5

Pouco se podia fazer no resto do dia. A cidade estava com a cabeça no Natal, e laboratórios e muitos departamentos estavam fechados. Marino e eu andamos vários quarteirões em direção ao Central Park, antes de pararmos numa cafeteria grega onde tomei apenas café, pois não conseguia comer. Então achamos um táxi.

Wesley não estava em seu quarto. Voltei para o meu, e fiquei por muito tempo diante da janela, olhando a escuridão, a mata fechada e as rochas negras em meio à imensidão nevada do parque. O céu estava cinzento e carregado. Eu não conseguia enxergar o rinque de patinação nem o chafariz onde o cadáver da mulher fora encontrado. Embora ela já não se encontrasse lá quando visitei a cena do crime, eu tinha examinado as fotografias. O que Gault fez foi terrível, e me perguntava onde estaria ele agora.

Eu já perdera a conta das mortes violentas com que trabalhara desde o início de minha carreira, embora pudesse compreendê-las muito mais do que podia deixar transparecer, quando me encontrava no banco das testemunhas. Não é muito difícil compreender pessoas que se encontram tão enfurecidas, drogadas, apavoradas ou enlouquecidas que chegam a matar. Até os psicopatas têm sua lógica tortuosa. Mas Temple Brooks Gault parecia fora do alcance de qualquer tentativa de explicação ou decifração.

A primeira vez em que ele se defrontou com a justiça criminal foi há menos de cinco anos. Gault bebia White

Russians num bar em Abingdon, Virgínia, quando um chofer de caminhão bêbado, que não gostava de efeminados, começou a importuná-lo. Sem dizer nada, Gault, que era faixa preta de caratê, sorriu seu sorriso estranho, levantou-se, rodopiou e acertou a cabeça do chofer com um pontapé. Havia meia dúzia de agentes da polícia estadual numa mesa próxima, e foi só por isso que ele foi preso e acusado de homicídio culposo.

Sua permanência na Penitenciária do Estado da Virgínia foi breve e estranha. Primeiro, ele conquistou a proteção de um guarda corrupto que falsificou sua identidade e facilitou sua fuga. Pouco tempo depois de sair da prisão, encontrou por acaso um menino chamado Eddie Heath, e matou-o da mesma forma que chacinara a mulher no Central Park. Depois, matou minha supervisora, a diretora do presídio, e uma guarda chamada Helen. Àquela altura, Gault tinha trinta e dois anos.

Flocos de neve começaram a se acumular junto à minha janela e lá adiante, caindo sobre as árvores, pareciam um nevoeiro. Ouvi o barulho de patas no calçamento quando uma carruagem passou sem passageiro, apenas com o velho cocheiro envolto em uma manta xadrez. A égua branca era velha e um tanto trôpega, e quando ela escorregava, o cocheiro batia nela com força. Outros cavalos destacavam-se tristemente contra o tempo, cabeças baixas, pêlos desalinhados, e senti uma revolta como que subindo pela minha garganta feito fel. Meu coração começou a bater furiosamente. Voltei-me de repente, porque alguém batia à porta.

"Quem é?", perguntei.

Wesley disse, depois de uma pausa: "Kay?".

Fi-lo entrar. O boné de beisebol e as ombreiras do seu sobretudo estavam úmidos de neve. Ele tirou as luvas de couro e enfiou-as nos bolsos, e depois tirou o casaco, olhando fixamente para mim.

"O que está havendo?", perguntou.

"Vou lhe dizer exatamente o que está havendo." Minha voz estava trêmula. "Venha aqui e olhe." Tomei-o pela mão e puxei-o para a janela. "Veja! Você acha que aqueles pobres cavalos tiveram pelo menos um dia de descanso? Você acha que são bem tratados? Você acha que eles são escovados ou adequadamente ferrados? Você sabe o que acontece quando eles tropeçam — quando o chão está coberto de gelo e eles estão podres de velhos e quase caem?"

"Kay..."

"Batem neles com mais força."

"Kay..."

"Então por que você não faz alguma coisa?", perguntei, enfurecida.

"O que você quer que eu faça?"

"Faça alguma coisa, só isso. O mundo está cheio de pessoas que não fazem nada, e já estou cansada disso!"

"Você quer que eu faça uma denúncia à Sociedade Protetora dos Animais?", perguntou.

"Sim, quero", disse. "E eu também vou fazer."

"Você não se incomodaria se eu fizesse isso amanhã, já que não deve haver nada aberto hoje, não é?"

Continuei a olhar pela janela enquanto o cocheiro começava a bater novamente no cavalo. "Não falei?", disse-lhe, rispidamente.

"Aonde você está indo?" Ele me seguiu porta afora e se precipitou atrás de mim, quando me encaminhei para o elevador. Cruzei o saguão e saí, sem casaco, pela porta de entrada do hotel. Agora a nevasca estava mais forte, e a neve escorregadia por causa do gelo. O alvo da minha fúria era um velho de chapéu, encurvado no banco do cocheiro. Ele endireitou o corpo quando viu aquela mulher de meia-idade se aproximando, seguida de um homem alto.

"Gostaria de dar um belo passeio de carruagem?", perguntou ele, com um sotaque carregado.

A égua voltou o pescoço em minha direção e esticou as orelhas como se soubesse o que ia acontecer. Ela não passava de pele e osso, e estava coberta de cicatrizes, patas enormes, olhos baços e debruados de rosa.

"Como é o nome da égua?", perguntei.

"Branca de Neve." Ele parecia tão desgraçado quanto a pobre égua, quando começou a me dar os seus preços.

"Não estou interessada nos seus preços", disse-lhe, enquanto ele olhava para mim, o rosto abatido.

Ele deu de ombros. "Você quer fazer uma corrida até onde?"

"Não sei", respondi, ríspida. "Quanto tempo precisamos andar antes que você recomece a bater em Branca de Neve? E você costuma bater nela quando é dia de Natal?"

"Eu sou bom para ela", disse ele, estupidamente.

"Você é cruel com ela e provavelmente com tudo o que vive e respira", afirmei.

"Tenho que trabalhar", falou, os olhos apertados.

"Eu sou médica e vou denunciá-lo", disse-lhe, elevando a voz.

"O quê?" Ele deu um riso de deboche. "Você é médica de cavalos?"

Aproximei-me então do assento do cocheiro até ficar a um palmo de suas pernas cobertas com a manta. "Se você chicotear essa égua mais uma vez, eu vou ver", disse-lhe, com a fria calma que reservava às pessoas que odiava. "E este homem aqui do meu lado também. Daquela janela ali" — apontei. "E um belo dia você vai acordar e descobrir que comprei a sua empresa e o despedi."

"Você não compra empresa nenhuma", disse ele, olhando com curiosidade o edifício do Athletic Club.

"Você não tem a menor noção das coisas."

Ele enfiou o queixo dentro da gola e me ignorou.

Voltei para o meu quarto em silêncio e tampouco Wesley disse alguma coisa. Respirei fundo, e minhas mãos não paravam de tremer. Ele foi ao minibar e serviu um uísque para cada um, me fez sentar na cama, pôs algumas almofadas atrás de mim, tirou o casaco e o estendeu sobre as minhas pernas.

Ele apagou as luzes, sentou-se perto de mim e ficou acarinhando meu pescoço por algum tempo, enquanto eu olhava pela janela. Em tempo de neve, o céu fica cinzento e úmido, mas não tão feio quanto quando chove. Eu pensava sobre essa diferença. Por que a neve parecia tão suave e a chuva tão pesada e até mais fria?

Fazia muito frio e chovia horrivelmente em Richmond no Natal em que a polícia descobriu o corpo frágil e nu de Eddie Heath. Ele estava encostado num contêiner de lixo, atrás de um edifício abandonado com janelas lacradas com tábuas, e embora não tenha mais recuperado a consciência, ainda não estava morto quando foi encontrado. Gault o havia seqüestrado em uma loja de conveniência, onde, a pedido da mãe, o menino fora comprar uma lata de sopa.

Eu nunca iria esquecer a desolação daquele lugar malcheiroso onde encontraram o menino, nem a crueldade gratuita de Gault em colocar perto do corpo uma bolsinha contendo a lata de sopa e um doce que Eddie comprara na loja. Os detalhes eram tão cruéis que até o agente de Henrico County chorou. Lembrei-me dos ferimentos de Eddie e da morna pressão de sua mão quando o examinei na UTI da pediatria, antes de desligarem os equipamentos que o mantinham vivo.

"Oh, Deus", murmurei na penumbra do quarto. "Oh, Deus, estou tão cansada de tudo isso."

Wesley não respondeu. Ele se levantara e estava de pé, junto à janela, com o copo na mão.

"Estou tão cansada da crueldade! Estou tão cansada de ver gente batendo em cavalos, matando meninos e mulheres com problemas mentais."

Wesley não se voltou. Ele disse: "É Natal. Você devia ligar para sua família".

"Você tem razão. É disso mesmo que estou precisando para me animar um pouco." Eu assoei o nariz, acendi as luzes e peguei o telefone.

Na casa de minha irmã em Miami ninguém atendeu. Tirei uma caderneta de endereços da bolsa e liguei para o hospital onde minha mãe estava já fazia algumas semanas. Uma enfermeira na UTI disse que Dorothy estava com minha mãe e ela iria chamá-la.

"Alô."

"Feliz Natal", disse à minha única irmã.

"Considerando o lugar onde estou, imagino que você deve estar ironizando. Não há nada de felicidade neste lugar, nada de que você possa ter a exata noção, uma vez que não está aqui."

"Eu sei muito bem o que é terapia intensiva", disse-lhe. "Onde está Lucy e como está ela?"

"Ela saiu com uma amiga. Elas me deixaram aqui e vão voltar daqui a uma hora mais ou menos. E então vamos à missa. Bem, nem sei se a amiga vai, porque ela não é católica."

"A amiga de Lucy tem nome. Ela se chama Janet, e é muito simpática."

"Não vou discutir isso com você agora."

"Como está mamãe?"

"Na mesma."

"Na mesma como, Dorothy?", perguntei, já começando a me impacientar.

"Tiveram que pôr um dreno nela hoje por um tempão. Não sei qual é o problema, mas você não pode imaginar como é horrível vê-la tentar tossir e não sair nem um som, por causa daquele tubo pavoroso na garganta. Hoje ela só se livrou do respirador por cinco minutos."

"Será que ela sabe que dia é hoje?"

"Ah, sim", disse Dorothy, num tom sombrio. "Sim, claro. Eu coloquei uma arvorezinha em sua mesa. Ela chorou um bocado."

Senti uma forte dor no peito.

"Quando você vem para cá?", continuou ela.

"Não sei. Não podemos sair de Nova York agora."

"Você nunca se incomoda com o fato de que passa a maior parte da vida preocupando-se com defuntos, Katie?" Sua voz ia se tornando cada vez mais aguda. "Acho que todos os seus relacionamentos são com pessoas mortas..."

"Dorothy, diga a mamãe que a amo e que eu telefonei. Por favor, diga a Lucy e a Janet que vou tentar falar com elas mais tarde ou amanhã."

Desliguei e tornei a apagar as luzes.

Wesley ainda estava diante da janela, de costas para mim. Ele conhecia muito bem os problemas de minha família.

"Sinto muito", disse ele, carinhosamente.

"Ela estaria da mesma forma se eu estivesse lá."

"Eu sei. Mas a questão é que você deveria estar lá e eu, em minha casa."

Quando ele falava sobre sua casa, eu me sentia incomodada, porque sua casa e a minha não eram a mesma. Voltei a pensar sobre esse caso, e quando fechei os olhos, vi a mulher que parecia um manequim sem roupas ou cabeleira. Lembrei-me de seus terríveis ferimentos.

"Benton, quem você acha que ele está matando quando mata essas pessoas?", perguntei.

"A si mesmo", disse ele. "Gault está matando a si mesmo."

"Mas isso não explica tudo."

"Não, mas em parte é isso."

"Para ele, isso é um esporte", comentei.

"Isso também é verdade."

"E quanto à sua família? Descobriu-se mais alguma coisa?"

"Não." Ele não se voltou. "A mãe e o pai estão bem e com saúde, em Beaufort, na Carolina do Sul."

"Eles se mudaram de Albany?"

"Lembre-se da enchente."

"Ah, sim. A tempestade."

"O sul da Geórgia quase foi varrido do mapa. Parece que os Gault se mudaram e agora estão em Beaufort. Acho também que eles estão buscando proteger sua privacidade."

"Dá para imaginar."

"Ônibus turísticos passavam por sua casa, na Geórgia. Repórteres batiam em sua porta. Eles não vão cooperar com as autoridades. Como você sabe, tentei falar com eles várias vezes e eles se recusaram."

"Gostaria que soubéssemos mais sobre sua juventude."

"Ele cresceu na fazenda da família, que era basicamente uma grande casa branca com vigamento de madeira, em meio a muitos hectares de nogueiras. Ali perto ficava a fábrica de doce de nozes e outros doces que você encontra em restaurantes de beira de estrada, principalmente no sul. Quanto ao que se passava naquela casa à época em que Gault lá vivia, não sabemos."

"E sua irmã?"

"Continua em algum lugar da Costa Oeste, suponho. Não conseguimos localizá-la. De qualquer modo, provavelmente ela não iria querer falar."

"Qual a probabilidade de que Gault a procure?"

"Difícil dizer. Mas não temos nenhuma indicação de que os dois tenham tido alguma vez na vida uma relação mais próxima. Parece que Gault nunca esteve próximo — em termos de normalidade — de ninguém em toda a sua vida."

"Onde você esteve hoje?" Minha voz estava mais tranqüila, e eu me sentia mais relaxada.

"Falei com vários detetives e andei bastante."

"Andou para fazer exercício ou a trabalho?"

"Mais a trabalho, mas também para me exercitar. A propósito, Branca de Neve se foi. O cocheiro foi embora com a carruagem vazia. E ele não bateu nela."

Abri os olhos. "Por favor, fale-me mais sobre as suas andanças."

"Andei pela área onde Gault foi visto no metrô com a vítima, no Central Park e na 81. Dependendo do tempo e do caminho que você toma, essa entrada de metrô fica a uns cinco minutos a pé da Ramble."

"Mas não sabemos se eles foram por ali."

"Nós não sabemos droga nenhuma", disse ele, deixando escapar um suspiro fundo e cansado. "É certo que conseguimos reconstituir as pegadas. Mas há tantas outras marcas de sapatos, de cascos de cavalos, patas de cachorros e sabe Deus mais o quê. Ou pelo menos havia." Ele fez uma pausa, enquanto a neve continuava a cair além da janela.

"Você acha que ele mora aqui por perto?"

"A estação do metrô é terminal. As pessoas que saem dela ou moram no Upper West Side, ou estão indo a algum dos restaurantes, ao museu ou a algum evento no parque."

"E esse é o motivo pelo qual não acredito que Gault esteja morando nessas redondezas", afirmei. "Numa estação como a 81, ou outras ali por perto, você costuma ver as mesmas pessoas muitas e muitas vezes. O agente da Polícia de Trânsito que abordou Gault muito provavelmente o teria reconhecido se ele morasse por ali e usasse o metrô com freqüência."

"Bem pensado", disse Wesley. "Parece que Gault conhecia muito bem a área que escolheu para cometer o crime. Não existe, porém, nenhuma indicação de que ele freqüentasse a região. Como, então, ele poderia conhecê-la bem?" Ele se voltou para me olhar de frente.

Como as luzes do quarto estavam apagadas, Wesley se destacara contra o céu cinzento e a neve. Ele parecia magro, as calças escuras escorregando pela cintura, o cinturão um furo mais apertado.

"Você perdeu peso", comentei.

"Sinto-me lisonjeado por você ter notado", disse ele, com uma careta.

"Eu só conheço seu corpo quando você está sem roupa", disse-lhe, prosaicamente. "Nessas condições, você é bonito."

"Então imagino que essas situações são as únicas que importam."

"Não, não são. Quantos quilos você perdeu e por quê?"

"Não sei quanto. Eu nunca me peso. Às vezes me esqueço de comer."

"Você já comeu hoje?", perguntei, como se fosse seu médico.

"Não."

"Ponha o casaco."

Andamos de mãos dadas ao longo do muro do parque, e não conseguia me lembrar se alguma vez tínhamos nos acarinhado em público. Mas as poucas pessoas que estavam na rua não podiam ver nossos rostos muito bem. Não que isso importasse. Por um momento meu coração ficou leve, e o barulhinho da neve caindo no chão dava a impressão de neve batendo contra uma vidraça.

Caminhamos em silêncio por muitos quarteirões, e pensei em minha família. Com certeza eu iria ligar para elas antes do fim do dia, e em troca ouviria mais queixas. Elas estavam descontentes comigo porque eu não fizera o que esperavam que fizesse, e em qualquer situação, eu desejava ardentemente fugir delas, como se fossem um emprego ruim ou um vício. Na verdade, eu me preocupava muito com Lucy, a quem sempre amara como se fosse minha filha. Quanto à minha mãe, eu nunca conseguia satisfazê-la. E não gostava de Dorothy.

Fiquei mais perto de Benton e tomei seu braço. Ele estendeu sua mão e pegou a minha, enquanto eu apertava meu corpo contra o seu. Ambos estávamos usando capuz, o que praticamente nos impedia de beijar. Por isso paramos na calçada em meio às sombras que já se aproximavam, puxamos os capuzes para trás e resolvemos o problema. Então rimos um para outro da nossa aparência.

"Diabo, eu queria ter uma máquina fotográfica aqui." Wesley riu um pouco mais.

"Não, você não queria."

Puxei o capuz para a posição normal enquanto imaginava alguém tirando uma fotografia de nós dois juntos. Isso me lembrou que éramos clandestinos, e a felicidade daquele instante acabou. Continuamos a andar.

"Benton, isso não pode durar para sempre", disse.

Ele não falou nada.

"Você é na realidade um marido dedicado. Mas então nós saímos da nossa cidade."

"Como se sente em relação a isso?", perguntou-me, novamente com a voz tensa.

"Acho que me sinto como a maioria das pessoas, quando estão tendo um caso. Culpa, vergonha, medo, tristeza. Tenho dores de cabeça e você perde peso." Fiz uma pausa. "Então passamos a nos encontrar."

"E o que você me diz do ciúme?"

Hesitei. "Eu me disciplino para não sentir isso."

"Uma pessoa não pode se disciplinar para não sentir."

"Claro que pode. Nós dois fazemos isso o tempo todo, quando estamos trabalhando em casos como o de agora."

"Você tem ciúme da Connie?", insistiu, continuando a andar.

"Eu sempre gostei de sua mulher e acho que ela é uma pessoa simpática."

"Mas você tem ciúme do meu relacionamento com ela? Seria muito compreensível..."

Interrompi-o. "Pra que ficar especulando sobre isso, Benton?"

"Porque eu quero que a gente encare a situação de frente para, de certa forma, tentar resolvê-la."

"Certo, mas então me diga uma coisa", respondi. "Quando eu estava com o Mark, na época em que ele era seu sócio e melhor amigo, você alguma vez sentiu ciúme?"

"De quem?", perguntou, querendo fazer gracinha.

"Você alguma vez sentiu ciúme de meu relacionamento com o Mark?", continuei.

Ele demorou um pouco para responder.

"Eu estaria mentindo se negasse que sempre senti atração por você. Muita atração", disse ele, finalmente.

Pensei no tempo em que Mark, Wesley e eu trabalhávamos juntos. Procurei na memória algum indício, por mais tênue que fosse, do que ele acabara de confessar. Não me lembrei de nada. Mas quando eu estava com o Mark, eu só me interessava por ele.

"Eu fui honesto", continuou Wesley. "Vamos voltar a falar de Connie e de você. Eu preciso saber."

"Por quê?"

"Preciso saber se ainda é possível que nós três nos encontremos", disse. "Como nos velhos tempos em que jantávamos juntos, quando você vinha nos visitar. Connie tem perguntado por que você não aparece mais para jantar conosco."

"Você quer dizer que acha que ela está desconfiando de alguma coisa?"

"O que estou dizendo é que o assunto surgiu. Ela gosta de você. Agora que eu e você estamos trabalhando juntos, ela se pergunta por que vê você menos do que antes, quando era de se esperar que a visse mais vezes."

"Eu entendo por que ela estranha isso", comentei.

"Para onde estamos indo?"

Eu estivera na casa de Benton e o vira com a mulher e os filhos. Lembrei-me da forma como se tocavam, dos risos e das alusões a coisas que eu não entendia, quando eles partilhavam seu mundo com os amigos. Mas naquela época era diferente, porque eu estava apaixonada pelo Mark, que agora estava morto.

Soltei a mão de Wesley. Os táxis passavam por nós em meio a jatos de neve, e as luzes brilhavam calidamente nas janelas dos edifícios. O parque tinha o brilho branco dos fantasmas sob os altos postes de iluminação.

"Não posso fazer isso", disse-lhe.

Entramos no Central Park.

"Sinto muito, mas simplesmente não posso me encontrar com você e com Connie juntos", acrescentei.

"Pensei que tinha dito que era capaz de disciplinar suas emoções."

"Pra você é fácil dizer isso porque não tenho outra pessoa em minha vida."

"A certa altura você vai ter que enfrentar essa situação. Mesmo que a gente termine tudo, terá que encarar a minha família. Se continuarmos trabalhando juntos, se voltamos a ser meros amigos."

"Quer dizer que você está me dando um ultimato."

"Você sabe que não."

Apressei o passo. Desde a primeira vez que fizemos amor, minha vida se tornou cem vezes mais complicada. Com certeza, eu não ignorava as implicações disso. Sobre a minha mesa de autópsias, eu tinha visto mais de um infeliz que tinha decidido se envolver com uma pessoa casada. As pessoas destruíam a si mesmas e aos outros. Elas ficavam mentalmente doentes e eram processadas.

Passamos pela Tavern on the Green. Olhei para o Dakota à minha esquerda, onde John Lennon fora assassinado anos atrás. A estação de metrô ficava muito perto de Cherry Hill, e eu me perguntava se Gault tinha saído do parque e vindo para cá. Parei e fiquei olhando. Naquela noite, 8 de dezembro, eu estava indo para casa, depois de uma sessão do júri, quando ouvi no rádio do carro a notícia de que Lennon tinha sido assassinado a tiros, por um anônimo que carregava um exemplar de *O apanhador no campo de centeio.*

"Benton", disse, "Lennon morava aqui."

"Sim. Ele foi morto bem na entrada."

"Há alguma possibilidade de que Gault tivesse isso em mente?"

"Eu não havia pensado nisso."

"A gente deve considerar essa possibilidade?"

Ele ficou calado, enquanto olhava para o Dakota com seus tijolos lavados a jato de areia, ferro batido e remates de cobre.

"Devemos considerar *todas* as possibilidades", respondeu ele.

"Gault era adolescente quando Lennon foi assassinado. Pelo que me lembro do seu apartamento em Richmond, ele parecia preferir música clássica e jazz. Não me recordo de ter visto nenhum álbum do Lennon ou dos Beatles."

"Se ele tinha Lennon em mente", disse Wesley, "não seria por causa de sua música. Gault devia estar fascinado pelo crime sensacional."

Continuamos a andar. "Não existe gente bastante para fazer as perguntas que nos interessam", comentei.

"A gente precisaria de todo um departamento de polícia. Talvez o FBI inteiro."

"Será que é possível verificarmos se alguém com a mesma descrição de Gault foi visto nos arredores do Dakota?", perguntei.

"Diabo, ele podia estar hospedado lá", Wesley, imaginou, amargamente. "Pelo menos até agora, dinheiro parece não ser problema para ele."

Perto do Museu de História Natural, vimos o toldo cor-de-rosa coberto de neve de um restaurante chamado Scaletta, que me surpreendeu por estar aberto e movimentado. Um casal entrou e desceu as escadas, e me perguntei se não devíamos fazer o mesmo. Para falar a verdade, eu estava começando a sentir fome, e Wesley não precisava perder mais peso.

"Você está disposto a entrar aqui?", perguntei-lhe.

"Claro. Scaletta é parente seu", brincou.

"Acho que não."

Fomos até a entrada, onde o maître nos informou que o restaurante estava fechado.

"Não é o que parece", disse, sentindo-me subitamente cansada e sem ânimo para continuar andando.

"Mas estamos, senhora." Ele era pequeno, careca e usava um smoking com uma faixa na cintura vermelho brilhante. "Trata-se de uma festa particular."

"Quem é Scaletta?", perguntou-lhe Wesley.

"Por que o senhor quer saber?"

"É um nome interessante, muito parecido com o meu", respondi.

"E qual é o da senhora?"

"Scarpetta."

Ele olhou para Wesley com atenção, e pareceu ficar meio desconcertado. "Sim, claro. Mas ele não está com a senhora esta noite?"

Olhei para ele sem entender nada. "Quem não está comigo?"

"O senhor Scarpetta. Ele foi convidado. Sinto muito não ter previsto que a senhora viria."

"Convidado para quê?" Eu não tinha a menor idéia do que ele estava falando. Meu nome era raro. Eu nunca encontrei nenhuma outra pessoa chamada Scarpetta, nem mesmo na Itália.

O maître hesitou. "A senhora não é parente do Scarpetta que costuma vir aqui?"

"Que Scarpetta?", disse, incomodada.

"Um homem. Ele tem vindo aqui muitas vezes nos últimos tempos. Um cliente excelente. Ele foi convidado para a nossa festa de Natal. Quer dizer então que os senhores não foram convidados por ele?"

"Conte-nos mais sobre ele."

"Um homem jovem. Ele gasta muito dinheiro." O maître sorriu.

Percebi que Wesley ia ficando cada vez mais interessado. "Pode descrevê-lo?", perguntou ele.

"Há muita gente aqui. A gente reabre amanhã..."

Wesley mostrou discretamente seu distintivo da polícia. O homem olhou-o sem se perturbar.

"Claro." Ele foi gentil e tranqüilo. "Vou conseguir uma mesa."

"Não, não", disse Wesley. "Não é necessário. Mas precisamos fazer mais algumas perguntas sobre esse homem que afirma chamar-se Scarpetta."

"Entrem." Ele nos fez entrar. "Se a gente fica conversando, é melhor sentar. Se a gente senta, é melhor comer. Meu nome é Eugênio."

Ele nos levou a uma mesa coberta com uma toalha cor-de-rosa, num canto bem distante da multidão de convidados que, em trajes de festa, ocupava quase todo o salão. Faziam brindes, comiam, sorriam à maneira dos italianos.

"Nosso menu de hoje à noite não está completo", desculpou-se Eugênio. "Posso lhes servir *costoletta di vitello alla griglia*, ou *pollo al limone* com quem sabe um pouco de *cappellini primavera*, ou *rigatoni con broccolo*.

Aceitamos tudo e pedimos também uma garrafa de Dolcetto D'Alba, que era um dos meus favoritos, e meio difícil de encontrar.

Eugênio foi pegar nosso vinho enquanto minha cabeça girava e eu sentia um aperto de medo no coração.

"Nem pense em levantar hipóteses", disse a Wesley.

"Ainda não estou levantando hipótese nenhuma."

Nem era necessário que ele o fizesse. O restaurante ficava muito perto da estação do metrô onde Gault fora visto. O restaurante Scaletta deve ter chamado sua atenção por causa do nome. Deve tê-lo feito pensar em mim, e eu era uma das pessoas em quem ele mais pensava.

Quase imediatamente, Eugênio voltou com nossa garrafa. Ele tirou o lacre e foi girando o saca-rolhas enquanto falava. "Veja, 1979, um vinho muito suave. Muito parecido com um Beaujolais." Ele tirou a rolha e pôs um pouco para que eu experimentasse.

Fiz que sim com a cabeça, e ele encheu nossos copos.

"Queira sentar-se, Eugênio", disse Wesley. "Tome um pouco de vinho. Fale-nos de Scarpetta."

Ele deu de ombros. "O que eu posso dizer é que a primeira vez em que ele esteve aqui foi há algumas semanas. Tenho certeza de que não o vira antes. Para dizer a verdade, ele era um tanto esquisito."

"Esquisito como?", perguntou Wesley.

"Na aparência. Cabelos vermelhos brilhantes, magro, roupas diferentes. Sabe, um casaco de couro preto comprido, calças italianas e acho que uma camiseta." Ele levantou os olhos para o teto e deu de ombros novamente. “Dá pra imaginar uma pessoa com calças finas e sapatos Armani usando uma camiseta que além do mais é amarrotada?”

“Ele é italiano?”, perguntei.

“Oh, não. Ele podia enganar muita gente, mas não a mim.” Eugênio balançou a cabeça e se serviu de um pouco de vinho. “Ele é americano. Talvez falasse italiano, porque usou a parte italiana do menu e pediu em italiano, sabe? Não quis pedir em inglês. Na verdade, ele era muito bom.”

“Ele pagou com o quê?”

“Sempre com cartão de crédito.”

“E o nome que estava no cartão era Scarpetta?”, perguntei.

“Sim, tenho certeza. Sem o primeiro nome. Só a inicial K. Ele disse que seu nome era Kirk. Que não é bem um nome italiano.” Ele sorriu e deu de ombros.

“Quer dizer que ele era uma pessoa amistosa”, disse Wesley, enquanto aquela informação continuava martelando minha cabeça.

“Às vezes era muito amistoso, e às vezes nem tanto. Ele sempre tinha alguma coisa para ler. Jornais.”

“Ele estava sozinho?”, perguntou Wesley.

“Sempre.”

“Qual era o cartão?”.

Ele pensou um pouco. “American Express. Acho que é um bom cartão.”

Wesley olhou para mim. “Você está com o seu aí?”

“Acho que sim.”

Tirei minha carteira da bolsa. O cartão não estava lá.

“Não entendo.” Senti o sangue me subir à cabeça.

“Qual foi a última vez que você o usou?”

“Não sei”, respondi, meio zonza. “Não costumo usá-lo muito. Muitos lugares não o aceitam.”

Ficamos em silêncio. Wesley tomou um gole de vinho e deu uma olhada na sala. Eu estava assustada e perplexa. Não sabia o que isso podia significar. Por que Gault viera aqui, fingindo ser eu? Como conseguira meu cartão de crédito? De repente, veio-me à mente uma negra suspeita. Quântico!

Eugênio saíra da nossa mesa para ver os pratos que pedíramos.

"Benton", disse, com o sangue latejando nas veias. "Foi Lucy quem usou o cartão pela última vez."

"Logo que ela começou a trabalhar conosco?", perguntou ele, franzindo o cenho.

"Sim. Eu lhe passei o cartão quando ela saiu do UVA e estava indo à Academia. Teria que ficar indo e voltando para me visitar. Ela iria viajar a Miami nos feriados e tudo o mais. Eu lhe dei o meu cartão para que ela usasse, principalmente em passagens de avião e de trem."

"E depois disso você nunca mais o viu?"

"Pra falar a verdade, não pensei mais nisso. Normalmente uso Mastercard ou Visa, e acho que meu American Express só é válido até fevereiro. Eu devo ter pensado que a Lucy poderia usá-lo até essa data."

"É melhor você ligar para ela."

"Vou ligar."

"Porque se o cartão não estiver com ela, Kay, podemos concluir que Gault o roubou quando o Departamento de Pesquisas em Engenharia sofreu um arrombamento, em outubro passado."

Era isso o que eu temia.

"E as suas contas?", perguntou ele. "Você chegou a notar alguma cobrança inesperada nos últimos meses?"

"Não", respondi. "Não me lembro de nenhuma despesa nem em outubro, nem em novembro." Fiz uma pausa. "Você acha que devo anular o cartão, ou podemos usá-lo para tentar localizar Gault?"

"Tentar localizá-lo com o cartão pode ser um problema."

"Por causa do dinheiro."

Wesley hesitou. "Vou ver o que posso fazer."

Eugênio voltou com a nossa massa, dizendo que estava tentando se lembrar de mais alguma coisa.

"Acho que a última vez que esteve aqui foi na quinta-feira à noite." Ele contou nos dedos. "Há quatro dias. Ele gosta de *bistecca,* de *carpaccio.* Hum... deixe-me ver. Comeu *funghi* e *carciofi* uma vez e *cappellini* puro. Sem molho, só com um pouco de manteiga. Nós o convidamos para a festa. Todos os anos fazemos isso para mostrar o nosso apreço pelos clientes especiais."

"Ele fumou?", perguntou Wesley.

"Fumou sim."

"Você se lembra o quê?"

"Nat Shermans."

"E o que ele bebeu?"

Ele gosta de scotch caro e bom vinho. Só que ele é um tanto...", ele levantou o nariz, "esnobe. Pensa que só os franceses fazem vinho." Eugênio riu. "Ele normalmente pede Château Carbonnieux ou Château Olivier, e a safra só pode ser até de 1989."

"Ele só tomou vinho branco?", perguntei.

"Nada de tinto. Nesse ele nem toca. Mandei que lhe servissem uma taça do vinho da casa e ele devolveu."

Eugênio e Wesley trocaram cartões de visita e outras informações, e então o nosso maître voltou a atenção para a festa, que agora estava começando a ficar animada.

"Kay", disse Wesley, "você tem alguma outra explicação para o que acabamos de ouvir?"

"Não", respondi. "A aparência do homem é a mesma de Gault. Por que ele faz isso comigo?" Meu medo estava se transformando em fúria.

O olhar de Wesley estava duro. "Pense. Aconteceu alguma coisa estranha nos últimos tempos que você possa me contar? Telefonemas estranhos, cartas, problemas?"

"Nada. Nenhum telefonema estranho, nem nada importuno. Recebi algumas correspondências esquisitas, mas isso é comum no meu trabalho."

"Nada mais? E o seu alarme contra ladrões? Ele tem disparado mais do que o normal?"

Balancei a cabeça, devagar. "Ele disparou algumas vezes este mês, mas não há nenhum sinal de que esteja avariado. E não acho que Gault tenha ficado por um tempo em Richmond."

"Você precisa ter muito cuidado", disse ele, quase impaciente, como se eu não estivesse tomando cuidado.

"Eu sempre tenho muito cuidado", respondi.

6

No dia seguinte, a cidade voltou ao trabalho, e eu levei Marino para almoçar no Tatou, pois achava que nós dois precisávamos de um ambiente estimulante antes de irmos a Brooklyn Heights encontrar a comandante Penn.

Havia um jovem tocando harpa, e a maioria das mesas estava ocupada por mulheres e homens atraentes e bem vestidos, que provavelmente pouco conheciam além dos seus grandes negócios que consumiam suas vidas.

Fiquei perturbada, sentindo-me deslocada naquele ambiente. Senti-me sozinha, observando, do outro lado da mesa, a gravata barata de Marino e sua jaqueta de veludo verde, as manchas de nicotina nas suas grandes unhas estriadas. Embora eu gostasse de sua companhia, não poderia partilhar meus pensamentos mais profundos com ele. Ele não iria entender.

"Acho que você pode tomar um copo de vinho no almoço, doutora", disse Marino, olhando-me com atenção. "Pode tomar, eu vou dirigir."

"Não, não vai. Vamos tomar um táxi."

"O que eu quero dizer é que como você não vai dirigir, pode relaxar."

"Na verdade, você é que está querendo é tomar um copo de vinho."

"Não precisa se preocupar com isso", disse ele quando a garçonete chegou. "O que você tem aí que mereça ser bebido?", perguntou-lhe.

Ela reagiu bem, não se mostrando ofendida quando começou a desfiar uma lista impressionante, que deixou Marino perdido. Sugeri que ele tomasse um Beringer reserve cabernet que sabia ser bom; depois pedimos sopa de lentilhas e espaguete à bolonhesa.

"Essa defunta está me botando louco", comentou, quando a garçonete saiu.

Inclinando-se para mim, acrescentou: "Ele a pegou por algum motivo".

"Provavelmente a pegou porque ela estava lá", disse-lhe, cheia de raiva. "Suas vítimas nada significam para ele."

"Sim... bem, eu acho que deve haver algo além disso. E eu queria saber também o que é que trouxe esse desgraçado aqui para Nova York. Você acha que ele a encontrou no museu?"

"Deve ter sido. Talvez a gente descubra alguma coisa dando um pulo lá, antes de irmos a Brooklyn Heights."

"Paga-se para entrar no museu?"

"Sim, se você vai ver as exposições."

"Mesmo com todo aquele ouro na boca, não me parece que ela dispunha de muito dinheiro quando morreu."

"Eu também me surpreenderia se ela tivesse. Mas de qualquer forma, Gault e ela entraram no museu. Eles foram vistos saindo."

"Talvez ele a tenha encontrado antes, levou-a até lá e pagou-lhe o ingresso."

A comida estava maravilhosa, e eu ficaria lá por horas. Sentia-me totalmente exausta, como algumas vezes me acontece. Meu temperamento era produto de muita dor e tristeza, que vieram naturalmente quando eu era jovem. Depois, ao longo dos anos, aquilo foi crescendo. Com muita freqüência eu ficava deprimida, como naquele momento.

Paguei a conta porque quando ia com Marino a um restaurante, era eu quem assumia as despesas. Marino não tinha condições de pagar o Tatou. Ele não podia com as despesas de Nova York. Olhando para meu Mastercard, lembrei-me do American Express, e isso me deprimiu mais ainda.

Para ver a exposição sobre tubarões do Museu de História Natural, tivemos que pagar cinco dólares cada um e ir até o terceiro andar. Marino subiu as escadas mais devagar que eu e tentou disfarçar que estava ofegante.

"Diabo, era de se esperar que tivesse um elevador nessa joça", queixou-se.

"E tem", afirmei. "Mas subir escada faz bem. Hoje em dia esse deve ser o único tipo de exercício que a gente faz".

Entramos na exposição de répteis e anfíbios, e passamos por um crocodilo de uns quatro metros e meio, morto há uns cem anos, na baía Biscayne. Marino não se continha e ficava um bom tempo diante de cada uma das peças, apreciando lagartos, cobras, iguanas e lagartos venenosos.

"Vamos", cochichei.

"Olhe o tamanho desse bicho." Marino maravilhava-se diante dos despojos de uma serpente reticulada de sete metros. "Já pensou você topar com uma coisa dessas no mato?"

Os museus sempre me deixavam fria, independentemente do quanto eu gostava deles. Eu punha a culpa no soalho de mármore e no teto alto. Mas eu detestava cobras e sua terrível peçonha. Desprezava aquelas cuspidoras, lagartos cheios de baba, crocodilos com dentes à mostra. Um guia acompanhava um grupo de jovens que estava fascinado diante de uma montra cheia de répteis de Komodo, na Indonésia, e de tartarugas-de-couro, que nunca mais voltariam a andar na areia e na água.

"Eu recomendo a vocês", dizia o guia, com a eloqüência de um evangelista, "que quando estiverem na praia e com um copo de plástico na mão, o joguem no lixo, porque esses animais são uns analfabetos. Eles vão pensar que é uma água viva..."

"Marino, vamos embora." Puxei-o pela manga.

"Sabe, não voltei a um museu desde que eu era criança. Espere um pouco." Ele parecia surpreso. "Mas ora veja só!

Doris me trouxe aqui uma vez. Bem que eu estava achando isso muito familiar."

Doris era sua ex-mulher.

"Eu acabara de entrar para o DPNY, e ela estava grávida de Rocky. Lembro-me de ter visto macacos empalhados e gorilas e de ter comentado com ela que aquilo dava azar. Disse-lhe que o menino ia acabar pulando de galho em galho nas árvores e comendo bananas."

"Faço um apelo a vocês. Seu número está diminuindo, diminuindo, diminuindo!" O guia continuava com sua pregação sobre a situação das tartarugas marinhas.

"Talvez seja por isso que tenha acontecido aquilo com ele", continuou Marino. "Deve ter sido por termos vindo a esta joça."

Raramente eu ouvia Marino falar de seu filho único. Para falar a verdade, embora eu conhecesse Marino tão bem, nada sabia de seu filho.

"Eu não sabia que o nome de seu filho era Rocky", disse-lhe calmamente, quando recomeçamos a andar.

"Na verdade, ele se chama Richard. Quando era criança, a gente o chamava de Ricky. Depois, não sei por que, virou Rocky. Tem gente que o chama de Rocco. Ele é chamado de muitos nomes."

"Você tem muito contato com ele?"

"Olhe ali uma loja de presentes. Quem sabe eu compre um chaveiro de tubarão ou alguma outra coisinha para Molly."

"Podemos comprar sim."

Ele mudou de idéia. "Acho que vou levar uns pãezinhos."

Eu não queria forçar a conversa sobre seu filho, mas estávamos falando dele, e eu achava que a distância que havia entre eles era a causa de muitos dos seus problemas.

"Onde está Rocky?", perguntei, cautelosa.

"Numa cidade chamada Darien, lá no fim do mundo."

"Connecticut? Mas lá não é nenhum fim de mundo."

"Essa Darien fica na Geórgia."

"Fico surpresa de só saber disso agora."

"Ele não faz nada que possa te interessar." Marino inclinou-se para a frente, o rosto colado no vidro, enquanto observava dois tubarõezinhos nadando no fundo de um aquário.

"Parecem bagres grandes", disse ele, observando-os olhar com olhos mortos, as caudas abanando na água.

Fomos entrando pela exposição, e não tivemos que enfrentar filas, porque havia pouca gente nesse dia de trabalho. Passamos por guerreiros das ilhas Kiribati, vestidos de palhas de coqueiro trançadas, e pela pintura de Winslow Romer sobre o Gulf Stream. Havia desenhos de tubarões em aviões. E explicava-se que eles são capazes de perceber odores à distância aproximada de um campo de futebol e cargas elétricas de um milionésimo de volt. Eles têm nada menos que quinze fileiras de dentes sobressalentes, e a conformação de seu corpo facilita o ataque rápido dentro da água.

Um pequeno filme mostrava um grande tubarão branco investindo contra uma gaiola e atacando um atum amarrado numa corda. O narrador explicava que os tubarões são lendários caçadores das profundezas, perfeitas máquinas de matar, as mandíbulas da morte, os senhores do oceano. São capazes de farejar uma gota de sangue em noventa e cinco litros de água, e de sentir as ondas provocadas pela passagem de outros animais. Eles alcançam rapidamente sua presa, e não se sabe ao certo por que atacam seres humanos.

"Vamos embora daqui", disse a Marino quando o filme acabou.

Abotoei meu casaco e calcei minhas luvas, imaginando Gault assistindo ao espetáculo desses monstros dilacerando carne, e o sangue espalhando-se sinistramente na água. Eu via seu olhar frio e a perversidade por trás de seu risinho curto. Nos mais horripilantes recessos de minha mente, sabia que ele ria quando estava matando. Ele deixava transparecer toda a sua crueldade naquele estranho sorriso que eu vira nas várias ocasiões em que estive perto dele.

Imaginei-o sentado no auditório escuro com a mulher cujo nome eu desconhecia, e ela assistindo sem saber à própria morte na tela. Ela viu seu próprio sangue espirrar, sua própria carne ser retalhada. Gault lhe dera uma prévia do que estava preparando para ela. A exposição tinha sido sua pré-estréia.

Voltamos à rotunda, onde um bando de estudantes rodeava o fóssil de um barossauro. Seu pescoço comprido elevava-se até o teto, como se estivesse tentando permanentemente proteger seu filhote do ataque de um alossauro. De longe se podiam ouvir as vozes e o barulho de passos ecoando no mármore, enquanto eu olhava em volta. Funcionários uniformizados estavam tranqüilos por trás dos balcões de entrada, cuidando para que só entrassem as pessoas que pagaram ingresso. Olhei através dos vidros das portas da frente e vi a neve suja acumulada ao longo da rua fria e cheia de gente.

"Ela veio aqui para se esquentar", disse a Marino.

"O quê?" Ele estava preocupado com os esqueletos dos dinossauros.

"Talvez ela tenha vindo aqui para evitar o frio", repeti. "Você pode passar o dia inteiro aqui olhando estes fósseis. Desde que não entre para ver as exposições, não precisa pagar nada."

"Você acha, então, que foi aqui que Gault se encontrou com ela pela primeira vez?" Ele parecia não estar acreditando muito.

"Não sei se foi a primeira vez", respondi.

As chaminés de tijolos estavam quietas, e para além dos trilhos de proteção da Queens Expressway havia desolados edifícios de concreto e aço.

Nosso táxi passava por edifícios deprimentes e lojas que vendiam peixe seco e defumado, mármores e ladrilhos. Espirais de arame farpado encimavam cercas de fios de aço trançados, e havia lixo à beira do caminho e agarrado às árvores, quando entramos em Brooklyn Heights, dirigindo-nos ao Departamento de Trânsito, na rua Jay.

Um agente trajando calça do uniforme azul-marinho e suéter de comando acompanhou-nos ao segundo andar, onde fomos apresentados ao escritório três estrelas de Frances Penn. Ela teve a delicadeza de nos receber com café e biscoitinhos de Natal, na mesa onde deveríamos discutir o crime mais hediondo da história do Central Park.

"Boa tarde", disse ela, apertando nossas mãos com firmeza. "Por favor, sentem-se, e vamos tirar umas calorias dos biscoitinhos. A gente sempre faz isso. Capitão, quer o seu com creme e açúcar?"

"Sim."

Ela riu um pouquinho. "Acho que você quer dizer que aceita os dois. Doutora Scarpetta, tenho a impressão de que toma seu café preto."

"Tomo sim", disse, olhando-a com uma curiosidade cada vez maior.

"E a senhora provavelmente não come biscoitos."

"Não." Tirei o casaco de frio e sentei numa cadeira.

A comandante Penn trajava um conjunto azul-escuro com botões de peltre e uma blusa branca de colarinho alto. Ela não precisava de uniforme para inspirar respeito, embora não fosse nem severa, nem fria. Eu não diria que ela tinha um comportamento militar; sua postura era antes digna, e tive a impressão de ter notado ansiedade em seus olhos castanhos.

"Pelo que consta, ou o senhor Gault encontrou a vítima no museu ou antes", começou ela.

"É curioso você dizer isso", comentei. "Acabamos de passar no museu."

"Segundo um dos guardas de segurança, uma mulher cujos traços coincidem com os da vítima foi vista passeando pela área da rotunda. A certa altura foi vista conversando com um homem, que comprou dois ingressos para a exposição.

Na verdade, eles foram observados por vários empregados do museu, por causa de sua aparência estranha."

"Que explicação você daria para a presença da mulher no museu?", perguntei.

"A impressão das pessoas que a viram foi de que ela não tinha onde morar e entrou no museu para se aquecer."

"Eles não expulsam esse tipo de gente?", disse Marino.

"Quando podem." Ela fez uma pausa. "Se eles causam algum tipo de problema, com certeza."

"Imagino que ela não estava criando problemas", concluí.

A comandante Penn pegou o café. "Ela parecia ser tranqüila e discreta. Parecia interessada nos esqueletos dos dinossauros, e não parava de dar voltas em torno deles."

"Ela conversou com alguém?"

"Ela perguntou onde era o toalete das mulheres."

"Isso pode significar que ela nunca tinha estado lá antes", afirmei. "Ela falava com algum sotaque?"

"Se falava, ninguém lembra."

"Então ela não deve ser estrangeira", supus.

"Alguém fez algum comentário sobre suas roupas?", perguntou Marino.

"Um casaco masculino — talvez marrom, ou preto. Um boné do Atlanta Braves, do beisebol, azul-marinho ou preto. Provavelmente estava usando jeans e botas. Isso é tudo o que as pessoas conseguem lembrar."

Ficamos calados, perdidos em nossos pensamentos.

Limpei a garganta. "E então?", perguntei.

"Então ela foi vista falando com um homem, e a descrição de seus trajes é interessante. As pessoas se lembram que ele usava um sobretudo muito extravagante. Era preto e tinha o corte de uma capa de soldado, do tipo que a gente associa às da Gestapo na Segunda Guerra. O pessoal do museu também acha que ele estava de botas."

Lembrei-me das marcas de sapatos estranhas na cena do crime, e do casaco de couro preto mencionado por Eugênio no Scaletta.

"Os dois foram vistos em muitos outros pontos do museu, como na exposição sobre tubarões", continuou Penn. "O homem comprou uma boa quantidade de livros na loja de presentes."

"Sabe que tipo de livro?", perguntou Marino.

"Sobre tubarões, incluindo fotografias com detalhes escabrosos de pessoas que foram atacadas por tubarões."

"Ele pagou os livros com dinheiro?", perguntei.

"Receio que sim."

"Depois disso, eles saíram do museu e ele recebeu a intimação na estação do metrô."

Ela assentiu. "Imagino que está curiosa em saber como ele se identificou."

"Sim. Como?"

"O nome na carteira de motorista era Frank Benelli, italiano de Verona, trinta e três anos."

"Verona?", perguntei. "Interessante. Meus avós eram de lá."

Marino e a comandante me lançaram um rápido olhar.

"Aquele verme falava com sotaque italiano?", perguntou Marino.

"O agente se lembra de que seu inglês era capenga, com forte sotaque italiano. Você quer dizer que Gault não tem sotaque?", perguntou Penn.

"Gault nasceu em Albany, na Geórgia", respondi. "Portanto, ele não tem nenhum sotaque italiano, o que não quer dizer que ele não possa simular um."

Contei-lhes o que Wesley e eu havíamos descoberto na noite anterior, no Scaletta.

"Sua sobrinha confirmou que o cartão de crédito foi roubado?", quis saber ela.

"Ainda não consegui entrar em contato com Lucy."

Ela pegou um pedacinho de biscoito, fê-lo deslizar entre os lábios, e disse: "O agente que lavrou a intimação cresceu numa família italiana aqui em Nova York, doutora Scarpetta. Ele achou que o sotaque era autêntico. Gault deve ser muito bom nisso."

"Disso tenho certeza."

"Ele estudou italiano no secundário ou na universidade?"

"Não sei", respondi. "Mas ele não terminou a universidade."

"Onde ele estudou?"

"Numa universidade particular na Carolina do Norte chamada Davidson."

"É cara e muito difícil de conseguir uma vaga", disse ela.

"Sim. Mas a família dele tem dinheiro e Gault é muito inteligente. Pelo que sei, ele ficou lá um ano."

"Foi expulso?" Eu poderia jurar que ela estava fascinada com ele.

"Imagino que sim."

"Por quê?"

"Acho que ele violou o código de honra."

"Difícil acreditar numa coisas dessas", disse Marino, sarcasticamente.

"E depois, outra universidade?", perguntou Penn.

"Acho que não."

"Alguém já foi a Davidson colher informações sobre ele?" Ela parecia descrente, como se as pessoas que vinham trabalhando no caso não tivessem feito tudo o que deviam.

"Não sei se alguém foi até lá, mas para ser franca, creio que não."

"Ele deve ter uns trinta e cinco anos. Não estamos falando de coisas tão remotas assim. Lá as pessoas ainda devem se lembrar dele."

Marino afastou o copinho plástico de café e olhou para a comandante Penn. "Você verificou se esse tal de Benelli existe mesmo?"

"Estamos fazendo isso. Até agora não tivemos nenhuma confirmação", respondeu ela. "Essas coisas às vezes demoram, principalmente nessa época do ano."

"O FBI tem um adido na embaixada americana em Roma", lembrei. "Isso pode fazer as coisas andarem um pouco mais rápido."

Conversamos mais um pouco e então a comandante Penn nos acompanhou até a porta.

"Doutora Scarpetta", disse ela, "será que a gente poderia ter uma palavrinha antes de a senhora ir embora?"

Marino olhou para nós e falou como se a pergunta fosse dirigida indiretamente a ele: "Claro. Podem conversar, vou esperar aqui fora".

A comandante fechou a porta.

"Queria saber se a gente pode se encontrar mais tarde", disse-me ela.

Hesitei um pouco. "Acho que é possível sim. Como você está pensando fazer?"

"Quem sabe a senhora pode jantar comigo esta noite, lá pelas sete. A gente poderia conversar um pouco mais e relaxar." Ela sorriu.

Na verdade eu esperava poder jantar com Wesley. Respondi-lhe: "É muita gentileza sua. Eu vou sim".

Ela tirou um cartão do bolso e me deu. "Meu endereço", disse ela. "A gente se vê, então."

Marino não perguntou o que a comandante Penn queria comigo, mas era evidente que estava curioso, e eu me senti um pouco incomodada com sua exclusão.

"Está tudo bem?", perguntou ele, enquanto nos dirigíamos ao elevador.

"Não", respondi. "Se estivesse, a gente não estaria aqui em Nova York agora."

"Diabo", disse ele, chateado, "deixei de gozar os feriados quando virei policial. Feriados não são para gente como nós."

"Bem, deveriam ser", respondi, fazendo sinal a um táxi que já estava ocupado.

"Que merda! Quantas vezes você foi convocada na véspera de Natal, no dia de Natal, de Ação de Graças ou no dia do Trabalho?"

Passou outro táxi.

"É nesses feriados que vermes como Gault não têm para onde ir, por isso se divertem do jeito que ele fez anteontem.

E metade das pessoas se sente deprimida, deixa o marido, a mulher, estoura os miolos, ou fica bêbada e morre em acidentes de carro."

"Merda", resmunguei, vasculhando com os olhos a rua movimentada. "Se você quiser me ajudar a achar um táxi, eu agradeço. A menos que queira atravessar a ponte Brooklyn a pé."

Ele desceu ao leito da rua e agitou os braços. Imediatamente veio um táxi e parou perto de nós. Entramos. O chofer era iraniano e Marino não foi nada simpático com ele. Quando voltei ao meu quarto, tomei um belo banho quente e tentei novamente falar com Lucy. Infelizmente foi Dorothy quem atendeu.

"Como está mamãe?", perguntei, de cara.

"Lucy e eu passamos a manhã com ela no hospital. Ela está muito abatida e com um aspecto horrível. Lembro-me de que a vida inteira falei para ela não fumar tanto e agora veja no que deu. Uma máquina respira por ela. Fizeram um buraco em seu pescoço. E ontem peguei Lucy fumando um cigarro no quintal."

"Quando ela começou a fumar?", perguntei, consternada.

"Não tenho a menor idéia. Você se encontra com ela muito mais do que eu."

"Ela está aí?"

"Espere um pouco."

O fone fez um barulhão quando Dorothy o largou em algum lugar.

"Feliz Natal, tia Kay." Era a voz de Lucy ao telefone, e ela não parecia nada feliz.

"Pra mim também não foi nada feliz", respondi. "Como foi sua visita à avó?"

"Ela começou a chorar e eu não consegui entender o que tentava nos dizer. E mamãe estava com pressa de sair porque tinha uma partida de tênis."

"Tênis?", perguntei. "Desde quando?"

"Agora voltou a mania de querer manter-se em forma."

"Ela me disse que você está fumando."

"Não fumo muito." Lucy descartou meu comentário como se fosse uma coisinha à-toa.

"Lucy, precisamos ter uma conversa sobre isso. Você não precisa arranjar mais um vício."

"Não estou ficando viciada."

"Eu pensei a mesma coisa quando comecei a fumar na sua idade. E deixar de fumar foi a coisa mais difícil que fiz na vida. Foi um verdadeiro inferno."

"Eu sei muito bem o que significa abandonar, seja lá o que for. Não quero chegar a uma situação em que eu perca totalmente o controle."

"Ótimo."

"Amanhã estarei de volta a Washington."

"Pensei que você ia ficar pelo menos uma semana em Miami."

"Tenho que voltar para Quantico. Alguma coisa está errada com o CAIN. O DPE enviou uma mensagem para o meu pager hoje à tarde."

O Departamento de Pesquisas em Engenharia era um órgão do FBI que pesquisava e projetava uma tecnologia mais avançada, abrangendo desde sistemas de segurança a robôs. Foi lá que Lucy trabalhou no desenvolvimento do CAIN, uma rede computadorizada de combate ao crime.

O CAIN interligava departamentos de polícia e outras agências de investigação a um banco de dados pelo Programa de Combate ao Crime Violento, ou PCCV, do FBI. A idéia era prevenir a polícia de que poderia estar lidando com um criminoso que já cometera um estupro ou um homicídio em um outro lugar. Quando fosse esse o caso, a unidade de Wesley poderia ser chamada, como aconteceu.

"Há algum problema?", perguntei, meio incomodada, porque houvera um problema sério fazia pouco tempo.

"De acordo com o relatório técnico, não. Não há nenhum registro de que alguém não-autorizado tenha entrado no sistema. Mas parece que o CAIN está enviando mensagens sem ter recebido instruções para fazê-lo. Têm acontecido umas coisas estranhas nos últimos tempos, mas ainda não consegui descobrir nada. É como se o sistema estivesse pensando de forma autônoma."

"Eu achei que era isso que caracterizava a inteligência artificial", comentei.

"Não totalmente", disse minha sobrinha, que tinha QI de gênio. "Essas mensagens não são normais."

"Como assim? Você tem algum exemplo?"

"Tenho. Ontem, a Polícia de Trânsito britânica registrou um caso em seu terminal PCCV. Tratava-se de um estupro acontecido no centro de Londres, numa das galerias do metrô. O CAIN processou a informação, comparou-a com as de seu banco de dados, e chamou de volta o terminal onde o caso fora registrado. O encarregado da investigação em Londres recebeu uma mensagem pedindo mais informações sobre o estuprador. O CAIN queria saber, especificamente, a cor dos pêlos pubianos do estuprador e se a vítima tivera orgasmo."

"Você está brincando."

"O CAIN nunca foi programado para perguntar nada semelhante. Evidentemente, isso não faz parte do protocolo do PCCV. O agente inglês ficou chocado e relatou o ocorrido ao seu chefe imediato, que ligou ao diretor em Quantico, que por sua vez ligou para Wesley."

"Benton ligou para você?"

"Bem, na verdade ele pediu que uma pessoa do DPE me telefonasse. Aliás, ele estará voltando para Quantico amanhã."

"Entendo." Falei com voz firme, e não deixei transparecer o fato de que me incomodava muito saber que Wesley iria embora no dia seguinte, ou fosse lá quando, sem antes me falar. "Você tem certeza de que o agente de Londres estava dizendo a verdade — de que ele não estava fazendo uma espécie de brincadeira?"

"Ele nos enviou um print por fax e, segundo o DPE, a

mensagem é autêntica. Só um programador muito familiarizado com o CAIN poderia entrar no sistema e forjar uma mensagem como essa. Além disso, pelo que me disseram, não há nenhum sinal no arquivo de registro de que alguém tenha alterado alguma coisa."

Lucy continuou explicando que o CAIN era operado numa plataforma UNIX, com redes locais conectadas a redes maiores. Ela falou de *gateways*, de *ports* e de senhas que mudavam automaticamente a cada seis dias. Apenas os três superusuários, um dos quais era ela, poderia fazer alguma alteração no cérebro do sistema. A única coisa que os usuários de lugares distantes, como o agente em Londres, poderiam fazer era pôr seus dados num terminal passivo ou num PC conectado ao servidor de vinte gigabytes sediado em Quantico.

"O CAIN é provavelmente o sistema mais seguro que conheço", acrescentou Lucy. "Nossa prioridade é manter sua segurança."

Mas ele não era totalmente seguro. Já acontecera de alguém ter conseguido entrar no DPE, e tínhamos motivo para acreditar que Gault estava envolvido no caso. Eu nem precisava lembrar Lucy disso. Na época, ela fazia um estágio lá, e agora estava encarregada de reparar os danos.

"Ouça, tia Kay", disse ela, adivinhando meus pensamentos, "eu já virei o CAIN pelo avesso. Repassei cada programa e reescrevi boa parte de muitos deles, para me certificar de que não há nenhuma ameaça."

"Nenhuma ameaça vinda de onde?", perguntei. "Do CAIN ou de Gault?"

"Ninguém vai entrar no sistema", afirmou Lucy, categoricamente. "Ninguém. Ninguém consegue."

Contei-lhe, então, do meu cartão de crédito, e seu silêncio me fez gelar.

"Oh, não", disse ela. "Nunca me passou pela cabeça."

"Você se lembra de que a última vez que lhe emprestei foi quando você começou seu estágio no DPE?", perguntei.

"Eu disse que você podia usá-lo para comprar passagens de avião e de trem."

"Mas eu nunca precisei dele porque você me deixou usar seu carro. Aí aconteceu o acidente e fiquei sem poder sair por uns tempos."

"Onde você guarda o cartão? Na sua carteira?"

"Não." Ela confirmou o que eu temia. "Guardo no DPE, na gaveta do meu birô, num envelope com uma carta sua. Imaginei que ali estaria seguro."

"E era lá que ele estava quando houve o arrombamento?"

"Sim. Ele sumiu, tia Kay. Quanto mais penso nisso, mais minha certeza aumenta. Senão, eu o teria visto depois disso", gaguejou ela. "Eu acabaria por dar com ele quando estivesse mexendo na gaveta. Vou verificar quando voltar, mas não sei se vai estar lá."

"Foi o que imaginei", disse-lhe.

"Sinto muitíssimo. Alguém andou fazendo grandes despesas com o cartão?"

"Acho que não." Eu não lhe contei que sim.

"A essa altura você já deve tê-lo cancelado, não é?"

"Isso já está sendo providenciado." Mudei de assunto. "Diga a sua mãe que vou visitar sua avó o mais rápido que eu puder."

"O mais rápido que você puder nunca é rápido."

"Eu sei. Sou uma filha terrível e uma tia imprestável."

"Nem sempre você é uma tia imprestável."

"Muito obrigada", respondi.

7

A residência da comandante Frances Penn ficava no lado oeste de Manhattan, de onde eu podia ver as luzes de Nova Jersey do outro lado do rio Hudson. Ela morava no décimo quinto andar de um edifício sujo, numa parte suja da cidade. Isso foi logo esquecido quando ela abriu a porta branca de entrada.

Seu apartamento era cheio de luz, de arte e da fragrância de madeiras finas. As paredes eram brancas e decoradas com desenhos a tinta e bico-de-pena, e os quadros, abstratos em aquarela e pastel. Dei uma olhada rápida na estante e percebi que ela gostava de Ayn Rand e de Annie Leibovitz, e lia muitas biografias e história, inclusive os magnificentes volumes de Shelby Foote sobre aquela guerra trágica e terrível.

"Dê-me seu casaco", disse ela.

Eu tirei o casaco, as luvas e um cachecol de cashmere de que gostava muito, porque fora presente de Lucy.

"Sabe, eu nem me lembrei de perguntar se há algum tipo de prato que você não pode comer", comentou da pequena despensa perto da porta de entrada. "Você come mariscos? Porque se não puder, tenho frango também."

"Mariscos seria ótimo."

"OK." Ela me levou à sala de estar, que oferecia uma vista maravilhosa da ponte George Washington, estendendo-se sobre o rio como um colar de jóias brilhantes suspenso no ar. "Você toma uísque, não é?"

"Eu preferiria uma coisa mais leve", disse, sentando num macio sofá de couro cor de mel.

"Vinho?"

Respondi que seria ótimo, e ela desapareceu na cozinha o tempo suficiente para servir dois copos de um revigorante Chardonnay. A comandante Penn usava jeans preto e um suéter cinza de lã, com as mangas arregaçadas. Notei, pela primeira vez, que seus braços eram cheios de horríveis cicatrizes.

"São do tempo em que eu era mais jovem e mais imprudente." Ela me viu olhando as cicatrizes. "Estava na garupa de uma motocicleta e terminei deixando um bocado da minha pele na estrada."

"Donorcycles",* comentei.

"Era do meu namorado. Eu tinha dezessete anos, e ele, vinte."

"O que aconteceu com ele?"

"Caiu no meio do tráfego e foi morto", disse ela com a naturalidade de alguém que já fazia muito tempo vinha falando daquela perda. "Foi quando comecei a me interessar pelo trabalho da polícia." Ela bebericou o vinho. "Não me pergunte qual a relação entre uma coisa e outra, que eu não sei responder muito bem."

"Às vezes quando a gente sofre uma tragédia, começa a querer estudá-la."

"Essa é a sua explicação?" Ela me olhou de perto com olhos que não deixavam passar nada e revelavam menos ainda.

"Meu pai morreu quando eu tinha vinte anos", respondi, com naturalidade.

"Onde aconteceu isso?"

"Miami. Ele tinha uma pequena mercearia, de que minha mãe terminou cuidando, porque ele ficou muitos anos doente antes de morrer."

(*) Trocadilho com as palavras *donor* (doador) e *motorcycle*. *Donorcycle* seria o motoqueiro que num acidente sofre algum tipo de mutilação; portanto, um "doador". (N. T.)

"Se sua mãe cuidava da loja, por assim dizer, quem tomava conta da casa, enquanto seu pai estava de cama?"

"Eu. Ou pelo menos tentava."

"Logo vi. Eu seria capaz de afirmar isso antes de você ter dito uma palavra. E imagino também que você é a mais velha, não tem irmãos homens, e sempre foi uma perfeccionista que não admite falhas."

Fiquei ouvindo.

"Portanto, as relações pessoais são o seu castigo, porque você não pode ter uma vida satisfatória simplesmente trabalhando duro para isso. Não pode viver uma relação amorosa feliz, ou ser promovida a um casamento feliz. E se alguém com quem você se preocupa tem algum problema, acha que podia tê-lo evitado e que tem a obrigação de tentar resolvê-lo."

"Por que você está me dissecando?", perguntei-lhe francamente, mas sem me pôr na defensiva. Eu estava era fascinada.

"Sua história é a minha história. Há muitas mulheres como nós. Apesar disso, parece que a gente nunca se encontra, já notou isso?"

"Eu observo isso o tempo todo", respondi.

"Bem", ela deixou o vinho de lado, "para falar a verdade, não convidei você para interrogá-la. Mas eu não estaria sendo franca se não lhe dissesse que estava esperando uma oportunidade para que nos conhecêssemos melhor."

"Obrigada, Frances", respondi. "Fico contente por você se sentir dessa forma."

"Espere um pouco."

Ela se levantou e voltou à cozinha. Ouvi a porta da geladeira fechar, água da torneira, panelas e frigideiras tilintando. Logo ela estava de volta com a garrafa de Chardonnay dentro de um balde de gelo, que colocou na mesinha de vidro.

"O pão está no forno e o aspargo na estufadeira, só falta fritar o camarão", anunciou ela, sentando-se novamente.

"Frances", perguntei, "desde quando o seu departamento está conectado ao CAIN?"

“Há alguns meses”, respondeu ela. “Fomos um dos primeiros departamentos do país a conectar-se ao sistema.”

“E o DPNY?”

“Só agora eles estão se ligando. A Polícia de Trânsito tem um sistema de computação mais sofisticado e uma grande equipe de programadores e de analistas. Por isso fomos os primeiros.”

“Graças a você.”

Ela sorriu.

Continuei: “Sei que o Departamento de Polícia de Richmond está conectado. E também Chicago, Dallas, Charlotte, a Polícia Estadual da Virgínia, a Polícia de Trânsito britânica. E um grande número de outros departamentos, tanto aqui como no exterior, estão em via de se conectar.”

“O que você tem em mente?”, perguntou-me.

“Diga-me o que aconteceu quando o corpo dessa mulher não-identificada, que acreditamos tenha sido assassinada por Gault, foi encontrado na véspera do Natal. Qual foi a atuação do CAIN?”

“O corpo foi encontrado no Central Park umas nove da noite, e naturalmente logo me informaram. Como já lhe disse, o *modus operandi* me pareceu familiar, por isso digitei mais informações no CAIN para ver que resposta iria receber. Isso deve ter sido perto das onze horas.”

“E qual foi a resposta?”

“Mais que depressa o CAIN chamou nosso terminal PCCV com um pedido de mais informações.”

“Você pode se lembrar exatamente que tipo de informação?”

Ela pensou um pouco. “Bem, deixe-me ver. Ele estava interessado em mutilação, queria saber de que parte do corpo haviam extraído a pele e que tipo de instrumento cortante tinha sido usado. Se teria havido violência sexual e, nesse caso, que tipo de penetração, oral, vaginal ou outra. Algumas dessas perguntas não tínhamos condições de responder, porque a autópsia ainda não tinha sido feita. De qualquer modo, ligamos para o necrotério e conseguimos mais informações."

"E quanto às outras questões?", perguntei. "O CAIN fez alguma pergunta um pouco estranha, ou inadequada?"

"Não que eu tivesse notado." Ela olhou para mim com curiosidade.

"O CAIN alguma vez já mandou ao terminal da Polícia de Trânsito uma mensagem esquisita, ou confusa?"

Ela pensou mais um pouco. "Nós registramos no máximo uns vinte casos desde que nos conectamos, em novembro. Estupros, agressões, homicídios que achei relevantes para o PCCV, ou porque as circunstâncias eram insólitas, ou porque as vítimas não puderam ser identificadas."

"E as únicas mensagens do CAIN de que me lembro", continuou ela, "eram pedidos de rotina, por maiores informações. Não houve nada em caráter de urgência até o caso do Central Park. Então o CAIN mandou uma mensagem urgente em negrito piscante, porque o sistema tinha se deparado com algo mais concreto."

"Se você receber mensagens fora do normal, Frances, por favor, entre em contato com Benton Wesley imediatamente."

"Você não se incomodaria em me dizer o que você está querendo saber?"

"Violaram o sistema de segurança do DPE em outubro. Alguém entrou lá às três da manhã, e tudo leva a crer que Gault possa estar por trás disso."

"Gault?" A comandante pareceu desconcertada. "Como pode ter acontecido uma coisa dessas?"

"Uma analista de sistema do DPE, como se soube depois, mantinha contato com uma loja de produtos de vigilância e escuta, no nordeste da Virgínia, que era freqüentada por Gault. Sabemos que essa analista estava envolvida nessa invasão, e a gente receia que Gault a tenha induzido a isso."

"Por quê?"

"O que poderia haver de melhor para ele do que entrar no CAIN, e ter à disposição um banco de dados contendo os detalhes dos crimes mais terríveis cometidos no mundo todo?"

"Não existe uma forma de impedir sua entrada?", perguntou ela. "Reforçar a segurança de forma que nem ele nem ninguém mais possa entrar no sistema?"

"Nós achávamos que isso já tinha sido providenciado", respondi. "Na verdade, minha sobrinha, que é a primeira programadora do sistema, estava certa de que o sistema era absolutamente seguro."

"Ah, sim. Acho que ouvi falar de sua sobrinha. Na verdade, foi ela quem praticamente *criou* o CAIN."

"Ela sempre teve muito jeito para lidar com computação, e passou muito mais tempo mexendo com isso do que a maioria das pessoas.

"Não lhe tiro a razão. Como é o nome dela?"

"Lucy."

"Quantos anos ela tem?"

"Vinte e um."

Ela se levantou do sofá. "Bem, talvez seja apenas uma pequena falha técnica que esteja produzindo essas mensagens estranhas de que você falou. Um pequeno defeito. E Lucy vai descobrir."

"Sempre se pode ter esperança."

"Traga seu vinho e fique comigo na cozinha", disse ela.

Mas não chegamos a fazer isso, porque o telefone tocou, ela atendeu, e senti a expressão de contentamento pela agradável noitada sumir de seu rosto.

"Onde?", perguntou, devagar, e eu conhecia muito bem aquele tom de voz. Eu reconhecia o olhar congelado.

Eu já estava abrindo a porta do armário do vestíbulo para pegar meu casaco quando ela disse: "Estou indo para aí".

A neve começara a se tornar arrastada como se fosse cinza, quando chegamos à estação de metrô da Segunda

Avenida, na parte suja do baixo Manhattan, conhecida como Bowery.

O vento uivava, luzes azuis e vermelhas piscavam como se a noite tivesse sofrido um atentado, e as escadas que levavam àquele antro estavam cercadas por cordões de isolamento. Os sem-teto tinham sido evacuados, passageiros desviados de seu caminho normal, e a cada momento chegavam mais carros e furgões em bandos. Um agente da Polícia de Trânsito, da Unidade dos Sem-teto, fora morto.

Seu nome era Jimmy Davila. Tinha vinte e sete anos e era policial havia um ano.

"É melhor você vestir isso." Um agente de rosto pálido e expressão raivosa me passou uma máscara cirúrgica, luvas e uma roupa que refletia a luz.

A polícia estava tirando lanternas elétricas e mais roupas da traseira de um furgão, e muitos agentes com os olhos fuzilantes e armas para controle de motins passaram por mim antes de descer as escadas. A tensão era palpável. Pulsava no ar como a pesada palpitação de um coração, e as mensagens dos muitos que vieram em socorro do colega misturavam-se ao arrastar dos passos e às mensagens distorcidas dos rádios. Em algum lugar distante, uma sirene gemia.

A comandante Penn me deu uma potente lanterna quando começamos a descer, escoltadas por quatro agentes inchados em seus trajes de Kevlar, casacos e roupas refletoras. Um trem passou como uma torrente de aço líquido, e fomos avançando bem devagar, numa passarela que nos levava a negras catacumbas atulhadas de frascos de crack vazios, seringas, lixo e sujeira. As luzes varriam os acampamentos lúmpen, armados sobre colchões de palha e saliências a poucos centímetros dos trilhos, e o ar estava impregnado do mau cheiro de dejetos humanos.

Sob as ruas de Manhattan havia duzentos quilômetros quadrados de galerias onde, no final dos anos 80, moravam nada menos que cinco mil sem-teto. Agora, o número tinha diminuído bastante, mas ainda havia marcas de sua presença, em cobertores fétidos misturados com sapatos, roupas e cacarecos.

Imundos animais empalhados e insetos peludos artificiais estavam pendurados nas paredes como fetiches. Os invasores, muitos dos quais o pessoal da Unidade dos Sem-teto conhecia pelo nome, sumiram como sombras de seu mundo subterrâneo, com exceção de Freddie, que foi acordado de um sono induzido por drogas. Ele se sentou ainda sob um cobertor, olhando em volta, ofuscado pelas luzes.

"Ei, Freddie, levante-se." Uma lanterna iluminou seu rosto.

Ele protegeu os olhos com a mão envolta em ataduras, piscando, enquanto pequenos sóis vasculhavam a escuridão do seu túnel.

"Vamos, levante-se. O que houve com sua mão?"

"Foi o frio", resmungou ele, tentando equilibrar-se sobre as pernas.

"Você precisa se cuidar. Sabe que não pode continuar aqui. Temos que tirá-lo. Quer ficar num abrigo?"

"Não, cara."

"Freddie", continuou o policial, falando alto, "você sabe o que aconteceu aqui embaixo? Você ficou sabendo do que aconteceu com o agente Davila?"

"Não sei de nada." Freddie balançou e conseguiu equilibrar-se, piscando com a luz das lanternas.

"Sei que conhece Davila. Você o chama de Jimbo."

"É, Jimbo. Ele está legal?"

"Não, ele não está legal, Freddie. Ele levou um tiro aqui embaixo, esta noite. Alguém atirou nele e agora ele está morto."

Os olhos amarelos de Freddie se arregalaram. "Ah não, cara." Ele olhou em volta como se o assassino estivesse ali perto, como se alguém quisesse recriminá-lo por isso.

"Freddie, você viu algum desconhecido aqui esta noite? Viu alguém que pudesse ter feito esse tipo de coisa?"

"Não, não vi nada." Freddie quase perdeu o equilíbrio

e se apoiou numa coluna de concreto. "Nem ninguém, nem nada, eu juro."

Um outro trem surgiu da escuridão e passou em direção ao sul. Freddie foi levado embora e nós seguimos em frente, andando ao lado dos trilhos e de roedores mexendo-se sob o lixo. Graças a Deus estávamos usando botas. Andamos por pelo menos mais trinta minutos, meu rosto suando sob a máscara à medida que eu ficava cada vez mais desorientada. Não saberia dizer se as luzes que brilhavam mais adiante na linha férrea eram lanternas de policiais ou trens que se aproximavam.

"Está bem, temos que subir no trilho condutor", disse a comandante Penn, vindo para junto de mim.

"Ainda falta muito?", perguntei.

"É ali onde estão aquelas luzes. Agora vamos começar uma subida. Avance devagar, de lado, um pé de cada vez, e não toque em nada."

"A menos que você queira tomar o maior choque de sua vida", disse um agente.

"Sim, seiscentos volts que não dão moleza", lembrou outro, no mesmo tom ríspido.

Nós fomos acompanhando os trilhos túnel adentro, e o teto ia ficando cada vez mais baixo. Alguns homens tiveram que abaixar a cabeça ao passarmos por um arco. Do outro lado, peritos limpavam a área do crime enquanto uma médica-legista, com touca cirúrgica e luvas, examinava o corpo. A iluminação tinha sido providenciada, e seringas, frascos e sangue refletiam duramente seu brilho.

O agente Davila estava deitado de costas, o casaco de frio com o zíper aberto, deixando à mostra a dura forma de um colete à prova de balas sob um suéter azul-marinho, usado pelos comandos. Atiraram entre os olhos, e deixaram um revólver calibre 38 sobre seu peito.

"Está tudo como foi encontrado?", perguntei, chegando mais perto.

"Exatamente como o encontrei", disse um detetive do DPNY.

"O casaco estava aberto e o revólver naquela mesma posição?"

"Sim." O rosto do detetive estava afogueado, e ele não me olhava nos olhos.

A legista me olhou. Eu não conseguia ver seu rosto por trás do capuz de plástico. "Não podemos afastar a hipótese de suicídio", disse ela.

Aproximei-me ainda mais e apontei a luz de minha lanterna para a cabeça do morto. Os olhos estavam abertos, a cabeça voltada um pouco para a direita. O sangue empoçado sob o corpo era vermelho brilhante e ja começava a secar. Ele era baixo, pescoço musculoso e rosto magro de quem se mantinha em forma. Iluminei suas mãos nuas e me agachei para olhar mais de perto.

"Não estou vendo nenhum vestígio de disparo", comentei.

"Nem sempre ficam vestígios", disse a legista.

"O ferimento em sua testa não parece ter sido de tiro à queima-roupa, e me parece um pouco oblíquo."

"Pode-se esperar que seja mesmo oblíquo, supondo-se que ele tenha atirado em si mesmo", retrucou a legista.

"O tiro foi dado de cima para baixo. Isso não seria de se esperar", afirmei. "E como sua arma veio parar exatamente sobre o peito?"

"Um dos sem-teto que vivem aqui pode ter colocado."

Eu estava começando a me aborrecer. "Por quê?"

"Talvez alguém tenha pegado a arma e depois pensou melhor sobre as conseqüências de ficar com ela. Então a colocou onde está."

"Acho que a gente deveria examinar suas mãos."

"Uma coisa de cada vez."

"Ele não estava usando luvas?", perguntei, piscando sob as fortes luzes. "Aqui embaixo é muito frio."

"Nós ainda nem acabamos de examinar seus bolsos, minha senhora", disse a médica-legista, que era um tipo jovem e rígido, que eu associava a autópsias anal-retentivas que me tomavam metade do dia.

"Como é seu nome?", perguntei.

"Sou a doutora Jonas. E vou ter que pedir à senhora que se afaste um pouco. Estamos tentando preservar a cena do crime e é melhor que você não toque nem mexa em nada." Ela empunhou um termômetro.

"Doutora Jonas", foi a comandante Penn quem falou, "esta é a doutora Scarpetta, a médica-legista titular de Virgínia e consultora do FBI na área de patologia forense. Ela sabe muito bem como preservar cenas de crime."

A dra. Jonas olhou para mim e notei uma expressão de surpresa por trás da máscara. Percebi que estava embaraçada pelo tempo que levou para ler o termômetro químico.

Debrucei-me sobre o corpo, atentando para o lado esquerdo da cabeça.

"Sua orelha esquerda está ferida."

"Provavelmente aconteceu quando ele caiu", disse a dra. Jonas.

Dei uma olhada em volta. Estávamos sobre uma plataforma lisa de concreto. Não havia trilhos sobre os quais ele pudesse ter caído. Dirigi minha lanterna às colunas de concreto, tentando descobrir marcas de sangue em qualquer estrutura onde Davila poderia ter-se machucado.

Agachada perto do corpo, olhei mais de perto a orelha ferida e a área avermelhada logo abaixo dela. Comecei a perceber marcas do relevo de solas de sapato, cujo padrão formava um desenho ondulado, com pequenos orifícios. Sob a orelha, havia a marca curva de um salto. Levantei-me, o suor escorrendo pelo rosto. Quando levantei os olhos para observar uma luz que se aproximava, vinda do fundo do corredor, percebi que todos estavam me olhando.

"Ele levou um pontapé do lado da cabeça", disse.

"Você não pode afirmar que ele não bateu a cabeça em algum lugar."

Olhei para ela. "Posso sim", afirmei.

"Como a gente pode ter certeza de que ele não foi pisoteado?"

"A natureza dos ferimentos é incompatível com isso", respondi. "Normalmente, as pessoas pisam mais de uma vez em outras partes do corpo. Além disso, se ele tivesse sido pisoteado, seria de se esperar que houvesse algum ferimento do outro lado do rosto, que estaria apoiado no concreto."

Um trem passou em meio a uma lufada de ar quente e ao guincho das rodas. Luzes flutuavam na escuridão longínqua, e as silhuetas que as acompanhavam eram meras sombras com vozes débeis.

"Ele foi posto fora de combate por um pontapé, depois assassinado com sua própria arma", afirmei.

"Precisamos levá-lo ao necrotério", disse a legista.

A comandante Penn tinha os olhos arregalados, a expressão transtornada e irada.

"Foi ele, não foi?", perguntou-me quando recomeçamos a andar.

"Ele já atacou outras pessoas a pontapés", disse.

"Mas por quê? Ele tem uma Glock. Por que ele não usou sua própria arma?"

"A pior coisa que pode acontecer a um policial é ser morto com sua própria arma", respondi.

"Você acha então que Gault fez isso de propósito, pensando em como a polícia... em como nós iríamos nos sentir?"

"Ele deve ter pensado que seria divertido."

Fizemos o caminho de volta andando sobre os trilhos e sobre o lixo cheio de ratos. Percebi que a comandante Penn estava chorando. Alguns minutos se passaram.

Ela disse: "Davila era um bom agente. Sempre tão solícito, nunca se queixava de nada... e o seu sorriso. Ele iluminava uma sala". Sua voz agora estava crispada de tanta fúria. "Ele não passava de um garoto."

Seus agentes estavam em volta de nós mas não tão perto, e quando olhei o túnel e os trilhos, pensei nos quilômetros subterrâneos de desvios e de curvas do metrô. Os sem-teto não tinham lanternas e eu não entendia como conseguiam ver no escuro. Passamos por outro acampamento miserável onde um homem branco, que me pareceu vagamente familiar, fumava crack num pedaço de antena de carro, como se não houvesse nem lei nem ordem no país. Quando vi seu boné de beisebol, não liguei logo as coisas. Aí olhei com atenção.

"Benny, Benny, Benny. Que vergonha", disse um dos agentes com impaciência. "Vamos. Você sabe que não pode fazer. Quantas vezes vamos ter que repetir isso, cara?"

Benny me seguira até a sede do Departamento de Medicina Legal, na manhã do dia anterior. Reconheci a calça suja e barata, as botas de caubói e a jaqueta jeans.

"Vai, é só me prender", disse ele, acendendo sua pedra de crack novamente.

"Ah, sim, você vai ser preso, cara. Já estou por aqui com você."

Falei calmamente para a comandante Penn. "O boné dele."

Era um boné azul-escuro ou preto, do Atlanta Braves.

"Esperem um pouco", disse ela aos seus comandados, e depois perguntou a Benny: "Onde você arrumou esse boné?".

"Eu não sei de nada", respondeu ele, tirando o boné e deixando à mostra um tufo de cabelo grisalho. Seu nariz dava a impressão de ter sido mastigado.

"Claro que sabe", insistiu a comandante.

Ele lhe lançou um olhar alucinado.

"Benny, onde você conseguiu esse boné?", repetiu ela.

Dois agentes levantaram-no e o algemaram. Debaixo de um cobertor havia livros em brochura, revistas, isqueiros a gás e saquinhos de Ziploc. Havia também muitas pastilhas de vitaminas, pacotes de goma de mascar sem açúcar, uma flautinha dè metal e uma caixa de palhetas de saxofone. Eu e a comandante Penn nos entreolhamos.

"Recolham tudo", disse ela aos agentes.

"Vocês não podem tirar o meu lugar." Benny lutou contra seus captores. "Vocês não podem me tomar a merda do meu lugar." Ele batia o pé no chão. "Seus desgraçados filhos da puta..."

"Você só está piorando as coisas, Benny." Eles o seguraram com mais força, um policial de cada lado.

"Não toquem em nada sem luvas", ordenou Penn.

"Não se preocupe."

Eles colocaram todos os trastes de Benny em sacos de lixo, que foram levados junto com o dono. Segui-os com a minha lanterna, e a vasta e oca escuridão parecia ter olhos. Muitas vezes, eu me voltava e via apenas uma luz que imaginava ser de um trem, até que de repente ela se moveu para os lados. Percebi então que era a luz de uma lanterna que, naquele momento, iluminava um arco por onde Temple Gault estava passando. A silhueta magra num casaco preto comprido, o rosto, uma mancha branca luminosa. Puxei a comandante pela manga e gritei.

8

Mais de trinta policiais vasculharam o Bowery e suas galerias de metrô, por toda aquela noite sombria. Ninguém conseguia entender como Gault entrara nos túneis, a menos que não tivesse saído de lá depois de matar Jim Davila. Não tínhamos a menor idéia de como ele saíra de lá depois do crime, mas ele saiu.

Na manhã seguinte, Wesley foi para o La Guardia, enquanto eu e Marino voltávamos para o necrotério. Não encontrei nem a dra. Jonas, nem o dr. Horowitz, mas fui informada de que a comandante Penn estaria lá com um de seus detetives, e que nós os encontraríamos na sala de radiografia.

Adentramos a sala como um casal que entra no cinema com o filme já começado, e nos perdemos na escuridão. Marino, meio desequilibrado, acabou se encontrando com uma parede. Era comum ele perder o equilíbrio em situações como aquela. Era comum ficar meio aturdido e começar a perder o equilíbrio. Aproximei-me da mesa de aço, onde vultos negros rodeavam o corpo de Davila e um filete de luz vasculhava sua cabeça perfurada.

"Gostaria de ter um daqueles moldes para comparação", disse alguém.

"Temos algumas fotos das pegadas aqui." Reconheci a voz da comandante Penn.

"Ótimo."

"O laboratório está com os moldes."

"O seu?"

"Não, não o nosso", explicou Penn. "O do DPNY."

"Esta área de abrasão e de contusão formando um desenho é do salto." A luz parou embaixo do ouvido esquerdo. "As linhas onduladas são muito nítidas e não vejo nenhum resíduo na abrasão. Temos também esse desenho aqui. Não consigo perceber bem. Essa contusão, hum... uma espécie de mancha com uma pontinha. Não sei o que é isso."

"Podemos tentar ampliar a imagem."

"Certo, certo."

"E quanto à própria orelha? Alguma marca especial?"

"É difícil dizer, mas ou rachou, ou foi cortada. As bordas irregulares não têm escoriações e estão unidas por pontes de tecidos. E pode-se dizer, em vista dessa laceração curva bem aqui embaixo — o dedo enluvado apontou —, que o salto esmagou a orelha."

"Por isso ela rachou."

"Um único golpe, aplicado com toda a força."

"O bastante para matá-lo?"

"Talvez. Veremos. Suponho que ele tenha fraturas no temporal e no parietal esquerdo e uma grande hemorragia epidural."

"Sou capaz de apostar que sim."

As mãos enluvadas manipulavam o fórceps e a luz. Um fio de cabelo preto, de uns quinze centímetros de comprimento, estava grudado na gola ensangüentada do suéter de Davila. O cabelo foi recolhido e colocado num envelope, enquanto eu tateava em direção à porta. Deixei os óculos especiais num carrinho de empurrar e fui embora. Marino vinha bem atrás de mim.

"Se o cabelo é dele", disse Marino, no corredor, "ele deve ter tingido de novo."

"Era de se esperar que fizesse isso", comentei, lembrando-me da silhueta que vira na noite passada. O rosto de Gault estava muito branco, mas eu não saberia dizer nada sobre seu cabelo.

"Quer dizer então que ele não está mais com a cabeça vermelha."

"A essa altura ele deve estar de cabelo púrpura, pelo que sei."

"Se ele continuar pintando os cabelos desse jeito, eles vão terminar caindo."

"É pouco provável", respondi. "Mas o cabelo pode não ser seu. A doutora Jonas tem cabelos pretos mais ou menos naquele comprimento, e ela esteve debruçada sobre o corpo na noite passada."

Estávamos todos de avental, luvas e máscaras, e parecíamos uma equipe de cirurgiões pronta para alguma operação espetacular, como um transplante de coração, por exemplo. Alguns homens levavam um triste carregamento de caixões de pinho, destinado ao cemitério de indigentes e, por trás dos vidros, as autópsias da manhã já tinham começado. Até aquele momento só havia cinco casos, sendo que um deles era de uma criança que, com toda a certeza, sofrera morte violenta. Marino desviou o olhar.

"Merda", resmungou ele, o rosto avermelhado. "Que bela maneira de começar o dia."

Não respondi.

"Davila só tinha dois meses de casado."

Não havia nada a dizer.

"Conversei com uns caras que o conheciam."

Os objetos pessoais de Benny foram jogados sem maiores cuidados na mesa quatro, e eu decidi levá-los para mais longe da criança morta.

"Ele sempre teve vontade de ser policial. Já estou de saco cheio de ouvir isso o tempo todo."

Os sacos com aquela tralha estavam pesados, e exalavam um odor fétido na altura em que estavam amarrados. Comecei a carregá-los para a mesa oito.

"Você quer me explicar por que alguém poderia querer uma profissão como essa?" Marino ia ficando cada vez mais irritado, à medida que me ajudava a carregar os sacos.

"Queremos dar nossa contribuição", disse-lhe. "Queremos de alguma forma melhorar as coisas."

"Certo", concordou ele, sarcasticamente. "Com toda a certeza, Davila melhorou as coisas."

"Não tire esse mérito dele. O bem que ele fez foi tudo o que deixou."

A serra Stryker começou a funcionar, a água tamborilava e os raios X revelavam projéteis e ossos naquele teatro de platéia silenciosa e atores mortos. A comandante Penn entrou por um instante, os olhos cansados aparecendo acima da máscara. Estava acompanhada de um jovem negro que ela nos apresentou como detetive Maier. Ele nos mostrou as fotografias das pegadas na neve do Central Park.

"As fotos estão quase em escala um por um", explicou ele. "É verdade que seria bem melhor se pudéssemos conseguir os moldes."

Mas o DPNY os tinha, e eu seria capaz de apostar que a Polícia de Trânsito nunca veria a cor deles. Frances Penn não parecia nem um pouco com a mulher que eu visitara na noite anterior, e eu me perguntava por que ela me convidara ao seu apartamento. Que confidências me faria, se não tivéssemos sido chamadas ao Bowery?

Começamos a desamarrar os sacos e a colocar os objetos na mesa, exceto os fétidos cobertores de lã que constituíam a casa de Benny. Estes nós dobramos e empilhamos no chão. Era um amontoado de coisas estranhas, que só podiam ser explicadas de duas maneiras. Ou Benny estivera vivendo com alguém que possuía um par de botas masculinas tamanho trinta e oito, ou de algum modo adquirira os bens de alguém que possuía um par de botas masculinas tamanho trinta e oito. Segundo nos informaram, Benny calçava quarenta e um.

"O que Benny falou hoje de manhã?", perguntou Marino.

O detetive Maier respondeu: "Ele disse que as botas simplesmente apareceram entre seus cobertores. Ele foi à rua e, quando voltou, lá estavam elas dentro da mochila." Ele apontou para uma imunda mochila de lona verde que tinha muitas histórias a contar.

"Quando foi isso?", perguntei.

"Bem, Benny não soube precisar. Aliás, ele não dá certeza de nada. Mas acha que foi há uns dias."

"Ele viu quem deixou a mochila?", perguntou Marino.

"Ele diz que não sabe."

Segurei uma fotografia bem junto à sola de uma das botas para comparar, e vi que o tamanho e a costura eram iguais. Benny, de alguma forma, adquirira os pertences da mulher que, segundo supúnhamos, Gault tinha assassinado no Central Park. Nós quatro ficamos em silêncio por um tempo, enquanto examinávamos cada um dos objetos que supúnhamos ser dela. Senti-me meio tonta e cansada quando começamos a reconstituir uma vida a partir de uma flautinha de metal e de trapos.

"Não poderíamos chamá-la de um nome qualquer?", falou Marino. "Me incomoda isso de ela não ter nome."

"Como você a gostaria de chamar?", perguntou Penn.

"Jane."

O detetive Maier olhou para Marino. "Muito original. E qual seu sobrenome? Doe?"

"Há alguma probabilidade de as palhetas de saxofone serem de Benny?", perguntei.

"Acho que não", disse Marino. "Ele diz que todas essas coisas estavam na mochila. Não me consta que ele tenha interesses musicais."

"Às vezes ele toca uma guitarra invisível", comentei.

"Você também faria isso se fumasse crack. E é só isso o que ele faz. Ele pede esmolas e fuma crack."

"Ele fazia alguma coisa antes disso?", perguntei.

"Era eletricista e sua mulher o deixou."

"Isso não é motivo para cair na sarjeta", retrucou Marino, que também fora abandonado pela mulher. "Deve haver alguma outra coisa."

"Drogas. Ele terminou estendido na rua, em Bellevue. Depois ficou sóbrio e foi embora. A mesma história de sempre."

"Deve haver um saxofone para essas palhetas; será que Benny o pôs no prego?", perguntei.

"Não dá pra saber", respondeu Maier. "Benny diz que só tinha isso na mochila."

Pensei na boca da mulher que agora chamávamos de Jane, no desgaste nos dentes da frente, que o dentista forense atribuíra ao hábito de fumar cachimbo.

"Se ela tocava clarinete ou saxofone há muito tempo", disse, "isso explicaria o desgaste dos dentes."

"E o que me diz da flauta de metal?", perguntou Penn, olhando mais de perto a flauta de metal amarelo com bocal vermelho. A marca era Generation, de fabricação britânica, e não parecia ser nova.

"Se ela a tocava bastante, isso contribuía para estragar ainda mais os dentes da frente", comentei. "É interessante também que ela é uma flauta contralto, e as palhetas são para sax contralto. Portanto, ela deve ter tocado um sax contralto em algum período da sua vida."

"Talvez antes de ter tido a lesão no cérebro", disse Marino.

"Talvez."

Continuamos separando e examinando seus pertences, tentando lê-los como quem adivinha o futuro nas folhas de chá. Ela gostava de chiclete sem açúcar e de pasta de dentes Sensodyne, o que era perfeitamente compreensível em vista de seus problemas nos dentes. Tinha calças jeans masculinas pretas com trinta e dois de cintura e trinta e quatro de comprimento. Elas eram velhas e dobradas na bainha, como se tivessem pertencido a outra pessoa ou tivessem sido compradas num brechó. Com certeza, elas eram muito grandes para seu tamanho, quando ela morreu.

"Tem certeza de que estas coisas não pertencem a Benny?", perguntei.

"Ele diz que não", respondeu Maier. "O que ele diz ser dele está neste saco." Ele apontou para um saco estufado no chão.

Quando enfiei a mão enluvada no bolso de trás da calça, encontrei uma etiqueta vermelha e branca idêntica à que eu e Marino recebêramos quando visitamos o Museu de História Natural. Ela era redonda, do tamanho de um dólar de prata, com um anel de barbante. De um lado estava impresso COLABORADOR, e do outro, o logotipo do museu.

"Isso deve ser examinado para que se colham as impressões digitais", disse, colocando a etiqueta na sacola em que recolhíamos as provas. "Ela deve tê-la tocado. E Gault também, se é que foi ele quem pagou as entradas."

"Por que ela teria guardado uma coisa dessas?", disse Marino. "Normalmente a gente tira isso do botão da camisa na saída e joga no lixo."

"Ela deve ter posto no bolso, e depois esqueceu", comentou a comandante Penn.

"Pode ter sido guardado como lembrança", falou Maier.

"Não me parece que ela fosse do tipo que guarda suvenires", comentei. "Na verdade, ela parecia ser muito metódica em relação ao que guardava e ao que jogava fora."

"Você está sugerindo que ela pode ter guardado a etiqueta para que alguém eventualmente pudesse achá-la?"

"Não sei", respondi.

Marino acendeu um cigarro. "Fico me perguntando se ela conhecia Gault."

"Se conhecia, e se sabia que estava em perigo, então por que ela foi com ele ao parque, à noite?"

"É isso que não faz sentido." Marino, com a máscara puxada para baixo, soltou uma grande baforada de fumaça.

"Não faria sentido se ele lhe fosse completamente estranho", corrigi.

"Então talvez ela o conhecesse", disse Maier.

"Talvez sim", concordei.

Enfiei a mão nos outros bolsos da calça preta e achei oitenta e dois centavos, uma palheta de saxofone mascada e vários lenços de papel Kleenex bem dobrados. Encontramos também na mochila uma camiseta azul, de tamanho médio, virada do avesso, com os dizeres apagados demais para que pudessem ser lidos.

Ela tinha ainda duas calças cinzentas e três pares de meias esportivas com listras coloridas. Numa bolsinha dentro da mochila havia a fotografia emoldurada de um cão malhado à sombra marchetada de árvores. O cão parecia estar mostrando os dentes para a pessoa que o fotografava; ao fundo, uma figura indistinta observava.

"É preciso que seja examinado para ver se tem impressões digitais", afirmei. "Se você olha a foto segurando-a de lado, dá pra ver algumas marcas no vidro."

"Aposto como é o cachorro dela", comentou Maier.

A comandante Penn disse: "Dá para saber em que parte do mundo a foto foi tirada?".

Olhei a fotografia mais de perto. "Parece ser um lugar plano. O sol é forte. Não vejo nenhuma vegetação tropical. Não parece ser um deserto."

"Ou seja, pode ter sido tirada praticamente em qualquer lugar", disse Marino.

"Quase", corrigi. "E não posso dizer nada do vulto ao fundo."

A comandante Penn examinou a fotografia. "Um homem, talvez?"

"Pode ser uma mulher", respondi.

"Sim, acho que sim", disse Maier. "Uma mulher bem magrinha."

"Então talvez seja Jane", disse Marino. "Ela gostava de bonés, e essa pessoa parece estar usando um."

Olhei para a comandante Penn. "Eu gostaria que me dessem cópias de todas as fotografias, inclusive desta."

"Vou providenciá-las para você o mais rápido possível."

Continuamos a tentar desvendar essa mulher que parecia estar conosco na sala. Eu sentia sua personalidade nos seus pobres pertences, e acreditava que eles nos dariam algumas pistas. Parecia que ela usava camisetas masculinas em lugar de sutiã, e encontramos três calcinhas e muitos lenços coloridos.

Todos os seus pertences eram velhos e sujos, mas podia-se perceber uma certa organização e cuidado nos rasgões muito bem costurados e nas agulhas, linhas e botões extras guardados numa caixinha de plástico. Só as calças pretas e a camiseta desbotada tinham sido viradas do avesso e amarfanhadas, e desconfiamos de que ela as devia estar usando quando Gault a obrigou a despir-se na escuridão.

Já perto do meio-dia, tínhamos examinado cada um dos objetos, e ainda estávamos longe da identificação da vítima, que agora chamávamos de Jane. A gente supunha que Gault devia ter sumido com qualquer coisa que a pudesse identificar, ou então que Benny pegara o pouco dinheiro que ela trazia consigo, tendo se descartado do objeto em que ela o guardava. Eu não conseguia imaginar em que momento Gault deixara a mochila de lona nos cobertores de Benny, se é que foi isso o que ele fez.

"Quantas peças vamos examinar para verificação de impressões digitais?", interrogou Maier.

"Além dos objetos que já coletamos", sugeri, "a flauta tem uma boa superfície para impressões. Você poderia tentar examinar a mochila com luz espectrográfica. Especialmente a parte interna da borda, que é de couro."

"O problema continua sendo ela", disse Marino. "Nada disso aqui vai nos dizer quem é ela."

"Bem, tenho uma novidade para você: não acho que identificar Jane possa ajudar a agarrar o cara que a matou."

Ao falar isso, notei que seu interesse por ela estava acabando. A luz sumiu de seus olhos, e eu já vira isso acontecer antes, quando se tratava de vítimas que não eram ninguém. Jane já dispusera de toda a atenção que iria receber. Ironicamente, ela teria ainda menos atenção se seu assassino não fosse tão famoso.

"Você acha que Gault matou-a no parque e depois foi para a galeria onde a mochila foi encontrada?", perguntei.

"Ele deve ter feito isso", disse Maier. "Bastava sair de Cherry Hill e pegar o metrô, digamos, na rua 86 ou na 77. Ele iria direto para Bowery."

"Ou, por falar nisso, poderia ter pegado um táxi", disse a comandante Penn. "O que ele não poderia é ter caminhado. É um bom pedaço."

"E se a mochila tivesse sido deixada na cena do crime, bem à mostra, junto do chafariz?", perguntou Marino. "Benny poderia tê-la encontrado, não?"

"Por que ele estaria em Cherry Hill àquela hora? Lembre-se de como estava o tempo", respondeu a comandante Penn.

Uma porta se abriu e alguns funcionários entraram empurrando a maca com o corpo de Davila.

"Não sei por que isso me veio à cabeça", falou Maier. "Mas quando ela visitou o museu, estava com a mochila?", perguntou ele à comandante Penn.

"Acho que alguém afirmou que ela trazia uma espécie de bolsa pendurada num dos ombros."

"Pode ter sido a mochila."

"Pode sim."

"Benny vende drogas?", perguntei.

"Depois de algum tempo, se você compra, termina por vender também", falou Maier.

"Deve haver algum tipo de relação entre Davila e a mulher assassinada", comentei.

A comandante Penn me olhou com curiosidade.

"Não devemos descartar essa possibilidade", continuei. "À primeira vista, parece improvável. Mas tanto Gault quanto Davila se encontravam no túnel na mesma hora. Por quê?"

"Por um azar do destino." Maier desviou o olhar.

Marino não disse nada. Sua atenção tinha sido desviada para a autópsia da mesa cinco, onde dois médicos-legistas fotografavam o policial assassinado de diferentes ângulos. Um funcionário com uma toalha úmida limpava o sangue do rosto com gestos bruscos, dos quais Davila se ressentiria se estivesse vivo. Marino não percebeu que estava sendo observado e por um instante deixou entrever sua vulnerabilidade. Notei os estragos provocados por anos de intempéries, e o peso sobre seus ombros.

"E Benny também estava no mesmo túnel", continuei. "Ele também pegou a mochila da cena do crime ou de alguém, ou, como ele diz, deixaram-na entre seus cobertores."

"Para falar com franqueza, não acredito que ela simplesmente tenha caído entre seus cobertores", comentou Maier.

"Por quê?", perguntou-lhe Penn.

"Por que razão Gault a carregaria de Cherry Hill? Por que não deixá-la e ir embora?"

"Talvez houvesse alguma coisa dentro dela", imaginei em voz alta.

"Que tipo de coisa?", perguntou Marino.

"Alguma coisa que pudesse identificá-la. Talvez ele não quisesse que isso acontecesse e queria examinar seus pertences."

"Pode ser", disse a comandante Penn. "Não encontramos entre seus pertences nada que possa identificá-la."

"Mas nos casos anteriores, Gault parecia não se preocupar se suas vítimas eram ou não identificadas", comentei. "Por que essa preocupação agora? Por que se preocupar com essa sem-teto com lesão no cérebro?"

A comandante Penn parecia não estar me ouvindo, e ninguém mais me respondeu. Os legistas começavam a despir Davila, que parecia não querer ajudar. Ele mantinha os braços rigidamente cruzados sobre o tórax, como se estivesse defendendo a bola num jogo de futebol. Os médicos estavam tendo um tremendo trabalho para tirar o suéter pelos braços e pela cabeça, quando um pager tocou. Apalpamos involuntariamente a cintura, depois olhamos para a mesa de Davila enquanto o bip continuava a tocar.

"Não é meu", disse um dos médicos.

"Desgraça", disse o outro legista. "É o dele."

Senti um arrepio na espinha quando ele tirou um pager do cinturão de Davila. Todos se calaram. Não conseguíamos tirar os olhos da mesa cinco e da comandante Penn, que foi até lá porque ele era um subordinado seu e alguém tentara se comunicar com ele naquele momento. O médico passou-lhe o pager e ela o ergueu para ler a mensagem. Seu rosto ficou vermelho. Pude perceber que ela engolia em seco.

"É um código", disse ela.

Nem o médico nem ela pensaram em não tocar no pager. Eles não sabiam que isso poderia ser importante.

"Um código?" Maier parecia espantado.

"Um código da polícia." Sua voz estava presa de tanta fúria. "Dez-traço-sete".

Dez-traço-sete significa *Fim da linha.*

"Puta que pariu", disse Maier.

Marino deu um passo à frente sem sentir, como se estivesse se preparando para uma perseguição a pé. Mas não havia ninguém à vista que pudesse ser perseguido.

"Gault!", exclamou ele, incrédulo. Ele levantou a voz. "O filho da puta deve ter conseguido o número do pager depois de ter estourado seus miolos no túnel do metrô. Sabe o que isso significa?" Olhou para nós. "Que ele está nos observando! Significa que ele sabe que estamos aqui fazendo isso."

Maier olhou em volta.

"Não sabemos quem enviou a mensagem", disse o médico, que estava completamente desconcertado.

Mas eu sim. Não tinha a menor dúvida.

"Mesmo que Gault tenha feito isso, ele não precisa ver o que está acontecendo aqui esta manhã para saber", disse Maier. "Ele de qualquer forma saberia onde o corpo está."

Gault tinha ciência de que eu estaria aqui, pensei. Talvez não soubesse, necessariamente, da presença dos outros.

"Agora ele está onde acabou de telefonar." Marino lançava olhares selvagens à sua volta. Não conseguia ficar quieto.

A comandante Penn ordenou a Maier: "Avise todas as unidades. Mande também um teletipo".

Maier tirou as luvas e jogou-as raivosamente numa lata de lixo, enquanto corria para fora da sala.

"Coloquem o pager na sacola das provas. É preciso verificar se tem impressões digitais", disse-lhes. "Sei que tocamos nele, mas ainda assim podemos tentar. É por isso que o casaco dele estava aberto."

"Uh?" Marino parecia aturdido.

"O casaco de Davila estava com o zíper aberto e não havia nenhuma razão para isso."

"Sim, havia uma razão. Gault queria a arma de Davila."

"Não era preciso abrir o zíper de seu casaco para pegar a arma. Há uma abertura no lado do casaco onde fica o coldre. Acho que Gault abriu o zíper do casaco para achar o pager. Aí ele pegou o número."

Os legistas voltaram a se concentrar no corpo. Tiraram botas, meias e um coldre de cintura com uma Walther 380, que Davila não tinha direito de portar e nunca teve a oportunidade de usar. Tiraram também o colete de Kevlar, a camiseta da Polícia Marítima e um crucifixo de prata numa corrente comprida. No ombro direito, uma pequena tatuagem de uma rosa enlaçando uma cruz. Em sua carteira, um dólar.

9

Saí de Nova York naquela tarde num avião da ponte aérea da USAir, e cheguei ao aeroporto de Washington às três horas. Lucy não pôde me encontrar no aeroporto porque ela não dirigia desde o acidente que sofrera, e não havia nenhuma razão plausível para que Wesley me esperasse no portão de desembarque.

Na saída do aeroporto, tive pena de mim mesma ao me ver lutando sozinha com mala e pasta. Eu me sentia exausta e minhas roupas estavam sujas. Terrivelmente acabrunhada, tinha a impressão de que não iria conseguir nem um táxi.

Finalmente, cheguei a Quantico num táxi batido, azul-esverdeado, com o vidro tingido de púrpura. O vidro da minha janela não abaixava, e o motorista vietnamita não conseguia comunicar quem eu era ao guarda da Academia do FBI.

"Senhora doutora", repetiu o motorista, e era evidente que ele estava nervoso com a segurança, com os trituradores de pneus e com as muitas antenas no topo dos edifícios. "Ela está OK."

"Não", corrigi-o. "Meu nome é Kay. Kay Scarpetta."

Tentei sair do táxi, mas as portas estavam fechadas, e não havia mais pinos. O guarda foi pegar o rádio.

"Por favor, deixe-me sair", falei para o motorista, que fitava a pistola nove-milímetros no cinturão do guarda. "Você precisa me deixar sair."

Ele voltou a cabeça, assustado. "Sair daqui?"

"Não", respondi, enquanto o guarda saía da guarita.

Os olhos do motorista se arregalaram.

"O que quero dizer é que eu preciso sair só por um minuto, para poder explicar ao guarda." Eu apontava e falava bem devagar. "Ele não sabe quem sou porque não consigo abrir a janela, e ele não pode ver através do vidro."

O motorista continuou balançando a cabeça.

"Tenho que sair daqui", disse com firmeza e de forma enfática. "Você tem que abrir as portas."

As travas se abriram.

Saí do carro e os raios do sol me fizeram piscar. Mostrei minha identidade ao guarda, que era jovem e tinha uma postura militar.

"O vidro é tingido e eu não podia ver a senhora", disse ele. "Da próxima vez abaixe os vidros."

O motorista tinha começado a tirar minha bagagem e a colocá-la na pista. Ele olhava em volta apavorado, ouvindo o fogo da artilharia e dos disparos das linhas de tiro dos Fuzileiros Navais e do FBI.

"Não, não, não." Fiz sinal para que ele recolocasse a bagagem no porta-malas. "Leve-me até ali, por favor." Apontei para o Jefferson, um edifício alto de tijolos marrons para além de um pátio de estacionamento.

Dava para perceber que ele não queria me levar a lugar nenhum, mas entrei no carro novamente antes que ele pudesse ir embora. A tampa do porta-malas bateu, e o guarda fez sinal para que passássemos. O ar estava frio, o céu azul-brilhante.

No saguão do Jefferson, um monitor de vídeo me deu as boas-vindas a Quantico e me desejou um feriado feliz e tranqüilo. Uma jovem sardenta registrou o meu nome e me deu um cartão magnético, para que eu pudesse abrir as portas no interior da Academia.

"Papai Noel foi bom para a senhora, doutora Scarpetta?", disse ela, alegremente, enquanto punha as chaves das salas em ordem.

"Acho que me comportei mal este ano", respondi. "Só recebi chicotadas."

"Não pode ser verdade. A senhora é sempre tão doce", falou. "Como sempre, vai ficar no andar de segurança."

"Obrigada." Eu não conseguia lembrar seu nome e tive a impressão que ela percebeu isso.

"Quantas noites a senhora vai passar conosco?"

"Só uma." Achei que seu nome devia ser Sara, e não sei por que parecia ser muito importante lembrá-lo.

Ela me passou duas chaves, uma de plástico, outra de metal.

"Você é a Sara, não é?", arrisquei o palpite.

"Não, sou Sally." Ela pareceu magoada.

"Eu estava pensando em Sally", disse, desapontada. "Claro. Desculpe-me. Você é sempre tão gentil comigo, e eu agradeço."

Ela me lançou um olhar vago. "A propósito. Sua sobrinha chegou há uns trinta minutos."

"Para onde ela foi?"

Ela apontou para as portas de vidro que levavam do saguão ao coração do edifício, e apertou o botão para abri-las, antes que eu pudesse inserir o cartão. Lucy poderia estar indo para a loja, para o correio, para a sala de reuniões ou para o DPE. Poderia também ir ao seu quarto, que ficava no mesmo edifício, mas em outra ala.

Tentei imaginar onde ela poderia estar a essa hora da tarde, mas encontrei-a onde menos esperava. Em minha suíte.

"Lucy!", disse ao abrir a porta e vê-la do outro lado. "Como você entrou?"

"Da mesma forma que você", respondeu, sem grande entusiasmo. "Tenho uma chave."

Levei minha bagagem para a sala de estar e coloquei-a no chão. "Por quê?" Observei sua expressão.

"Meu quarto é de um lado, o seu do outro", respondeu Lucy.

O andar de segurança era para testemunhas sob ameaça, espiões, ou quaisquer outras pessoas que o Ministério da Justiça achasse que mereciam proteção especial. Para chegar aos apartamentos, tinha-se que passar por duas portas. Pela primeira, era necessário digitar um código num teclado que era reconfigurado cada vez que era usado. Pela segunda, só se passava com um cartão magnético, que também estava sempre mudando. Sempre desconfiei que os telefones eram grampeados.

Puseram-me nesses aposentos havia mais de um ano, porque Gault não era o único problema na minha vida. Eu estava espantada que Lucy também tivesse sido mandada para cá.

"Achei que você estivesse no seu alojamento em Washington", comentei.

Ela foi até a sala de estar e se sentou. "Eu estava", respondeu. "E agora à tarde estou aqui."

Sentei-me no sofá à sua frente. Haviam enfeitado a sala com flores de seda e as cortinas da janela foram abertas, deixando ver o céu. Minha sobrinha usava calças esportivas, sapatos de corrida e um suéter preto do FBI com capuz. Seu cabelo castanho-avermelhado estava curto, o rosto fino impecável, exceto pela cicatriz brilhante na testa. Lucy era sênior do UVA. Ela era bonita e brilhante, e nosso relacionamento sempre fora cheio de altos e baixos.

"Eles a trouxeram para cá porque estou aqui?", eu continuava tentando entender.

"Não."

"Você não me abraçou quando cheguei", ocorreu-me isso quando me levantei. Beijei seu rosto, mas ela ficou dura, desvencilhando-se de meus braços. "Você andou fumando." Voltei a sentar.

"Quem lhe contou?"

"Não é preciso que ninguém me diga. Sinto o cheiro no seu cabelo."

"Você me abraçou porque sabia que estava cheirando a cigarro."

"E você não me abraçou porque não queria que eu sentisse o cheiro."

"Você está ralhando comigo."

"De forma alguma", respondi.

"Está sim. Você é pior que a vovó", disse ela.

"Que por sinal está no hospital porque fumava", completei, sustentando o fogo de seus olhos verdes.

"Como você já sabe, posso fumar agora."

"Não se pode fumar neste quarto. Na verdade, nada é permitido nesse quarto", disse-lhe.

"Nada?" Ela não piscou.

"Absolutamente nada."

"Você toma café aqui. Eu sei. Eu ouvia você pondo café no microondas quando a gente falava pelo telefone."

"Café não tem problema."

"Você disse que nada é permitido nesse quarto. Para muita gente em nosso planeta, café é um vício. Aposto como você toma bebidas alcoólicas aqui também."

"Lucy, por favor, não fume."

Ela tirou do bolso um maço de Virginia Slim mentolado. "Eu vou sair", disse ela.

Abri as janelas para que ela pudesse fumar, sem querer acreditar que ela contraíra o vício que me dera tanto trabalho para largar. Lucy tinha porte atlético e era muito bem-apanhada. Eu lhe disse que não conseguia entender.

"Estou só me divertindo um pouco com isso. Não fumo muito."

"Quem transferiu você para cá? Vamos voltar ao assunto", perguntei, enquanto ela soltava uma baforada.

"Eles me transferiram."

"Quem são *eles*?"

"Pelo visto, a ordem veio de cima."

"Burgess?" Eu me referia ao diretor-assistente, que respondia pela Academia.

Ela fez que sim com a cabeça. "Sim."

"Por que teria feito isso?", perguntei, intrigada.

Ela deixou cair cinza na palma da mão. "Ninguém me apresentou nenhum motivo. A única coisa que sei é que deve ter alguma relação com o DPE e o CAIN." Ela fez uma pausa. "Sabe como é, as mensagens estranhas etc."

"Lucy, o que é que está acontecendo, afinal?"

"Não sabemos", respondeu ela, controlando a voz. "Mas é certo que há alguma coisa por trás disso."

"Gault?"

"Não há nenhuma prova de que alguém tenha entrado no sistema — ninguém que não devesse entrar."

"Mas você acha que alguém entrou."

Ela inalou a fumaça profundamente, como só os fumantes veteranos fazem. "CAIN não está obedecendo aos nossos comandos. Ele está fazendo outra coisa, recebendo instruções de outro lugar."

"Deve haver uma forma de descobrir isso."

Seus olhos brilharam. "Acredite-me, eu estou tentando."

"Não estou questionando seus esforços nem sua competência."

"Não há nenhum indício", continuou ela. "Se alguém conseguiu entrar no sistema, não está deixando nenhum traço disso. E isso é impossível. Você simplesmente não pode entrar no sistema, ordenar que ele envie mensagens ou que faça qualquer outra coisa sem que isso fique registrado em arquivo. E temos uma impressora funcionando dia e noite, imprimindo cada toque no teclado, por quem quer que seja, seja qual for o motivo."

"Por que você está ficando tão irritada?", perguntei.

"Porque estou cansada de ser responsabilizada pelos problemas que acontecem lá. A invasão não foi culpa minha. Eu não tinha a menor idéia de que alguém que trabalhava junto comigo..." Ela deu mais um trago. "Bem, eu só disse que ia tentar resolver o problema porque me pediram. Porque o senador me pediu que fizesse isso. Ou, para falar a verdade, pediu a você..."

"Lucy, não sei de ninguém que esteja acusando você dos problemas relacionados com o CAIN", falei com brandura.

A raiva brilhou com mais intensidade em seus olhos. "Se eu não estivesse sendo acusada, não me transfeririam para cá. Isso caracteriza prisão domiciliar."

"Bobagem. Eu sempre fico aqui quando venho para Quantico, e é claro que não estou sob prisão domiciliar."

"Eles a colocam aqui por uma questão de segurança e privacidade", respondeu ela. "Mas não é esse o meu caso. Novamente estou sendo responsabilizada, vigiada. Posso afirmar isso pela forma como algumas pessoas estão me tratando lá." Ela moveu a cabeça em direção ao DPE, que era do outro lado da rua.

"O que aconteceu hoje?", perguntei.

Ela foi à cozinha, abriu a torneira para apagar o cigarro e jogou-o na trituradora. Sentou-se novamente e não falou nada. Observei-a atentamente e fiquei ainda mais inquieta. Não sabia por que, mas toda vez que ela agia de forma inexplicável, eu voltava a ficar assustada.

O acidente de carro que ela sofrera poderia ter sido fatal. O trauma na cabeça poderia ter destruído seu dom mais precioso, e eu era assaltada por imagens de hematomas e um crânio fraturado como um ovo cozido passado do ponto. Pensei na mulher que chamávamos de Jane com a cabeça raspada e as cicatrizes, e imaginava Lucy em lugares onde ninguém sabia o seu nome.

"Você tem se sentido bem?", perguntei.

Ela deu de ombros.

"E as dores de cabeça?"

"Ainda sinto." A desconfiança turvou seu olhar. "Às vezes o Midrin ajuda. Às vezes só me faz vomitar. A única coisa que realmente funciona é Fiorinal. Mas não tenho nenhum."

"Você não precisa desse remédio."

"Não é você que tem dor de cabeça."

"Tenho muitas dores de cabeça. Você não precisa de barbitúricos", respondi. "Você está dormindo e comendo bem e fazendo exercícios?"

"Que é isso, uma consulta médica?"

"A rigor sim, já que por acaso sou médica. Só que você não marcou nenhuma consulta e estou sendo muito gentil em atendê-la assim mesmo."

Um sorriso aflorou no canto da sua boca. "Estou passando muito bem", disse ela, na defensiva.

"Aconteceu alguma coisa hoje", repeti.

"Imagino que você não falou com a comandante Penn."

"Não, desde hoje de manhã. Não sabia que você a conhecia."

"Seu departamento está em comunicação on-line conosco, com o CAIN. Ao meio-dia, o CAIN chamou o terminal PCCV da Polícia de Trânsito. Imagino que você já tinha saído para o aeroporto."

Aquiesci, sentindo um aperto no estômago, pensando no pager de Davila chamando no necrotério. "Qual era a mensagem dessa vez?", perguntei.

"Se você quiser, eu trago."

"Sim", respondi.

Lucy entrou em seu quarto e voltou com uma valise. Ela abriu o zíper e tirou um maço de papéis, e me passou um print do terminal PCCV, sediado na Unidade de Comunicação, que estava sob o comando de Frances Penn. Nele se lia:

...MENSAGEM PQ21 96701 079 222, INÍCIO...

DE: CAIN

PARA: TODAS AS UNIDADES E COMANDOS

ASSUNTO: POLICIAIS MORTOS

A TODOS OS COMANDOS AFETOS AO ASSUNTO:

TODOS OS MEMBROS DEVERÃO, POR UMA QUESTÃO DE SEGURANÇA, QUANDO ESTIVEREM EM SERVIÇO OU PATRULHANDO O METRÔ, USAR CAPACETES.

... MENSAGEM PQ21 96701 079 222, FINAL...

Por um instante fiquei olhando para o print, nervosa e enraivecida. Depois perguntei: "Existe um nome de usuário associado à pessoa que entrou no sistema para digitar a mensagem?".

"Não."
"E não existe nenhuma forma de descobrir isso?"
"Não pelos métodos convencionais."
"O que é que você acha?"
"Acho que quando o DPE foi invadido, a pessoa entrou no CAIN e instalou um programa."
"Algo como um vírus?"
"É um vírus colocado num programa do qual não temos a menor idéia. Ele está permitindo que alguém entre em nosso sistema sem deixar nenhum indício."
Lembrei da silhueta de Gault desenhada contra a luz no túnel, na noite anterior, nos trilhos intermináveis, mergulhando fundo na escuridão. Gault se movimentava livremente em lugares em que a maioria das pessoas não conseguia enxergar. Passava tranqüilamente por sobre o aço cheio de graxa, seringas e ninhos fétidos de gente e de ratos. Ele era um vírus. De certa forma, contaminara nossos corpos, nossos edifícios, nossa tecnologia.
"Em suma, o CAIN está contaminado com um vírus", concluí.
"Um vírus especial, que não está destinado a danificar o disco rígido ou apagar informações. Esse vírus não é genérico. Foi preparado especialmente para o CAIN, porque seu objetivo é permitir que alguém tenha acesso às suas informações e às do DPE. Esse vírus é como uma chave mestra. Ele abre todos os quartos da casa."
"E está implantado num programa que já estava no sistema."
"Pode-se dizer que ele tem um hospedeiro", disse ela. "Sim. Algum programa usado rotineiramente. O vírus só pode causar prejuízo se o computador segue uma rotina e sub-rotina que permite que um programa primário — como o *autoexec.bat*, no DOS — seja lido.
"Entendo. E o vírus não está instalado em nenhum dos arquivos que são lidos quando o computador é inicializado, por exemplo."

Lucy balançou a cabeça negativamente.

"Quantos programas existem no CAIN?"

"Oh, meu Deus", disse ela. "Milhares. E alguns deles são compridos o bastante para darem a volta ao redor desse edifício. O vírus pode estar em qualquer um deles, e a situação se complica ainda mais porque não fui eu que elaborei todos os programas. Não estou familiarizada com os programas que outros escreveram."

'Outros' queria dizer Carrie Grethen, que fora a parceira de Lucy no trabalho de programação e sua amiga íntima. Carrie também conhecera Gault e fora responsável pela invasão do DPE. Lucy não gostava de falar sobre ela e evitava pronunciar seu nome.

"É possível que o vírus só tenha sido instalado em programas escritos por Carrie?", perguntei.

A expressão do rosto de Lucy não sofreu a mínima alteração. "Pode ter sido instalado em um dos programas não escritos por mim, como também num programa que escrevi. Eu não sei. Estou vendo. Deve levar muito tempo."

O telefone tocou.

"Com certeza é a Jan." Ela se levantou e foi à cozinha.

Olhei o meu relógio. Eu devia estar na unidade dentro de meia hora. Lucy cobriu o fone com a mão. "Você se incomoda se a Jan der um pulinho aqui? Nós vamos correr."

"Não, nem um pouco", respondi.

"Ela está perguntando se você não quer vir junto."

Sorri e balancei a cabeça. Eu não agüentava correr com Lucy, ainda que ela fumasse dois maços por dia, e Janet poderia ser considerada uma atleta profissional. As duas me deixavam com a sensação de estar velha e meio deslocada.

"Que acha de tomarmos alguma coisa?" Lucy já desligara o telefone e falava da geladeira.

"O que é que você sugere?" Olhei sua figura esguia inclinada para a frente, um braço segurando a porta aberta enquanto o outro mexia nas latas das prateleiras.

"Diet Pepsi, Zima, Gatorade e Perrier."

"Zima?"

"Nunca tomou?"

"Eu não tomo cerveja."

"Não tem gosto de cerveja. Você vai gostar."

"Não sabia que tinham serviço de quarto aqui", comentei, com um sorriso.

"Comprei esses troços na loja aqui da Academia."

"Vou tomar uma Perrier."

Ela trouxe nossas bebidas.

"Não existem programas antivírus?", perguntei.

"Esses programas só detectam vírus como o Sexta-feira treze, o Maltese Amoeba, o Stoned, o Michelangelo. Aquele com que estamos lidando dentro do CAIN foi criado especialmente para ele. Foi um trabalho interno. Não existe um programa antivírus, a menos que eu crie um."

"Coisa que você não pode fazer antes de encontrar o vírus."

Ela tomou um grande gole de Gatorade.

"Lucy, você acha que o CAIN deveria ser desativado?"

Ela se levantou. "Deixe-me ver o que se passa com Jan. Ela não pode passar pelas portas externas e duvido que a gente consiga ouvi-la bater."

Também me levantei e carreguei minhas malas para o meu quarto, que tinha uma decoração modesta e um guarda-roupa simples. Ao contrário de outros aposentos, na suíte de segurança havia banheiros privados. Pela janela eu tinha uma vista límpida de campos cobertos de neve estendendo-se por infindáveis matas. O sol estava tão brilhante que parecia primavera, e eu queria que desse tempo para tomar um banho. Queria me esfregar para tirar Nova York de mim.

"Tia Kay? Estamos saindo", gritou Lucy, quando eu escovava os dentes.

Enxagüei a boca rapidamente e voltei para a sala de estar. Lucy colocara um par de Oakleys e estava se espreguiçando perto da porta. Sua amiga tinha um pé apoiado numa cadeira e amarrava seu cadarço.

"Boa tarde, doutora Scarpetta", disse Janet, levantando-se rapidamente. "Espero que não se incomode de eu ter passado aqui. Eu não queria incomodá-la."

Apesar dos meus esforços para que ela ficasse à vontade, ela sempre parecia um cabo surpreendido pela entrada de Patton. Ela era uma agente nova, e a primeira vez que a vi foi quando, a convite, vim dar uma conferência aqui um mês atrás. Lembro-me de estar mostrando slides sobre morte violenta e sobre a preservação de cenas de crime, enquanto ela, do fundo da sala, mantinha os olhos em mim. No escuro, eu podia sentir que ela me observava de sua cadeira, e me intrigava o fato de que, nos intervalos, não conversava com ninguém, descia as escadas e sumia.

Mais tarde, soube que ela e Lucy eram amigas e talvez isso, além de timidez, explicasse a atitude reservada de Janet em relação a mim. Bem modelada por horas e horas de ginástica, tinha os cabelos loiros na altura dos ombros e os olhos azuis, quase violeta. Se tudo corresse bem, ela iria se graduar pela Academia em menos de dois meses.

"Se a senhora quiser correr com a gente, doutora Scarpetta, seria um prazer", repetiu gentilmente o convite.

"Você é muito gentil", respondi, sorrindo. "Fico lisonjeada por você achar que eu poderia fazer isso."

"Claro que poderia."

"Não, ela não poderia." Lucy terminou o Gatorade e pôs a garrafa vazia no balcão. "Ela odeia correr. Ela fica tendo pensamentos negativos o tempo todo quando está correndo."

Voltei ao banheiro enquanto elas saíam pela porta, lavei o rosto e me olhei no espelho. Meu cabelo loiro parecia estar mais cinzento do que estava de manhã e o corte parecia pior. Eu estava sem maquiagem e meu rosto dava a impressão de ter saído da secadora, precisando ser passado a ferro. Lucy e Janet eram imaculadas, enxutas e exuberantes, como se a natureza se deleitasse em esculpir e polir apenas os jovens. Escovei meus dentes novamente e isso me fez pensar em Jane.

* * *

A unidade de Benton Wesley tinha mudado de nome muitas vezes e agora fazia parte da ERR. Ela ficava localizada dezoito metros abaixo da Academia, numa área sem janelas que já fora o esconderijo antibomba de Hoover. Encontrei Wesley em seu escritório, falando ao telefone. Ele olhou para mim, enquanto folheava os papéis de uma grossa pasta.

Espalhadas em sua mesa havia fotografias de cenas de um caso recente, que nada tinha a ver com Gault. A vítima era um homem que tinha sido apunhalado e perfurado cento e vinte e duas vezes, estrangulado com uma faixa, e cujo corpo fora encontrado na cama de um quarto de motel na Flórida, o rosto voltado para baixo.

"É um crime com assinatura. Bem, o escandaloso excesso de golpes e o estilo pouco comum dos laços e nós", Wesley dizia. "Certo. Um laço em volta de cada pulso, algemas."

Sentei-me. Ele estava com óculos de leitura e dava para perceber que andara passando os dedos pelos cabelos; parecia cansado. Meus olhos pousaram nas belas pinturas a óleo da parede e livros autografados por trás do vidro. Wesley era muito procurado por pessoas que escreviam romances e scripts, mas não se vangloriava de conhecer essas celebridades. Acho que ele os considerava incômodos e de mau gosto. Não creio que se dispusesse a receber ninguém, se dependesse só dele.

"Sim, foi um método de ataque muito sangrento, para dizer o mínimo. Os outros também foram. Estávamos falando sobre o tema da dominação, um ritual conduzido pela raiva."

Notei que em sua escrivaninha havia vários manuais azul-claros que eram do DPE. Um deles era um manual de instrução para o CAIN, que Lucy ajudara a escrever, e havia muitas páginas marcadas com clipes de papel. Eu me perguntava quem as marcara, ela ou Wesley, e minha intuição respondeu à pergunta, enquanto sentia um aperto no peito. Meu coração doeu como sempre acontecia quando Lucy estava em apuros.

"Isso ameaçou seu sentimento de dominação." Seus olhos encontraram os meus. "Sim, a reação tem que ser de raiva. Sempre com gente desse tipo."

Sua gravata era preta com listras amarelo-claras, e sua camisa, como sempre, branca e engomada. Ele usava abotoaduras do Departamento de Justiça, a aliança de casamento e um relógio de ouro com pulseira de couro, muito mais caro do que parecia, que lhe fora dado por Connie, em seu vigésimo quinto aniversário de casamento. Ele e sua mulher eram de famílias ricas, e os Wesley viviam bem.

Ele desligou o telefone e tirou os óculos.

"Qual é o problema?", perguntei, e eu odiava a forma como ele fazia meu coração bater mais forte.

Ele recolheu as fotos e colocou-as num envelope de papel manilha. "Outra vítima na Flórida."

"Na área de Orlando, novamente?"

"Sim. Vou lhe mandar os relatórios tão logo os consiga."

Fiz que sim e mudei de assunto, passando a falar de Gault. "Suponho que você já saiba o que aconteceu em Nova York", comentei.

"O pager."

Aquiesci novamente.

"Receio saber do que se trata." Ele estremeceu. "Ele está zombando de nós, demonstrando todo o seu desprezo. Continua com seus truques, só que a coisa está ficando cada vez mais pesada."

"Cada vez pior. Mas a gente não devia se concentrar só nele."

Ele ouvia, os olhos presos nos meus, as mãos no dossiê do homem assassinado, sobre o qual ele acabava de discutir ao telefone.

"Seria fácil demais ficarmos obcecados por Gault a ponto de não trabalhar nos outros casos. Por exemplo, é muito importante identificarmos essa mulher que supomos ter sido assassinada por ele no Central Park."

"Acho que todo mundo concorda que é importante, Kay."

"Todos dirão que acham importante", retruquei, a raiva começando a ferver dentro de mim. "Mas, na realidade, os policiais, o FBI, querem pegar Gault, e identificar essa mulher sem-teto não é prioridade. Ela é apenas mais uma pessoa pobre e anônima que presidiários vão enterrar no cemitério de indigentes."

"Pelo visto, ela é prioridade para você."

"Claro."

"Por quê?"

"Acho que ela tem alguma coisa a nos dizer."

"Sobre Gault?"

"Sim."

"Em que você se baseia para afirmar isso?"

"Instinto", respondi. "E ela é uma prioridade porque nós somos obrigados, moral e profissionalmente, a fazer tudo o que pudermos por ela. Ela tem o direito de ser enterrada com seu nome."

"Claro que tem. E o DPNY, a Polícia de Trânsito, o FBI — todos queremos que ela seja identificada."

Mas eu não acreditava no que ele dizia. "Na verdade, a gente não se importa", disse-lhe, francamente. "Nem os policiais, nem os médicos-legistas, nem esta unidade." Já sabemos quem a matou, portanto não interessa mais saber quem ela é. É a pura verdade, tratando-se de uma jurisdição tão assolada pela violência como a de Nova York.

Wesley fitou o vazio, roçando os dedos finos numa caneta Mont Blanc. "Receio que haja alguma dose de verdade no que você está dizendo." Ele olhou para mim novamente. "Não nos importamos porque não podemos. Não é porque não queremos. Quero que Gault seja apanhado antes que mate mais alguém. Em última análise, é o que eu penso."

"Como seria de se esperar. E não sei se essa mulher morta poderia ajudar nessa tarefa. Talvez possa."

Notei que estava deprimido e senti isso em sua voz cansada. "A única ligação que podemos estabelecer entre ela e Gault é o fato de que foram vistos juntos no museu", disse ele. "Examinamos todos os seus pertences, e nada do que encontramos poderia nos levar a ele. Portanto, a minha pergunta é: o que mais podemos saber sobre ela que possa nos ajudar a apanhá-lo?"

"Eu não sei", respondi. "Mas quando tenho casos de pessoas não-identificadas na Virgínia, não descanso enquanto não faço todo o possível para resolvê-los. Esse caso é em Nova York, mas tenho interesse nele porque trabalho com sua unidade e você foi chamado a participar das investigações."

Eu falava com toda a convicção, como se o caso do bestial assassinato de Jane estivesse sendo julgado naquela sala. "Se eu não puder seguir os meus próprios métodos", continuei, "então não posso continuar como consultora do FBI."

Wesley ouviu tudo isso paciente e consternado. Eu sabia que ele sentia muito da minha frustração, mas havia uma diferença: ele não fora uma criança pobre, e quando tínhamos nossas piores brigas, eu usava isso contra ele.

"Se ela fosse uma pessoa importante, todo mundo iria se preocupar."

Ele continuou calado.

"Quando se é pobre, não existe justiça", continuei, "a menos que se levante uma discussão sobre o caso."

Wesley olhou para mim.

"Benton, estou querendo discutir o assunto."

"Diga-me o que você pretende fazer", pediu.

"Quero fazer tudo o que for necessário para descobrir quem é ela. Quero que você me apóie."

Ele me observou por um instante, analisando o caso. "Por que esta vítima?", perguntou.

"Acho que acabei de explicar isso."

"Tenha cuidado", disse ele. "Tenha cuidado porque sua motivação pode ser subjetiva."

"O que você está querendo insinuar?"

"Lucy."

Fiquei exasperada.

"Lucy pode sofrer um traumatismo craniano tão grave quanto o dela", disse ele. "Sempre foi órfã, de certa forma, e não faz muito tempo ela desapareceu, vagando pela Nova Inglaterra, e você teve que ir procurá-la."

"Você está me acusando de projeção."

"Não estou te acusando. Estou apenas considerando essa possibilidade junto com você."

"E eu estou apenas tentando fazer meu trabalho", disse-lhe. "E não estou com a mínima vontade de ser psicanalisada."

"Compreendo." Ele fez uma pausa. "Faça tudo o que for preciso fazer. Vou ajudá-la em tudo o que puder. E tenho certeza de que Pete fará o mesmo."

Então passamos para o assunto mais traiçoeiro, de Lucy e o CAIN, e sobre isso Wesley não queria falar. Ele levantou-se para pegar café quando o telefone tocou lá fora e sua secretária anotou mais um recado. O telefone não parara de tocar desde a minha chegada, e eu sabia que era sempre assim. Seu escritório era como o meu. O mundo estava cheio de pessoas desesperadas que tinham nossos números e não tinham ninguém mais a quem pudessem ligar.

"Só me fale o que você acha que ela fez", disse-lhe quando ele voltou.

Ele pôs o café à minha frente. "Você está falando como tia."

"Não. Agora estou falando como mãe."

"Eu preferiria que nós dois falássemos sobre isso como profissionais", pediu.

"Ótimo. Você pode começar por me informar de tudo o que está acontecendo."

"A espionagem que começou em outubro passado quando o DPE foi invadido ainda continua", disse ele. "Alguém entrou no CAIN."

"Até aí eu já sei."

"Não sabemos quem está fazendo isso", continuou.

"Acho que podemos imaginar que é Gault, não?"

Wesley pegou seu café. Seus olhos encontraram os meus. "Não sou especialista em computadores. Mas você precisa ver uma coisa."

Ele abriu uma pasta fina e tirou uma folha de papel. Quando me passou o papel, notei que era um print da tela de um computador.

"Isto é uma página do arquivo de registro do CAIN, com a hora exata das mais recentes mensagens enviadas ao terminal PCCV na Unidade de Comunicação do Departamento de Polícia de Trânsito", explicou. "Você notou alguma coisa estranha?"

Pensei no print que Lucy me mostrara, na perversa mensagem sobre "Policiais Mortos". Tive que examinar por um minuto os *log-ins* e *log-outs*, os IDs, datas e horários para entender o problema. Senti medo.

O ID de usuário de Lucy não era tradicional, pois não se compunha da inicial do seu primeiro nome mais as sete primeiras letras de seu sobrenome. Ao invés disso, ela adotou o nome LUCYTALK , e, de acordo com esse rastreamento, ela constava como sendo a supervisora quando o CAIN mandou a mensagem para Nova York.

"Você a interrogou sobre isso?", perguntei a Wesley.

"Ela foi questionada mas não se incomodou muito porque, como você pode ver pelo print, ela entrou e saiu no sistema o dia inteiro, e muitas vezes também fora do horário normal."

"Mas está preocupada. Não me importa o que ela disse a você, Benton. Ela percebe que foi transferida para o andar de segurança para ser observada."

"Ela está sendo observada."

"O simples fato de que há um registro seu no mesmo momento em que a mensagem foi enviada a Nova York não significa que ela a enviou", insisti.

"Sei disso. Não há mais nada no arquivo de registro indicando que ela enviou a mensagem. Aliás, não há nada que indique que alguém a enviou.

"Quem chamou sua atenção para isso?", perguntei, pois eu sabia que Wesley não costumava analisar os arquivos de registro.

"Burgess."

"Então, alguém do DPE chamou a atenção dele antes."

"É evidente."

"Ainda tem gente lá que não confia em Lucy, por causa do que aconteceu no outono passado."

Seu olhar estava duro. "Não posso fazer nada quanto a isso, Kay. Ela vai ter que provar a sua inocência. Não podemos fazer isso por ela."

"Não estou tentando fazer nada por ela", respondi, exaltada. "Tudo o que peço é justiça. Lucy não deve ser responsabilizada pelo vírus do CAIN. Ela não o colocou lá. Está tentando resolver esse problema e, com toda a franqueza, não acho que alguém possa ajudar. Todo o sistema deve estar comprometido."

Ele pegou seu café, mas mudou de idéia e o pôs de volta no lugar.

"E não acredito que ela tenha sido colocada no andar de segurança porque alguém ache que ela está sabotando o CAIN. Se vocês achassem isso, a mandariam embora. A última coisa que fariam era mantê-la aqui."

"Não necessariamente", respondeu ele, mas não podia me enganar.

"Diga-me a verdade."

Ele estava pensando, buscando uma saída.

"*Você* transferiu Lucy para o andar de segurança, não foi?", continuei. "Não foi Burgess. Não foi por causa desses registros que você acabou de me mostrar. Isso é um absurdo."

"Para alguns não é não", disse ele. "Alguém de lá levantou uma bandeira vermelha e me pediu que me livrasse dela. Respondi que, por enquanto, não. Precisávamos antes mantê-la sob vigilância."

"Está querendo me dizer que você acha que Lucy *é* o vírus?" Eu não podia acreditar.

"Não." Ele inclinou-se para a frente em sua cadeira. "Acho que Gault é o vírus. E quero que nos ajude a agarrá-lo."

Olhei para ele como se ele tivesse acabado de sacar uma arma e dado um tiro no ar. "Não", disse-lhe, com veemência.

"Kay, ouça..."

"De forma alguma. Deixe-a fora disso. Ela não é droga de agente do FBI."

"Você está se descontrolando..."

Mas eu não ia permitir que ele falasse. "Pelo amor de Deus, ela é uma *estudante universitária.* Ela não tem nada a ver..." Minha voz sumiu. "Eu sei como ela é. Ela vai tentar entrar em contato com ele. Você não percebe?" Olhei furiosamente para ele. "Você não a conhece, Benton!"

"Acho que sim."

"Não vou permitir que você a use dessa forma."

"Deixe-me explicar."

"Você devia desativar o CAIN", disse.

"Não posso fazer isso. Com certeza é a única pista deixada por Gault." Ele fez uma pausa, enquanto eu continuava fuzilando-o com o olhar. "Há vidas em jogo. Gault não parou de matar."

Falei num impulso: "É justamente por isso que quero que Lucy nem chegue a pensar nele!".

Wesley ficou calado. Olhou para a porta fechada, depois de novo para mim. "Ele já sabe quem é ela", disse.

"Ele não sabe grande coisa sobre ela."

"Não sabemos o quanto ele sabe. Mas ele sabe, no mínimo, como ela é."

Eu não conseguia pensar. "Como?"

"Desde que seu cartão American Express foi roubado", disse ele. "Lucy não lhe falou?"

"Falou o quê?"

"Sobre as coisas que ela tinha em sua escrivaninha." Quando notou que eu não sabia do que ele estava falando, calou-se de repente. Percebi que ele tinha falado de coisas que não gostaria que eu soubesse.

"Que coisas?", perguntei.

"Bem", continuou, "ela tinha uma carta guardada em sua escrivaninha no DPE, uma carta mandada por você junto com o cartão de crédito."

"Disso eu já sei."

"Certo. Nessa carta também havia uma fotografia sua e de Lucy, juntas em Miami. Parece que vocês estavam no quintal de sua mãe."

Fechei os olhos por um momento e respirei fundo, enquanto ele continuava em tom sombrio.

"Gault sabe também que Lucy é o seu ponto de maior vulnerabilidade. Eu também não quero que ele volte sua atenção para ela. Mas o que estou tentando dizer a você é que provavelmente isso já aconteceu. Ele conseguiu invadir um mundo onde ela é Deus. Já se apossou do CAIN."

"Então foi por isso que você a transferiu", disse.

Wesley ficou me olhando inquieto, procurando uma forma de ajudar. Eu percebia toda a sua tortura por trás daquela fria reserva, e sentia sua terrível dor. Ele também tinha filhos.

"Você a transferiu para o andar de segurança junto comigo. Teme que Gault vá atrás dela."

Ele continuou em silêncio.

"Quero que ela volte para o UVA, para Charlottesville. Que ela esteja lá amanhã", disse, com uma ferocidade que eu não percebia. O que eu queria mesmo, no final das contas, era que Lucy não conhecesse meu mundo, e isso nunca seria possível.

"Ela não pode", disse ele, simplesmente. "E ela não pode ficar com você em Richmond. Para dizer a verdade, ela realmente não pode ficar em nenhum outro lugar que não seja onde está. É lá que ela se mantém segura."

"Ela não pode passar o resto da vida aqui."

"Até ele ser preso..."

"Ele nunca vai ser preso, Benton!"

Ele me lançou um olhar cansado. "Então vocês duas vão acabar entrando no nosso Programa de Proteção a Testemunhas."

"Não vou abrir mão de minha identidade. Minha vida. Isso pode ser melhor que estar morta?"

"É melhor", disse ele, calmamente, e eu sabia que ele estava imaginando corpos espancados, decapitados, com buracos de balas.

Levantei-me. "O que é que eu faço com meu cartão de crédito roubado?", perguntei a ele, meio entorpecida.

"Anule-o", respondeu. "Eu tinha a esperança de usar dinheiro de espólios ou recolhido em batidas policiais para pagar as dívidas de seu cartão, mas não podemos." Ele fez uma pausa, enquanto eu balançava a cabeça, incrédula. "Não depende de mim. Você sabe os problemas de orçamento que temos. Você também os tem."

"Meu Deus", disse-lhe. "Pensei que você queria tentar descobrir onde ele está."

"Seu cartão de crédito não pode indicar onde ele está, somente onde ele esteve."

"Não posso acreditar numa coisa dessas."

"A culpa é dos políticos."

"Não quero ouvir falar de *problemas de orçamento* ou *de políticos*", exclamei.

"Kay, hoje em dia o FBI mal consegue dinheiro para a munição das linhas de tiro. E você conhece nossos problemas de pessoal. Eu mesmo estou trabalhando em cento e trinta e nove casos, ainda agora, enquanto estamos conversando. No mês passado, dois dos meus melhores homens se aposentaram."

"Agora", continuou ele, "tenho só nove. *Nove*. Somos um total de dez tentando cobrir todo o território dos Estados Unidos, sem contar os casos que nos vêm do exterior. Diabo, o único motivo que nos faz ter você conosco é que não lhe pagamos nada."

"Não faço isso por dinheiro."

"Pode cancelar seu American Express", disse, com a voz cansada. "Se fosse você, eu faria isso imediatamente."

Fitei-o por longo tempo e saí.

10

Lucy acabara de fazer sua corrida e tomava banho quando eu voltei ao apartamento. À hora do jantar, que era servido no restaurante, ela trabalhava no DPE.

"Vou voltar para Richmond hoje à noite", contei-lhe ao telefone.

"Pensei que você ia passar a noite aqui", disse ela, e notei um certo desapontamento em sua voz.

"Marino vem me pegar."

"Quando?"

"Ele já está vindo. A gente poderia jantar antes de eu ir embora."

"Combinado. Eu queria que a Jan fosse com a gente."

"Ótimo. Mas aí teríamos que convidar o Marino também. Ele já deve estar chegando."

Lucy ficou em silêncio.

"Por que eu e você não batemos um papo antes?", sugeri.

"Aqui?"

"Sim. Estou livre, contanto que você me deixe passar por todos esses scanners, portas trancadas, máquinas de raios X e mísseis com sensores de temperatura."

"Bem, vou ter que ver com a procuradora geral. Ela odeia quando eu ligo para a casa dela."

"Já estou saindo."

O DPE era composto de cinco blocos de concreto e vidro rodeados de árvores, e não se podia entrar no estacionamento sem parar numa guarita, que ficava a menos de trinta metros da guarita de entrada da Academia. Ele era a divisão mais resguardada do FBI; seus funcionários tinham que escanear suas impressões digitais em fechaduras biométricas para abrir as portas de Plexiglas. Lucy esperava por mim na entrada. Eram quase oito horas.

"Olá."

"Há pelo menos uma dúzia de carros no estacionamento", comentei. "As pessoas costumam trabalhar assim, até mais tarde?"

"Elas estão sempre entrando e saindo a qualquer hora. Na maioria das vezes eu nem as vejo."

Atravessamos uma vasta área de carpetes e paredes bege, passando por portas fechadas que davam acesso a salas onde cientistas e engenheiros trabalhavam em projetos confidenciais. Eu tinha apenas uma vaga noção do que se passava ali, além do trabalho de Lucy no CAIN. Mas sabia que o objetivo era desenvolver tecnologia para facilitar quaisquer tipos de tarefas a ser desempenhadas por um agente especial, seja vigilância, tiro, descer por cordas de um helicóptero ou usar um robô numa batida policial. O fato de Gault ter conseguido entrar aqui era como se ele tivesse passeado livremente pelas instalações da NASA ou por uma usina nuclear. Era inconcebível.

"Benton me falou sobre a fotografia que estava em sua escrivaninha", falei a Lucy, enquanto entrávamos no elevador.

Ela apertou o botão do segundo andar. "Gault já pode reconhecer você, se é isso que a preocupa. Ele já viu você antes, pelo menos duas vezes."

"Eu não gosto nem um pouco de saber que ele possa reconhecer você", respondi, de forma calculada.

"Você está supondo que ele está com a fotografia."

Nós entramos numa parafernália de cubículos com estações de trabalho, impressoras e pilhas de papel. O próprio CAIN estava por trás de um painel de vidro, numa área com ar-condicionado cheia de monitores, modems e uma infinidade de cabos escondidos sob um assoalho elevado.

"Tenho que verificar uma coisa", disse ela, passando o polegar no scanner para abrir a porta do CAIN.

Segui-a no ar gelado, carregado com a tensão da estática de um tráfego invisível movendo-se a velocidades incríveis. As luzes vermelhas e verdes dos modems piscavam, e a tela de um vídeo de dezoito polegadas anunciava CAIN em grandes letras brilhantes, que giravam e se espiralavam como as impressões digitais da pessoa que acabara de entrar.

"A fotografia estava no envelope com o cartão American Express que, ao que parece, está com ele", disse-lhe. "Você pode deduzir que ele deve estar com os dois."

"Outra pessoa podia estar com a foto." Ela fitava os modems intensamente, depois olhava para sua tela e tomava notas. "Isso depende de quem de fato vasculhou a minha escrivaninha."

Nós sempre supusemos que Carrie sozinha fizera isso. Agora eu não tinha tanta certeza.

"Pode ser que Carrie não estivesse agindo por conta própria."

Lucy não disse nada.

"De fato, não acredito que Gault resistisse à tentação de vir até aqui. Acho que ele veio com ela."

"Isso seria arriscadíssimo, considerando que ele era procurado por assassinato."

"Lucy, para começar, é arriscadíssimo arrombar isso aqui."

Ela continuava a fazer anotações enquanto as cores giravam na tela e as luzes acendiam e apagavam. O CAIN era um polvo avançadíssimo com tentáculos que se conectavam com agentes da justiça do mundo inteiro, e cuja cabeça era uma caixa bege cheia de botões e aberturas. Com o zumbido do aparelho de ar condicionado, eu chegava quase a me perguntar se ele sabia o que nós estávamos dizendo.

"O que mais pode ter desaparecido de seu escritório?", perguntei, então. "Você deu por falta de mais alguma coisa?"

Lucy observava o piscar das luzes de um modem, perplexa. Olhou para mim. "Deve estar vindo através de um desses modems."

"O quê?", perguntei, intrigada.

Ela sentou diante de um teclado, tocou na barra de espaço e o descanso de tela se apagou. Em seguida, entrou no sistema e começou a digitar comandos UNIX que nada significavam para mim. Chamou então o menu do administrador de sistema e localizou o arquivo de registro.

"Eu tenho vindo aqui rotineiramente e verificado o tráfego dos modems", disse ela, digitando. "A menos que a pessoa esteja fisicamente neste edifício, tendo entrado no sistema via hardware, ele tem que se comunicar pelo modem."

"Não existe outra forma?"

"Bem", ela respirou fundo, "teoricamente você poderia usar um receptor para pegar a entrada do teclado via radiação Van Eck. Alguns agentes russos andaram fazendo isso não faz muito tempo."

"Mas isso não possibilitaria que alguém entrasse realmente no sistema."

"Mas poderia munir a pessoa de senhas e outras informações que lhe permitiriam entrar, se tivesse o número para discagem."

"Esses números foram mudados depois da invasão?"

"É claro. Alterei tudo o que se pode imaginar e os números de discagem foram mudados novamente desde então. Além do mais, temos modems de retorno. Você liga para o CAIN e ele te liga de volta, para se certificar de que você é um interlocutor autorizado." Lucy parecia desanimada e irritada.

"Se você instala um vírus no programa", perguntei, tentando ajudar, "ele não poderia mudar a extensão do arquivo? Isso não seria uma forma de descobrir onde está o vírus?"

"Sim, isso alteraria o tamanho do arquivo", respondeu ela. "Mas o problema é que o programa UNIX, usado para verificar arquivos como esse, é chamado *checksum*, e ele não é criptograficamente seguro. Tenho certeza de que quem fez isso incluiu itens *checksum* para sumir com os bytes do programa do vírus."

"Quer dizer que o vírus é invisível?"

Lucy fez que sim, preocupada, e eu sabia que ela pensava em Carrie. Então teclou um comando *quem* para ver que departamentos estavam operando no sistema, se é que havia algum. Nova York era um deles. E também Charlotte e Richmond, e Lucy me apontou os respectivos modems. As luzes dançavam nos modems, enquanto as informações eram transmitidas pelas linhas telefônicas.

"A gente precisa ir jantar", falei delicadamente a minha sobrinha.

Ela teclou mais alguns comandos. "Agora não estou com fome."

"Lucy, você não pode permitir que isso consuma toda a sua vida."

"Olha quem fala!"

Ela estava certa.

"A guerra já foi declarada", acrescentou ela. "Isso é uma guerra."

"Neste caso não se trata de Carrie", falei, referindo-me à mulher que, eu suspeitava, tinha sido mais que uma amiga de Lucy.

"Não importa quem é." Ela continuou a digitar.

Mas importava sim. Carrie Grethen não matava as pessoas nem mutilava seus corpos. Temple Gault sim.

"Mais alguma coisa desapareceu de suas gavetas quando houve o arrombamento?", tentei novamente.

Ela parou o que estava fazendo e olhou para mim, os olhos faiscando. "Sim, se você quer saber", disse-me. "Tinha um envelope grande de papel manilha que eu não queria deixar em meu alojamento no UVA, por causa dos companheiros de quarto, nem aqui, por causa das pessoas que entram e saem. Era uma coisa pessoal. Eu achei que era mais seguro em minha escrivaninha."

"E o que é que tinha no envelope?"

"Cartas, anotações, várias coisas. Algumas eram suas, inclusive a que continha a fotografia e o cartão. A maior parte eram cartas dela." Lucy corou. "Havia uns poucos bilhetes da vovó."

"Cartas de Carrie?" Não entendi. "Por que ela escrevia para você? Vocês duas estavam aqui em Quantico e não se conheciam antes do outono passado."

"De certa forma, sim", disse ela, o rosto ruborizando ainda mais.

"Como?", perguntei, desconcertada.

"Mantivemos correspondência via computador, através da Prodigy, durante o verão. Guardei todos os prints das mensagens que trocamos."

"Você arranjou as coisas intencionalmente, de forma que vocês trabalhassem juntas aqui no DPE?", tornei a perguntar cada vez mais incrédula.

"Ela já estava sendo contratada pelo FBI", respondeu Lucy. "Ela me incentivou a tentar conseguir um estágio aqui."

Meu silêncio pesava.

"Ouça", pediu ela. "Como eu podia saber?"

"Suponho que não podia", concordei. "Mas ela pôs você numa sinuca. Queria você aqui. Isso foi planejado muito antes de ela te conhecer através da Prodigy. Provavelmente já conhecera Gault naquela loja de artigos de vigilância da Virgínia, quando então eles decidiram que ela deveria conhecer você."

Ela desviou o olhar, furiosa.

"Meu Deus", continuei, com um grande suspiro. "Você foi atraída para uma arapuca." Desviei o olhar, sentindo-me mal. "E isso não porque você é muito boa naquilo que faz. É por minha causa."

"Não tente assumir a culpa. Odeio quando faz isso."

"Você é minha sobrinha. Gault já deve saber disso há algum tempo."

"Também sou muito conhecida no campo da computação." Ela me olhou de forma desafiadora. "Outras pessoas dessa área devem ter ouvido falar de mim. Nem tudo tem que ser por sua causa."

"Benton sabe como você conheceu Carrie?"

"Eu lhe contei faz muito tempo."

"Por que você não me contou?"

"Eu não queria. Já estava me sentindo mal demais. É uma coisa pessoal." Ela não olhava para mim. "E, mais que tudo, porque não fiz nada de errado."

"Você quer dizer que esse envelope desapareceu na época do arrombamento?"

"Sim."

"Para que alguém poderia querer esse envelope?"

"Ela queria", disse Lucy, amargamente. "Nele havia coisas que ela escrevera para mim."

"Ela tentou entrar em contato com você depois disso?"

"Não", proferiu, como se odiasse Carrie Grethen.

"Vamos", disse-lhe num tom firme de mãe. "Vamos encontrar Marino."

Ele estava na sala de reuniões. Eu experimentava uma Zima, enquanto ele pedia mais uma cerveja. Lucy tinha saído para encontrar Janet, e isso deu a mim e a Marino alguns minutos para conversar.

"Não sei como você suporta uma coisa dessas", comentou ele desdenhosamente, olhando a minha bebida.

"Também não sei se vou agüentar; nunca vi isso antes." Tomei um gole. Realmente era muito bom.

"Talvez você devesse experimentar antes de julgar", acrescentei.

"Não tomo bebida de bicha. E também não tenho que ficar experimentando um monte de coisas para saber que não me agradam."

"Acho que uma das maiores diferenças entre nós, Marino, é que eu não passo o tempo todo preocupada se as pessoas pensam que sou gay."

"Algumas pessoas pensam que você é."

Achei aquilo divertido. "Bem, fique tranqüilo. Ninguém acha que você é", respondi. "A única coisa que muita gente pensa é que você é um fanático, dono da verdade."

Marino bocejou sem pôr a mão na boca. Ele estava fumando e bebia Budweiser no gargalo. Tinha círculos escuros sob os olhos, e embora nunca me contara detalhes íntimos de sua relação com Molly, eu reconhecia os sintomas de alguém entregue aos prazeres sensuais. Às vezes, ele dava a impressão de ter ficado acordado e em atividade por semanas a fio.

"Você está bem?", perguntei.

Ele colocou a garrafa em cima da mesa e olhou em volta. A sala de reuniões estava movimentada, cheia de novos agentes e policiais tomando cerveja e comendo pipoca, enquanto um aparelho de tevê berrava.

"Estou derrubado", respondeu, parecendo muito perturbado.

"Gostei de você ter vindo me pegar."

"Só quero que você me belisque se eu começar a dormir no volante", disse ele. "Ou então você dirige. Afinal de contas, essa coisa que você está bebendo provavelmente não tem nenhuma gota de álcool."

"Ela tem bastante. Eu não vou dirigir, e se você está tão cansado, talvez a gente devesse ficar aqui."

Ele se levantou para pegar outra cerveja. Segui-o com o olhar. Marino ia ser difícil aquela noite. Eu conseguia prever suas tempestades mais que qualquer meteorologista.

"Recebemos uma mensagem do laboratório de Nova York que vai lhe interessar", disse ele, sentando-se. "É sobre o cabelo de Gault."

"O cabelo encontrado no chafariz?", perguntei, curiosa.

"É. E não estou sabendo dos detalhes científicos de que você tanto gosta, certo? Portanto, você mesma vai ter que telefonar para lá. Mas o que interessa é que eles encontraram drogas em seu cabelo. Dizem que ele andou bebendo e tomando cocaína; do contrário, não teria aqueles troços no cabelo."

"Eles encontraram cocaetileno", concluí.

"Acho que é esse o nome. Seu cabelo estava cheio disso, das raízes até as pontas, o que significa que já há algum tempo ele vem bebendo e se drogando."

"Na verdade, não se pode saber há quanto tempo ele vem fazendo isso", comentei.

"O cara com quem falei disse que o comprimento do cabelo indica que ele tem cinco meses", continuou Marino.

"Os exames de cabelo para detectar drogas são controvertidos", expliquei. "Não se sabe se certos resultados positivos são conseqüência de contaminação externa. Isto é, se o cabelo não absorve a fumaça de crack em locais fechados, assim como absorve a do cigarro. Nem sempre é fácil distinguir o que foi inalado do que foi ingerido."

"Você quer dizer que o caso dele poderia ser de contaminação", ponderou Marino.

"Sim, poderia. Mas isso também não quer dizer que ele não esteja bebendo e se drogando. Aliás, ele deve estar mesmo. Cocaetileno é produzido no fígado."

Marino acendeu um outro cigarro, pensativamente. "E que me diz de ele passar o tempo todo tingindo o cabelo?"

"Isso também pode afetar o resultado dos exames", respondi. "Certos agentes oxidantes são capazes de destruir parte da droga."

"Oxidantes?"

"Como água oxigenada, por exemplo."

"Então é possível que uma parte desse cocaetileno tenha sido destruída", concluiu Marino. "O que também significa que é possível o nível de drogas ser bem mais alto do que parece."

"Pode ser."

"Ele deve estar conseguindo drogas em algum lugar." Marino fitou o vazio.

"Em Nova York, com certeza não haveria a menor dificuldade."

"Diabo, isso é a coisa mais fácil de conseguir." A expressão de seu rosto era cada vez mais tensa.

"Em que você está pensando?", perguntei.

"Vou lhe dizer o que estou pensando", começou ele. "Essa conexão da droga não vai funcionar em relação a Jimmy Davila."

"Por quê? Você já sabe do resultado dos exames toxicológicos?", perguntei, intrigada.

"Eles foram negativos." Fez uma pausa. "Mas Benny começou a abrir o bico. Ele está dizendo que Davila estava no negócio."

"Acho que as pessoas deveriam considerar bem as suas fontes", disse-lhe. "Benny não me parece ser exatamente uma fonte confiável."

"Concordo com você", falou Marino. "Mas tem gente tentando mostrar Davila como um mau policial. Corre o boato de que querem culpá-lo pelo assassinato de Jane."

"Isso é loucura", comentei, surpresa. "Não faz o menor sentido."

"Você se lembra daquele troço na mão de Jane que brilhou no Luma-Lite?"

"Sim."

"Cocaína", disse ele.

"E os exames toxicológicos dela?"

"Negativos. E isso é estranho." Marino parecia frustrado. "Mas outra coisa que Benny anda dizendo é que foi Davila quem lhe deu a mochila."

"Ora, ora", disse, irritada.

"Eu estou só falando."

"O cabelo encontrado no chafariz não era de Davila."

"Não podemos saber desde quando ele estava lá. E não sabemos se é de Gault", comentou ele.

"O DNA vai provar que é de Gault", afirmei, convicta. "E Davila estava com uma 380 e uma 38. Jane foi morta com uma Glock."

"Escute", Marino inclinou-se para a frente, descansando os braços na mesa, "não estou discutindo com você, doutora. Estou só dizendo que as coisas não vão lá muito bem. Os políticos de Nova York querem esse caso solucionado, e uma boa forma de fazer isso é pôr a culpa num morto. E o que é que você faz, então? Transforma Davila numa lixeira e ninguém sente por ele. Ninguém se incomoda."

"E quanto ao que aconteceu a Davila?"

"A tonta da legista que foi à cena do crime ainda pensa que ele se suicidou."

Olhei para Marino como se ele tivesse perdido o senso. "Ele chutou a si mesmo na cabeça?", perguntei. "Depois deu um tiro entre os próprios olhos?"

"Ele estava de pé quando atirou em si mesmo, e quando caiu, bateu contra o concreto ou outra coisa."

"A reação vital contra os ferimentos mostra que ele recebeu o golpe na cabeça antes", disse, cada vez mais furiosa. "E você quer fazer o favor de me explicar como o seu revólver foi parar tão arrumadinho sobre seu peito?"

"Esse caso não lhe compete, doutora." Marino me olhou nos olhos. "Essa é a questão. Eu e você somos apenas convidados."

"Davila não se matou", reafirmei. "E o doutor Horowitz não vai permitir que uma coisa dessas saia de seu departamento."

"Talvez não. Talvez ele diga que Davila era um saco de lixo que foi liquidado por outro traficante. Jane acaba num caixão de pinho no cemitério de indigentes, e fim da história. O Central Park e o metrô voltam a ter segurança."

Pensei na comandante Penn e me senti mal. Perguntei por ela.

"Não sei o que ela tem com isso", disse ele. "Eu estava falando com um dos caras. Mas ela está numa sinuca. Por um lado, não quer que pensem que ela chefiava um mau policial. Por outro, não quer que a população pense que há um *serial killer* à solta no metrô."

"Entendo", concordei, imaginando a tremenda pressão que ela devia estar sofrendo, pois cabia a seu departamento a tarefa de manter o metrô livre de criminosos. A cidade de Nova York havia alocado uma verba de dezenas de milhões de dólares à Polícia de Trânsito, para esse fim.

"E ainda por cima foi um desgraçado dum repórter que achou o corpo no Central Park. E esse cara é mais incansável que uma britadeira, pelo que me falaram. Ele quer ganhar um prêmio Nobel."

"O que é pouco provável", comentei, irritada.

"Nunca se sabe", disse Marino, que sempre fazia previsões sobre quem iria ganhar um prêmio Nobel. Àquela altura, pelas suas previsões, eu mesma já teria ganho vários.

"Eu só queria saber se Gault ainda está em Nova York", pensei em voz alta.

Marino enxugou sua segunda cerveja e olhou para o relógio. "Onde está Lucy?", perguntou ele.

"Da última vez que falei com ela, estava tentando encontrar Janet."

"Como ela é?"

Eu sabia o que ele estava imaginando. "Ela é uma jovem adorável", disse-lhe. "Brilhante, e muito tranqüila."

Ele ficou calado.

"Marino, puseram minha sobrinha no andar de segurança."

Ele se voltou para o balcão como se estivesse querendo outra cerveja. "Quem fez isso? Benton?"

"Sim."

"Por causa da história do computador?"

"Sim."

"Você quer outra Zima?"

"Não, obrigada. E você não devia tomar outra cerveja, porque vai dirigir. Aliás, você deve estar dirigindo um carro da polícia e nem poderia ter tomado a primeira."

"Hoje estou com minha máquina."

Não gostei nem um pouco de ouvir aquilo, e Marino percebeu muito bem.

"Ouça, sinto muito que meu carro não tenha uma porcaria dum air bag. Mas um táxi ou uma limusine também não teriam."

"Marino..."

"Eu vou te comprar esse tal de air bag gigante. E você pode carregá-lo por toda parte, como se fosse seu balão de ar quente."

"Roubaram uma pasta de Lucy quando o DPE foi invadido no outono passado."

"Que tipo de pasta?", perguntou ele.

"Um envelope contendo correspondência pessoal." Falei-lhe da Prodigy, e de como Lucy e Carrie se conheceram.

"Elas se conheciam antes de Quantico?", perguntou ele.

"Sim. E imagino que Lucy acredite que foi Carrie quem mexeu nas gavetas de sua escrivaninha."

Marino olhou em volta, enquanto mexia sem parar a garrafa de cerveja vazia em pequenos círculos na mesa.

"Ela parece obcecada por Carrie e não consegue ver mais nada", continuei. "Estou preocupada."

"Onde anda Carrie agora?", perguntou ele.

"Não tenho a menor idéia."

Se fosse impossível provar que ela invadira o DPE ou roubado propriedades do FBI, ela seria demitida, mas não processada. Carrie não fora presa, nem por um dia.

Marino pensou um pouco. "Bem, não é com essa piranha que Lucy deve se preocupar, mas com ele."

"Claro que me preocupo mais com ele."

"Você acha que ele pegou o envelope de Lucy?"

"É isso que eu temo." Senti uma mão no meu ombro e me virei.

"Vamos ficar aqui ou vamos embora?", perguntou Lucy, que tinha posto umas calças cáqui, bordadas com o logotipo do FBI. Ela usava botas para caminhada e um grosso cinturão de couro. Só estava faltando um chapéu e uma pistola.

Marino estava mais interessado em Janet, que conseguia ser atraente mesmo vestindo uma camiseta pólo. "Vamos conversar sobre o conteúdo desse envelope", disse-me ele, que não conseguia tirar os olhos do peito de Janet.

"Não aqui."

O carro de Marino era um grande Ford azul que ele mantinha muito mais limpo do que o carro da polícia que usava. Ele tinha um rádio de polícia e um porta-armas, e, com exceção das pontas de cigarro no cinzeiro, não havia mais lixo à vista. Sentei-me na frente, onde um aromatizador pendurado no retrovisor dava à escuridão um forte cheiro de eucalipto.

"Conte-me exatamente o que havia no envelope", disse Marino a Lucy, que estava atrás com a amiga.

"Não posso dizer *exatamente*", falou Lucy, inclinando-se para a frente e apoiando a mão no encosto de meu banco.

Marino passou devagar pela guarita, depois trocou de marcha, e partimos.

"Tente lembrar", pediu ele, levantando a voz.

Janet falou alguma coisa baixinho com Lucy e por um momento ficaram conversando nesse tom. A pista estreita estava escura e as linhas de tiro excepcionalmente silenciosas. Eu nunca andara no carro de Marino, e ele me pareceu um ousado símbolo do seu orgulho masculino.

Lucy começou a falar. "Eu tinha algumas cartas de minha avó, da tia Kay, e E-mail da Prodigy."

"Você quer dizer de Carrie, não é?", disse Marino.

Ela hesitou. "Sim."

"O que mais?"

"Cartões de aniversário."

"De quem?", perguntou Marino.

"Das mesmas pessoas."

"E da sua mãe?"

"Não."

"E de seu pai?"

"Não tenho nada dele."

"O pai dela morreu quando ela era bem pequena", lembrei a Marino.

"Quando você escreveu para Lucy, deu endereço para correspondência?", ele me perguntou.

"Sim. Meu papel timbrado devia trazer o endereço."

"Caixa postal?"

"Não. Minha correspondência pessoal eu recebo em casa. Tudo o mais vai para o escritório."

"Aonde você está querendo chegar?", perguntou Lucy, num tom um pouco ressentido.

"Está bem", disse Marino, enquanto dirigia pela estrada escura, numa zona não-urbanizada, "deixe-me falar tudo o que o ladrão sabe. Ele sabe em que escola você estudou, o endereço de sua tia em Richmond e o de sua avó na Flórida. Ah! E ainda como você é e onde você nasceu."

"Ele sabe também", continuou Marino, "de sua amizade com Carrie por causa do tal E-mail." Olhou pelo retrovisor. "E isso é apenas o mínimo do que esse verme conhece de você. Não li as cartas nem os bilhetes para saber o que mais ele descobriu."

"De qualquer forma, ela sabia muito mais que isso", disse Lucy, cheia de raiva.

"*Ela?*", perguntou Marino, incisivamente.

Lucy ficou calada.

Foi Janet quem respondeu, delicadamente. "Lucy, você tem que resolver isso. Tem que abrir o jogo."

"O que mais?", perguntou Marino a minha sobrinha. "Tente lembrar das mínimas coisas. Que mais havia no envelope?"

"Uns poucos autógrafos e umas moedas antigas. Coisas de quando eu era criança, e que só tinham valor para mim e mais ninguém. Como uma concha, que eu catei na praia certa vez, quando estava com a tia Kay."

Ela pensou mais um pouco. "Meu passaporte. E havia também uns trabalhos que fiz no colégio."

A dor da sua voz doeu em meu coração, e tive vontade de abraçá-la. Mas quando Lucy ficava triste, repelia todo mundo. Ficava intratável.

"Por que você guardava essas coisas no envelope?", Marino perguntou.

"Eu tinha que guardar em algum lugar", retrucou ela, rispidamente. "Eram a droga das minhas coisas, certo? E se eu deixasse aquilo em Miami, minha mãe com certeza jogaria no lixo."

"Os trabalhos que você fez no colégio eram sobre o quê, Lucy?"

Pairou um silêncio no carro. Só se ouvia o barulho do motor, que aumentava e diminuía com a aceleração e a troca de marcha. Marino entrava na cidadezinha de Triangle. As luzes dos restaurantes da beira da estrada estavam acesas, e eu desconfiava que a maioria dos carros eram de fuzileiros navais.

Lucy falou: "Bem, a coisa é meio irônica. Um dos trabalhos que fiz naquela época era um relatório sobre a segurança do UNIX. Eu focalizava principalmente senhas, como por exemplo o que poderia acontecer se alguém escolhesse senhas muito simples. Eu falava sobre codificação de seqüência de dados em bibliotecas C que..."

"Sobre o que eram os outros trabalhos?", interrompeu Marino. "Cirurgia do cérebro?"

"Como você adivinhou?", respondeu ela, com a mesma petulância.

"Sobre o que eram?", perguntei.

"Wordsworth", disse ela.

Comemos no Globe and Laurel, e enquanto eu olhava para os saiotes escoceses, os distintivos da polícia e as canecas de cerveja penduradas no bar, pensei em minha vida. Mark e eu costumávamos comer aqui. Aí uma bomba explodiu quando ele atravessava uma rua, em Londres. Houve um tempo também em que eu e Wesley vínhamos muito aqui. Aí fomos nos conhecendo cada vez mais, e passamos a não aparecer em público juntos.

Todos pediram sopa de cebola francesa e lombo. Janet estava quieta, como sempre, e Marino não parava de olhar para ela e fazer comentários indiscretos. Lucy ficava cada vez mais furiosa com ele, e eu estava surpresa com seu comportamento. Marino não estava louco. Ele sabia exatamente o que estava fazendo.

"Tia Kay", disse Lucy, "quero passar o fim de semana com você."

"Em Richmond?"

"Não é lá que você mora?" Ela não sorriu.

Eu hesitei. "Acho que devia ficar exatamente onde está."

"Não estou na cadeia. Posso fazer o que quiser."

"Claro que você não está na cadeia", disse-lhe, calmamente. "Deixe-me falar com Benton, está bem?"

Ela ficou calada.

"Então, me diga o que você pensa do Sig-nine", Marino falava para o peito de Janet.

Jan olhou para ele desafiadoramente e disse: "Eu preferiria um Colt Python com um tambor de seis polegadas. Você não?"

O jantar ia cada vez pior, e a volta para a Academia foi feita sob um tenso silêncio, interrompido apenas pela tentativa insistente de Marino de entabular uma conversa com Janet. Depois que ela e Lucy desceram do carro, voltei-me para ele e soltei os cachorros.

"Pelo amor de Deus", explodi. "O que é que deu em você?"

"Não sei do que você está falando."

"Você estava detestável. Absolutamente detestável, e sabe muito bem do que estou falando."

Ele avançava rapidamente pela rodovia J. Edgar Hoover, entrando na interestadual, enquanto procurava um cigarro.

"Janet provavelmente nunca mais vai querer chegar perto de você", continuei. "E não censuro Lucy por também te evitar. Isso é uma vergonha. Vocês tinham ficado amigos!"

"O simples fato de eu ter-lhe dado aulas de tiro não significa que somos amigos", disse ele. "Tanto quanto eu sei, ela é a mesma menina mimada que sempre foi, metida a sabichona. Isso sem falar que não gosto do seu tipo, e não tenho a menor idéia de por que você deixa que ela faça as coisas que faz."

"Que *coisas*?", perguntei, cada vez mais irritada com ele.

"Ela nunca saiu com um cara?" Lançou-me um olhar rápido. "Quero dizer, nem uma vez?"

"A vida particular de minha sobrinha não é de sua conta", retruquei. "Ela não tem nada a ver com a forma como você se comportou esta noite."

"Bobagem. Se Carrie não tivesse namorado Lucy, o DPE nunca teria sido invadido, e não teríamos Gault andando pelo computador."

"Essa é uma afirmação ridícula, que não se baseia em nenhum fato concreto!", exclamei. "Suponho que Carrie iria até o fim na sua missão, com ou sem a participação da Lucy nessa história."

"Vou lhe dizer uma coisa", ele soprou fumaça pela janela só um pouco aberta, "os homossexuais estão acabando com o planeta."

"Valha-nos Deus", lamentei, enojada. "Você parece a minha irmã."

"Acho que você precisa mandar Lucy a algum lugar. Conseguir alguma ajuda para ela."

"Marino, você tem que parar com isso. Suas opiniões baseiam-se em pura ignorância. Elas são odiosas. Se minha sobrinha prefere as mulheres aos homens, explique-me por que você se sente tão ameaçado com isso."

"Não me sinto nem um pouco ameaçado com isso. Mas é uma coisa antinatural." Ele jogou a ponta do cigarro pela janela, minúsculo míssil apagado pela noite. "Mas ouça, não é que eu não entenda. É fato conhecido que muitas mulheres procuram umas às outras porque é o máximo que conseguem fazer."

"Entendo." Balancei a cabeça. "Fato conhecido..." Fiz uma pausa. "Então me responda: você acha que Lucy e Janet estão juntas por causa disso?"

"É por isso que estou sugerindo que consiga ajuda para ela. Elas podiam arranjar namorados com a maior facilidade. Principalmente a Janet, com o corpo que tem. Se eu não estivesse tão amarrado, ia convidá-la para sair."

"Marino", falei, já cansada dele, "deixe-as em paz. Você está simplesmente tentando justificar o fato de não ter agradado e de ter sido desprezado. Você, na verdade, está fazendo papel de idiota. As Janets do mundo não vão sair com você."

"Azar dela. Se experimentasse a coisa certa, estaria curada. O que as mulheres fazem umas com as outras não é o que considero o certo. Elas não têm idéia do que estão perdendo."

A idéia de que Marino se considerava um entendido no que as mulheres precisam na cama era tão absurda que esqueci de me enfurecer. Eu ri.

"Sinto necessidade de proteger Lucy, certo?", continuou ele. "Sinto-me como se fosse um tio e, sabe, o problema é que ela nunca conviveu com homens. O pai morreu. Você é divorciada. Ela não teve irmãos e a mãe vive indo para a cama com incompetentes."

"Isso é verdade", concordei. "Gostaria que Lucy tivesse tido uma influência masculina positiva."

"Garanto que se ela tivesse, não viraria sapatão."

"Esta não é uma expressão muito delicada", disse-lhe. "E não sabemos ao certo por que as pessoas se tornam o que são."

"Então você vai me explicar." Ele virou-se para o meu lado. "Explique-me o que deu errado."

"Em primeiro lugar, não vou dizer que alguma coisa deu *errado*. Pode haver um componente genético responsável pela orientação sexual. Talvez não. Mas o que interessa é que isso não tem a menor importância."

"Quer dizer que você não se preocupa com isso."

Pensei um pouco. "Eu me preocupo porque é um modo de vida mais difícil."

"Quer dizer que é só isso?", disse ele, ceticamente. "Quer dizer que você não preferiria que ela estivesse com um homem?"

Hesitei novamente. "Acho que a essa altura eu só quero que ela fique em companhia de gente boa."

Ele ficou quieto, enquanto dirigia. Depois falou: "Desculpe-me por hoje à noite. Sei que fui grosseiro".

"Obrigada por se desculpar."

"Bem, a verdade é que as coisas não têm andado bem para mim. Molly e eu estávamos indo muito bem, até que Doris ligou, há mais ou menos uma semana."

Aquilo não me surpreendeu nem um pouco. As ex-esposas e amantes sempre dão um jeito de ressurgir.

"Parece que ela ficou sabendo de Molly porque Rocky falou alguma coisa. Agora ela quer voltar para casa. Quer ficar comigo novamente."

Quando Doris foi embora, Marino ficou arrasado. Mas àquela altura da minha vida, eu, de forma um tanto cínica, achava que os relacionamentos não podiam se curar como ossos fraturados. Ele acendeu mais um cigarro. Um caminhão colou na traseira do Ford e depois ultrapassou. Apareceu então um outro veículo atrás de nós, com o farol alto refletindo no retrovisor.

"Molly não gostou nem um pouco disso", continuou ele, meio sem jeito. "Na verdade as coisas não vão bem desde que passamos o Natal separados. Acho também que ela começou a se afastar de mim. Conheceu um sargento. Nem queira saber. Eu os apresentei no FOP, certa noite."

"Sinto muito." Olhei para seu rosto e parecia que ele ia chorar. "Você ainda ama Doris?", perguntei, gentilmente.

"Diabo, não sei. Não sei de nada. As mulheres são seres de outro planeta. Você entende? É exatamente como hoje à noite. Tudo o que eu faço é errado."

"Isso não é verdade. Nós somos amigos há muitos anos. Você faz muitas coisas direito."

"Você é a única amiga mulher que tenho", disse ele. "Mas você é como se fosse homem."

"Ora, muito obrigada."

"Posso falar com você como falo com um homem. E você sabe o que está fazendo. Não chegou aonde está por ser mulher. Porcaria." Ele ajustou o retrovisor para diminuir o brilho nos olhos. "Você chegou aonde está, apesar de ser mulher."

Olhou novamente pelo retrovisor. Eu me virei. Um carro estava quase batendo no nosso pára-choque, o farol alto nos ofuscando. Estávamos a mais de cem quilômetros por hora.

"Estranho", comentei. "Ele tem bastante espaço para ultrapassar."

O tráfego na I-95 estava tranqüilo. Não havia nenhum motivo para ninguém ficar colado atrás de ninguém, e eu pensei no acidente do outono passado, quando Lucy bateu meu Mercedes. Alguém colara no seu pára-choque traseiro. O medo se espalhou pelos meus nervos.

"Dá para ver que tipo de carro é?", perguntei.

"Parece um Z. Talvez um velho 280 Z, ou algo assim."

Ele enfiou a mão no casaco e puxou uma pistola do coldre. Colocou a arma no colo, continuando a olhar pelos espelhos. Voltei-me novamente e vi o vulto escuro de uma cabeça, que parecia ser de homem. O motorista olhava diretamente para nós.

"Está bem", resmungou Marino. "Isso está me enchendo o saco." Ele pisou no freio com força.

O carro nos ultrapassou com um longo e raivoso toque de buzina. Era um Porsche e o motorista era negro.

Disse a Marino: "Você não continua com aquele adesivo racista, com a bandeira dos Confederados, no seu pára-choque, não é? Aquele que brilha quando a luz dos faróis incide sobre ele?".

"Continuo." Ele recolocou a arma no coldre.

"Talvez seja bom você pensar em tirá-lo de lá."

O Porsche não era mais do que uns pontinhos luminosos adiante. Lembrei-me do chefe, ameaçando mandar Marino para o curso de reeducação para a diversidade cultural. Marino poderia freqüentar o curso pelo resto da vida; mesmo assim não estou bem certa de que isso iria curá-lo.

"Amanhã é quinta", disse ele. "Tenho que ir à Primeira Delegacia. Vou ver se alguém ainda se lembra que eu trabalho para a cidade."

"E o xerife Papai Noel? O que aconteceu com ele?"

"Ele vai ser submetido a um interrogatório preliminar na próxima semana."

"Ele deve estar preso, não?', perguntei.

"Negativo. Está solto. Quando você vai participar do júri?"

"Segunda."

"Talvez você possa conseguir uma dispensa."

"Não posso requerer isso. Poderiam fazer um grande estardalhaço e, mesmo que não o fizessem, seria uma coisa hipócrita. Espera-se que eu me preocupe com a justiça."

"Você acha que eu devia procurar Doris?" Já estávamos em Richmond, e víamos a massa dos edifícios do centro da cidade contra o céu.

Observei seu perfil, o cabelo, que ia rareando, o rosto e as orelhas grandes, e a forma como suas mãos enormes cobriam por completo o volante. Ele não conseguia lembrar-se de sua vida antes de Doris. Seu relacionamento havia muito perdera a leveza e o fogo do sexo, passando a uma esfera de segura, mas aborrecida, estabilidade. Talvez eles tenham se separado porque estavam com medo de envelhecer.

"Acho que você devia se encontrar com ela", disse-lhe.

"Quer dizer então que eu devo ir a Nova Jersey?"

"Não", respondi. "Foi Doris quem o abandonou. Ela é que deve vir aqui."

11

Windsor Farms estava escura quando entramos nela, saindo da rua Cary, e Marino não queria que eu entrasse em minha casa sozinha. Ele parou na entradinha de tijolo e olhou para a porta da garagem fechada, iluminada pela luz dos faróis de seu carro.

"Você está com o aparelho para abrir?", perguntou ele.

"Está no meu carro."

"Isso adianta, e muito, já que seu carro está dentro da garagem com a porta fechada."

"Se você me deixasse na frente, como pedi, eu poderia abrir a porta da casa", disse-lhe.

"Não, você não vai mais ficar andando por essa calçada comprida, doutora." Ele falava em tom autoritário, e eu sabia que, quando ele enfiava uma idéia na cabeça, não adiantava argumentar.

Passei-lhe minhas chaves. "Então você vai e abre a garagem. Eu espero aqui."

Ele abriu sua porta. "Tenho uma escopeta entre os bancos."

Abaixou-se para mostrar uma Benelli preta, calibre 12, com um cartucho extensão. Ocorreu-me que Benelli, fabricante de excelentes escopetas italianas, era também o nome que constava na carteira de motorista falsa de Gault.

"A trava de segurança fica aqui." Marino me mostrou. "Basta puxar, e acionar o gatilho."

"Há alguma ameaça de conflito do qual eu não estou sabendo?"

Ele saiu do carro e fechou as portas.

Abri a janela, girando a manivela. "Seria bom se você soubesse o código do meu alarme contra roubo", disse-lhe.

"Já sei." Ele começou a cruzar a grama queimada pelo frio. "DOB."

"Como você sabe?"

"Você é muito previsível", ouvi-o dizer, antes de desaparecer por trás de uma sebe.

Alguns minutos depois, a porta da garagem começou a subir e uma luz se acendeu, iluminando as ferramentas de jardinagem muito bem arrumadas nas prateleiras das paredes, uma bicicleta que eu usava raramente, e meu carro. Sempre que via meu Mercedes novo, não podia deixar de lembrar do outro, que Lucy destruíra.

O antigo, um 500 E, era leve, gracioso e veloz, com motor projetado parcialmente pela Porsche. Agora eu só queria algo grande. Eu tinha um S 500 que, com certeza, enfrentaria um caminhão de concreto ou um trator. Marino ficou junto do meu carro, olhando para mim, como se quisesse me apressar. Toquei a buzina para lembrá-lo de que eu estava trancada dentro do seu carro.

"Por que as pessoas ficam tentando me prender dentro de seus veículos?", perguntei-lhe quando ele me deixou sair. "De manhã foi um táxi, agora você."

"Porque nada fica seguro com você livre. Quero dar uma olhada na sua casa antes de ir embora", disse ele.

"Não é preciso."

"Não estou pedindo. Estou dizendo que vou dar uma olhada."

"Está bem. Esteja à vontade."

Entrei e ele me seguiu. Fui direto à sala de estar e liguei o aquecedor a gás. Em seguida, abri a porta da frente e peguei a correspondência e uma pilha de jornais que meu vizinho esquecera de recolher. Qualquer um que olhasse minha bela casinha de tijolo aparente teria a certeza de que eu passava o Natal fora.

Voltando à sala de estar, olhei para os lados, para ver se tinha alguma coisa fora do lugar. Eu me perguntava se alguém pensara em invadir a casa, que olhos poderiam ter se voltado para ela, que pensamentos sombrios tinham envolvido aquele lugar.

Minha vizinhança era das mais abastadas de Richmond, e certamente já houvera problemas tempos atrás, principalmente com ciganos que costumavam entrar durante o dia, quando as pessoas estavam em casa. Eu nunca me preocupava com eles, porque não deixava as portas abertas, e o alarme ficava ligado o tempo todo. O que eu temia era um tipo de criminoso totalmente diferente, que não estava interessado no que eu tinha, mas em quem eu era. Havia muitas armas em casa, guardadas bem ao alcance da mão.

Sentei-me no sofá, o reflexo das chamas dançando nas pinturas a óleo das paredes. Minha mobília era do estilo europeu contemporâneo, e durante o dia a casa ficava bem iluminada. Quando comecei a organizar a correspondência, encontrei um envelope cor-de-rosa, semelhante a outros que já tinha visto. Era pequeno, de papel não muito bom, do tipo que se compra numa *drugstore*. Dessa vez, o carimbo do correio indicava Charlottesville, 23 de dezembro. Abri-o com um bisturi. O bilhete estava escrito à mão, com caneta-tinteiro e tinta preta.

> CARA DOUTORA SCARPETTA,
>
> DESEJO-LHE UM NATAL MUITO ESPECIAL!
>
> CAIN

Coloquei-o com todo o cuidado na mesinha de centro.

"Marino?", chamei.

Gault escrevera o bilhete antes de matar Jane. Mas o correio era lento. Só agora eu o estava recebendo.

"Marino!", levantei-me.

Ouvi o barulho dos seus pés movendo-se rapidamente pelas escadas. Ele se precipitou sala adentro, de arma em punho.

"O que foi?", disse, com a respiração ofegante, olhando em volta. "Você está bem?"

Apontei o bilhete. Seus olhos desceram sobre o envelope rosa e o bilhete.

"Quem mandou?"

"Olhe."

Ele sentou ao meu lado, e se levantou imediatamente. "Vou ligar o alarme."

"Boa idéia."

Voltou e sentou-se novamente. "Traga-me umas duas canetas. Obrigado."

Ele usou as canetas para manter o papel aberto, de forma que pudesse ler sem estragar as impressões digitais que eu não tivesse destruído. Quando terminou, examinou a caligrafia e o carimbo do envelope.

"É a primeira vez que você recebe um bilhete desses?", perguntou.

"Não."

Ele olhou para mim, acusadoramente. "E você não me disse nada?"

"Não é o primeiro bilhete, mas é o primeiro assinado *CAIN*", expliquei.

"Como os outros estavam assinados?"

"Houve apenas dois outros nesse papel cor-de-rosa, e eles não estavam assinados."

"Você os guardou?"

"Não. Não achei que eram importantes. Os carimbos do correio indicavam Richmond. Os bilhetes eram estranhos, mas não alarmantes. Eu sempre recebo correspondências estranhas."

"Enviadas para a sua casa?"

"Geralmente para o escritório. Meu endereço não está na lista."

"Merda, doutora!" Marino levantou-se e começou a andar de um lado para o outro. "Você não se preocupa nem um pouco em receber correspondência em sua casa, sendo que seu endereço não está na lista?"

"O lugar onde moro não é nenhum segredo. Você sabe o quanto a gente pede à mídia para não filmar nem fotografar, e que de nada adianta: eles filmam e fotografam do mesmo jeito."

"O que os outros bilhetes diziam?"

"Como este, eles eram curtos. Um me perguntava como eu estava e se continuava trabalhando muito. Acho que o outro dizia que estava com saudade de mim, ou algo assim."

"Sentindo saudade de você?"

Vasculhei em minha memória. "Algo como: 'Passou-se muito tempo. Precisamos realmente nos ver'."

"Você tem certeza de que é a mesma pessoa?" Ele baixou os olhos e lançou um olhar para o bilhete rosa sobre a mesa.

"Acho que sim. É óbvio que Gault tem o meu endereço, como você previu."

"Provavelmente ele esteve no seu ninho." Marino olhou para mim. "Você consegue imaginar isso?"

Não respondi.

"Estou lhe dizendo que Gault viu onde você vive." Ele passou os dedos entre os cabelos. "Você está entendendo o que estou lhe dizendo?", perguntou.

"Isso precisa ir para o laboratório na primeira hora da manhã", disse-lhe.

Pensei nos dois primeiros bilhetes. Se os outros dois também eram de Gault, ele os postou em Richmond. Ele esteve aqui.

"Você não pode ficar aqui, doutora."

"Eles podem analisar o selo. Se Gault o lambeu, deixou saliva nele. Podemos usar a técnica de polimerase e conseguir DNA."

"Você não pode ficar aqui", repetiu ele.

"Claro que posso."

"Estou lhe dizendo que não pode."

"Tenho que ficar, Marino", falei-lhe, me rebelando. "Aqui é minha casa."

Ele balançava a cabeça. "Não, isso está fora de cogitação. Ou então eu venho para cá."

Eu gostava de Marino, mas não conseguia suportar a idéia de tê-lo em minha casa. Eu já o imaginava limpando os pés nos meus tapetes orientais e deixando manchas circulares em móveis de teixo e de mogno. Ele iria assistir a lutas diante da lareira e beber Budweiser na lata.

"Vou ligar para Benton agora mesmo", continuou. "Ele vai dizer a mesma coisa a você." Ele andou em direção ao telefone.

"Marino", disse. "Deixe Benton fora dessa história."

Ele caminhou até a lareira e se sentou na pedra. Pôs a cabeça nas mãos e, quando olhou para mim, mostrou um rosto cansado. "Você sabe como vou me sentir se acontecer alguma coisa com você?"

"Não muito bem", brinquei, meio sem jeito.

"Isso me mataria. Mataria sim, juro."

"Você está ficando meio xarope."

"Não sei o que quer dizer com isso. Só sei que Gault vai ter que acabar comigo primeiro, está ouvindo?" Ele me olhou intensamente.

Desviei o olhar. Senti o sangue me subir às faces.

"Sabe, pode acontecer com você o mesmo que com os outros. Eddie, Helen, Jane, Jimmy Davila. Gault está obcecado por você. E provavelmente ele é o pior matador desta merda de século." Fez uma pausa e ficou me observando. "*Você está me ouvindo*?"

Levantei os olhos e encontrei os seus. "Sim", respondi. "Estou ouvindo. Estou ouvindo cada uma das palavras."

"Você deve sair também por causa de Lucy. Ela não pode ficar vindo aqui toda hora para ver você. E se alguma coisa acontecer, o que acha que vai acontecer com ela?"

Fechei os olhos. Eu gostava da minha casa. Trabalhara muito para consegui-la. Trabalhara duro, tentando ser uma boa mulher de negócios. O que Wesley previra estava acontecendo. A segurança teria que ser comprada às custas do que eu era e de tudo o que eu tinha.

"Quer dizer que eu tenho que ir para outro lugar e gastar minhas economias?", perguntei. "Tenho que abandonar tudo isso?" Fiz um movimento com a mão, indicando toda a sala. "Tenho que dar um poder desses a esse monstro?"

"Você também não pode dirigir seu carro", continuou ele, pensando alto. "Tem que dirigir algo que ele não reconheça. Você pode pegar o meu, se quiser."

"Não, que diabo!"

Marino pareceu magoado. "Não é pouca coisa, para mim, deixar alguém usar meu carro. Nunca deixei ninguém fazer isso."

"Não é isso. Eu quero minha vida. Quero saber que Lucy está em segurança. Quero viver em minha casa e dirigir meu carro."

Ele se levantou e me deu um lenço.

"Não estou chorando", disse-lhe.

"Está quase."

"Não, não estou."

"Você quer beber?"

"Scotch."

"Acho que vou querer um pouco de bourbon."

"Você não pode. Vai dirigir."

"Não, não vou", falou-me, aproximando-se do bar. "Vou dormir no seu sofá."

Perto da meia-noite, eu trouxe um travesseiro e um lençol e ajudei-o a arrumar a cama. Ele poderia dormir num quarto de hóspedes, mas queria ficar ali mesmo, com o aquecedor ligado baixo.

Subi a meu quarto e li até meus olhos não conseguirem mais focalizar nada. Senti-me grata por Marino estar na minha casa. Eu não me lembrava de ter sentido tanto medo em minha vida. Até aquele momento, Gault sempre conseguira o que queria. Não falhara uma única vez, em um único ato perverso que se propusera a fazer. Se ele quisesse me matar, não sei se eu conseguiria escapar. Isso também se aplicaria a Lucy.

O que mais temia era essa última possibilidade. Eu vira os estragos que ele fizera. Sabia o que ele fazia. Eu seria capaz de desenhar cada osso e incisão escabrosa na pele. Olhei para a pistola nove-milímetros que estava no criado-mudo e me perguntei sobre o que eu vinha fazendo da minha vida. Será que eu conseguiria? Será que conseguiria salvar a minha vida ou a de alguém? Passando em revista o meu quarto e o aposento contíguo, tinha certeza de que Marino estava certo. Eu não podia ficar aqui sozinha.

Mergulhei no sono pensando nessas coisas e tive um sonho perturbador. Um vulto de vestido preto e rosto que parecia um balão branco ria inexpressivamente para mim, num espelho antigo. Toda vez que eu passava em frente ao espelho, a figura estava me observando, com seu sorriso frio. Parecia ao mesmo tempo morta e viva e parecia não ter sexo. Acordei de repente à uma da manhã, e tentei ouvir algum barulho na escuridão. Desci as escadas e ouvi Marino roncando.

Devagar, chamei seu nome.

O ritmo de seu ronco continuou o mesmo.

"Marino?", sussurrei, mais perto.

Ele se sentou de repente, fazendo um barulhão danado enquanto procurava a arma.

"Pelo amor de Deus, não atire em mim."

"Hã?" Olhou em volta, o rosto pálido à fraca luz da lareira. Ele se deu conta de onde estava e recolocou a arma na mesa. "Não fique me assustando desse jeito."

"Não estou querendo assustá-lo."

Sentei-me ao seu lado no sofá. Lembrei-me de que estava com camisola de dormir, e que ele nunca tinha me visto assim antes, mas não me incomodei.

"Há algo errado?", perguntou ele.

Ri com tristeza. "Não acho que exista muita coisa que esteja certa."

Seus olhos começaram a devanear, e eu podia sentir o conflito que havia nele. Sempre soube que Marino sentia um grande desejo por mim, ao qual eu não podia corresponder. Naquela noite a situação era mais complicada, porque eu não podia me esconder por trás de muralhas de aventais de laboratório, subordinados, roupas de trabalho e títulos. Eu estava ali, de camisola decotada de flanela macia cor-de-areia. Era madrugada e ele estava dormindo em minha casa.

"Não consigo dormir", continuei.

"Eu estava dormindo muito bem." Ele se deitou, apoiou a cabeça nas mãos e ficou me olhando.

"Começo a depor na próxima semana."

Marino não disse nada.

"Estão aparecendo muitos casos para resolver e tenho que tocar o trabalho do escritório. Não posso simplesmente fazer as malas e ir embora."

"O tribunal do júri não é problema", comentou ele. "A gente consegue livrar você disso."

"Mas eu não quero."

"Mesmo assim vão dispensar você. Nenhum advogado vai te aceitar como testemunha."

Fiquei calada.

"Você também pode tirar uma licença. Os casos vão seguir seu curso normal. Ouça, talvez você possa ir esquiar por umas duas semanas. Em algum lugar no oeste."

Quanto mais ele falava, mais eu me perturbava.

"Vai ter que usar um outro nome", continuou ele. "E andar com segurança. Não pode ficar sozinha num campo de esqui."

"Bem", retruquei, "ninguém vai destacar um agente do FBI ou do Serviço Secreto para me acompanhar, se é isso que você está pensando. Os direitos só são garantidos pela violação da lei. A maioria das pessoas consegue agentes ou policiais para acompanhá-las apenas quando já foram seqüestradas."

"Você pode contratar alguém. Além disso, ele pode dirigir, mas não no seu carro."

"Não vou contratar ninguém e insisto em dirigir meu próprio carro."

Ele pensou por um minuto, olhando para o teto abaulado. "Desde quando você está com esse carro?"

"Não faz nem dois meses."

"Você o comprou de McGeorge, certo?" Ele se referia ao distribuidor local da Mercedes.

"Sim."

"Vou falar com eles para ver se conseguem um que dê menos na vista do que esse seu carrão preto nazista."

Furiosa, levantei-me do sofá e me aproximei da lareira.

"E o que mais devo abandonar?", perguntei asperamente, fitando as chamas que lambiam a lenha artificial.

Marino não respondeu.

"Não vou deixar que ele me transforme em Jane", comecei, lançando-me numa diatribe. "É como se ele estivesse me preparando para, no final, fazer comigo o que fez com ela. Ele está tentando tirar de mim tudo o que eu tenho."

"Até o meu nome", continuei. "Terei que usar um outro nome. Terei que ser mais discreta. Ou mais medíocre. Não posso morar em lugar nenhum, não posso dirigir, nem dizer às pessoas onde estou. Hotéis, segurança particular são muito caros."

"Aí vai chegar a hora em que vou gastar todas as minhas economias", acrescentei. "Sou a legista titular de Virgínia e raramente vou aparecer no escritório. O diretor vai me mandar embora. Pouco a pouco vou perder tudo o que eu tinha, e tudo o que eu fui. Por causa dele."

Marino continuou sem responder. Tinha adormecido. Uma lágrima saiu dos meus olhos enquanto eu o cobria até a altura do queixo. Subi para o meu quarto.

12

Estacionei atrás do meu edifício às sete e quinze e fiquei por um instante no carro, olhando o asfalto rachado, o reboco desbotado e o cercado de correntes prestes a cair, em volta do estacionamento.

Por trás de mim, os cavaletes da estrada de ferro e a passagem elevada I-95, depois os limites de um centro avassalado pelo crime. Não havia árvores nem plantas, apenas um pouco de grama. Minha nomeação para aquele cargo não incluía uma bela paisagem, mas naquele momento aquilo não me importava. Eu sentira falta do meu escritório e do meu pessoal, e tudo o que eu via era reconfortante.

Dentro do necrotério, parei na minha sala para tomar conhecimento dos casos do dia. Havia um caso de suicídio e o de uma mulher de oitenta anos que morrera em casa, de um carcinoma não tratado. Uma família inteira morrera na tarde do dia anterior, quando o carro se chocara com um trem, e li seus nomes com o coração pesado. Tendo decidido examinar tudo enquanto esperava por meus assistentes, abri o imenso refrigerador e as portas que davam para a sala de autópsia.

As três mesas brilhavam, e o ladrilho do chão estava limpíssimo. Examinei compartimentos com pilhas de formulários, troles com instrumentos e tubos de ensaio bem arrumados, prateleiras de aço com câmaras e filmes. No vestiário, verifiquei lençóis e aventais engomados, enquanto punha o avental de plástico; depois fui ao vestíbulo onde se encontrava o trole com máscaras cirúrgicas, pantufas e resguardo para rosto.

Colocando as luvas, continuei minha inspeção e entrei no refrigerador para tirar meu primeiro caso. Os corpos estavam em bolsas pretas em cima das macas, e o ar devidamente mantido a uma temperatura de trinta e dois graus centígrados desodorizado, considerando que estávamos de casa cheia. Verifiquei o cartão amarrado ao dedão do pé, e puxei uma maca para fora.

Ninguém estaria ali até umas nove horas, e eu desfrutava o silêncio. Nem precisava fechar as portas do necrotério, porque era cedo demais para o elevador do outro lado do vestíbulo ficar cheio, com o pessoal da polícia técnica. Não consegui achar nenhum documento sobre o suicídio e procurei em minha sala mais uma vez. O relatório sobre morte súbita tinha sido colocado na caixa errada. A data estava errada por dois dias, e a maior parte do formulário não tinha sido preenchida. As únicas informações que trazia eram o nome do defunto e a de que o corpo tinha sido entregue às três da manhã pela empresa Sauls Mortuary, o que não fazia o menor sentido.

Meu departamento usava três serviços de remoção para recolher e trazer os cadáveres. Essas três empresas locais ficavam de plantão vinte e quatro horas por dia, e qualquer caso que necessitasse de autópsia estava a cargo de uma delas. Eu não conseguia entender por que, nesse caso de suicídio, a remoção fora feita por uma empresa com a qual não tínhamos contrato, e por que o motorista não tinha assinado. Tive um acesso de raiva. Eu tinha ficado fora só por uns dias e o sistema já estava se deteriorando. Fui ao telefone e liguei para o guarda que estava de plantão, cujo turno só se encerraria dali a meia hora.

"Aqui é a doutora Scarpetta", falei, quando ele atendeu.

"Sim, madame."

"Com quem estou falando, por favor?"

"Evans."

"Senhor Evans, um suposto caso de suicídio deu entrada às três da manhã de hoje."

"Sim, senhora. Fui eu que recebi o corpo."

"Quem fez a entrega?"

Ele fez uma pausa. "Humm, acho que foi a Sauls."

"Nós não trabalhamos com a Sauls."

Ficou calado.

"Acho que é melhor você subir até aqui", disse-lhe.

Ele hesitou. "Aí no necrotério?"

"É onde estou."

Ele empacou. Eu sentia uma forte resistência. Muitas pessoas que trabalhavam naquele edifício não suportavam o necrotério. Não queriam nem chegar perto, e eu ainda havia de contratar um guarda que fosse capaz de pôr a cabeça dentro do refrigerador. Muitos guardas e faxineiros trabalhavam por pouco tempo lá.

Enquanto esperava pelo destemido guarda chamado Evans, abri o zíper da bolsa, que parecia ser nova. A cabeça da vítima estava coberta por um saco de lixo preto amarrado ao pescoço com um cadarço. Vestia um pijama ensangüentado e usava uma grossa pulseira de ouro e um relógio Rolex. No bolso do peito do pijama havia o que me pareceu ser um envelope cor-de-rosa. Dei um passo atrás, sentindo as pernas fraquejarem.

Corri para as portas, fechei-as e tranquei todos os ferrolhos, enquanto vasculhava os bolsos procurando meu revólver. Batons e escovas de cabelo espalharam-se pelo chão. Pensei no vestiário, em lugares onde alguém poderia se esconder, enquanto discava o telefone, as mãos trêmulas. Dependendo de como estivesse vestido, ele poderia se esconder até mesmo dentro do refrigerador, pensei desatinadamente, ao visualizar as várias bolsas pretas em cima das macas. Corri então para a grande porta de aço e fechei o cadeado da maçaneta, ao mesmo tempo em que esperava Marino responder à minha mensagem.

O telefone tocou dali a cinco minutos, no exato instante em que Evans batia de leve nas portas fechadas.

"Espere um pouco", gritei para ele. "Espere aí." Eu peguei o fone.

"Oi", falou Marino.

"Venha aqui imediatamente", disse-lhe, esforçando-me para controlar a voz enquanto apertava a arma com a mão.

"O que está havendo?", perguntou ele, assustado.

"Corra!", pedi-lhe.

Desliguei e disquei 911. Depois falei com Evans pela porta.

"A polícia está vindo", disse-lhe em voz alta.

"A polícia?" Ele levantou a voz.

"Temos um terrível problema aqui." Meu coração batia descompassadamente. "Suba pela escada e espere na sala de reunião, entendeu?"

"Sim, senhora. Estou indo pra lá agora."

Subi num balcão de fórmica que ocupava metade da extensão da parede, colocando-me junto do telefone e numa posição que me permitia ver todas as portas. Empunhava minha Smith & Wesson 38, desejando estar com a Browning ou com a escopeta Benelli de Marino. Eu olhava o saco preto sobre a maca como se ele fosse se mexer.

O telefone tocou e eu pulei, agarrando o fone.

"Necrotério." Minha voz tremia.

Silêncio.

"Alô?" Falei com voz mais firme.

Ninguém respondeu.

Desliguei e desci do balcão começando a me encher de raiva, que logo se transformou em fúria. Meu medo se dissipou como o sol dissipa os nevoeiros. Abri as portas duplas que davam para o corredor e entrei no escritório do necrotério novamente. Acima do telefone havia quatro tiras de fita adesiva e cantos de papel rasgado, que ficaram quando alguém arrancou da parede a lista dos telefones do pessoal que trabalhava no edifício. Aquela lista trazia o número do necrotério e o de minha linha direta lá em cima.

"Puta que pariu!", exclamei, ofegante. "Puta que pariu, puta que pariu, puta que pariu!"

A sirene da entrada tocou, enquanto eu me perguntava o que mais tinha sido mexido ou levado. Pensei no meu escritório no andar de cima. Saí e apertei um botão que havia na parede. A grande porta se abriu com um chiado. Marino, de uniforme, estava do outro lado com dois soldados e um detetive. Eles passaram por mim correndo e entraram na sala de autópsia, os coldres desabotoados. Fui atrás deles e pus meu revólver no balcão, porque achava que não ia precisar dele agora.

"Que diabos está havendo aqui?", perguntou Marino, olhando estupidamente para o cadáver e para sua bolsa com o zíper aberto.

Os outros policiais examinaram tudo, não encontrando nada de errado. Então eles olharam para mim e para o revólver que eu deixara no balcão.

"Doutora Scarpetta, o que é que lhe parece errado?", perguntou o detetive, cujo nome eu não sabia.

Expliquei sobre o serviço de remoção, enquanto eles ouviam, sem a menor expressão em seus rostos.

"E o corpo chegou com o que parece ser um bilhete no bolso. Que investigador de polícia iria permitir uma coisa dessas? Qual o departamento que está trabalhando nesse caso, por falar nisso? Não se menciona nenhum", falava-lhes, mostrando a cabeça envolta num saco de lixo amarrado com um cadarço.

"Que diz o bilhete?", perguntou o detetive, que usava um casaco preto afivelado, botas de caubói, e um Rolex de ouro que com certeza era falso.

"Não toquei nele", disse. "Achei prudente esperar até vocês chegarem."

"Acho que é melhor a gente olhar", sugeriu ele.

Com as mãos enluvadas, puxei o envelope de seu bolso, tocando no papel o menos possível. Surpreendi-me ao ver meu nome e meu endereço residencial escrito no envelope a tinta preta de caneta-tinteiro. A carta também trazia um selo. Levei-a para o balcão e abri-a com um bisturi. A folha de papel era agora assustadoramente familiar. A nota dizia:

HO! HO! HO!

CAIN

"Quem é CAIN?", perguntou um policial, enquanto eu desamarrava o cadarço e tirava o saco de lixo da cabeça do morto.

"Merda", disse o detetive, dando um passo para trás.

"Meu Deus!", exclamou Marino.

O xerife Papai Noel tinha levado um tiro entre os olhos, e havia uma cápsula de nove-milímetros metida no seu ouvido esquerdo. O buraco feito pela bala era sem dúvida nenhuma o de uma Glock. Sentei numa cadeira e olhei em volta. Ninguém sabia ao certo o que fazer. Isso nunca acontecera antes. As pessoas não costumam cometer homicídios e enviar os cadáveres ao necrotério.

"O guarda do turno da noite está no andar de cima", disse a eles tentando recuperar o fôlego.

"Ele estava aqui quando isto foi entregue?", Marino acendeu um cigarro, com os olhos chamejantes.

"Parece que sim."

"Vou falar com ele", disse Marino, que comandava a ação, porque estávamos no seu distrito. Ele olhou para seus policiais. "Vocês aí, vasculhem tudo aqui e lá embaixo no estacionamento. Vejam o que descobrem. Ponham um aviso no ar, sem deixar a mídia saber. Gault passou por aqui. Talvez ele ainda esteja nesta área." Olhou para o relógio, e depois para mim. "Como é o nome do sujeito que está no andar de cima?"

"Evans."

"Você o conhece?"

"Vagamente."

"Vamos", falou-me.

"Alguém vai ficar aqui guardando esta sala?" Olhei para o detetive e para os dois homens uniformizados.

"Eu fico", disse um deles. "Mas você não vai querer deixar sua arma aí em cima."

Recoloquei o revólver na bolsa. Marino bateu o cigarro num cinzeiro e entramos no elevador do outro lado do vestíbulo. Quando as portas se fecharam, seu rosto ficou vermelho. Ele perdeu sua compostura de capitão.

"Não estou acreditando nisso!" Olhou-me com os olhos cheios de fúria. "Não pode acontecer uma coisa dessas, simplesmente não pode!"

As portas se abriram e ele entrou raivosamente no saguão do andar onde eu passara boa parte de minha vida.

"Ele deve estar na sala de reuniões", disse-lhe.

Passamos pela minha sala e mal demos uma olhadela. Eu não tinha tempo de verificar se Gault estivera lá. Ele só precisava pegar o elevador ou subir as escadas para poder entrar nela. Às três da manhã, quem o iria interpelar?

Na sala de reuniões, Evans estava sentado, todo empertigado, a meio caminho entre as cabeceiras da mesa. Por toda a sala, as muitas fotografias de ex-diretores olhavam para mim, enquanto eu me sentava defronte do guarda que acabara de deixar o meu local de trabalho se transformar numa cena de crime. Evans era um negro de idade, que precisava daquele emprego. Usava um uniforme cáqui, com abas marrons sobre os bolsos, e portava uma arma que provavelmente nem sabia usar.

"Você sabe o que está acontecendo aqui ?", Marino lhe perguntou, enquanto puxava uma cadeira.

"Não, senhor. Com certeza não." Em seus olhos havia uma expressão de pânico.

"Alguém fez uma entrega que não poderia ter feito." Marino tirou os cigarros novamente. "Isso aconteceu no seu turno."

Evans franziu o cenho. Parecia francamente não ter a menor idéia de nada. "Você quer dizer... um corpo?"

"Ouça." Entrei na conversa. "Eu sei qual é o procedimento. Todo mundo sabe. Você sabe sobre esse caso de suicídio. Nós acabamos de falar sobre isso no telefone..."

Evans interrompeu: "Como disse, eu o deixei entrar".

"A que horas?", perguntou Marino.

Ele olhou para o teto. "Acho que devia ser umas três da manhã. Eu estava na mesa perto da porta, onde sempre fico sentado, quando o rabecão estacionou."

"Estacionou onde?", quis saber Marino.

"Atrás do edifício."

"Se foi atrás do edifício, como você o viu? O lugar onde você fica é na parte da frente do edifício", disse Marino, secamente.

"Eu não o vi", continuou o guarda. "Mas o sujeito se aproximou e o vi pelo vidro. Saí e perguntei o que queria e ele disse que vinha fazer uma entrega."

"E quanto aos documentos? Ele não apresentou nenhum?"

"Disse que a polícia não tinha terminado o relatório e o mandou para cá. Explicou que eles iam enviá-lo depois."

"Entendo", afirmei.

"Ele disse que o rabecão estava estacionado atrás", continuou Evans. "Falou que a roda da sua maca quebrara e perguntou se podia usar uma das nossas."

"Você o conhecia?", perguntei, tentando controlar a minha raiva.

Ele balançou a cabeça negativamente.

"Você pode descrevê-lo?", indaguei então.

Evans pensou por um minuto. "Para falar a verdade, não o vi muito de perto. Mas parece que tinha a pele clara e o cabelo branco."

"O cabelo dele era branco?"

"Sim, senhora. Tenho certeza."

"Ele era velho?"

Evans franziu o cenho novamente. "Não, senhora."

"Como estava vestido?"

"Parece que estava de terno preto e gravata. Sabe, do jeito que esse pessoal de agência funerária costuma se vestir."

"Gordo, magro, alto, baixo?"

"Magro. Altura mediana."

"O que aconteceu então?", perguntou Marino.

"Aí eu disse a ele para estacionar no pátio e deixei-o entrar. Passei por dentro do edifício, como sempre faço, e abri a porta que dá para o estacionamento. O sujeito entrou e havia uma maca no saguão. Então ele a levou, pegou o corpo e voltou. Assinou e tudo o mais." Os olhos de Evans vagavam. "E ele colocou o corpo no refrigerador e foi embora." Ele não olhava para nós.

Eu respirei fundo, bem devagar, e Marino soprou fumaça.

"Senhor Evans", disse-lhe, "eu quero a verdade."

Ele olhou para mim.

"Você tem que nos dizer exatamente o que aconteceu quando o deixou entrar", continuei. "É só isso que quero. Pode acreditar."

Evans olhou para mim e seus olhos brilharam. "Doutora Scarpetta, eu não sei o que aconteceu, mas sei que foi uma coisa ruim. Por favor, não fique brava comigo. Não gosto de ir lá à noite. Seria um mentiroso se dissesse que gosto. Eu tento trabalhar direito."

"Basta dizer a verdade." Eu media minhas palavras. "É só o que eu quero."

"Eu cuido de minha mãe." Ele estava a ponto de chorar. "Ela só tem a mim, e está com um terrível problema de coração. Vou lá todo dia e faço compras para ela, desde que minha mulher morreu. Tenho uma filha que cria três crianças sozinha."

"Senhor Evans, o senhor não vai perder o emprego", disse-lhe, ainda que ele merecesse.

Ele me olhou rapidamente nos olhos. "Obrigado, senhora. Acredito no que está me dizendo. Mas o que me preocupa é o que os outros irão dizer."

"Senhor Evans." Esperei até que ele sustentasse meu olhar. "Sou a única pessoa com quem o senhor tem que se preocupar."

Evans enxugou uma lágrima. "Sinto muito pelo que aconteceu. Se causei mal a alguém, não sei o que vou fazer."

"Você não causou nada", disse Marino. "Aquele filho da puta de cabelo branco sim."

"Fale-nos dele", pedi a Evans. "O que ele fez exatamente quando você o fez entrar?"

"Ele empurrou o corpo para dentro, como eu falei, e deixou-o no saguão em frente ao refrigerador. Eu tive que abri-lo, sabe, e eu lhe disse que podia colocar o corpo dentro. Ele colocou. Então, eu o levei para o escritório do necrotério e mostrei-lhe o formulário que ele precisava preencher. Disse-lhe que ele devia registrar a quilometragem, para ser reembolsado. Mas ele não prestou a mínima atenção nisso."

"Você o acompanhou de volta?", perguntei.

Evans suspirou. "Não, senhora. Não vou mentir para a senhora."

"E o que você fez?", indagou Marino.

"Deixei-o lá, preenchendo o formulário. Fechei o refrigerador e não me preocupei em fechar o estacionamento depois que o rapaz saiu. Ele não entrou no pátio 'porque há um furgão lá', conforme ele me disse."

Pensei um pouco. "Que furgão?", perguntei.

"O azul."

"Não há nenhum furgão no pátio", afirmou Marino.

A expressão do rosto de Evans se congelou. "Tenho certeza de que havia um às três da manhã. Eu o vi bem ali, quando abri a porta para que ele pudesse entrar com a maca."

"Espere um pouco", disse-lhe. "O que é que o homem de cabelo branco estava dirigindo?"

"Um furgão."

Eu seria capaz de apostar que ele não tinha certeza daquilo. "Você o viu?", perguntei.

Ele suspirou, cheio de frustração. "Não, não vi. Ele disse que estava com um e eu imaginei que ele acabara de estacionar atrás do edifício, próximo da entrada do pátio."

"Quer dizer que quando você apertou o botão para abrir o portão do pátio, não esperou para acompanhar a entrada do veículo."

Ele baixou os olhos e ficou olhando o tampo da mesa.

"Havia um furgão estacionado no pátio, quando você saiu pela primeira vez para apertar o botão da parede? Antes de o corpo ter sido conduzido para dentro?", perguntei.

Evans pensou por um minuto, a expressão de seu rosto cada vez mais desesperada. "Diabo", disse ele, olhando pro chão. "Não me lembro. Não olhei. Eu só abri a porta no corredor de entrada, apertei o botão da parede e voltei para dentro. Eu não olhei." Ele fez uma pausa. "Pode ser que não tivesse nada lá."

"Então o pátio poderia estar vazio naquela hora."

"Sim, senhora. Acho que poderia."

"E quando você abriu a porta minutos depois, para que o corpo pudesse ser levado para dentro, você não viu um furgão no pátio?"

"Foi aí que eu o vi", disse ele. "Eu pensei que ele pertencia ao seu departamento. Parecia um de seus furgões. Sabe, azul-escuro com janelas só na frente."

"Vamos voltar ao homem levando o corpo para dentro do refrigerador e você fechando a porta", disse Marino. "E depois?"

"Achei que ele iria sair depois de preencher os documentos", disse Evans. "Voltei para o outro lado do edifício."

"Antes de ele sair do necrotério."

Evans baixou a cabeça, novamente.

"Você tem alguma idéia de quando ele saiu, afinal?", perguntou então Marino.

"Não, senhor", respondeu o guarda, mansamente. "Acho que nem posso jurar que ele chegou a sair."

Ficamos todos em silêncio, como se Gault fosse entrar naquele momento. Marino empurrou sua cadeira para trás e olhou para o vão da porta vazio.

Foi Evans quem falou em seguida. "Se aquele era seu furgão, imagino que ele mesmo fechou o portão do pátio. Eu sei que às cinco ele estava fechado, porque andei em volta do edifício."

"Bem, não é preciso ser um cientista do programa espacial para fazer isso", disse Marino, brutalmente. "Basta sair, entrar e apertar o desgraçado do botão. Aí você sai pela porta lateral."

"Com certeza o furgão não está mais lá", comentei. "Alguém o levou para fora."

"Os dois furgões estão lá fora?", perguntou Marino.

"Estavam quando cheguei", respondi.

Marino perguntou a Evans: "Se você o visse numa fileira, seria capaz de identificá-lo?"

Ele levantou os olhos, apavorado. "O que é que ele fez?"

"Você seria capaz de identificá-lo?"

"Acho que sim. Sim, senhor. Eu com certeza poderia tentar."

Levantei-me e rapidamente passei pelo vestíbulo. Na minha sala, parei no vão da porta e olhei em volta, da mesma forma como fizera ao entrar em casa. Tentei identificar a menor modificação naquele lugar — um tapete deslocado, um objeto fora de lugar, uma lâmpada acesa, quando deveria estar apagada.

Minha mesa estava cheia de pilhas de documentos esperando que eu os examinasse, e a tela do computador me informava que eu tinha mensagens à minha espera. A caixa de entrada estava cheia, a de saída, vazia, e meu microscópio embrulhado em plástico, porque da última vez que eu examinara slides, estava de viagem para Miami, para passar uma semana.

Aquilo tudo parecia ter acontecido há muito tempo, e me perturbava o fato de que o xerife Papai Noel tenha sido preso na véspera de Natal, e desde então o mundo mudara. Gault trucidara uma mulher que chamávamos de Jane. Assassinara um jovem policial. Matara o xerife Papai Noel e invadira meu necrotério. Em quatro dias ele fizera tudo isso. Aproximei-me um pouco mais de minha mesa, esquadrinhando tudo, e quando cheguei perto do terminal de computador, quase podia farejar a sua presença, ou senti-la, como um campo elétrico.

Nem precisei tocar no meu teclado para sentir o que ele fizera. Olhei o brilho silencioso que indicava a existência de mensagens à minha espera. Usei várias teclas para chegar ao menu que as exibiria. Mas o menu não veio: em seu lugar apareceu um descanso de tela. Era um fundo preto com CAIN em letras vermelhas brilhantes, que escorriam como se estivessem sangrando. Voltei para o saguão.

"Marino", chamei. "Por favor, venha aqui."

Ele deixou Evans e me seguiu até a minha sala. Apontei para o computador. Marino olhou para ele, petrificado. Havia manchas de umidade em suas axilas, e eu chegava a sentir o cheiro de seu suor. O couro preto ressecado do cinturão estalava quando ele se movia. Marino ficava o tempo todo arrumando o cinturão de balas no pé da barriga, como se aquilo que mais importava em sua vida estivesse ao alcance da mão.

"É difícil fazer uma coisa dessas?", perguntou ele, enxugando o rosto com um lenço cheio de manchas.

"Não se você já tem um programa pronto para carregar."

"Onde diabos ele conseguiu o programa?"

"É isso que me preocupa", afirmei.

Voltamos à sala de reuniões. Evans estava de pé, olhando entorpecido as fotografias da parede.

"Senhor Evans", disse-lhe, "o homem da casa funerária falou com o senhor?"

Ele olhou em volta, surpreso. "Não, senhora. Não muito."

"Não muito?", perguntei, intrigada.

"Não, senhora."

"Então como conseguiu fazê-lo entender o que queria?"

"Ele falou o que tinha que falar." Fez uma pausa. "Era um tipo muito calmo. Falava numa voz calma." Evans esfregava o rosto. "Quanto mais penso nisso, mais acho estranho. Ele estava usando óculos de cor. E para dizer a verdade...", parou. "Bem, eu tenho cá as minhas impressões."

"Que impressões?", indaguei.

Evans falou, depois de uma pausa: "Acho que ele deve ser homossexual".

"Marino." Virei-me. "Vamos dar uma volta."

Acompanhamos Evans até fora do edifício e esperamos ele dobrar a esquina, porque não queríamos que visse o que faríamos em seguida. Ambos os furgões estavam estacionados no lugar de costume, não longe do meu Mercedes. Sem tocar na porta, nem nos vidros, olhei pela janela do motorista do furgão mais próximo do pátio, e vi nitidamente que o plástico da coluna de direção fora arrancado, deixando os fios à mostra.

"Fizeram ligação direta", disse a Marino.

Ele pegou seu rádio e aproximou-o da boca.

"Unidade oitocentos."

"Oitocentos", respondeu o controlador.

"Dez-cinco 711."

O rádio chamou o detetive que se encontrava no edifício, cujo número de unidade era 711, e então Marino falou: "Venha até aqui fora, na parte de trás do edifício".

"Dez-quatro."

Em seguida Marino ligou para o reboque. O furgão devia ser examinado cuidadosamente, dentro e fora, para verificar impressões digitais. Quinze minutos mais tarde, o 711 ainda não tinha aparecido.

"Ele é burro como uma porta", queixou-se Marino, andando em volta do furgão com o rádio na mão. "Filho da puta preguiçoso. É por isso que o chamam de *detetive 711.** Porque ele é muito *rápido*. Merda." Ele olhou o relógio, irritado. "O que é que ele aprontou? Será que se perdeu no banheiro?"

(*) As lojas 7-eleven (711) têm fama de prestarem um atendimento lento. Daí a brincadeira com o detetive lento. (N. T.)

Esperei na pista, sentindo um frio insuportável, porque eu não tirara o uniforme e estava sem casaco. Dei a volta pelo furgão várias vezes, morrendo de vontade de olhar o que tinha atrás dele. Passaram-se mais cinco minutos e Marino pediu ao controlador que chamasse os outros policiais que estavam dentro do edifício. Eles apareceram imediatamente.

"Onde está Jakes?", rosnou Marino, no instante em que saíram pela porta.

"Ele disse que ia dar uma espiada por aí", respondeu um dos policiais.

"Chamei-o pelo rádio há vinte minutos e lhe disse para vir aqui. Achei que ele estivesse com um de vocês."

"Não, senhor. Pelo menos não na última meia hora."

Marino tentou novamente comunicar-se com o 711 pelo rádio, mas não obteve resposta. O medo brilhou em seus olhos.

"Talvez ele esteja em alguma parte do edifício que seja fora de alcance", comentou um policial, olhando para as janelas de cima. Seu colega estava com a mão perto da arma, olhando em volta.

Marino pediu reforços pelo rádio. As pessoas começavam a parar os carros no estacionamento e a entrar no edifício. Muitos dos que trabalhavam na polícia técnica, com seus sobretudos e pastas, enfrentavam o dia úmido e frio e não prestavam atenção em nós. Afinal de contas, carros da polícia e policiais eram o que de mais comum havia por ali. Marino tentou comunicar-se com o detetive Jakes pelo rádio. Ele não respondeu.

"Onde vocês o viram pela última vez?", perguntou ele aos policiais.

"Ele entrou no elevador."

"Onde?"

"No segundo andar."

Marino voltou-se para mim. "Ele não poderia subir, não é?"

"Não", respondi. "O elevador exige uma chave de segurança para cada um dos andares acima do segundo."

"Será que ele desceu para o necrotério novamente?", Marino estava ficando cada vez mais agitado.

"Eu desci lá alguns minutos mais tarde e não o vi", disse um dos policiais.

"O crematório", sugeri. "Ele pode ter descido até lá."

"Certo. Vocês revistam o necrotério", ordenou Marino aos policiais. "E quero que vocês fiquem juntos. A doutora e eu vamos dar uma olhada no crematório."

No estacionamento, à esquerda da plataforma de carga e descarga, havia um velho elevador que levava a um pavimento inferior, onde, havia muito tempo, os corpos doados à ciência eram embalsamados e armazenados, sendo finalmente cremados, depois que os estudantes de medicina faziam uso deles para seus estudos. É possível que Jakes tenha descido lá para investigar. Chamei o elevador, que começou a subir devagar, fazendo muito barulho e resmungos. Puxei a alavanca e abri as portas pesadas, com a pintura toda rachada. Entramos.

"Diabo, já não estou gostando nada disso", resmungou Marino, desabotoando o coldre enquanto descíamos.

Ele puxou sua pistola quando o elevador parou com estrondo e as portas se abriram diante da parte do edifício de que eu menos gostava. O lugar era fechado, sem janelas e mal iluminado, embora reconhecesse sua importância. Depois que transferi a Divisão de Anatomia para a EMV, começamos a usar o forno para queimar lixo que oferecia risco de contaminação. Puxei meu revólver.

"Fique atrás de mim", disse Marino, olhando em volta atentamente.

A grande sala estava em silêncio, salvo pelo barulho do forno, que ficava a meia distância, por trás da porta fechada. Em silêncio, perscrutamos macas abandonadas, guarnecidas com sacos de cadáveres vazios, e tambores azuis vazios, mas que um dia já estiveram cheios, com a formalina usada para encher as cubas onde se armazenavam os corpos. Vi os olhos de Marino fixos nos trilhos do teto, nas pesadas correntes e ganchos que outrora içavam as pesadas tampas das cubas e os corpos sob elas.

Tinha a respiração ofegante e suava abundantemente quando se aproximou da sala de embalsamamento e entrou. Fiquei ali por perto, enquanto ele vasculhava aquela ala abandonada. Ele olhou para mim e enxugou o suor na manga.

"Deve estar fazendo uns noventa graus aqui", murmurou ele, tirando o rádio do cinto.

Sobressaltada, virei-me para ele.

"O que é?", perguntou.

"O forno não deveria estar ligado", disse-lhe, olhando para a porta do crematório, que estava fechada.

Comecei a andar em sua direção. "Não havia nenhum lixo a ser cremado, e é absolutamente contrário às normas deixar o forno ligado sem alguém para acompanhar a queima."

Diante da porta, podíamos ouvir o inferno do outro lado. Pus a mão na maçaneta. Estava muito quente.

Marino passou à minha frente, girou a maçaneta e abriu a porta com um pontapé. Segurava a pistola com as duas mãos, pronto para a luta, como se o forno fosse uma fera que deveria ser morta.

"Jesus!", exclamou.

As chamas lambiam a velha porta de ferro, e o chão estava cheio de partículas e pedaços de ossos calcinados. Havia uma maca ali perto. Peguei uma comprida haste de ferro com um gancho na ponta, e a enfiei na argola da porta do forno.

"Afaste-se", disse a Marino.

Fomos atingidos por uma enorme onda de calor, e o barulho parecia o de um vento raivoso. O inferno uivava por aquela boca quadrada, e lá dentro um corpo ardia no tabuleiro há pouco tempo. As roupas tinham sido incineradas, com exceção das botas de couro de caubói. Elas soltavam fumaça nos pés do detetive Jakes, enquanto as chamas devoravam seus cabelos e consumiam sua pele, deixando os ossos à mostra. Fechei a porta.

Corri e achei umas toalhas na sala de embalsamamento, enquanto Marino estava nauseado, perto de uma pilha de tambores de metal. Embrulhei minhas mãos, prendi a respiração, passei pelo forno e desliguei a chave do gás. As chamas se apagaram imediatamente, e eu saí correndo da sala. Peguei o rádio de Marino, que tentava vomitar.

"Mayday!",* gritei para o controlador. "Mayday!"

(*) Grito internacional de socorro, usado nas comunicações de rádio. (N. T.)

13

Passei o resto da manhã trabalhando em dois casos de homicídio inesperado, enquanto um esquadrão da SWAT atropelava-se em meu edifício. A polícia estava à procura do furgão azul com ligação direta, que sumira enquanto todos procuravam o detetive Jakes.

As radiografias revelaram que ele recebera um golpe fortíssimo antes de morrer. As costelas e o esterno estavam fraturados, a aorta rompida, e o monóxido de carbono remanescente mostrou que ele não estava mais respirando quando ligaram o forno.

Parecia que Gault tinha lhe aplicado um de seus golpes de caratê, mas não sabíamos onde. Nem podíamos imaginar como alguém poderia ter levantado o corpo para colocá-lo na maca. Jakes pesava uns oitenta e cinco quilos e media um metro e oitenta, e Temple Gault não era um homem alto.

"Não sei como ele pôde ter feito isso", disse Marino.

"Nem eu", concordei.

"É possível que ele tenha obrigado Jakes a subir na maca sob a mira de uma arma."

"Se ele estivesse deitado, Gault não poderia tê-lo golpeado daquela forma."

"Talvez ele lhe tenha dado um golpe de baixo para cima."

"Foi uma pancada muito forte."

Marino fez uma pausa. "Bem, o mais provável é que ele não estivesse sozinho."

"Receio que não."

Era quase meio-dia quando nos dirigíamos à casa de Lamont Brown, também conhecido como xerife Papai Noel, nas tranqüilas cercanias de Hampton Hills. Ela ficava do outro lado da rua Cary, do Country Club de Virgínia, que com certeza não admitiria o sr. Brown como sócio.

"Imagino que os xerifes recebam um salário muito mais alto que o meu", comentou Marino ironicamente, enquanto estacionava o carro da polícia.

"Esta é a primeira vez que você vê a casa dele?", perguntei.

"Já passei por aqui quando estive em patrulha um pouco mais adiante. Mas nunca entrei na casa."

Hampton Hills era uma mistura de mansões e casas mais simples, escondidas por entre o bosque. A casa de tijolo aparente do xerife Brown tinha dois andares, teto de ardósia, garagem e piscina. Seu Cadillac e seu Porsche 911 ainda estavam estacionados na entrada, assim como vários carros da polícia. Olhei para o Porsche. Era verde-escuro, velho, mas bem conservado.

"Você acha que é possível uma coisa dessas?", perguntei a Marino.

"É estranho", disse ele.

"Lembra-se do adesivo?"

"Não. Droga!"

"Pode ter sido ele", continuei, pensando no negro que colara seu carro atrás de nós na noite passada.

"Que diabo, não sei." Marino saiu do carro.

"Será que ele reconheceu seu carro?"

"Com certeza ele poderia reconhecê-lo, se quisesse."

"Se isso aconteceu, pode ser que ele estivesse querendo aporrinhá-lo", disse-lhe enquanto andava por um caminho de tijolo. "Pode ter sido apenas isso."

"Não tenho idéia."

"Ou simplesmente pode ter sido o adesivo racista do seu pára-choque. Mera coincidência. O que mais sabe sobre ele?"

"Divorciado, filhos já adultos."

Um policial de Richmond, elegante e alinhado em sua roupa azul-escura, abriu a porta da frente e entramos num vestíbulo com lambris de madeira de lei.

"Neil Vander está aqui?", perguntei.

"Ainda não. A UI está no andar de cima", respondeu o policial, referindo-se à Unidade de Identificação do Departamento de Polícia, que se encarregava de coletar provas.

"Preciso da luz espectrográfica", expliquei.

"Sim, senhora."

"Precisamos de mais reforços que esse que mandaram. Quando a imprensa souber, vão se abrir as portas do inferno. Preciso de mais carros na frente e que se amplie a área de isolamento. A faixa deve se deslocar até o começo do acesso para carros. Não quero ninguém andando a pé ou de carro pela entrada. E a faixa deve dar a volta no quintal. Toda a merda da propriedade deve ser considerada como cena do crime." Marino falou asperamente, pois trabalhava no departamento de homicídios por tempo demais para ter paciência com o método de trabalho dos outros.

"Sim, senhor, capitão." Ele agarrou o rádio.

A polícia estivera trabalhando ali por várias horas. Não levou muito tempo para constatar que Lamont Brown fora morto na cama, na suíte principal do andar de cima. Segui Marino por uma escada estreita, coberta com um carpete chinês produzido em série. Vozes nos guiavam por um corredor. Dois detetives estavam num quarto com lambris de pinho de riga, as cortinas da janela e as roupas de cama lembravam as de um bordel. O xerife gostava muito de castanho e dourado, passamanarias, veludos, e espelhos no teto.

Marino não fez nenhum comentário, apenas olhava em volta. A opinião que tinha daquele homem se formara antes daquele momento. Aproximei-me da cama *king-sized.*

"Mexeram em alguma coisa aqui?", perguntei a um dos detetives, enquanto Marino e eu calçávamos as luvas.

"Não, de forma alguma. Fotografamos tudo e olhamos sob os lençóis. Mas o que vocês estão vendo está do mesmo jeito que encontramos."

"As portas estavam fechadas quando vocês vieram?", indagou Marino.

"Sim. Tivemos que quebrar os vidros de uma das portas de trás."

"Quer dizer que não havia nenhum sinal de arrombamento ou coisa assim."

"Nada. Achamos restos de cocaína num espelho da sala de estar. Mas aquilo poderia estar lá há algum tempo."

"Que mais vocês acharam?"

"Um lenço branco com um pouco de sangue", disse o detetive, que trajava um tweed e mascava chiclete. "Ele estava bem ali no chão, a mais ou menos um metro da cama. E parece que o cadarço usado para amarrar o saco de lixo no pescoço de Brown veio de um tênis que está ali no banheiro." Ele fez uma pausa. "Ouvi falar do que aconteceu a Jakes."

"Uma coisa muito ruim." Marino estava aturdido.

"Ele não estava vivo quando..."

"Não. Seu peito tinha sido esmagado."

O detetive parou de mascar.

"Você recolheu alguma arma?", perguntei, enquanto examinava a cama.

"Não. Com certeza não se trata de um caso de suicídio."

"É", disse o outro detetive. "É meio difícil se suicidar e depois carregar a si mesmo para o necrotério."

O travesseiro estava manchado de sangue marrom-avermelhado, que coagulara e se separara do sérum nas bordas. O sangue gotejara pelo lado do colchão, mas não vi nada no chão. Lembrei do ferimento da bala na testa de Brown. Media uns seis milímetros, e tinha as bordas queimadas, laceradas e esfoladas. Encontrei fumaça e fuligem no ferimento, além de pólvora virgem e pólvora queimada no tecido inferior, no osso e na dura-máter. O ferimento era de tiro à queima-roupa, e o corpo não mostrava outros ferimentos que indicassem um gesto de defesa ou luta.

“Acho que ele estava deitado de costas na cama quando foi morto”, disse a Marino. “Na verdade, é como se Brown estivesse dormindo.”

Ele se aproximou mais da cama. “Bem, é muito difícil pôr uma arma entre os olhos de alguém acordado sem que ele reaja.”

“Não há nenhum indício de que tenha reagido. O ferimento está perfeitamente centralizado. A pistola deve ter sido encostada com toda a tranqüilidade na sua pele, e parece que ele não se mexeu.”

“Talvez ele estivesse desmaiado”, disse Marino.

“Seu sangue acusou dezesseis graus de teor alcoólico. Ele pode ter desmaiado, mas não necessariamente. Temos que vasculhar o quarto com o Luma-Lite, para ver se encontramos sangue que não conseguimos localizar”, afirmei.

“Mas a impressão que se tem é de que ele foi retirado diretamente da cama para o saco.” Mostrei a Marino o sangue escorrido na lateral do colchão. “Se ele tivesse sido carregado para mais longe, haveria sangue em outras partes da casa.”

“Certo.”

Andamos pelo quarto, observando. Marino começou a abrir gavetas que já tinham sido examinadas. O xerife Brown tinha uma queda por pornografia. Ele gostava especialmente de ver mulheres em situações degradantes, em que houvesse sujeição e violência. Examinando o saguão de entrada, encontramos duas prateleiras cheias de escopetas, rifles e muitas armas brancas.

Um armário baixo tinha sido deixado aberto, e não sabíamos quantas armas ou caixas de munição foram retiradas. Restavam algumas nove-milímetros, dez-milímetros, e várias Magnums 44 e 357. O xerife Brown possuía grande variedade de coldres, cartuchos extras, algemas e coletes de Kevlar.

“Ele estava no auge”, comentou Marino. “Com certeza tinha ligações importantes no distrito de Colúmbia, Nova York, e talvez Miami.”

"Talvez houvesse drogas nesses armários", acrescentei. "Talvez Gault estivesse procurando outra coisa que não armas."

"Estou pensando em *eles*", disse Marino, ao mesmo tempo em que ouvíamos passos nas escadas. "A menos que você ache que Gault carregou sozinho o corpo. Quanto o xerife Brown pesava?"

"Quase cem quilos", respondi, enquanto Neils Vander se aproximava, segurando o Luma-Lite pelo cabo. Um auxiliar o acompanhava com câmaras e outros equipamentos.

Vander usava um avental de laboratório excessivamente grande e luvas brancas de algodão, que resultavam numa combinação ridícula com as calças de lã e as botas de neve. Ele tinha um jeito esquisito de me olhar, como se não nos conhecêssemos. Ele era o próprio cientista louco, careca como uma bola de bilhar, sempre com pressa e sempre certo. Eu gostava muitíssimo dele.

"Onde vocês querem que eu instale essa coisa?", perguntou ele, sem se dirigir a ninguém em particular.

"No quarto", respondi. "Depois no escritório."

Voltamos para o quarto do xerife para ver Vander fazer funcionar sua varinha de condão. Luzes apagadas, óculos especias, e o sangue latejando surdamente; nada mais aconteceu de importante até muitos minutos depois. O Luma-Lite estava ajustado para emitir o maior feixe de luz possível, e parecia uma lanterna elétrica brilhando em águas profundas, enquanto fazia o seu trabalho pelo quarto. Uma mancha na parede, logo acima de uma cômoda, brilhou como uma pequena lua irregular. Vander se aproximou e olhou.

"Alguém aí acenda as luzes, por favor", disse ele.

As luzes se acenderam e tiramos nossos óculos. Vander estava na ponta dos pés olhando para um buraco deixado por um nó na madeira.

"Que diabo é isso?", perguntou Marino.

"Isso é muito interessante", disse Vander, que raramente se deixava perturbar por alguma coisa. "Há alguma coisa do outro lado."

"O outro lado de quê?" Marino foi para perto dele e olhou, franzindo o cenho. "Não estou vendo nada."

"Oh, sim. Há alguma coisa", reafirmou Vander. "E alguém tocou essa área do lambril com algum tipo de resíduo nas mãos."

"Drogas?", perguntei.

"Com certeza podia ser alguma droga."

Todos olhamos para o lambril, que parecia perfeitamente normal quando o Luma-Lite não apontava para ele. Mas quando puxei uma cadeira para mais perto, consegui ver aquilo de que Vander falava. O minúsculo orifício no centro do nó da madeira era um círculo perfeito. Ele tinha sido perfurado. Do outro lado havia o escritório do xerife, que nós acabáramos de revistar.

"Que coisa estranha", disse Marino, enquanto saíamos do quarto.

Vander, esquecido daquele pormenor, retomou o que estava fazendo. Marino e eu entramos no escritório e fomos direto para a parede onde estaria o buraco. Ele estava coberto por um conjunto de aparelhos que já havíamos revistado. Marino tornou a abrir as portas e afastou a televisão. Tirou os livros das prateleiras de cima e não viu nada.

"Hum", fez ele, estudando o móvel. "Interessante que ele fica a uns quinze centímetros da parede."

"Sim", concordei. "Vamos tirá-lo do lugar."

Nós o puxamos um pouco mais, e exatamente na direção do orifício havia uma minúscula câmara de vídeo em uma grande-angular. Ela estava instalada num pequeno ressalto, e dela descia um fio até a base do móvel, onde poderia ser acionada por um controle remoto que parecia pertencer ao aparelho de tevê. Fizemos umas experiências e descobrimos que a câmara era completamente invisível do quarto de Brown, a menos que se pusessem os olhos no orifício e a câmara estivesse ligada, com uma luzinha vermelha brilhando.

"Talvez ele estivesse cheirando umas carreirinhas de cocaína e tenha decidido fazer sexo com alguém", supôs Marino. "E a certa altura, ele se levantou e foi olhar para o buraco para ver se a câmara estava funcionando."

"Pode ser ", disse-lhe. "Quando vamos ver a fita?"

"Não quero fazer isso aqui."

"Entendo seus motivos. De qualquer maneira, a câmara é tão pequena que a gente não veria muita coisa."

"Vou levar isso para a Divisão de Inteligência quando acabarmos aqui."

Restava-nos muito pouco a fazer na cena do crime. Como suspeitava, Vander encontrou resíduos muito significativos no armário das armas, mas não havia sangue em nenhuma outra parte da casa. Os vizinhos de ambos os lados ficavam afastados, as casas escondidas por entre as árvores, e não ouviram nem viram nenhum movimento na noite anterior nem na manhã daquele dia.

"Se você me deixar junto do meu carro...", disse a Marino quando estávamos indo embora.

Ele me olhou, desconfiado. "Para onde você vai?"

"Petersburg."

"Que diabo vai fazer lá?"

"Tenho que falar com um amigo sobre botas."

Havia vários caminhões e construções num trecho da I-95 Sul que sempre achei desolado. Mesmo a fábrica da Philip Morris, com seus enormes maços de cigarro da altura de edifícios, era estressante, porque a fragrância de fumo fresco me incomodava. Eu sentia uma terrível vontade de fumar, principalmente dirigindo sozinha num dia como aquele. Minha mente estava a mil, os olhos pregados no espelho, à procura do furgão azul-escuro.

O vento fustigava árvores e pântanos, e flocos de neve flutuavam. Aproximando-me do Forte Lee, comecei a avistar quartéis e armazéns onde balaústres foram construídos sobre corpos mortos, no momento mais cruel da história da nação. Essa guerra parecia bem próxima, quando pensei nos charcos e bosques da Virgínia e nos mortos desaparecidos. Não se passava um ano sem que eu examinasse velhos distintivos e ossos, e balas miniê que me chegavam ao laboratório. Tocara também os tecidos e as faces da violência de outros tempos, e percebia que era diferente da violência com a qual estava lidando. O mal, achava eu, chegara a extremos insuspeitados. Logo depois do Kenner Army Hospital, em Forte Lee, localizava-se o museu do Quartel-Mestre Americano. Passei lentamente por escritórios e salas de aula instalados em fileiras de trailers, e por bandos de rapazes e moças em trajes esportivos. O edifício que eu procurava era de tijolo, com colunas e teto azul, e tinha como brasão uma águia, espadas cruzadas e chave, logo à esquerda da porta. Estacionei e entrei, procurando John Gruber.

O museu era o sótão da Corporação do Quartel-Mestre, que desde a Revolução Americana servira como hospedeiro do exército. As tropas eram vestidas, alimentadas e abrigadas pela CQM, que também fornecia esporas e selas aos soldados de Búfalo, e alto-falantes para o jipe do general Patton. O museu me era familiar, porque o Corpo também era responsável por recolher e identificar os mortos do exército. Forte Lee tinha a única divisão de registro de túmulos do país, e seus funcionários passavam regularmente pelo meu escritório.

Passei por mostruários de uniformes de campanha, jogos de marmitas e uma cena da Segunda Guerra, com sacos de areia e granadas. Parei numa mostra de uniformes da Guerra Civil que eu sabia serem autênticos, e me perguntei se os rasgões do tecido eram devidos à metralha ou à ação do tempo. Ficava imaginando os homens que os usaram.

"Doutora Scarpetta?"

Voltei-me.

"Doutor Gruber", disse, calorosamente. "Eu estava justamente procurando o senhor. Fale-me sobre a flauta." Apontei um mostruário cheio de instrumentos musicais.

"É uma flauta de ponta da Guerra Civil", explicou-me. "A música era muito importante. Eles a usavam para indicar as horas do dia."

O dr. Gruber era o curador do museu. Idoso, tinha o cabelo grisalho áspero e um rosto talhado em granito. Gostava de calças largas e gravatas-borboleta. Ele entrava em contato comigo sempre que havia uma exposição relacionada aos mortos da guerra, e eu o procurava sempre que objetos militares incomuns acompanhavam algum cadáver. Ele era capaz de identificar praticamente qualquer fivela, botão ou baioneta com um só olhar.

"Será que você tem alguma coisa para me mostrar?", perguntou, indicando minha pasta.

"As fotografias de que lhe falei pelo telefone."

"Vamos ao meu escritório. A menos que você queira dar uma olhadinha por aqui." Ele sorriu como um avô tímido falando sobre seus netos. "Temos uma exposição sobre Tempestade no Deserto. E o uniforme de campanha do general Eisenhower. Acho que ele não estava aqui da última vez que você veio."

"Doutor Gruber, é melhor ver tudo isso de outra vez." Eu não queria alimentar nenhuma ilusão. A expressão de meu rosto mostrou-lhe como me sentia.

Ele bateu no meu ombro e me fez passar por uma porta traseira que dava passagem para a área de carga e descarga fora do museu, onde um velho trailer pintado de verde-oliva estava estacionado.

"Pertenceu a Eisenhower", disse o dr. Gruber, enquanto continuávamos a andar. "Às vezes ele passava uns tempos nele, e até que servia bem, a menos que Churchill estivesse de visita. Por causa dos charutos. Você pode fazer uma idéia."

Cruzamos uma rua estreita, e a neve começou a cair mais forte. Meus olhos começaram a lacrimejar, quando lembrei da flauta de ponta no mostruário e pensei na Jane. Eu me perguntava se Gault alguma vez tinha vindo aqui. Ele parecia gostar de museus, principalmente aqueles que exibiam objetos relacionados à violência. Seguimos pela calçada até um pequeno edifício bege que eu já conhecia. Durante a Segunda Guerra, funcionara como posto de gasolina para o exército. Agora continha os arquivos do Quartel-Mestre.

O dr. Gruber abriu a porta e entramos numa sala cheia de mesas, com a papelada necessária para catalogar aquisições e manequins trajando uniformes antigos. Na parte de trás havia uma grande área de armazenagem, onde o aquecimento era mantido numa graduação mais baixa e os corredores estavam atulhados de grandes armários de metal contendo roupas, pára-quedas, marmitas, óculos comuns e de proteção. Aquilo que procurava estava nos armários ao longo da parede.

"Posso ver o que você tem aí?", perguntou o dr. Gruber, acendendo mais algumas luzes. "Desculpe pela temperatura. É que temos que mantê-la num nível baixo."

Abri minha pasta e tirei um envelope contendo várias fotografias 8 x 10, em preto e branco, das pegadas encontradas no Central Park. Eu me interessava principalmente por aquelas que supunha serem de Gault. Mostrei-as ao dr. Gruber, e ele aproximou-as de uma lâmpada.

"Imagino que sejam muito difíceis de ver, pois foram deixadas na neve", comentei. "Seria bom se houvesse um pouco mais de sombra para dar contraste."

"Não, estão muito boas. Com certeza trata-se de um calçado militar, e é seu logotipo que me chama a atenção."

Ele me mostrou uma área circular no salto com uma espécie de rabicho num dos lados.

"Além disso, você tem essa parte com losangos em relevo e dois orifícios, está vendo?", apontou-me. "Poderiam ser sapatos com buracos de aderência, para subir em árvores." Ele me devolveu as fotografias. "Isso me parece muito familiar."

Foi ao armário e abriu as portas duplas. As prateleiras estavam cheias de fileiras de botas do exército. Pegou as botas uma a uma e virou-as para olhar o solado. Em seguida, foi ao segundo armário, abriu as portas e recomeçou. Lá do fundo ele tirou uma bota de lona verde, reforçada com couro marrom e duas tiras, também de couro marrom, encimadas por uma fivela. Ele a virou.

"Posso ver as fotografias novamente, por favor?"

Segurei as fotos do lado da bota. O solado era de borracha preta com padrões variados. Havia buracos de prego, costuras, relevos ondulados e pedrinhas. Uma grande área oval na altura do peito do pé tinha losangos em relevo com os buracos de aderência que apareciam bem nitidamente nas fotografias. No calcanhar, havia um trançado com uma faixa que parecia corresponder ao rabicho vagamente percebido nas pegadas da neve e no lado da cabeça de Davila, onde, segundo supunha, Gault o atingira.

"O que você pode me dizer dessas bota?", perguntei.

Ele a virava de um lado para outro, olhando. "É da Segunda Guerra, e foi testada aqui, em Forte Lee. Desenvolveram-se muitos padrões de solado, que foram testados aqui."

"A Segunda Guerra foi há muito tempo", disse-lhe. "Como alguém poderia possuir uma bota dessas hoje em dia? É possível isso?"

"Sim, com certeza. Essas coisas duram bastante. Você pode encontrar um par dessas botas num armazém de sobras do exército. Ou entre os pertences de alguma família."

Recolocou então a bota no armário atulhado, onde eu imaginava que fosse ficar esquecida por mais um bom tempo. Quando saímos do edifício, depois de o dr. Gruber ter fechado as portas atrás de nós, fiquei de pé, numa calçada macia por causa da neve. Olhei para o céu cinzento e para o tráfego lento das ruas. As pessoas tinham acendido os faróis de seus carros, e o dia estava calmo. Eu já sabia que tipo de botas Gault estava usando, mas não tinha certeza se isso ajudava em alguma coisa.

"Quer um café, minha querida?", perguntou o dr. Gruber, escorregando um pouco. Segurei seu braço. "Oh, Deus, o tempo vai piorar novamente", comentou. "Estão prevendo por volta de doze centímetros de neve."

"Tenho que voltar ao necrotério", disse-lhe, tomando-o pelo braço. "Não sei como lhe agradecer."

Ele deu tapinhas na minha mão.

"Vou descrever um homem para o senhor e quero que me diga se já o viu aqui alguma vez."

O dr. Gruber ficou ouvindo enquanto eu descrevia Gault e suas várias cores de cabelo tingido. Falei do rosto anguloso e dos olhos azul-claros de um cão malamute. Mencionei também o modo extravagante de se trajar e o gosto cada vez mais evidente por uniformes militares e estilos semelhantes a eles, tais como botas e o comprido casaco de couro preto, com o qual foi visto em Nova York.

"Sim, recebemos a visita de tipos como esse, sabe", disse ele, chegando à porta de trás do museu. "Mas não estou me lembrando de nada."

A neve congelava o teto da casa volante de Eisenhower. Meus cabelos e minhas mãos estavam ficando úmidos e meus pés, frios. "Seria muito difícil pesquisar um nome para mim?", perguntei. "Eu gostaria de saber se Peyton Gault esteve na Corporação do Quartel-Mestre."

Ele hesitou. "Pelo que vejo, você deve estar supondo que este homem esteve no exército."

"Não estou supondo nada", falei. "Mas acho que ele era velho o bastante para ter servido na Segunda Guerra. A única coisa que posso dizer ao senhor, além disso, é que em certa época ele viveu em Albany, Geórgia, numa fazenda de nogueiras."

"Você só pode ter acesso às fichas se for parente ou se tiver autorização especial do procurador da República. Teria que ir a St. Louis, e lamento dizer que as fichas de A a J foram destruídas por um incêndio no começo dos anos 80."

"Que ótimo", disse, desanimada.

Hesitou novamente. "Temos nossa própria lista computadorizada de veteranos aqui no museu."

Senti uma ponta de esperança.

"O veterano que quiser puxar sua ficha pode fazer isso pagando uma taxa de vinte dólares", completou.

"E se você quiser ter acesso à ficha de outra pessoa?"

"Não posso fazer isso."

"Doutor Gruber." Puxei meus cabelos úmidos para trás. "Por favor, trata-se de um homem, Temple Brooks Gault, que matou de forma perversa pelo menos nove pessoas. Ele vai matar muito mais, se não conseguirmos agarrá-lo."

Ele ficou olhando a neve cair. "Por que cargas-d'água estamos conversando sobre isso aqui fora, minha querida?", disse ele. "Nós dois vamos pegar uma pneumonia. Imagino que Peyton Gault seja o pai dessa pessoa medonha."

Beijei-o nas faces. "O senhor tem o número do meu pager", disse-lhe, afastando-me para pegar meu carro.

Enquanto eu dirigia em meio a uma tempestade de neve, o rádio não parava de falar sobre os assassinatos do necrotério. Ao chegar em meu escritório, encontrei os furgões das redes de tevê e as equipes de reportagem ao redor do edifício, e tentei imaginar o que eu podia fazer. Precisava entrar.

"Ao diabo com eles", resmunguei, enquanto entrava no estacionamento.

Quando saí do meu Mercedes preto, imediatamente um bando de repórteres lançou-se ao meu encalço. Flashes pipocavam enquanto eu caminhava decidida, sem olhar para os lados. Microfones apareciam de todos os lados e as pessoas gritavam meu nome. Mais que depressa, eu abri a porta de trás e fechei-a em seguida. Estava sozinha na ala vazia, e imaginei que todo mundo tinha ido embora por causa do tempo.

Como eu suspeitava, a sala de autópsias estava trancada. Subi de elevador e, ao sair, notei as salas de meus auxiliares vazias. As recepcionistas e outros funcionários também já tinham ido embora. Eu estava completamente só no segundo andar, e comecei a ficar assustada. Quando entrei na minha sala e vi o nome CAIN em letras vermelhas gotejantes, senti-me ainda pior.

"Não tem problema", disse para mim mesma. "Não há ninguém aqui agora. Não há razão para sentir medo."

Sentei na minha escrivaninha e deixei meu 38 ao alcance da mão.

"O que aconteceu antes é coisa do passado", continuei. "Você tem que se conter. Está perdendo o controle." Respirei fundo mais uma vez.

Eu não conseguia acreditar que estava falando sozinha, e isso me deixava muito incomodada. Comecei a ditar no gravador os casos daquela manhã. O coração, o fígado e os pulmões dos dois policiais mortos estavam normais.

"Dentro dos parâmetros normais", continuei. "Dentro dos parâmetros normais." Falei e repeti várias vezes.

O que tinha sido feito com eles é que não era normal, porque Gault não era normal. Ele não tinha parâmetros.

Às seis e quinze, liguei para o escritório da American Express e tive a sorte de ainda achar Brent lá.

"Você devia ter ido para casa mais cedo", disse-lhe. "As estradas estão ficando intransitáveis."

"Eu tenho um Range Rover."

"As pessoas em Richmond não sabem dirigir na neve", comentei.

"Doutora Scarpetta, em que posso ajudá-la?", perguntou Brent, que era jovem e muito competente, e já me ajudara a resolver muitos problemas tempos atrás.

"Quero que faça o acompanhamento das despesas do meu cartão", respondi. "Você pode fazer isso?"

Ele hesitou.

"Quero ser notificada de cada despesa. E isso logo que ela seja registrada, sem que eu precise ficar esperando a notificação."

"Há algum problema?"

"Sim. Mas não posso discutir com você. A única coisa de que preciso é o que lhe pedi."

"Espere um pouco."

Ouvi o barulho de teclas.

"Está bem. Estou com o número do seu cartão. A senhora sabe que ele é válido até fevereiro, não?"

"Espero até lá não precisar fazer isso."

"Há pouquíssimas despesas a partir de outubro", disse ele. "Na verdade, quase nenhuma."

"Estou interessada nas despesas mais recentes."

"São cinco, do dia 12 ao dia 21. Uma casa em Nova York chamada Scaletta. Quer saber os valores?"

"Qual é a média?"

"Bom, a média é, deixe-me ver, acho que uns oitenta paus por despesa. O que é isso, um restaurante?"

"Continue."

"A mais recente..." Ele fez uma pausa. "A mais recente é em Richmond."

"Quando?", meu pulso disparou.

"Duas na sexta-feira, dia 22."

Dois dias antes de Marino e eu distribuirmos cobertores aos pobres e de o xerife Papai Noel matar Anthony Jones a tiros. Fiquei chocada em pensar que Gault também estava na cidade.

"Por favor, fale-me dessas despesas de Richmond", pedi a Brent.

"Duzentos e quarenta e três dólares numa galeria, na Shockhoe Slip."

"Uma galeria?", perguntei, intrigada. "Você quer dizer, uma galeria de arte?"

A Shockhoe Slip era bem na esquina do meu escritório. Eu não podia acreditar que Gault fosse tão atrevido a ponto de usar o cartão lá. Muitos comerciantes me conheciam.

"Sim, uma galeria de arte." Ele me deu o nome e o endereço.

"Você pode me informar o que foi comprado?"

Houve uma pausa. "Doutora Scarpetta, a senhora *tem certeza* de que não está havendo nenhum problema em que a gente possa ajudar?"

"Você está me ajudando. Você está me ajudando e muito."

"Vamos ver. Não, aqui não diz o que foi comprado. Sinto muito." Brent parecia estar mais desapontado que eu.

"Alguma outra despesa?"

"Na USAir. Uma passagem de avião por quinhentos e catorze dólares: ida e volta, La Guardia—Richmond."

"Você pode me dizer as datas?"

"Só da compra. Você pode conseguir as datas da ida e da volta na companhia aérea. Aqui está o número."

Pedi-lhe que me comunicasse imediatamente, sempre que aparecesse o registro de novas despesas. Levantei os olhos para o relógio da parede e folheei rapidamente o catálogo telefônico. Quando disquei o número da galeria, o telefone tocou por muito tempo, e terminei desistindo.

Tentei então a USAir, e dei-lhes o número da passagem que Brent me dissera. Gault, usando meu American Express, saíra de La Guardia às sete da manhã de sexta-feira, 22 de dezembro, e voltara às seis e cinqüenta do mesmo dia. Fiquei estupefata. Ele passou um dia inteiro em Richmond. O que teria feito durante esse tempo, além da visita à galeria?

"Que loucura", resmunguei, pensando nas leis de Nova York.

Perguntando a mim mesma se Gault viera aqui para comprar uma arma, tornei a ligar para a companhia aérea.

"Desculpe-me. Estou falando com Rita?"

"Sim."

"Falei com você agora mesmo. Aqui é a doutora Scarpetta."

"Sim, senhora. Em que posso ajudar?"

"É sobre a passagem de que falávamos. Você pode me dizer se alguma bagagem foi despachada?"

"Aguarde um pouco, por favor." Ouvi o barulho de teclas. "Sim, senhora. Na volta para La Guardia foi despachada uma mala."

"Mas não no vôo que saiu de La Guardia."

"Não. Não foi despachada nenhuma mala no trecho La Guardia—Richmond."

Gault cumprira pena durante certo tempo numa penitenciária localizada em Richmond. Não dava para saber quem ele conhecia aqui, mas eu tinha certeza de que se ele quisesse comprar uma Glock nove-milímetros em Richmond, conseguiria. Criminosos de Nova York costumam vir aqui comprar armas. Gault deve ter colocado a Glock na mala que havia despachado e dois dias depois matou Jane a tiros.

Isso indicava que tinha havido premeditação, coisa que ainda não havia sido considerada. Todos nós supúnhamos que Jane era alguém que Gault encontrara casualmente e decidira matar, como fizera com muitas de suas vítimas.

Preparei uma caneca de chá quente e tentei me acalmar. Como em Seattle, pela diferença de fuso, ainda era de tarde, peguei meu Catálogo dos Legistas da Academia Nacional em uma prateleira e folheei até encontrar o nome e o número do chefe de lá.

"Doutor Menendez? Aqui é Kay Scarpetta, de Richmond", falei quando ele atendeu ao telefone.

"Oh", disse ele, surpreso. "Como está? Feliz Natal."

"Obrigada. Sinto incomodá-lo mas preciso de sua ajuda."

Ele hesitou. "Está tudo bem? Você me parece meio tensa."

"Estou com um problema muito sério. Um *serial killer* à solta." Respirei fundo. "Uma das vítimas é uma mulher não-identificada que apresentava diversas restaurações de ouro."

"Isso é curioso", disse ele, pensativamente. "Você sabe que aqui ainda há alguns dentistas que fazem esse tipo de restauração, não?"

"É por isso que estou ligando. Preciso falar com algum deles. Talvez o diretor da associação."

"Você quer que eu faça alguns contatos?"

"O que eu queria descobrir era se, por um acaso da sorte, a associação está integrada a alguma rede de computadores. Parece que é uma associação pequena e um tanto insólita. Quem sabe eles se comunicam via E-mail ou por meio de um quadro de avisos. Talvez algo como Prodigy.

Quem sabe? Mas eu tenho que descobrir uma forma de conseguir essas informações logo."

"Vou colocar gente da minha equipe para cuidar disso agora mesmo", disse ele. "Qual a melhor maneira de entrar em contato com você?"

Dei-lhe os números de meus telefones e desliguei. Pensei em Gault e no furgão azul-escuro desaparecido. Eu me perguntava onde ele conseguira a bolsa preta para colocar o cadáver do xerife Brown, aí eu me lembrei. Nós sempre mantínhamos uma nova em cada furgão, de reserva. Isso queria dizer que primeiro ele viera aqui e roubara o furgão. Depois fora para a casa de Brown. Vasculhei novamente a lista telefônica para ver se encontrava a residência do xerife. Não achei.

Peguei o telefone e liguei para o auxílio à lista. Pedi o número de Lamont Brown. A telefonista me deu e eu o disquei para ver o que ia acontecer.

"Não posso atender ao telefone agora porque estou fora de casa, entregando brinquedos no meu trenó..." A voz do xerife morto soava forte e saudável em sua secretária eletrônica. "HO! HO! HO! Feliiiiz Natal!"

Nervosa, fui ao banheiro de arma em punho. Eu andava desorientada no meu escritório porque Gault arruinara o lugar onde sempre me senti segura. Parei no saguão e olhei para todos os lados. O assoalho cinzento estava com uma camada de cera cada vez mais grossa, e as paredes eram brancas como casca de ovo. Fiquei à escuta. Ele já havia entrado aqui. Poderia entrar novamente.

Fui assaltada pelo medo, e quando lavei as mãos na pia do banheiro, elas estavam trêmulas. Eu suava e tinha a respiração pesada. Andei rapidamente até a ponta do corredor e olhei por uma janela. Vi meu carro coberto de neve e apenas um furgão. O outro continuava desaparecido. Voltei ao meu escritório e continuei a ditar no gravador.

Um telefone tocou em algum lugar e eu me sobressaltei. O rangido da minha cadeira me fez pular. Quando ouvi o elevador que ficava do outro lado do saguão abrir, peguei o revólver e fiquei bem quieta, olhos fixos no corredor, o coração disparado. Passos firmes e rápidos soaram cada vez mais alto, à medida que se aproximavam. Levantei a arma, segurando a coronha com ambas as mãos.

Lucy entrou.

"Jesus!", exclamei, o dedo no gatilho. "Lucy, meu Deus." Pus a arma sobre a escrivaninha. "O que você está fazendo aqui? Por que não me ligou antes? Como conseguiu entrar?"

Ela lançou a mim e ao 38 um olhar surpreso. "Jan me trouxe aqui, e eu tenho a chave. Você mesma me deu uma, há muito tempo. Eu liguei, mas você não estava."

"Quando você ligou?", perguntei, meio tonta.

"Há umas duas horas. Você quase atirou em mim."

"Não." Tentei encher meus pulmões de ar. "Não é verdade."

"Seu dedo não estava do lado da trava, como deveria. Estava no gatilho. Tive sorte de você não estar com sua Browning agora, ou com uma arma que disparasse a um único gesto."

"Por favor, pare com isso", pedi, devagar. Doía-me o peito.

"A neve já está a mais de cinco centímetros, tia Kay."

Lucy estava de pé junto à porta, como se estivesse em dúvida a respeito de alguma coisa. Vestia, como de hábito, calças do tipo que se usam em linhas de tiro, botas e um casaco de esqui.

Uma mão de ferro apertava meu coração, eu respirava com dificuldade. Fiquei inerte, olhando para a minha sobrinha, enquanto meu rosto ia ficando cada vez mais frio.

"Jan está no estacionamento", disse ela.

"A imprensa está aí fora."

"Não vi nenhum repórter. Mas, de qualquer forma, estamos estacionadas do outro lado da rua."

"Houve muitos assaltos lá", disse-lhe. "E uma pessoa foi morta a tiros. Há uns quatro meses."

Lucy olhava para o meu rosto. Observou minhas mãos quando enfiei o revólver na bolsa.

"Você está trêmula", disse-me assustada. "Tia Kay, você está branca como papel." Ela se aproximou mais um pouco de minha escrivaninha. "Vou te levar para casa."

Senti uma pontada no peito e pressionei a mão contra ele.

"Não posso". Eu mal conseguia falar.

A dor era tão forte que eu não conseguia nem respirar.

Lucy tentou me ajudar, mas eu estava fraca demais. Minhas mãos iam ficando entorpecidas, tinha câimbra nos dedos. Pendi para a frente da cadeira e fechei os olhos, ao mesmo tempo em que me descia um suor frio e abundante. Eu respirava depressa, em pequenos haustos.

Ela entrou em pânico.

Tive a vaga impressão de ouvi-la gritando ao telefone. Tentei lhe dizer que estava tudo bem, que eu precisava apenas de um saco de papel, mas as palavras não saíam. Eu sabia o que estava acontecendo, mas não conseguia lhe dizer. Logo ela me enxugava o rosto com um pano úmido e frio. Massageava meus ombros, confortando-me, enquanto eu, de olhos enevoados, fitava as minhas mãos no colo, retorcidas como garras. Eu sabia o que ia acontecer, mas estava cansada demais para resistir.

"Chame a doutora Zenner", consegui dizer, afinal, quando a dor lancetou meu peito novamente. "Diga-lhe que vá nos encontrar lá."

"Lá onde?" Apavorada, Lucy deu uns tapinhas no meu rosto.

"EMV."

"Você vai ficar bem", disse ela.

Não falei nada.

"Não se preocupe."

Eu não conseguia esticar as mãos, e estava trêmula de tanto frio que sentia.

"Eu gosto de você, tia Kay", disse-me Lucy, aos prantos.

14

A Escola de Medicina da Virgínia salvara a vida da minha sobrinha, porque era o hospital daquela região mais apto a atender pacientes em estado grave, acompanhando-os nos momentos cruciais. Ela foi trazida de helicóptero depois de bater meu carro, e eu estava certa de que a contusão em seu cérebro teria sido permanente se a Unidade de Trauma não fosse tão capaz. Eu estivera na sala de emergência da EMV muitas vezes, mas nunca como paciente, até aquela noite.

Às nove e meia, eu repousava serenamente num quarto particular do quarto andar do hospital. Marino e Janet estavam lá fora, na porta, Lucy à beira da cama, segurando minha mão.

"Aconteceu alguma coisa com o CAIN?", perguntei.

"Não se preocupe com isso agora", ordenou ela. "Você precisa repousar e ficar calma."

"Eles já me deram algo para relaxar. Estou me acalmando."

"Você está muito doente", disse ela.

"Não estou."

"Você quase teve um ataque do coração."

"Tive espasmos musculares e hiperventilação", corrigi. "Sei exatamente o que tive. Olhei meu eletrocardiograma. Nada que um saco de papel na cabeça e um banho quente não resolvessem."

"Bem, eles não vão te deixar sair até terem certeza de que não terá mais espasmos. Você não pode sair por aí com dores no peito."

"Meu coração está ótimo. Eles me deixarão sair quando eu disser que sim."

"Você é muito cabeça-dura."

"Muitos médicos são."

Lucy ficou olhando para a parede, fixamente. Ela não tinha sido nem um pouco afetuosa desde que entrou no meu quarto. Eu não sabia por que ela estava irritada.

"Em que você está pensando?", perguntei.

"Eles estão montando um posto de comando", disse ela. "Estavam comentando isso no saguão."

"Um posto de comando?"

"Um quartel-general da polícia", explicou. "Marino ia ao telefone público e voltava o tempo todo, falando com Wesley."

"Onde está ele?"

"Wesley ou Marino?"

"Benton."

"Está vindo para cá."

"Ele sabe que estou aqui?", perguntei.

Lucy olhou para mim. Ela não era tola. "Ele está vindo", repetiu, quando uma mulher de cabelo grisalho curto e olhos penetrantes entrou na sala.

"Ora, ora, Kay", disse a dra. Anna Zenner, inclinando-se para me abraçar. "Quer dizer que agora tenho que fazer visitas domiciliares."

"Não se pode dizer que isso seja uma visita domiciliar", afirmei. "Isto é um hospital. Você se lembra de Lucy?"

"Claro." A dra. Zenner sorriu para minha sobrinha.

"Vou ficar do lado de fora", disse Lucy.

"Você esqueceu que eu só venho à cidade quando sou obrigada", continuou a dra. Zenner. "Principalmente quando está nevando."

"Obrigada, Anna. Sei que você não faz visitas em casa, em hospitais ou qualquer outro tipo de visita", disse-lhe sinceramente, enquanto a porta se fechava. "Estou muito feliz de você ter vindo."

A dra. Zenner sentou-se em minha cama. Senti imediatamente a sua força, pois ela dominava um ambiente inteiro sem se dar conta disso. Excepcionalmente bem-disposta para alguém que já está na casa dos setenta, ela era uma das pessoas mais finas que conheci.

"O que é que você fez a si mesma?", perguntou-me, com um sotaque alemão que não diminuía com o passar do tempo.

"Acho que estou começando a me ressentir", expliquei. "Esses casos."

Ela balançou a cabeça. "É só do que ouço falar. Toda vez que pego um jornal ou ligo a tevê."

"Eu quase atirei em Lucy ontem à noite." Olhei em seus olhos.

"Conte-me o que aconteceu."

Contei.

"Mas você chegou a atirar?"

"Não", respondi.

"Então você não chegou tão perto."

"Isso seria o fim da minha vida." Fechei os olhos, enquanto eles se enchiam de lágrimas.

"Kay, também seria o fim de sua vida se outra pessoa tivesse entrado naquele saguão. Alguém de quem você tem todos os motivos para ter medo, está entendendo o que quero dizer? Você reagiu da melhor maneira que pôde."

Aspirei profundamente, um pouco trêmula.

"E o resultado não foi tão mau. Lucy está ótima. Saudável e bonita."

Chorei como não fazia há muito tempo, cobrindo o rosto com as mãos. A dra. Zenner massageou as minhas costas, me ofereceu lenços de papel tirados de uma caixinha, mas deixou que eu extravasasse minhas emoções. Com toda a tranqüilidade, deixou-me chorar.

"Estou tão envergonhada de mim mesma", disse, finalmente, entre soluços.

"Você não deve ficar envergonhada. Às vezes a gente precisa extravasar. Você faz isso raramente e eu sei o que você sente."

"Minha mãe está muito doente e não fui visitá-la em Miami. Nem uma vez." Eu estava inconsolável. "Sou uma estranha em meu próprio escritório. Não posso mais ficar em minha casa — nem em nenhum outro lugar, aliás — sem proteção policial."

"Notei que há muitos policiais do lado de fora do quarto", comentou.

Abri os olhos e olhei para ela. "Ele está totalmente fora de controle", disse-lhe.

Ela mantinha os olhos pregados nos meus.

"E isso é bom. Ele está mais ousado, o que significa que está se arriscando mais. Foi isso o que Bundy fez no final", acrescentei.

A dra. Zenner ofereceu aquilo que ela sabia fazer de melhor. Ela me ouviu.

"Quanto mais ele se descontrola, maior é a chance de que cometa um erro e a gente o pegue", continuei.

"Eu diria também que agora ele está ainda mais perigoso", comentou. "Não conhece limites. Ele chegou a matar Papai Noel."

"Ele matou um xerife que se fantasia de Papai Noel no Natal. E esse xerife estava envolvido com drogas. Talvez fosse essa a ligação entre eles."

"Fale-me de você."

Desviei os olhos e mais uma vez aspirei profundamente. Estava bem mais calma. Anna era uma das poucas pessoas neste mundo que me faziam sentir que eu não estava "de serviço". Era psiquiatra. Eu a conhecia desde que me mudara para Richmond e ela me ajudara quando me separei de Mark, e depois quando ele morreu. Tinha o coração e as mãos de um músico.

"Assim como ele, também estou me descontrolando", confessei, perturbada.

"Preciso saber mais."

"É por isso que estou aqui." Olhei para ela. "Com esta camisola, nesta cama. É por isso que quase atirei na minha sobrinha. É por isso que as pessoas aí na porta do quarto estão preocupadas comigo. Elas patrulham as ruas e vigiam minha casa, preocupadas. Por toda parte, tem gente preocupada comigo."

"Às vezes a gente tem que chamar a polícia."

"Eu não quero polícia nenhuma", disse-lhe, impaciente. "Quero que me deixem em paz."

"Ah! Eu pessoalmente acho que você precisa de um exército inteiro. Ninguém pode enfrentar esse homem sozinho."

"Você é psiquiatra. Por que não o analisa?"

"Eu não trato de distúrbios de caráter", disse ela. "É claro que ele é um sociopata."

Ela foi até a janela, abriu as cortinas e olhou para fora. "Ainda está nevando. Você acredita numa coisa dessas? Vou ter que passar a noite aqui com você. Tive pacientes, ao longo de todos esses anos, que pareciam ser de outro planeta, e eu tentava me desvencilhar deles o mais rápido possível."

Ela fez uma pausa. "Esse é o problema que temos com esse tipo de criminoso que se transforma em mito. Eles vão ao dentista, ao psiquiatra, ao cabeleireiro. Não podemos evitar de recebê-los, assim como recebemos qualquer um. Na Alemanha, certa vez, tratei de um homem durante um ano até descobrir que ele afogara três mulheres numa banheira."

"Era isso que ele gostava de fazer", continuou ela. "Ele lhes servia vinho e dava banho nelas. Então pegava-as pelos tornozelos e dava um puxão. Nessas banheiras grandes, se alguém levanta seus pés no ar, você não consegue sair." Fez uma pausa. "Não sou psiquiatra forense."

"Eu sei."

"Mas poderia ter sido", continuou. "Considerei essa possibilidade muitas vezes. Você sabia disso?"

"Não, não sabia."

"Então vou lhe dizer por que evitei essa especialidade. Não consigo passar tanto tempo em companhia de monstros. É ruim demais para vocês, que cuidam de suas vítimas. Acho que ficar na mesma sala com os Gaults do mundo envenenaria a minha alma... Sabe, tenho uma terrível confissão a fazer."

Ela voltou-se e olhou para mim.

"Não tenho a mínima idéia de por que eles fazem isso", concluiu, com os olhos faiscando. "Acho que deviam ser enforcados."

"Não discordo de você", disse.

"Mas isso não quer dizer que não tenha certos sentimentos em relação a eles. É uma coisa feminina, na verdade."

"Em relação a Gault?"

"Sim. Você conhece meu gato, Chester?", perguntou ela.

"Ah, sim. É o gato mais gordo que já vi."

Ela não riu. "Ele sai, pega um rato e brinca com ele até ele morrer. É uma coisa realmente muito sádica. Finalmente o mata e o que faz depois? Ele o traz para dentro de casa. Carrega-o para a cama e o deixa no meu travesseiro. É um presente para mim."

"O que você está sugerindo, Anna?", perguntei, assustada.

"Acho que esse homem tem uma estranha relação com você. É como se você fosse sua mãe, e ele lhe traz o que mata."

"Isso é uma coisa inconcebível."

"Imagino que ele fica excitado em chamar sua atenção. Quer te impressionar. Quando ele mata alguém, trata-se de um presente para você. E ele sabe que você vai estudar o caso com toda a atenção, tentando identificar cada um dos seus golpes, quase como uma mãe admira os desenhos que seu filhinho traz da escola. Você percebe? O mal que ele faz é a sua arte."

Pensei nas despesas feitas na Shockhoe Slip. Perguntei-me sobre que tipo de arte Gault comprara.

"Ele sabe que você vai analisar e pensar nele o tempo todo, Kay."

"Anna, você está sugerindo que essas mortes podem ser responsabilidade minha?"

"Bobagem. Se você começar a achar isso, vai ter que freqüentar meu consultório. Regularmente."

"Que risco estou correndo?"

"Aqui é preciso cautela." Ela parou para pensar. "Sei o que outros dirão. Por isso tem tanto policial por aí."

"E o que você está dizendo?"

"Eu pessoalmente não creio que você esteja sob grande ameaça física. Não neste momento. Mas acho que todos à sua volta estão correndo risco. Sabe, ele quer fazer sua a realidade dele."

"Explique melhor, por favor."

"Ele não tem ninguém. Quer que você também não tenha."

"Ele não tem ninguém por causa das coisas que faz", afirmei, cheia de raiva.

"Tudo o que se pode dizer é que cada vez que mata, ele fica mais isolado. O mesmo está acontecendo com você, por esses dias. Aqui existe um padrão. Você percebe?"

Em seguida, ela veio para mais perto de mim e pôs a mão na minha testa.

"Não estou muito convencida disso."

"Você não está com febre."

"O xerife Brown me odiava."

"Está vendo? Outro presente para você. Gault achou que ia ficar contente. Ele matou o rato para você e o levou para o seu necrotério."

Essa idéia fez com que me sentisse mal.

Ela puxou um estetoscópio do bolso da jaqueta e pôs no pescoço. Ajeitando minha camisola, auscultou meu coração e pulmões, o rosto sério.

"Respire fundo, por favor." Ela ia deslocando o estetoscópio pelas minhas costas. "Mais uma vez."

Mediu minha pressão e pôs a mão sob meu queixo. Era uma médica às antigas. Anna Zenner tratava da pessoa inteira, não apenas da mente.

"Sua pressão está baixa", disse.

"E o que mais?"

"O que é que eles estão lhe dando?"

"Ativan."

O manguito fez um barulho característico quando ela o tirou do meu braço. "Ativan é bom. Não tem nenhum efeito colateral no aparelho respiratório, nem no sistema cardiovascular. É bom para você. Posso lhe passar um receita."

"Não."

"Acho que nas atuais circunstâncias seria bom você tomar um ansiolítico."

"Anna, não é de drogas que estou precisando agora."

Ela afagou minha mão. "Você não está se descontrolando."

Levantou-se e pôs o casaco.

"Vou lhe pedir um favor. Como está a sua casa em Hilton Head?"

Ela sorriu. "É o maior ansiolítico que conheço. Quantas vezes já lhe falei isso?"

"Talvez agora eu lhe dê ouvidos", disse-lhe. "Vou ter que fazer uma viagem para aquelas bandas e gostaria de guardar muito bem a minha privacidade."

A dra. Zenner pegou um molho de chaves de sua bolsa, e tirou uma do chaveiro. Em seguida, rabiscou alguma coisa no formulário médico e o deixou no meu criado-mudo, junto com a chave.

"Não é preciso fazer nada", disse ela, apenas. "Mas deixo-lhe a chave e as instruções. Se você quiser chegar lá altas horas da noite, nem precisa me avisar."

"É muita gentileza sua. Mas acho que não vou precisar ficar muito tempo."

"Mas deveria. É perto do mar, em Palmetto Dunes, uma casinha modesta perto de Hyatt. Tão cedo não vou aparecer por lá, e acho que naquele lugar não vão te incomodar. Você pode se fazer passar pela doutora Zenner." Ela deu um risinho. "Lá ninguém me conhece mesmo."

"Anna", falei, pensativa. "Quer dizer que agora sou alemã."

"Oh, você sempre foi alemã", disse, abrindo a porta. "Não importa se lhe disseram outra coisa."

Ela saiu e eu me ergui, disposta e alerta. Levantei da cama e fui ao banheiro, quando ouvi minha porta se abrir.

Saí, esperando ver Lucy. Em vez dela, Paul Tucker encontrava-se dentro do meu quarto. Fiquei surpresa demais para me perturbar com o fato de ele me ver descalça e usando apenas uma camisola que não cobria coisa nenhuma.

Ele desviou os olhos, enquanto eu voltava para a cama e puxava os cobertores.

"Peço desculpas. O capitão Marino disse que eu poderia entrar sem problema", disse o chefe de polícia de Richmond, que não parecia lamentar nem um pouco, apesar do que afirmava.

"Marino devia primeiro ter me avisado", disse-lhe, olhando-o nos olhos.

"Bem, todos nós sabemos dos modos do capitão Marino. A senhora não se incomoda?", perguntou ele, indicando uma cadeira.

"Por favor. Sou uma audiência cativa, não é mesmo?"

"A senhora é uma audiência cativa porque, neste momento, metade do meu departamento está cuidando de sua proteção." Seu rosto era duro.

Olhei-o atentamente.

"Sei muito bem o que aconteceu hoje de manhã no seu necrotério." Seus olhos brilhavam de raiva. "A senhora corre sério risco de vida, doutora Scarpetta. Estou aqui para lhe implorar que leve isso a sério."

"Como você pode pensar que não estou levando a sério?", indaguei-lhe, indignada.

"Para começar, não deveria ter voltado ao seu escritório esta tarde. Dois agentes da lei tinham acabado de ser mortos, um deles quando a senhora se encontrava no edifício."

"Não tenho escolha senão voltar ao meu escritório, coronel Tucker. Quem você acha que fez as autópsias desses dois policiais?"

Ele ficou calado. Depois perguntou: "Acha que Gault saiu da cidade?".

"Não."

"Por quê?"

"Não sei, mas não creio que ele tenha saído."

"Como está se sentindo?"

Eu poderia jurar que ele estava tentando pescar alguma coisa, mas não sabia o quê.

"Estou me sentindo bem. Pra falar a verdade, quando você sair, vou me vestir e ir embora", respondi.

Ele ia falar, mas se conteve.

Olhei-o por um momento. Ele trajava um suéter azul-escuro da Academia Nacional do FBI e um tênis esportivo de couro, de cano alto. Eu me perguntava se ele tinha sido chamado para me ver quando estava em plena sessão de ginástica. Ocorreu-me de repente que éramos vizinhos. Ele e sua mulher viviam em Windsor Farms, uns poucos blocos distante de minha casa.

"Marino me disse para sair da minha casa", disse-lhe, num tom quase acusatório. "Você tem conhecimento disso?"

"Sim, tenho."

"Que participação você teve nessa proposta?"

"Por que imagina que tenho alguma coisa a ver com o que Marino lhe sugere?", perguntou ele, calmamente.

"Você e eu somos vizinhos. Provavelmente você passa na frente de minha casa todo dia."

"Não. Mas sei onde mora, Kay."

"Por favor, não me chame de Kay."

"Se eu fosse branco, me deixaria chamá-la de Kay?", indagou-me, com toda a naturalidade.

"Não, não deixaria."

Ele não pareceu se ofender. Sabia que eu não confiava nele. Que tinha um certo medo dele, e com certeza da maioria das pessoas naquele momento. Eu estava ficando paranóica.

"Doutora Scarpetta", ele se levantou. "Mantive sua casa sob vigilância durante semanas." Fez uma pausa, e ficou me olhando.

"Por quê?"

"Por causa do xerife Brown."

"De que você está falando?" Minha boca começava a ficar seca.

"Ele estava seriamente envolvido numa rede de traficantes que se estende de Nova York a Miami. Alguns dos seus pacientes também estavam envolvidos. Pelo menos oito, pelo que sabemos até agora."

"Assassinatos relacionados com drogas?"

Ele aquiesceu, olhando para a janela. "Brown odiava a senhora."

"Isso para mim era claro. O motivo é que não era."

"Digamos apenas que a senhora fazia o seu trabalho bem demais. Muitos dos seus parceiros ficaram presos por muito tempo por sua causa." Fez uma pausa. "Temos motivos para supor que planejara dar um jeito na senhora."

Eu olhei para ele atônita. "O quê? Por quê?"

"Alcagüetes."

"Mais de um?"

Tucker falou: "Brown já tinha oferecido dinheiro a alguém a que precisamos acompanhar com muita atenção."

Ele me passou meu copo de água.

"Isso foi no começo do mês. Talvez umas três semanas atrás." Seu olhar vagava pelo quarto.

"Quem ele contratou?", perguntei.

"Anthony Jones." Tucker olhou para mim.

Minha estupefação aumentou ainda mais com o que ele me disse em seguida.

"A pessoa que deveria ser assassinada na véspera de Natal não era Anthony Jones, mas a senhora."

Eu nem conseguia falar.

"Toda aquela história de ir ao apartamento errado em Whitcomb Court era para liquidá-la. Mas quando o xerife passou pela cozinha e entrou no quintal, ele e Jones se desentenderam. O resto a senhora já sabe."

Ele se levantou. "Agora Brown também está morto e, pra falar a verdade, acho que isso foi bom."

"Coronel Tucker", disse.

Ele estava de pé, do lado de minha cama.

"Você sabia disso antes de ter acontecido?"

"A senhora está me perguntando se sou vidente?" A expressão do seu rosto era feroz.

"Acho que você sabe o que estou querendo dizer."

"Estávamos de olho na senhora. Mas só depois descobrimos que eles pretendiam matá-la na véspera de Natal. Naturalmente, se soubéssemos, a senhora não iria sair por aí distribuindo cobertores."

Olhou para o chão, pensando, antes de voltar a falar. "Tem certeza de que já pode sair daqui?"

"Sim."

"Onde está pensando em passar a noite?"

"Em casa."

Ele balançou a cabeça. "Fora de cogitação. Não aconselho nem um hotel aqui na cidade."

"Marino concordou em ficar comigo."

"Puxa, agora a senhora está muito segura", disse-me, fazendo uma careta, enquanto abria a porta. "Vista-se, doutora Scarpetta. Temos que participar de uma reunião."

Quando saí do quarto, não muito depois, fui recebida com olhares e umas poucas palavras. Lucy e Janet estavam com Marino, e Paul Tucker encontrava-se só, com uma jaqueta barata.

"Doutora Scarpetta, a senhora vai comigo." Ele acenou para Marino. "Você vem atrás, com as jovens."

Andamos até o elevador por um corredor branco e lustroso, e descemos. Havia policiais uniformizados por toda parte, e quando as portas se abriram na sala de emergência, apareceram três deles para nos acompanhar até os nossos carros. Marino e o chefe tinham estacionado em vagas para a polícia, e quando vi o carro de Tucker, senti mais um aperto no coração. Ele dirigia um Porsche 911. Não era novo, mas estava muito bem conservado.

Marino também notou o carro, mas ficou calado, enquanto abria seu Crown Victoria.

"Você esteve na rodovia 95 Sul, na noite passada?", perguntei a Tucker, ao entrar no carro.

Ele cruzou o cinto de segurança sobre o peito e deu partida no carro. "Por que me pergunta isso?" Não pareceu estar na defensiva, apenas curioso.

"Eu estava indo para casa, voltando de Quantico, e um carro parecido com o seu ficou nos seguindo de perto."

"Quem é *nós*?"

"Eu e Marino."

"Entendo." Saindo do estacionamento, ele dobrou à direita, em direção ao quartel. "Quer dizer que estava com o Grand Dragon."*

"Então era você", disse-lhe, observando o limpador de pára-brisa remover a neve.

As ruas estavam escorregadias e eu senti o carro deslizar, quando Tucker diminuiu a velocidade num semáforo.

"Vi um adesivo com a bandeira dos Confederados num pára-choque na noite passada, e resolvi demonstrar claramente que não gostei nada daquilo."

"O carro com o adesivo pertence a Marino."

"Não quero saber de quem era o carro."

Olhei para ele.

"Bem feito para o capitão", disse Tucker, sorrindo.

"Você sempre age com essa agressividade toda?", perguntei. "Porque é uma boa maneira de levar um tiro."

"Quem quiser fazer isso, pode tentar."

"Não aconselho ficar na cola de brutamontes."

"Quer dizer que reconhece que ele é um brutamontes."

"Falei de forma geral", respondi.

"A senhora é uma mulher inteligente e refinada, doutora Scarpetta. Não consigo entender o que você vê nele."

(*) Membro graduado da organização racista americana Ku Klux Klan. (N. T.)

"Há muito o que ver nele, se nos dermos ao trabalho de observar."

"Ele é racista, homofóbico e machista. É um dos seres humanos mais ignorantes que conheço, e gostaria de não ter nada a ver com ele."

"Marino não confia em nada, nem em ninguém", disse-lhe. "Ele é cínico, e não sem razão."

Tucker ficou calado.

"Você não o conhece", acrescentei.

"E nem quero conhecer. O que eu queria mesmo é que ele desaparecesse."

"Por favor, não cometa um erro tão grande", falei com veemência. "Seria um grande erro."

"Ele é um pesadelo político", continuou o chefe. "Nunca deveriam lhe ter confiado o comando do Primeiro Distrito."

"Então transfira-o de volta para a Divisão de Detetives, para o Posto A. O lugar dele é lá."

Tucker continuou dirigindo calmamente. Demonstrava que não queria mais falar sobre Marino.

"Por que vocês não me disseram que eles queriam me matar?", perguntei, e as palavras soaram estranhas, pois eu não conseguia aceitar seu significado. "Eu queria saber por que você não me informou de que eu estava sendo vigiada."

"Achei que seria melhor assim."

"Você devia ter me avisado."

Ele olhou pelo retrovisor para se certificar de que Marino ainda estava atrás de nós, quando entrou por trás do quartel do Departamento de Polícia de Richmond.

"Achei que se lhe dissesse o que os alcagüetes nos contaram, a senhora correria um risco muito maior. Eu temia que ficasse..." Fez uma pausa. "Bem... agressiva, ansiosa. Não queria que sua atitude sofresse uma mudança importante, que a senhora passasse à ofensiva, com risco de agravar a situação."

"Acho que você não tinha o direito de me escamotear essas informações", disse-lhe, exaltada.

"Doutora Scarpetta", respondeu ele, olhando para a frente, "francamente, não me preocupo com o que a senhora pensa ou deixa de pensar. Só me preocupo em salvar sua vida."

Na entrada do estacionamento do quartel, dois policiais com rifles de repetição faziam vigia, os uniformes escuros contrastando com a neve. Tucker parou e abriu o vidro da janela do carro.

"Como vão as coisas?", perguntou ele.

O sargento estava duro, a arma apontada para as estrelas. "Tudo tranqüilo, senhor."

"Bem, tenham cuidado."

"Sim, senhor. Vamos ter sim."

Tucker fechou a janela e entrou. Estacionou num espaço à esquerda de uma porta dupla de vidro, que dava para o saguão e para a ala de detenção do grande complexo de concreto sob seu comando. Notei algumas radiopatrulhas e outros carros no estacionamento. Imaginava que havia muitos acidentes com que se ocupar naquela noite traiçoeira, e todo o resto do pessoal estava por conta de Gault. Para os agentes da lei, ele atingira um novo patamar. Agora era um matador de policiais.

"Você e o xerife Brown têm carros semelhantes", comentei, tirando o cinto de segurança."

"E a semelhança pára por aí", respondeu Tucker, saindo do carro.

Seu escritório ficava num corredor sombrio, a algumas portas do Esquadrão A, onde se situavam os detetives. As instalações do chefe eram surpreendentemente simples, móveis fortes mas estritamente funcionais. Não havia belas luminárias, nem tapetes, e as paredes não ostentavam, ao contrário do que era de se esperar, fotografias do chefe ao lado de políticos ou de celebridades. Não vi nem certificados nem diplomas que indicassem a escola em que estudou ou as honrarias que recebeu.

Tucker olhou para o relógio e nos fez entrar numa sala de reuniões contígua. Sem janelas, com carpete azul-escuro, havia apenas uma mesa redonda e oito cadeiras, uma televisão e um videocassete.

"E quanto a Lucy e Janet?", perguntei, temendo que o chefe deixasse esse assunto fora da discussão.

"Já estou informado sobre elas", disse ele, instalando-se confortavelmente numa cadeira giratória, como se fosse assistir a uma partida de futebol. "Elas são agentes."

"Eu não sou agente", corrigiu Lucy, respeitosamente.

Ele olhou para ela. "Você escreveu o CAIN."

"Não todo o programa."

"Bem, o CAIN tem a ver com a história toda, por isso você deve ficar."

"Seu departamento está on-line." Ela sustentou o olhar dele. "Aliás, ele foi o primeiro a ficar on-line."

Nós nos voltamos quando a porta se abriu e Benton Wesley entrou. Ele usava uma calça de veludo e um suéter. Seus olhos estavam vermelhos como os de uma pessoa cansada demais para conseguir dormir.

"Benton, você deve conhecer todos aqui", disse Tucker, como se conhecesse Wesley muito bem.

"Certo." Ele estava todo compenetrado quando sentou numa cadeira. "Eu me atrasei porque vocês estão trabalhando muito bem."

Tucker pareceu surpreso.

"Pararam-me em dois postos de controle."

"Ah." O chefe pareceu satisfeito. "Todo mundo está em campo. Esse tempo está nos ajudando muito."

Ele não estava brincando.

Marino explicou a Lucy e Janet. "A neve prende muita gente em casa. Quanto menos gente na rua, melhor para nós."

"A menos que Gault também não esteja na rua", acrescentou Lucy.

"Ele tem que estar em algum lugar", disse Marino. "Aquele bicho asqueroso não tem nenhuma casa de recreio por aqui."

"Disso nós não sabemos", interveio Wesley. "Talvez ele conheça alguém pelas redondezas."

"Para onde você acha que ele pode ter ido, depois de sair do necrotério hoje de manhã?", perguntou Tucker a Wesley.

"Não acho que ele tenha saído daquela área."

"Por quê?", interrogou Tucker.

Wesley olhou para mim. "Acho que ele quer estar onde estamos."

"E a família dele?", continuou Tucker.

"Eles moram perto de Beaufort, Carolina do Sul, onde compraram uma fazenda de nogueiras numa ilha. Não acho que Gault vá para lá."

"Não estamos em condições de achar nada", disse o chefe.

"Ele cortou relações com a família."

"Não totalmente. Ele está recebendo dinheiro de algum lugar."

"Sim", disse Wesley. "Eles devem dar dinheiro para ele, contanto que fique longe. Estão num dilema. Se não o ajudam, ele pode voltar para casa. Se ajudam, ele continua longe, cometendo assassinatos."

"Parece que são gente honesta", comentou Tucker, sarcasticamente.

"Eles não vão colaborar conosco. Nós já tentamos. O que mais vocês estão fazendo aqui em Richmond?"

Tucker respondeu: "Tudo o que está ao nosso alcance. Esse filho da puta está matando policiais".

"Não acho que o seu alvo principal sejam os policiais", afirmou Wesley, num tom neutro. "Não acho que ele se preocupe com policiais."

"Bem", disse Tucker, exaltado, "ele deu o primeiro tiro, e nós vamos dar o próximo."

Wesley limitou-se a olhar para ele.

"Temos radiopatrulhas para duas pessoas", continuou o chefe. "Mantemos guardas no estacionamento, principalmente para acompanhar o movimento de entrada e saída. Todos os carros têm uma foto de Gault, que também andamos distribuindo nas casas de comércio, as que encontramos abertas."

"E quanto à vigilância?"

"Está sendo feita nos locais onde ele poderia estar." Olhou para mim. "Inclusive a sua casa e a minha. E o Departamento de Medicina Legal." Voltou-se para Wesley. "Se existem outros lugares possíveis de encontrá-lo, gostaria que me dissesse."

Wesley respondeu: "Não deve haver muitos. Ele tem o desagradável hábito de matar seus amigos". Ele desviou os olhos. "Que acha de usar helicópteros da polícia estadual e aviões?"

"Quando a neve parar", explicou Tucker, "com toda a certeza."

"Não entendo como ele pode ficar passeando por aí, com tanta facilidade", disse Janet, que dava a impressão de que passaria o resto da vida fazendo comentários como esse. "Ele não deve ter uma aparência normal. Por que as pessoas não o notam?"

"Ele é muitíssimo esperto", tentei explicar.

Tucker voltou-se para Marino. "Você está com a fita?"

"Sim, senhor, mas não sei bem se..." Ele parou.

"Não sabe bem se o quê, capitão?" Tucker levantou um pouco o queixo.

"Não sei bem se elas poderiam ver a fita." Olhou para Janet e Lucy.

"Por favor, continue, capitão", disse o chefe, laconicamente.

Marino pôs a fita no videocassete e apagou as luzes.

"Ela dura mais ou menos meia hora", ouvimos Marino dizer, enquanto passavam números e linhas na tela da tevê. "Alguém se incomoda se eu fumar?"

"Eu me incomodo", disse Tucker. "Essa fita, claro, é a que estava na filmadora que encontramos na casa do xerife Brown. Ainda não a vi."

Começou o filme.

"Bem, aí é o quarto de Lamont Brown, no andar superior da casa", Marino começou a narrar.

A cama que eu vira de manhã estava muito bem arrumada, e podia-se ouvir alguém se movimentando ao fundo.

"Acho que aqui ele estava vendo se a câmara funcionava", continuou Marino. "Deve ter sido nessa hora que o resíduo branco ficou na parede. Olhem. Está começando."

Ele apertou o pause e olhamos para a imagem tremida do quarto vazio.

"Já se sabe se o exame de Brown revelou a presença de cocaína?", perguntou o chefe, no escuro.

"Ainda é cedo para saber se havia cocaína ou seu metabólito, benzoileconina", afirmei. "Tudo o que sabemos até agora é o nível de álcool no sangue."

Marino recomeçou: "Parece que ele ligou a câmara, desligou e ligou de novo. Dá para perceber isso porque a velocidade é diferente. Na noite passada era uma. Agora é outra, mais rápida."

"É evidente que ele esperava alguém", comentou Tucker.

"Pode ser também que eles já estivessem lá. Talvez fazendo umas carreirinhas de cocaína no andar de baixo. Vamos lá." Marino acionou o play. "Agora é que começa a parte boa."

A sala de reuniões de Tucker, mergulhada na escuridão, estava perfeitamente silenciosa, com exceção do rangido da cama e dos gemidos, que pareciam ser mais de dor do que de paixão. O xerife Brown nu, deitado de costas. Era possível ver Temple Gault de costas, usando apenas luvas cirúrgicas. Notamos roupas escuras sobre a cama, ali perto. Marino ficou em silêncio. Eu via as silhuetas de Lucy e de Janet. Seus rostos estavam sem expressão, e Tucker parecia bem calmo. Wesley, do meu lado, analisava friamente.

Gault estava com aspecto doente, pálido. Percebíamos cada vértebra e costela. Ele devia ter perdido muito peso e tônus muscular. Comecei a pensar na cocaína detectada em seu cabelo, que agora estava branco, e, quando ele mudou de posição, pude ver os seus seios!

Meus olhos cruzaram a mesa, fuzilantes, e viram Lucy se contraindo. Senti que Marino me olhava, enquanto Carrie

Grethen se esforçava para levar seu cliente ao clímax. Parecia que as drogas estavam atrapalhando, pois, não importa o que ela fizesse, não havia meios de fazê-lo sentir o prazer que, como mais tarde ficou provado, foi o mais caro que ele pagou em toda a sua vida. Lucy olhava corajosamente para a cena, chocada, enquanto sua antiga amante praticava uma infinidade de atos lascivos com aquele homem barrigudo e embriagado.

O fim parecia previsível. Carrie iria sacar uma arma e atirar nele. Mas não foi assim. Dezoito minutos de vídeo, ouviram-se passos no quarto de Brown, e o cúmplice dela entrou. Temple Gault estava vestido de preto e usava luvas. Parecia não ter consciência de que cada piscadela sua e cada fungada era gravada no vídeo. Ele parou no pé da cama e ficou observando. Os olhos de Brown permaneciam fechados. Eu não tinha certeza se ele estava consciente.

"Já acabou", disse Gault, impaciente.

Seus intensos olhos azuis pareciam penetrar na tela, olhando diretamente para a nossa sala de reuniões. Gault não tingira os cabelos, que continuavam cor de cenoura, compridos e penteados para trás, a partir da testa e por trás das orelhas. Ele desabotoou a jaqueta e tirou uma pistola Glock nove-milímetros. Caminhou calmamente até a cabeceira da cama.

Carrie apenas observava, enquanto Gault encostava o cano da pistola entre os olhos do xerife. Ela pôs as mãos nos olhos. Meu estômago se contraiu e eu fechei os punhos. Vimos Gault apertar o gatilho e a arma recuar, como que horrorizada com o que acabara de fazer. Continuamos em estado de choque quando cessaram os estertores e as contrações do xerife. Carrie saiu de cima do corpo do xerife.

"Diabo", disse Gault, olhando para o próprio peito. "Me sujei."

Ele tirou um lenço do bolso de sua jaqueta e limpou o pescoço e a lapela.

"Não vai aparecer. Ainda bem que você está de preto."

"Vá se vestir", ordenou, como se a nudez de Carrie o incomodasse. Sua voz era adolescente e irregular, e ele falava sem veemência.

Gault foi ao pé da cama e pegou a roupa escura.

"E quanto ao relógio?" Ela olhou para a cama. "É um Rolex. É legítimo, baby, e de ouro. A pulseira também é legítima."

"Vá se vestir", disse Gault, asperamente.

"Não quero me sujar", comentou ela.

Ela jogou o lenço ensangüentado no chão, no lugar onde o policial o encontraria mais tarde.

"Depois traga as sacolas", ordenou ele.

Gault parecia mexer nas roupas, enquanto as colocava na penteadeira, mas o ângulo da câmara nos impedia de ver com clareza. Carrie voltou com as sacolas.

Eles arrumaram o corpo de Brown como se tudo tivesse sido cuidadosamente planejado. Vestiram-no com o pijama, não sabemos bem por quê. Espirrou sangue na blusa do pijama quando Gault enfiou o saco de lixo na cabeça do xerife, amarrando-a com o cadarço do tênis que estava no banheiro.

Tiraram o corpo da cama e colocaram-no na bolsa preta, Gault segurando Brown por baixo dos braços, e Carrie pegando-o pelos tornozelos. Então eles o colocaram na bolsa e fecharam o zíper. Vimo-los carregar Brown para fora do quarto e ouvimos passos descendo as escadas. Minutos mais tarde, Carrie voltou, pegou as roupas e saiu. O quarto ficou vazio.

Tucker falou, tenso: "Com certeza, não precisamos de mais provas. Aquelas luvas são do necrotério?".

"Muito provavelmente do furgão que eles roubaram", respondi. "A gente tem uma caixa de luvas em cada furgão."

"Ainda não acabou", disse Marino.

Ele começou a adiantar a fita, passando rapidamente o quarto vazio até que apareceu alguém. Marino voltou a fita e a figura saiu do quarto rapidamente, de costas.

"Vejam o que acontece exatamente uma hora e onze minutos mais tarde." Ele acionou novamente o play.

Carrie Grethen entrou no quarto vestida da mesma forma que Gault. Não fosse o seu cabelo branco, eu acharia que era ele.

"O quê? Ela vestiu a roupa dele?", perguntou Tucker, espantado.

"Não é a roupa dele", corrigi. "Ela tem uma igual, mas não é a que Gault estava usando."

"Como você sabe?", indagou Tucker.

"Há um lenço no bolso. Ela pegou o lenço de Gault para limpar o sangue da roupa dele. E se você voltar a fita, vai notar que a jaqueta dele não tem abas nos bolsos e a dela tem."

"Sim", assentiu Marino. "É isso mesmo."

Carrie olhou por todo o quarto, no chão, na cama, como se tivesse perdido alguma coisa. Ela parecia agitada e nervosa, e eu tinha certeza de que ela estava curtindo um bode de cocaína. Procurou por mais um minuto, depois saiu.

"Gostaria de saber o que ela estava procurando", disse Tucker.

"Espere." Marino adiantou a fita e Carrie voltou. Ela procurou um pouco mais. Irritada, puxou os lençóis da cama e olhou por baixo do travesseiro ensangüentado. Ajoelhou-se no chão e procurou embaixo da cama. Cuspiu um monte de impropérios, enquanto os olhos vasculhavam o quarto.

"Vamos logo", ouvimos a voz impaciente de Gault, de algum lugar fora do quarto.

Carrie olhou no espelho da penteadeira e alisou o cabelo. Por um momento fugaz, ela ficou bem de frente para a câmara e eu fiquei surpresa de ver como estava acabada. Eu a achava bonita, com seu corpo enxuto, formas perfeitas e longos cabelos castanhos. A pessoa que estava à nossa frente agora era magra, olhos vidrados, cabelos brancos e ásperos. Ela abotoou a jaqueta e saiu.

"O que você conclui disso?", perguntou Tucker a Marino.

"Eu não sei. Já assisti à fita uma dúzia de vezes e não sei o que pensar."

"Ela perdeu alguma coisa", disse Wesley. "Isso me parece óbvio."

"Talvez estivesse apenas dando uma última olhada", comentou Marino. "Para se certificar de que nada foi esquecido."

"Como a câmara de vídeo", deduziu Tucker, obliquamente.

"Carrie não estava preocupada com esquecer ou deixar de esquecer", disse Wesley. "Ela deixou o lenço ensangüentado de Gault no chão."

"Mas ambos estavam usando luvas", falou Marino. "Eu diria que eles tiveram muito cuidado."

"Algum dinheiro foi roubado da casa?", perguntou Wesley a Marino.

"Não sabemos quanto. Mas limparam a carteira de Brown. Provavelmente levaram também armas, drogas, dinheiro vivo."

"Espere um minuto. O envelope!", exclamei.

"Que envelope?", perguntou Tucker.

"Eles não o colocaram no bolso do xerife. Nós os vimos vesti-lo e fechar o zíper da bolsa, mas não vimos nenhum envelope. Rebobine a fita. Volte aquela parte, para ver se estou certa."

Marino rebobinou a fita e passou o momento em que Gault e Carrie levavam o corpo de Brown para fora do quarto. Com toda a certeza, fecharam o zíper sem que o bilhete rosa estivesse no bolso do pijama. Pensei nos bilhetes que eu recebera e em todos os problemas que Lucy estava tendo com o CAIN. O envelope fora endereçado a mim e selado, como se tivessem a intenção de mandá-lo pelo correio.

"Pode ser isso que Carrie estava procurando", supus. "Talvez fosse ela quem me mandava as cartas. Pretendia me enviar aquela pelo correio, o que explica o fato de ela estar endereçada e selada. Então, sem que Carrie visse ou soubesse, Gault a pôs no bolso do pijama de Brown."

Wesley perguntou: "Por que Gault faria isso?".

"Talvez porque ele sabia do efeito que isso teria sobre mim", respondi. "Eu iria vê-lo no necrotério e logo saberia que Brown tinha sido assassinado e que Gault estava envolvido no crime."

"Mas pelo que você está dizendo, conclui-se que Gault não é CAIN e sim Carrie", disse Marino.

Foi Lucy quem falou. "Nenhum dos dois é CAIN. Eles são espiões."

Ficamos em silêncio por um instante.

"Obviamente", comentei, "Carrie continuou a ajudar Gault com o computador do FBI. Eles formam uma equipe. Mas acho que ele pegou o bilhete que ela escreveu para mim e não lhe falou nada. Acho que era isso que ela estava procurando."

"Por que ela o iria procurar no quarto de Brown?", perguntou Tucker. "Há algum motivo para isso?"

"Com certeza", expliquei. "Ela tirou a roupa lá. Talvez estivesse num de seus bolsos. Passe essa parte, Marino. Quando Gault tira a roupa preta da cama."

Ele repetiu aquela parte e, embora não pudéssemos ver claramente Gault tirar a carta do bolso de Carrie, dava para notar que ele mexia em sua roupa. Poderia muito bem ter tirado a carta naquela hora e depois colocado no bolso de Brown, na parte de trás do furgão, ou talvez no próprio necrotério.

"Quer dizer que você acha mesmo que é ela quem lhe envia aqueles bilhetes?", perguntou Marino, incrédulo.

"Acho que é provável."

"Mas por quê?", perguntou Tucker, sem entender. "Por que *ela* iria fazer isso com a senhora, doutora Scarpetta? A senhora a conhece?"

"Não", respondi. "Só fui apresentada a ela, mas nosso último encontro foi quase um confronto. E não me parece que esses bilhetes possam ter sido escritos por Gault. Nenhum deles."

"Ela quer destruir você", disse Wesley, calmamente. "Ela quer destruir tanto você quanto Lucy."

"Por quê?", perguntou Janet.

"Porque Carrie Grethen é uma psicopata", explicou Wesley. "Ela e Gault são almas gêmeas. É curioso que agora eles se vistam da mesma forma. Eles são parecidos."

"Não entendo o que ele fez com a carta", comentou Tucker. "Por que não pedir a Carrie, em vez de tirá-la escondido?"

"Você está me pedindo que lhe explique como funciona a mente de Gault", disse Wesley.

"Estou mesmo."

"Não sei o motivo."

"Mas isso deve significar alguma coisa."

"Sim", concordou Wesley.

"O quê?", perguntou Tucker.

"Significa que ela acha que tem uma relação afetiva com ele. Pensa que pode confiar nele, mas se engana. Isso quer dizer que ele, eventualmente, pode até matá-la", explicou Wesley, enquanto Marino acendia as luzes.

Todo mundo piscou os olhos. Olhei para Lucy, que nada tinha a dizer, e percebi sua angústia por um pequeno detalhe: ela colocara os óculos que só usava quando estava trabalhando no computador.

"Obviamente, eles estão trabalhando em grupo", disse Marino.

Janet falou novamente. "Quem é o cabeça?"

"Gault", respondeu Marino. "É por isso que era ele quem estava com a arma, enquanto ela chupava o cara."

Tucker empurrou a cadeira para trás. "Eles conheciam Brown. Não apareceram simplesmente em sua casa."

"Brown teria reconhecido Gault?", perguntou Lucy.

"Talvez não", disse Wesley.

"Tenho a impressão de que ele — ou ela — travou contato com Brown para conseguir drogas."

"O número de seu telefone não era divulgado, mas figurava na lista", comentei.

"Não havia nenhum recado importante na sua secretária eletrônica", acrescentou Marino.

"Bem, eu gostaria de saber qual a ligação", disse Tucker. "Como os dois o conheceram?"

"Eu diria que o motivo foram as drogas", falou Wesley. "Pode ser também que Gault tenha ficado interessado no xerife por causa da doutora Scarpetta. Brown matou uma pessoa na véspera de Natal, e a mídia deu uma extensa cobertura ao fato. Não é nenhum segredo que a doutora Scarpetta estava presente e que iria depor como testemunha. Na verdade, ela, por ironia do destino, faria parte do corpo de jurados, porque Brown a convocara."

Pensei no que Anna Zenner me dissera, sobre Gault trazer presentes para mim.

"E Gault estaria informado de tudo isso", Tucker tentava entender.

"Possivelmente", respondeu Wesley. "Se descobrirmos onde ele mora, provavelmente vamos verificar que ele recebe o jornal de Richmond pelo correio."

Tucker pensou um pouco, olhando para mim. "Então quem matou o policial em Nova York? Será que foi essa mulher de cabelo branco?"

"Não", respondi. "Ela não poderia tê-lo matado daquela forma. A menos que seja faixa preta de caratê."

"Será que eles agiram juntos naquela noite no túnel?", perguntou Tucker.

"Não sei se ela estava lá", disse-lhe.

"Bem, a senhora estava."

"Sim. E vi uma pessoa."

"De cabelo branco?"

Pensei na figura iluminada na arcada. Lembrei do comprido casaco preto e do rosto pálido. Eu não conseguira ver o cabelo.

"Suponho que a pessoa que vi naquela noite era Gault", disse-lhe. "Não posso jurar. Mas nada indica que ele tinha um cúmplice quando Jane foi morta."

"Jane?", perguntou Tucker.

Marino explicou: "É assim que chamamos a moça que foi morta no Central Park".

"Isso quer dizer que ele só iniciou sua parceria violenta com Carrie Grethen quando voltou para Virgínia, depois de Nova York." Tucker continuou tentando montar o quebra-cabeça.

"Na verdade, não sabemos", disse Wesley. "Não se trata de uma ciência exata, Paul. Principalmente porque estamos lidando com gente violenta, com o cérebro avariado pelas drogas. Quanto mais se descontrolam, mais estranho é seu comportamento."

O chefe da polícia inclinou-se para a frente, lançando-lhe um olhar duro. "Por favor, diga-me que diabos você conclui de tudo isso."

"Eles já se conheciam antes. Suponho que se conheceram numa loja na Virgínia", explicou Wesley. "Foi assim que o CAIN foi sabotado, ou melhor, está sendo sabotado. Agora parece que a relação deles mudou para um nível diferente."

"Sim", concordou Marino. "Bonnie encontrou Clyde."

15

Fomos para minha casa passando por ruas quase vazias. A noite estava perfeitamente silenciosa, a neve cobria a terra como algodão e absorvia os ruídos. As árvores nuas contrastavam com o branco, e a lua mostrava uma face indistinta por trás do nevoeiro. Eu queria dar um passeio a pé, mas Wesley não quis me deixar.

"É tarde e você teve um dia muito traumático", disse ele. Estávamos sentados no seu BMW, estacionado atrás do carro de Marino, em frente à minha casa. "Você não precisa ficar dando voltas por aí."

"Você poderia ir comigo." Eu me sentia vulnerável e muito cansada, e não queria que ele fosse embora.

"Nem eu nem você precisamos ficar andando por aí", falou, enquanto Marino, Janet e Lucy entravam em minha casa. "Você precisa entrar e dormir um pouco."

"O que é que você vai fazer?"

"Eu tenho um quarto."

"Onde?", perguntei, como se tivesse direito de saber.

"Linden Row. No centro. Vá para a cama, Kay. Por favor." Ele fez uma pausa e ficou olhando o limpador de pára-brisa. "Eu gostaria de poder fazer mais, mas não posso."

"Eu sei que você não pode e não estou te pedindo. Claro que não pode, assim como eu também não poderia, se você precisasse de consolo, de alguém. É nessas horas que eu odeio gostar de você. Odeio tanto! Até demais, quando preciso de você. Como agora." Lutei contra mim mesma. "Ora, dane-se."

Ele me envolveu com seus braços e secou minhas lágrimas. Tocou meu cabelo e tomou minha mão como se o fizesse de todo o coração. "Eu poderia te levar comigo ao centro, se é isso que quer."

Wesley sabia que eu não iria querer, porque seria impossível. "Não", respondi, com um suspiro profundo. "Não, Benton."

Saí então de seu carro. Peguei um punhado de neve e a esfreguei em meu rosto, enquanto me dirigia à porta da frente. Eu não queria que ninguém soubesse que eu estivera chorando no escuro com Benton Wesley.

Ele só foi embora quando me viu entrar em casa, ficando em companhia de Marino, Janet e Lucy. Tucker havia ordenado que a casa fosse vigiada dia e noite, e mesmo assim Marino estava de guarda. Ele não queria confiar nossa segurança a homens uniformizados, estacionados em algum lugar lá fora, numa radiopatrulha ou num furgão. Ele nos arregimentou como se fôssemos Boinas Verdes ou guerrilheiros.

"Muito bem", disse ele, quando estávamos indo para a cozinha. "Sei que Lucy sabe atirar. Janet, tenho certeza de que, se você se graduou pela Academia, atira ainda melhor."

"Eu sabia atirar antes de entrar para a Academia", corrigiu ela, com o mesmo jeito quieto e imperturbável de sempre.

"Doutora?"

Eu olhava para dentro da geladeira.

"Posso fazer uma massa com um pouco de azeite, parmesão e cebola. Se alguém quiser sanduíche, tenho queijo também. E se vocês quiserem esperar, posso descongelar *le piccagge col pesto di ricotta* ou *tortellini verdi*. Acho que dá para nós quatro, se eu esquentar os dois."

Ninguém parecia se incomodar com aquilo, mas eu queria muito fazer alguma coisa normal.

"Desculpem-me", continuei, desanimada. "Não tenho feito compras ultimamente."

"Quero saber onde você guarda as armas, doutora", disse Marino.

"Tenho roscas também."

"Ei. Alguém aí está com fome?", perguntou Marino.

Ninguém estava. Fechei o freezer. As armas ficavam na garagem.

"Venha", disse-lhe.

Ele me seguiu e eu abri o cofre.

"Você pode me dizer o que está fazendo?", perguntei.

"Estou pegando armas para nós", explicou ele, apanhando uma arma após a outra. "Puxa, você deve ser sócia da Green Top", comentou, enquanto olhava para o meu cofre.

Green Top era uma loja de armamentos que não vendia armas para delinqüentes, só para cidadãos normais que gostavam de esportes e para segurança das casas. Lembrei Marino disso, embora não pudesse negar que, para os padrões normais, eu possuía armas e munições demais.

"Eu não sabia que você tinha tudo isso", continuou Marino, com metade do corpo dentro do cofre. "Quando diabos você comprou tudo isso? Eu não estava com você."

"De vez em quando eu faço compras sozinha", disse-lhe asperamente. "Acredite ou não, sou perfeitamente capaz de fazer compras na mercearia, comprar roupas e armas sem a ajuda de ninguém. Estou cansada, Marino. Vamos acabar logo com isso."

"Onde estão as escopetas?"

"O que é que você quer?"

"O que você tem?"

"Remingtons. Uma Marine Magnum. Uma 870 Express Security. Eu só tenho isso. Você quer que eu arrume uns explosivos plásticos?", perguntei. "Talvez consiga um lança-granadas."

Ele tirou uma Glock nove-milímetros. "Quer dizer que você esteve numa quermesse de material bélico também."

"Eu a usei no estande de tiro, para testes", disse-lhe. "Assim como a maioria dessas armas. Tenho vários trabalhos para serem apresentados em palestras e encontros. Isso está me deixando louca. Você não vai querer vasculhar o meu guarda-roupa em seguida, não é?"

Marino enfiou a Glock dentro das calças. "Vamos ver. Vou pegar também sua Smith & Wesson nove-milímetros inoxidável e seu Colt. Janet gosta de Colts."

Fechei a porta do cofre e girei raivosamente a tranca. Voltamos para dentro de casa e eu subi as escadas, porque não queria vê-lo distribuindo armas e munições. Não suportava a idéia de ver Lucy lá embaixo com uma escopeta, e me perguntava se alguma coisa seria capaz de deter Gault. Eu estava quase acreditando que ele era um morto-vivo, que nenhuma de nossas armas poderia detê-lo.

Em meu quarto, apaguei as luzes e fiquei diante da janela. Meu hálito se condensava na vidraça enquanto eu olhava para a noite iluminada pela neve. Lembrei-me de algumas ocasiões em que eu estava em Richmond havia pouco tempo, e acordava para um mundo silencioso e branco como aquele. Muitas vezes, a cidade estava paralisada e eu não podia ir trabalhar. Lembrei-me de ter andado pelas vizinhanças, chutando a neve no ar e jogando bolas de neve nas árvores. E das crianças puxando trenós pelas ruas.

Enxuguei o vidro. Sentia-me triste demais para me animar a falar dos meus sentimentos com alguém. Do outro lado da rua, as velas do Natal brilhavam através das janelas de todas as casas, menos da minha. A rua estava iluminada, mas vazia. Não passava nem um carro. Eu sabia que Marino ia dormir muito tarde, com sua equipe feminina da SWAT. Eles iam ficar decepcionados. Gault não viria. Eu estava começando a aprender a adivinhar seus movimentos. O que Anna dissera sobre ele provavelmente estava certo.

Na cama, li até cair no sono, e acordei às cinco. Devagar, desci as escadas, pensando que seria uma sorte ser morta com um tiro dentro de minha própria casa. Mas a porta do quarto de hóspede estava fechada, e Marino roncava no sofá. Esgueirei-me até a garagem e tirei meu Mercedes da garagem. Ele andava maravilhosamente bem na neve macia e seca. Senti-me como um pássaro, e fugi.

Ia dirigindo em velocidade pela rua Cary, e achava graça quando os pneus deslizavam. Não havia ninguém nas ruas. Pus o carro em marcha lenta e fui avançando feito um limpa-neve pelas dunas do estacionamento do supermercado International Safeway. A parte de mercearia ficava sempre aberta, e entrei para comprar suco de laranja, queijo cremoso, bacon e ovos. Eu estava de chapéu e ninguém prestou atenção em mim.

Quando voltei ao carro, eu me sentia mais feliz do que estivera em todos aqueles dias. Cantei com o rádio durante todo o caminho de volta, e fazia os pneus deslizarem quando havia condições seguras. Entrei na garagem, e lá estava Marino, com sua escopeta Benelli.

"Que diabo você pensa que está fazendo?!", exclamou ele, enquanto eu fechava a garagem.

"Fui fazer compras." Aquilo foi água na fervura.

"Je-sus Cristo! Não consigo acreditar que você fez isso", berrou ele.

"Está pensando que isso aqui é o quê?", perguntei, nervosa. "Pensa que sou Patty Hearst? Agora estou seqüestrada? Você acha que devo ficar trancada no banheiro?"

"Entre em casa." Marino estava muito abalado.

Lancei-lhe um olhar frio. "Esta casa é minha. Não sua. Nem de Tucker, nem de Benton. Que diabo, a casa é minha. E só entro nela quando me der vontade."

"Está bem. E você pode morrer nela, como pode morrer em qualquer outro lugar."

Segui-o até a cozinha. Tirei as mercadorias da sacola de compras e coloquei-as no balcão. Quebrei ovos numa tigela e joguei as cascas no triturador. Preparei apressadamente uma omelete com cebola e queijo fontina. Fiz um café e praguejei, porque esquecera de comprar Cremora magro. Cortei quadradinhos de papel-toalha, pois também não tinha guardanapos.

"Você podia pôr a mesa na sala e ligar a lareira", disse a Marino, polvilhando pimenta nos ovos espumantes.

"A lareira está acesa desde a noite passada."

"Lucy e Janet estão acordadas?" Eu começava a me sentir melhor.

"Não sei."

Espalhei um pouco de azeite na frigideira. "Então vá bater na porta do quarto delas."

"Elas estão na mesma cama", comentou.

"Pelo amor de Deus, Marino." Voltei-me e olhei para ele, exasperada.

Tomamos café às sete e meia e lemos o jornal, que estava úmido.

"O que você vai fazer hoje?", perguntou-me Lucy como se estivéssemos todos em férias, talvez num maravilhoso recanto nos Alpes.

Ela vestia o mesmo uniforme, e estava sentada numa otomana na frente da lareira. A Remington niquelada estava perto, no chão, carregada com sete cartuchos.

"Tenho que fazer algumas coisas e dar uns telefonemas", respondi.

Marino estava de jeans e suéter. Ele me olhava desconfiado, enquanto sorvia o café.

Meu olhar cruzou o seu. "Vou ao centro da cidade."

"Benton já foi embora", disse ele.

Senti minhas faces se afoguearem.

"Tentei falar com ele ao telefone, mas ele já tinha ido embora do hotel." Marino olhou para o relógio. "Isso deve ter sido há umas duas horas, lá pelas seis."

"Quando eu falei que ia ao centro", disse-lhe, calmamente, "estava me referindo ao meu escritório."

"O que a senhora precisa fazer, doutora, é ir para Quantico e ficar em seu andar de segurança por um tempo. Estou falando sério. Pelo menos durante o fim de semana."

"Concordo. Mas antes preciso cuidar de alguns assuntos por aqui."

"Então leve Lucy e Janet com você."

Lucy estava olhando as portas corrediças envidraçadas, e Janet continuava lendo o jornal.

"Não. Elas podem ficar aqui enquanto nós vamos para Quantico."

"Não é uma boa idéia."

"Marino, a menos que eu esteja detida por algum motivo que desconheço, vou sair daqui dentro de no máximo meia hora e vou ao meu escritório. E *sozinha.*"

Janet baixou o jornal e disse a Marino: "Chega uma hora em que a gente tem que tocar a vida pra frente".

"Trata-se de uma questão de segurança", retrucou Marino.

A expressão de Janet não se alterou. "Não, não é. A questão é que você está agindo como um homem."

Marino ficou atônito.

"Você está sendo superprotetor", acrescentou ela, ponderadamente. "E quer estar à frente de tudo e controlar tudo."

Marino pareceu não se irritar, pois ela falava macio. "Você tem uma idéia melhor?", perguntou ele.

"A doutora Scarpetta pode cuidar de si mesma. Mas ela não devia ficar sozinha nesta casa à noite."

"Ele não virá aqui", disse-lhe.

Janet levantou-se e se espreguiçou. "Provavelmente não, mas Carrie sim."

Lucy voltou-se e se afastou da porta envidraçada. Lá fora, a manhã ofuscava, e gotas caíam dos beirais.

"Por que não posso ir ao escritório com você?", quis saber minha sobrinha.

"Não há nada para você fazer lá", respondi. "Você ia se aborrecer."

"Posso trabalhar no computador."

Mais tarde, acabei cedendo, e levei Lucy e Janet comigo ao escritório, deixando-as na sala de Fielding, meu assistente. Às onze da manhã, as ruas estavam enlameadas na auto-estrada, e o comércio começava a abrir, atrasado. Vestida com um casaco comprido e botas impermeáveis, esperei numa calçada para cruzar a rua Franklin. O pessoal do departamento de estradas espalhava sal nas ruas, e o trânsito estava bem fraco naquela sexta-feira, antevéspera de Ano-Novo.

A galeria James ocupava o andar superior de um antigo depósito de tabaco, próximo da Laura Ashley e de uma loja de discos. Entrei em uma porta lateral, passei por um corredor sombrio e peguei um elevador pequeno demais para três pessoas do meu porte. Apertei o botão do terceiro andar, e logo o elevador se abriu para um outro corredor mal iluminado, que levava a portas de vidro com o nome da galeria pintado com letras manuscritas pretas.

James abriu a galeria depois de se mudar de Nova York para Richmond. Certa vez, eu comprara dele uma gravura e o entalhe de um pássaro, e o espelho trabalhado que eu tinha na sala de estar também fora adquirido lá. Havia parado de comprar na James havia um ano, quando um artista local apareceu com aventais de laboratório com estampas em minha homenagem. Elas incluíam sangue e ossos, cartuns e cenas de crime, e quando eu pedi a James que não os comprasse, ele aumentou as encomendas.

Avistei-o por trás de um mostruário, arrumando o que pareciam ser braceletes. Ao ouvir tocar a campainha, ele se virou para mim e balançou a cabeça, indicando que não estava aberto. Tirei o chapéu e os óculos escuros, e bati no vidro. Ele olhou inexpressivamente até que tirei minhas credenciais e lhe mostrei meu distintivo.

James ficou surpreso, depois que me reconheceu. Ele, que insistia em ser chamado de James porque seu primeiro nome era Elmer, veio até a porta. Deu mais uma olhada no meu rosto e os sinos chocalharam contra o vidro, enquanto ele girava a chave.

"O que é que você quer?", disse ele, deixando-me passar.

"Precisamos conversar", respondi, abrindo meu casaco.

"Estou sem nenhum avental de laboratório."

"Fico contente com isso."

"Eu também", disse, em seu tom banal. "Foram todos vendidos no Natal. Vendi mais desses aventais de laboratório bobos do que qualquer outra coisa na galeria. Agora estamos pensando em aventais do mesmo tipo que vocês usam quando estão fazendo autópsias, só que com estampas em silk-screen."

"Vocês não estão sendo desrespeitosos comigo, e sim com os defuntos. Vocês nunca vão ser eu, mas um dia serão defuntos. Talvez devesse pensar nisso."

"O seu problema é que você não tem senso de humor."

"Não vim aqui para saber que problemas você acha que eu tenho", disse-lhe, calmamente.

Ele era um homem alto e ladino, de cabelos curtos e bigodes grisalhos, que se especializara em pinturas *minimal*, bronzes e mobiliário, pedrarias exóticas e caleidoscópios. Tinha certa inclinação pelo bizarro, e costumava cobrar caro. Tratava os fregueses como se eles tivessem sorte de estarem gastando dinheiro em sua galeria. Eu me perguntava se James tratava alguma pessoa bem.

"O que você está fazendo aqui?", perguntou-me ele. "Eu soube do que aconteceu aí perto, no seu trabalho."

"Sei disso. Não consigo imaginar como alguém poderia ignorar tal fato."

"É verdade que um dos policiais foi colocado..."

Lancei-lhe um olhar duro.

Ele deu a volta e ficou por trás do balcão. Pude ver que ele estivera amarrando pequenas etiquetas de preços em pulseiras de ouro e prata, trabalhadas para darem a impressão de serpentes, argolinhas de latas de soda, cabelos trançados e até algemas.

"Essas são especiais, não?", sorriu ele.

"São diferentes."

"Esta é minha favorita." Ele pegou uma delas. Era uma correntinha composta de mãos de ouro.

"Há alguns dias alguém entrou nesta galeria e usou o meu cartão de crédito", disse-lhe.

"Sim. Seu filho." Ele recolocou a jóia na bandeja.

"Meu *o quê?*"

Ele olhou para mim. "Seu filho. Deixe-me ver. Acho que o nome dele é Kirk."

"Não tenho um filho", disse-lhe. "Não tenho filhos. O meu American Express foi roubado há meses."

James ralhou comigo: "Bem, por que diabos você não o cancelou?".

"Só descobri que fora roubado há pouco tempo. E não vim aqui para falar disso. Quero que me diga exatamente o que aconteceu."

James puxou uma cadeira e sentou-se. Não me ofereceu outra cadeira. "Ele veio na sexta-feira antes do Natal", disse ele. "Acho que lá pelas quatro da tarde."

"Era um homem?"

Ele me deu um olhar aborrecido. "Eu *sei* a diferença. Sim, era um homem."

"Por favor, descreva-o."

"Um metro e setenta e cinco, magro, rosto anguloso. Seu rosto era um pouco chupado. Mas ele me impressionou."

"E o cabelo?"

"Ele usava um boné de beisebol, por isso não cheguei a ver direito. Mas tive a impressão de que era vermelho. Um vermelho tipo Raggedy Andy.* Não sei quem fez aquilo nele, mas acho que devia ser processado por imperícia."

"E os olhos?"

"Ele estava usando óculos escuros. Tipo Armani." James parecia se divertir. "Fiquei tão surpreso em ver que você tinha um filho assim. Imaginava que seu filho usaria cáqui, gravatinhas finas e iria estudar no MIT..."

"James, essa conversa não tem nada de leviano", gritei, abruptamente.

Seus olhos se arregalaram quando o sentido ficou claro para ele. "Oh, meu Deus. O homem sobre o qual andei lendo? O homem que... meu Deus. *Ele* esteve na minha galeria?"

(*) Boneco de trapo americano, de cabelo vermelho e rosto manchado. (N. T.)

Não falei nada.

Ele estava pasmo. "Você sabe o que vai acontecer", continuou ele, "quando as pessoas souberem que ele fez compras aqui?"

Continuei calada.

"Vai ser fabuloso para o meu negócio! Vai vir gente de todo lugar. Minha galeria vai fazer parte de todos os roteiros turísticos."

"Tem razão. Faça propaganda disso", comentei. "E desequilibrados de toda parte virão fazer fila aqui. Eles vão pôr a mão em seus quadros caros, bronzes, tapetes, e não vão comprar coisa nenhuma."

Ele perdeu o entusiasmo.

"Quando ele entrou", continuei, "o que ele fez?"

"Deu uma olhada na loja. Disse que estava procurando um presente de última hora."

"Como era a voz dele?"

"Calma. Um pouco aguda. Perguntei para quem era o presente e ele respondeu que era para sua mãe. Disse que ela era médica. Então, quando lhe mostrei o broche, ele terminou comprando-o. Era um caduceu. Duas serpentes de ouro branco enroscadas num bastão alado, de ouro amarelo. As serpentes tinham olhos de rubi. É feito à mão. Simplesmente espetacular."

"É o que ele comprou por duzentos e cinqüenta dólares?", perguntei.

"Sim." Ele ficou me observando, os dedos dobrados sob o queixo. "O broche é a sua cara. É realmente a sua cara. Você não quer que eu encomende outro ao artista?"

"O que aconteceu depois que ele comprou o broche?"

"Perguntei se ele queria que embrulhasse para presente, e ele não quis. Apresentou o cartão de crédito, e eu disse: 'Ora, ora, como o mundo é pequeno. Sua mãe trabalha bem perto daqui, dobrando a esquina'. Ele não falou nada. Então lhe perguntei se ele tinha vindo de férias, e ele sorriu."

"Ele não disse nada?", indaguei.

"Nadinha. Era como tirar leite de pedra. Não digo que ele fosse amistoso. Mas era educado."

"Você se lembra de como ele estava vestido?"

"Um casaco de couro preto comprido. Usava também um cinto, por isso não sei o que ele trazia por baixo. Pareceu-me ser muito astuto."

"E os sapatos?"

"Acho que eram botas."

"Você notou mais alguma coisa nele?"

Ele pensou um pouco, olhando para a porta atrás de mim. "Agora que você falou nisso", respondeu ele, "estou lembrando que seus dedos pareciam um pouco queimados. Aquilo me deixou um pouco assustado."

"E quanto à higiene?", perguntei então, pois quanto mais a pessoa se vicia em drogas, menos cuidado tem com a higiene pessoal e com as próprias roupas.

"Ele me pareceu limpo. Mas, pra falar a verdade, não cheguei perto dele."

"E ele não comprou mais nada enquanto ficou aqui?"

"Infelizmente não."

Elmer James apoiou um cotovelo no mostruário e descansou o queixo no punho. Suspirou. "Só queria saber como ele me achou."

Peguei o caminho de volta, evitando as poças de lama e os carros, que passavam por elas sem ligar a mínima. Um deles respingou lama em mim. Voltei para meu escritório. Janet assistia a um videoteipe didático de uma autópsia e Lucy trabalhava na sala dos computadores. Deixei-as em paz e fui ao necrotério ver como estava a minha equipe.

Fielding trabalhava, na primeira mesa, o corpo de uma jovem encontrada morta na neve, sob a janela de seu quarto. Notei que seu corpo estava róseo e senti cheiro de álcool no sangue. Seu braço direito estava engessado, e o gesso coberto de mensagens e assinaturas.

"Como vai isso?", perguntei.

"O exame revelou vinte e três graus de álcool", respondeu ele, enquanto examinava uma seção da aorta. "Logo, não foi o álcool que a matou. Acho que ela morreu de frio."

"Em que circunstâncias?" Não pude deixar de pensar em Jane.

"Ao que parece, ela estava bebendo com os amigos e quando eles a levaram para casa, lá pelas onze da noite, nevava forte. Eles a deixaram na porta de casa e não esperaram que ela entrasse. A polícia supõe que suas chaves caíram na neve e ela estava bêbada demais para encontrá-las."

Ele colocou a seção da aorta num frasco de formalina. "Aí ela tentou entrar por uma janela quebrando a vidraça com o gesso."

Fielding tirou o cérebro da balança. "Mas não conseguiu. A janela era muito alta e, de qualquer forma, ela não conseguiria subir usando apenas um braço. Finalmente ela morreu."

"Belos amigos", comentei, enquanto me afastava.

Dra. Anderson, que era nova, estava fotografando uma mulher de noventa anos com uma fratura na bacia. Peguei os relatórios de uma escrivaninha e me inteirei rapidamente do caso.

"É um caso de autópsia?", perguntei.

"Sim", respondeu ela.

"Por quê?"

Ela interrompeu o que fazia e me olhou através da máscara. Pela expressão de seus olhos, percebi que estava intimidada. "A fratura aconteceu há duas semanas. A legista de Albemarle achou que ela pode ter morrido em decorrência do acidente."

"Quais as circunstâncias de sua morte?"

"Ela apresentava hemorragia pleural e insuficiência respiratória."

"Não vejo nenhuma relação entre isso e a fratura da bacia", disse-lhe.

A dra. Anderson apoiou as mãos enluvadas na borda da mesa de aço.

"Um ato de Deus pode levar algum tempo para se consumar", continuei. "Pode liberar o corpo. Não se trata de um caso para autópsia."

"Doutora Scarpetta", disse Fielding, elevando a voz por causa do chiado da serra Stryker, "a senhora está informada de que o encontro sobre transplante vai ser na quinta-feira?"

"Vou ter que prestar depoimentos." Voltei-me para a dra. Anderson. "Você vai comparecer ao tribunal na quinta?"

"Bem, a coisa continua. Continuo a receber intimações, mesmo tendo testemunhado."

"Peça a Rose que dê um jeito nisso. Se você estiver livre e não tivermos a casa cheia na quinta, pode ir com Fielding ao encontro."

Inspecionei depósitos e armários, para saber se tinham sumido outras caixas de luvas. Mas ao que parecia, Gault havia levado apenas as que estavam no furgão. Fiquei imaginando que outras coisas ele poderia ter encontrado em meu escritório, e me enchi de pensamentos sombrios.

Fui diretamente ao meu escritório sem falar com ninguém pelo caminho, e abri um armário que ficava sob o microscópio. Lá eu tinha colocado um belo estojo de facas para dissecação que Lucy me dera de presente de Natal. Alemãs, de aço inoxidável e com cabos leves, elas eram caras e incrivelmente afiadas. Afastei fichários, slides, jornais, lâmpadas de microscópio e pilhas e resmas de papel para impressão. As facas tinham sumido.

Rose estava ao telefone no escritório contíguo ao meu. Entrei e fiquei do lado de sua escrivaninha.

"Mas vocês já têm o depoimento dela", dizia ela. "Não precisam intimá-la novamente a comparecer para depor..."

Ela olhou para mim e revirou os olhos. Rose já começava a envelhecer, mas continuava muito perspicaz e ativa. Com sol ou com neve, ela estava sempre lá, a diretora de *Les misérables*.

"Sim, sim. Agora estamos começando a nos entender." Ela anotou alguma coisa num bloco de notas. "Posso lhe garantir que a doutora Anderson ficará muito grata. Claro. Bom dia."

Minha secretária desligou e olhou para mim. "Dessa vez a senhora foi longe demais."

"Como assim?", perguntei.

"É melhor tomar cuidado. Um dia desses vou trabalhar para outra pessoa."

Eu estava cansada demais para brincadeiras. "Eu não a condenaria por isso", disse-lhe.

Ela olhou para mim como uma mãe rigorosa que surpreendeu a filha bebendo, bolinando ou fumando escondido. "O que está acontecendo, doutora Scarpetta?", perguntou-me.

"Você viu minhas facas para dissecação?"

Rose parecia não saber do que eu estava falando.

"Aquelas que a Lucy me deu. Um jogo com três, numa caixa de plástico. Eram de três tamanhos diferentes."

A expressão de seu rosto indicava que ela começava a se lembrar. "Oh, sim", disse ela, finalmente, "agora estou me lembrando. Acho que a senhora as guardou no seu armário."

"Elas não estão lá."

"Puxa. Espero que não tenha sido o pessoal da limpeza. Quando foi a última vez que as viu?"

"Provavelmente logo depois que Lucy me deu, na verdade antes do Natal, porque ela não queria levá-las de volta para Miami. Mostrei o jogo para você, lembra? Então o pus no armário porque não queria levá-lo lá pra baixo."

A expressão de Rose tornou-se sombria. "Sei o que deve estar pensando. Ai." Ela tremeu. "Que idéia pavorosa."

Puxei uma cadeira e sentei. "Só de pensar nele fazendo uma coisa daquelas com as minhas facas..."

"A senhora não deve pensar nisso." Ela me interrompeu. "Não tem controle sobre o que ele faz."

Fitei o vazio.

"Estou preocupada com Jennifer", disse-me, então, minha secretária.

Jennifer era uma das funcionárias da sala contígua à sua. Sua principal função era tirar fotografias, atender ao telefone e registrar casos em nosso banco de dados.

"Ela está traumatizada."

"Pelo que aconteceu?"

Rose aquiesceu. "Hoje ela ficou um tempão chorando no banheiro. Nem é preciso dizer que o que aconteceu é horrível e que estão correndo mil histórias. Mas ela está mais assustada do que os outros. Tentei conversar com ela. Receio que vá pedir demissão." Ela apontou a setinha do mouse para o ícone do WordPerfect e clicou. "Vou imprimir os relatórios da autópsia para a senhora ver se está tudo certo."

"Você já digitou as duas?"

"Cheguei aqui bem cedo. Tenho um carro com tração nas quatro rodas."

"Vou conversar com a Jennifer", disse-lhe.

Atravessei o corredor e olhei para a sala de computação. Lucy estava hipnotizada pelo monitor de vídeo, e não a incomodei. Na frente dela, Tamara atendia on-line, enquanto duas outras funcionárias telefonavam e uma terceira esperava com uma expressão triste no rosto. Cleta fazia fotocópias e Jo digitava registros de óbito num dos terminais.

Voltei ao saguão e abri a porta do banheiro feminino. Jennifer estava diante de uma pia, borrifando o rosto com água fria.

"Oh!", exclamou ela, quando me viu pelo espelho. "Olá, doutora Scarpetta", falou-me, nervosa e embaraçada.

Jennifer era uma jovem simples, condenada a passar a vida inteira preocupando-se com calorias e com roupas para disfarçar a gordura. Os olhos estavam inchados, os dentes eram protuberantes e os cabelos, finos e quebradiços. Ela usava uma maquiagem muito carregada para o trabalho que exercia, pois ali aparência não importava muito.

"Por favor, sente-se", disse-lhe, delicadamente, apontando para uma cadeira vermelha de plástico que ficava junto dos armários.

"Sinto muito. Sei que não agi certo hoje."

Também peguei uma cadeira, porque não queria falar com ela de uma posição superior. "Você está muito abalada."

Ela mordeu o lábio inferior para fazê-lo parar de tremer, enquanto os olhos se enchiam de lágrimas.

"O que eu posso fazer para te ajudar ?", perguntei.

Ela balançou a cabeça e começou a soluçar.

"Não consigo parar", contou-me. "Não consigo parar de chorar. Basta alguém arrastar uma cadeira no chão para eu me sobressaltar." Ela enxugou as lágrimas com uma toalha de papel, as mãos trêmulas. "É como se eu estivesse enlouquecendo."

"Quando isso começou a acontecer?"

Ela assoou o nariz. "Ontem, depois que encontraram o xerife e o policial. Ouvi falar sobre o aconteceu com o policial lá embaixo. Disseram que até as botas se queimaram."

"Jennifer, você se lembra de um folheto que mandei distribuir sobre 'síndrome de stress pós-traumático'?"

"Sim, senhora."

"Todas as pessoas que trabalham num lugar como este devem se preocupar com esse problema. Cada um de nós. Eu também tenho que ter cuidado com isso."

"A senhora se preocupa?", perguntou ela, de boca aberta.

"Claro. Tenho que ter cuidado com isso mais que qualquer outra pessoa aqui."

"Eu achei que a senhora já estava acostumada."

"Deus nos livre que algum de nós se acostume com essas coisas."

"Quero dizer", ela baixou a voz como se estivesse falando de sexo, "a senhora chega a ficar como estou agora?" E logo acrescentou: "Isto é, tenho certeza de que não".

"Claro que fico", respondi. "Às vezes fico abaladíssima."

Seus olhos se encheram de lágrimas novamente e ela deu um longo suspiro. "Isso faz com que eu me sinta bem melhor. Sabe, quando era pequena, meu pai vivia me falando que eu era estúpida e gorda. Nunca imaginei que uma pessoa como a senhora pudesse se sentir como me sinto."

"Ninguém deveria nunca ter dito uma coisa dessas a você", respondi, indignada. "Você é uma pessoa amável, Jennifer, e nós temos sorte de tê-la trabalhando conosco."

"Obrigada", disse ela, com a voz mansa, os olhos fitando o chão.

Levantei-me. "Acho que você devia ir para casa e ter um belo fim de semana prolongado. Que me diz disso?"

Ela continuou a olhar para o chão. "Acho que eu o vi", murmurou, mordendo o lábio inferior.

"Quem você viu?"

"Vi o sujeito." Jennifer me olhou nos olhos. "Quando vi as fotos na tevê, nem podia acreditar. Comecei a imaginar o que aconteceria se eu tivesse contado a alguém."

"Onde você acha que o viu?"

"No Rumors."

"O bar?"

Ela fez que sim.

"Quando foi isso?"

"Terça-feira."

Olhei bem para ela. "Na terça passada? No dia seguinte ao Natal?"

Naquela noite Gault estava em Nova York. Eu o vira no túnel do metrô, ou pelo menos tive a impressão de que o vira.

"Sim, senhora", disse Jennifer. "Acho que foi lá pelas dez. Eu dançava com Tommy."

Não tinha a menor idéia de quem era Tommy.

"Ele estava afastado de todo mundo. Não dava para deixar de notar, por causa do cabelo branco. Não estou acostumada a ver ninguém da sua idade com cabelo branco. Vestia um terno preto superbacana e uma camiseta preta por baixo. Disso eu me lembro. Imaginei que ele fosse de fora.

Talvez de uma cidade grande, como Los Angeles, ou outra desse tipo."

"Ele chegou a dançar com alguém?"

"Sim, senhora. Dançou com uma ou duas moças. E pagou umas bebidas para elas. Depois, só me lembro de que ele foi embora."

"Ele saiu sozinho?"

"Tenho a impressão de que saiu com uma garota."

"Você sabe quem é ela?", perguntei, assustada. Eu esperava que a mulher, fosse quem fosse, tivesse sobrevivido.

"Eu não conhecia", disse Jennifer. "Só me lembro de que ele dançava com ela. Umas três vezes. Depois eles saíram para a rua juntos, de mãos dadas."

"Descreva-a."

"Ela era uma negra muito bonita, com um vestidinho vermelho decotado e bem curto. Lembro de que estava de batom vermelho e umas trancinhas brilhantes." Ela fez uma pausa.

"E você tem certeza de que eles saíram do bar juntos?", perguntei.

"Pelo que me lembro, sim. Não vi mais nenhum dos dois naquela noite, e eu e Tommy ficamos até as duas."

"Vou ligar para o capitão Marino e contar tudo o que você me falou", disse-lhe.

Jennifer levantou-se da cadeira e se sentiu importante. "Logo estarei pronta para retomar o trabalho."

Voltei à minha sala ao mesmo tempo em que Rose aparecia na porta.

"O doutor Gruber pediu que a senhora ligasse para ele", disse ela.

Disquei o número do museu do Quartel-Mestre, mas ele já tinha saído. Ligou-me umas duas horas depois.

"Está nevando muito em Petersburg?", perguntei a ele.

"Oh, está tudo muito úmido e caótico."

"Como vão as coisas?"

"Tenho algo para a senhora, doutora Scarpetta", disse o dr. Gruber. "Estou me sentido muito incomodado com isso."

Esperei. Como ele não acrescentou mais nada, perguntei: "O senhor está se sentindo incomodado com o quê, exatamente?".

"Fui ao computador e procurei o nome que a senhora queria. Não achei." Ele ficou calado novamente.

"Doutor Gruber, estou lidando com um *serial killer*."

"Ele nunca esteve no exército."

"O senhor quer dizer o *pai* dele, não é?", disse-lhe, desapontada.

"Nenhum dos dois", respondeu. "Nem Temple nem Peyton Gault."

"Oh", exclamei. "Quer dizer então que as botas provavelmente vieram das sobras do exército."

"Pode ser, mas ele tem um tio."

"Quem tem um tio?"

"Temple Gault. É isso que estou supondo. Há um Gault no computador, só que seu nome é Luther. Luther Gault. Ele trabalhou na Corporação do Quartel-Mestre na Segunda Guerra." O dr. Gruber fez uma pausa. "Na verdade, ele ficou aqui no Forte Lee por muito tempo."

Eu nunca tinha ouvido falar de Luther Gault.

"Ele ainda está vivo?", perguntei.

"Não, morreu em Seattle há uns cinco anos."

"Por que o senhor desconfia de que esse homem seja tio de Gault?", perguntei. "Seattle é muito longe da Geórgia, que é de onde são os Gaults."

"A única relação que vejo é o sobrenome e o Forte Lee."

Perguntei-lhe, então: "O senhor acha que aquelas botas um dia pertenceram a ele?".

"Bem, elas são da Segunda Guerra, e foram testadas aqui, em Forte Lee, que é onde Luther Gault passou a maior parte de sua carreira. O que pode ter acontecido é que soldados, e mesmo oficiais, tenham sido solicitados a usar botas e outros equipamentos para testá-los, antes de serem enviados para os rapazes nas trincheiras."

"O que Luther Gault fez depois que saiu do Exército?"

"Não tenho nenhuma informação sobre isso, exceto que morreu aos setenta e oito anos." Ele fez uma pausa. "Mas talvez lhe interesse saber que ele fez carreira. Reformou-se com a patente de general-de-divisão."

"O senhor nunca ouviu falar nele antes?"

"Não disse isso." Fez uma pausa novamente. "Tenho certeza de que o Exército possui um dossiê completo sobre ele. Se a senhora pudesse pegá-lo..."

"O senhor poderia me conseguir uma fotografia?"

"Tenho uma no computador — uma dessas de álbum."

"Pode me passar pelo fax?"

Ele hesitou novamente. "Claro."

Desliguei no momento em que Rose entrava na sala, com os relatórios das autópsias do dia anterior. Eu as revisei e corrigi, enquanto esperava o sinal do fax. Logo ele soou e a figura branca de Luther Gault surgiu em meu escritório. Lá estava ele, casaco curto, semiformal, com lapela de cetim, e calças com vivos e botões dourados. Não havia dúvida quanto à semelhança. Temple Gault tinha os mesmos olhos.

Liguei para Wesley.

"É possível que Gault tenha tido um tio em Seattle", contei-lhe. "Era general-de-divisão no Exército."

"Como você descobriu isso?", perguntou ele.

Não gostei da sua frieza. "Isso não importa. O que importa é que temos que descobrir tudo o que pudermos sobre essa história."

Wesley continuou cético. "Qual é a ligação?"

Perdi a paciência. "Como 'qual é a ligação'? Quando não se tem nada, é preciso prestar atenção a tudo."

"Claro, claro", disse ele. "Não há problema. Mas não podemos nos preocupar com isso agora. Nem você." Ele desligou.

Fiquei ali aturdida, sentindo uma dor no coração. Alguém deve ter ido ao seu escritório. Wesley nunca batera o telefone na minha cara. Minha paranóia aumentou quando fui procurar Lucy.

"Olá", disse ela, antes que eu tivesse tempo de falar alguma coisa. Lucy vira o meu reflexo no monitor do vídeo.

"Temos que ir embora."

"Por quê? Está nevando novamente?"

"Não. Está fazendo sol."

"Estou quase acabando aqui", disse ela, continuando a digitar.

"Preciso levar você e Janet de volta a Quantico."

"Você precisa ligar para vovó", lembrou Lucy. "Ela está se sentindo abandonada."

"E eu me sinto culpada por isso", respondi.

Lucy se voltou e olhou para mim. Meu pager tocou.

"Onde está Janet?", perguntei.

"Acho que ela desceu."

Apertei o botão do mostrador e reconheci o número do telefone da casa de Marino. "Bem, vá atrás dela, que logo encontro vocês lá embaixo."

Voltei ao meu escritório e dessa vez fechei as portas. Quando liguei para Marino, parecia que ele estava dopado.

"Elas se mandaram."

"Quem?"

"Descobrimos onde elas estavam. No Hacienda Motel na US 1, aquele pulgueiro que fica perto de onde você compra armas e munições. Foi para lá que aquela cadela levou a namorada."

"Que namorada?" Eu ainda não estava entendendo do que Marino falava. Então me lembrei de Jennifer. "Ah. A mulher que Carrie pegou no Rumors."

"É." Ele estava tão excitado como se estivesse numa missão de socorro. "Seu nome é Apollonia e..."

"Ela está viva?", interrompi.

"Ah, sim. Carrie a levou ao motel e lá fizeram a maior farra."

"Quem estava dirigindo?"

"Apollonia."

"Vocês encontraram o meu furgão no estacionamento do motel?"

"Não. Quando chegamos na espelunca, ainda há pouco, os quartos estavam arrumados. É como se elas nunca tivessem estado lá."

"Quer dizer então que Carrie não estava em Nova York na terça-feira passada", disse-lhe.

"Não. Ela estava aqui, farreando, enquanto Gault matava Jimmy Davila. Por isso acho que ela conhecia um bom lugar para ele."

"Duvido que ele tenha tomado o avião de Nova York para Richmond", comentei. "Seria arriscado demais."

"Eu, pessoalmente, acho que ele foi para Washington na quarta-feira..."

"Marino", disse-lhe, "*eu* viajei para Washington na quarta-feira."

"Eu sei disso. Talvez você e ele estivessem no mesmo avião."

"Eu não o vi."

"Você não sabe se o viu. Mas a questão é a seguinte: se vocês estiveram no mesmo avião, com certeza ele viu você."

Lembrei-me de quando saí do terminal e tomei um táxi caindo aos pedaços, com as janelas emperradas e os fechos quebrados. Eu me perguntei se Gault estava me observando.

"Carrie tem um carro?", perguntei.

"Tem um Saab conversível no nome dela. Mas com toda a certeza ela não tem usado ele nestes dias."

"Não sei por que ela pegou essa tal de Apollonia", comentei. "E como você chegou até ela?"

"Fácil. Ela trabalha no Rumors. Não sei bem o que ela vende, mas com certeza não é cigarro."

"Diabo", resmunguei.

"Estou achando que a ligação é cocaína", disse Marino. "E pra você talvez seja interessante saber que Apollonia conhecia Brown. Aliás, pode-se dizer que eles tinham um caso."

"Você acha que ela pode ter alguma coisa a ver com seu assassinato?", perguntei.

"É possível. Ela provavelmente levou Gault e Carrie até ele. Estou começando a achar que essa história do xerife foi coisa arranjada de última hora. Carrie deve ter perguntado a Apollonia onde poderia descolar um pouco de cocaína, e o nome de Brown foi citado. Então Carrie falou para Gault e ele concebeu mais um de seus pesadelos."

"Pode muito bem ter sido assim", concordei. "Será que Apollonia sabia que Carrie é uma mulher?"

"Sim. Isso não importava."

"Diabo", resmunguei novamente. "Chegamos tão perto."

"Eu sei. Simplesmente não consigo acreditar como eles conseguiram escapar de uma rede como essa. Todo mundo os estava vigiando, menos a Guarda Nacional. Pusemos toda a frota de helicópteros no ar. Mas no fundo eu sabia que eles já tinham escapado."

"Acabei de ligar para Wesley e ele bateu o telefone na minha cara", disse-lhe.

"O quê? Os moços andaram brigando?"

"Marino, isso não me cheira bem. Tenho a impressão de que havia alguém no escritório dele, e ele não queria que essa pessoa soubesse que estava falando comigo."

"Talvez fosse a mulher dele."

"Estou indo para lá com Lucy e Janet."

"Você vai passar a noite aqui?"

"Depende."

"Bem, eu não gostaria que você ficasse circulando por aí. E se alguém quiser te parar por alguma razão, não pare. Nem para sinais luminosos, nem para sirenes, nem para nada. Só pare para viaturas com o distintivo da polícia", continuou ele no seu sermão. "E mantenha sua Remington entre os bancos da frente."

"Gault não vai parar de matar", disse-lhe.

Marino ficou calado do outro lado da linha.

"Ele entrou no meu escritório e me roubou um jogo de facas para dissecação."

"Tem certeza de que não foi o pessoal da limpeza? Essas facas deviam ser muito boas para cortar filés de peixe."

"Eu sei que foi Gault."

16

Regressamos a Quantico logo depois das três, e quando tentei entrar em contato com Wesley, ele não estava. Deixei um recado, pedindo que ele me ligasse no DPE, onde eu iria passar as próximas horas com Lucy.

Não havia nem engenheiros, nem pesquisadores no andar de Lucy, e nós podíamos trabalhar sozinhas e com calma.

"Eu poderia lançar uma mensagem", disse Lucy, sentando-se em sua escrivaninha. Ela olhou o relógio. "Por que não mandar uma mensagem para ver quem morde a isca?"

"Deixe-me tentar o chefe de Seattle novamente."

Eu tinha o número do telefone anotado num papel e liguei. Disseram-me que ele já tinha ido embora e não voltava mais naquele dia.

"Preciso muito falar com ele", expliquei à pessoa que atendeu. "Talvez eu possa encontrá-lo em casa?"

"Não estamos autorizados a dar o número. Mas se a senhora quiser me dar o seu número, quando ele ligar para pegar os recados..."

"Não posso fazer isso", disse, cada vez mais frustrada. "Não estou em casa. O que posso lhe dar é o número do meu pager. Por favor, peça que ele me ligue."

Não deu certo. Uma hora mais tarde, meu pager continuava em silêncio.

"Provavelmente não conseguiu fazer com que a mensagem chegasse até ele", disse Lucy, enquanto navegava pelo CAIN.

"Alguma mensagem estranha?", perguntei.

"Não. Já estamos no fim da tarde de sexta-feira e muita gente já deixou o trabalho. Acho que a gente poderia mandar alguma mensagem para a Prodigy e ver o que acontece."

Sentei-me do seu lado.

"Qual o nome do grupo?"

"Academia Americana de Restaurações de Ouro."

"E a maior concentração desses dentistas é no estado de Washington?"

"Sim, mas não custa nada englobar toda a Costa Oeste."

"Bem, isso vai incluir praticamente todo o país", disse Lucy, enquanto digitava *Prodigy*, seu ID de serviço e sua senha. "Acho que a melhor maneira de fazer isso é via E-mail." Ela abriu uma janela para digitação. "Que mensagem você quer que eu envie?", perguntou ela olhando para mim.

"O que você acha de: *A todos os membros da Academia Americana de Restaurações de Ouro. Patologista forense desesperada precisa urgentemente de ajuda.* Em seguida, dê nosso endereço para contato."

"Muito bem. Vou lhes passar nossa caixa postal daqui e mandar uma cópia para sua caixa em Richmond." Ela recomeçou a digitar. "Logo vão começar a responder. E aí você vai perceber que arranjou um monte de amigos dentistas por correspondência."

Ela apertou uma tecla como se estivesse encerrando uma obra e empurrou a cadeira para trás. "Pronto. Já foi", disse ela. "Agora mesmo, enquanto conversamos, todo assinante da Prodigy está recebendo um aviso de *New Mail*. Vamos esperar que alguém por lá esteja brincando no computador e possa ajudar."

Ao mesmo tempo em que Lucy dizia isso, sua tela ficou negra, e começaram a aparecer letras verdes brilhantes. Uma impressora começou a funcionar.

"Como foi rápido." Mas mal eu acabara de falar, e Lucy já não estava mais na cadeira. Ela correu para a sala onde ficava o CAIN e escaneou suas impressões digitais para entrar.

As portas de vidro se abriram com um ruído seco e nós entramos. O mesmo texto estava passando no monitor de vídeo, e Lucy pegou um pequeno aparelho de controle remoto e apertou um botão. Ela olhou para o seu relógio Breitling e ligou o cronômetro.

"Vamos, vamos, vamos!", disse ela.

Ela sentou-se diante do CAIN, olhando para a tela, enquanto a mensagem ia passando. Era um parágrafo curto, repetido muitas vezes, que dizia:

> ...MENSAGEM PQ43 76301 001732 INÍCIO...
> PARA: TODOS OS POLICIAIS
> DE: CAIN
> SE CAIN MATOU SEU IRMÃO, O QUE VOCÊ ACHA QUE FARIA COM VOCÊ?
> SE O SEU PAGER TOCA NO NECROTÉRIO, É JESUS QUE ESTÁ CHAMANDO.
> ...MENSAGEM PQ43 76301 001732 FIM...

Olhei para as prateleiras dos modems, que cobriam uma parede, as luzes piscando. Mesmo não sendo especialista em computação, dava para perceber que não havia nenhuma relação entre o que se via na tela e a atividade dos modems. Olhei mais atentamente e notei uma conexão de telefone sob a escrivaninha. Ela estava ligada a um fio que sumia sob o assoalho um pouco elevado, e achei aquilo estranho.

Por que um aparelho ligado a uma conexão de telefone ficaria sob o assoalho? Lugar de telefone é sobre mesas e escrivaninhas. Os modems estavam em prateleiras. Abaixei-me e levantei uma prancha de madeira que cobria um terço do assoalho da sala.

"O que você está fazendo?", perguntou Lucy, sem conseguir tirar os olhos da tela.

O modem sob o assoalho parecia um pequeno cubo mágico com luzes piscando rapidamente.

"Merda!", disse Lucy.

Eu me virei. Ela olhou para o relógio de pulso e anotou alguma coisa. A tela agora estava parada. As luzes do modem pararam de piscar.

"Será que fiz alguma coisa?", perguntei, assustada.

"Filho da puta!" Ela deu um soco na escrivaninha e o teclado pulou. "Quase te peguei. Só mais um pouquinho e eu te agarrava!"

Levantei-me. "Eu não desconectei nada, não é?", tornei a perguntar.

"Não. Diabo! Ele saiu do sistema. Eu o tinha pego", disse ela, ainda olhando para o monitor como se as letras verdes ainda estivessem lá.

"Gault?"

"O impostor do CAIN." Ela bufou e olhou para as entranhas abertas da criação a que ela dera o nome do primeiro de todos os assassinos. "Você descobriu", disse ela, devagar. "Que bom."

"Era assim que ele conseguia entrar?", indaguei.

"Sim. É tão óbvio que ninguém notou."

"Você sim."

"Mas não logo de cara."

"Carrie colocou isso antes de ir embora definitivamente?"

Lucy fez que sim. "Como todo mundo, eu estava procurando alguma coisa mais encoberta, mais sofisticada do ponto de vista tecnológico. Mas foi uma coisa brilhante em sua simplicidade. Ela escondeu o seu próprio modem, e o seu número de discagem é o mesmo de uma linha de diagnose quase nunca usada."

"Desde quando você sabe disso?"

"Logo que começaram as mensagens estranhas, tive certeza."

"Quer dizer então que você só tinha que jogar com ele", disse-lhe, abalada. "Você consegue imaginar como esse jogo é perigoso?", perguntei.

Ela começou a digitar. "Ele o tentou quatro vezes. Meu Deus, como chegamos perto."

"Por algum tempo você pensou que era Carrie que estava fazendo isso", lembrei.

"Foi ela quem plantou isso aqui, mas não acredito que continue entrando no sistema."

"Por que não?"

"Porque tenho acompanhado esse intruso dia e noite. É um leigo." E pela primeira vez, em meses, ela falou o nome de sua ex-amiga. "Eu sei como funciona a mente de Carrie. Gault é narcisista demais para deixar outra pessoa ser CAIN a não ser ele."

"Recebi um bilhete, provavelmente escrito por Carrie, que estava assinado CAIN", disse-lhe.

"Tenho certeza de que Gault não sabia que ela o pusera no correio. Sou capaz de apostar também que, se ele soubesse, teria tirado esse gostinho dela."

Pensei no bilhete cor-de-rosa que, pelo que supúnhamos, Gault tinha surrupiado de Carrie na casa do xerife Brown. Quando ele o colocou no bolso da blusa do pijama ensangüentado, o ato deve ter servido para reafirmar sua autoridade. Gault usava Carrie. De certo modo, ela sempre esperava no carro, exceto quando ele precisava de sua ajuda para carregar um corpo, ou para realizar um ato degradante.

"O que aconteceu aqui, agora?", perguntei.

Lucy não olhou para mim quando respondeu: "Descobri o vírus e instalei o meu. Agora toda vez que ele tenta enviar uma mensagem para qualquer terminal conectado ao CAIN, ela aparece repetida na sua tela — como se fosse ricocheteada e batesse em seu rosto, em vez de ir em frente. E ele fica diante de uma mensagem que diz *Por favor, tente novamente.* Então, ele torna a tentar. Da primeira vez que isso lhe aconteceu, o ícone lhe deu o sinal positivo de polegar levantado depois das duas tentativas, e ele pensou que a mensagem foi enviada."

"Mas quando ele voltou a tentar", continuou Lucy, "aconteceu a mesma coisa, e fiz com que ele tentasse mais uma vez. A idéia é mantê-lo na linha por um tempo que nos permita descobrir a procedência da mensagem."

"Nós?"

Lucy pegou o pequeno controle remoto bege que eu a vira agarrar antes. "Meu botão do medo", disse ela. "Ele vai direto, via sinais de rádio, para a ERR."

"Suponho que Wesley ficou sabendo desse modem logo que você o descobriu."

"Exato."

"Queria que você me explicasse uma coisa", pedi a ela.

"Claro." Ela me deu toda a sua atenção.

"Mesmo com Gault e Carrie tendo esse modem escondido, e seu número secreto, e quanto à sua senha? Como eles poderiam entrar como usuários autorizados? Não existem comandos UNIX que poderiam ser digitados para saber se um outro usuário ou aparelho estava conectado?"

"Carrie programou o vírus para captar o meu nome de usuário e a minha senha, sempre que eu a mudasse. As formas eram decodificadas e enviadas a Gault via E-mail. Assim, ele podia entrar no sistema como eu, e o vírus não o deixava entrar a menos que eu também estivesse conectada."

"Quer dizer então que ele se esconde atrás de você."

"Como uma sombra. Ele usou meu nome de dispositivo. Meu próprio nome de usuário e senha. Eu descobri isso quando dei um comando QUEM certo dia e meu nome de usuário apareceu duas vezes."

"Se o CAIN chama os usuários para verificar sua legitimidade, por que o número de telefone de Gault não apareceu na conta telefônica do DPE?"

"Isso também é obra do vírus. Ele instrui o sistema a debitar a conta num cartão de crédito da AT&T. Assim, as chamadas nunca apareceram na conta do FBI. Elas caem na conta do pai de Gault."

"Espantoso", comentei.

"Ao que parece, Gault está com o cartão telefônico do pai e com o seu código."

“Será que ele sabe que o filho o está usando?”

Um dos telefones tocou. Lucy atendeu.

“Sim.” Fez uma pausa. “Eu sei. Nós chegamos perto. Está bem, vou lhe levar os prints imediatamente.” Ela desligou.

“Acho que ninguém contou a ele”, disse Lucy.

“Ninguém aqui disse nada ao pai de Gault?”

“Isso mesmo. Era Wesley no telefone.”

“Preciso falar com ele. Você não se importa que eu leve os prints para ele?”

Lucy olhava novamente para o monitor. O descanso de tela voltara, e os triângulos brilhantes passavam uns pelos outros, entrelaçando-se como geometria fazendo amor.

“Pode levar”, concordou, enquanto digitava *Prodigy*. “Antes de ir... Puxa, está chegando mais correspondência para você.”

“Quantas?”, perguntei, me aproximando dela.

“Opa. Até agora só uma.” Ela a abriu.

Lia-se: *O que é restauração de ouro?*

“Com certeza vamos receber muitas dessas”, disse ela.

Sally estava no balcão de recepção quando entrei na Academia. Ela me permitiu entrar sem se incomodar com o registro e o passe de visitante. Atravessei resolutamente o comprido corredor marrom e passei pela agência do correio e pela sala de limpeza das armas. Eu sempre vou amar o cheiro de Hoppes número 9.

Havia apenas um homem de serviço, aplicando jatos de ar comprimido no tambor de um rifle. Fileiras e fileiras de negros balcões estavam nuas e perfeitamente limpas, e pensei nos longos anos de turmas de homens e mulheres que eu vira, e do tempo que eu passara limpando minha própria arma. Costumava observar novos agentes entrando e saindo. Eu os vira correr, lutar, atirar e suar. Fui sua instrutora e me preocupei com eles.

Apertei o botão do elevador, entrei e desci para o andar de baixo. Muitos funcionários estavam em suas salas e acenaram para mim quando passei. A secretária de Wesley estava de férias, então passei por sua mesa e bati na porta fechada. Ouvi a voz de Wesley e uma cadeira se mexendo. Ele andou até a porta e a abriu.

"Olá", disse ele, surpreso.

"Aqui estão os prints que você pediu a Lucy", disse-lhe, entregando-os.

"Obrigado. Por favor, entre." Ele pôs os óculos para leitura e leu as mensagens que Gault enviara.

Ele estava sem a jaqueta, com uma camiseta branca dobrada em volta dos suspensórios de couro trançado. Wesley tinha suado e precisava fazer a barba.

"Você andou perdendo mais peso?", perguntei.

"Eu nunca me peso." Ele olhou para mim por cima dos óculos, enquanto se sentava atrás de sua escrivaninha.

"Parece que você não está muito bem."

"Ele está perdendo as estribeiras", comentou Wesley. "Você pode notar isso por essa mensagem. Gault está ficando mais ousado, mais atrevido. Eu arriscaria dizer que lá pelo final da semana vamos conseguir localizá-lo."

"E então?" Eu não estava convencida.

"Vamos pôr em campo a ERR."

"Entendo", disse-lhe, secamente. "Aí eles vão descer de um helicóptero usando cordas e explodir o edifício."

Wesley olhou para mim novamente. Ele pôs o papel sobre a escrivaninha e falou: "Você está com raiva".

"Não, Benton. Estou com raiva *de você*, não é uma raiva difusa."

"Por quê?"

"Eu lhe pedi que não envolvesse a Lucy."

"Não tenho escolha."

"Sempre existe a possibilidade de optar. Eu não ligo a mínima para o que os outros dizem."

"Para tentar localizar Gault, Lucy é a nossa única esperança nesse momento." Ele fez uma pausa e ficou olhando diretamente para mim. "Ela pensa por sua própria cabeça."

"Sim, pensa. E é por isso mesmo. Lucy não tem um botão de desligar. Nem sempre tem noção de limites."

"Não vamos levá-la a fazer nada que a ponha em perigo", disse ele.

"Ela já está correndo riscos."

"Você precisa deixar que ela cresça, Kay."

Eu o fitei.

"Ela vai se graduar pela universidade nessa primavera. Ela é uma mulher feita."

"Não quero que ela volte para cá", disse-lhe.

Ele deu um pequeno sorriso, mas seus olhos tinham uma expressão triste e exausta. "Espero que ela volte para cá. Precisamos de agentes como Lucy e Janet. Precisamos de tudo o que pudermos conseguir."

"Ela esconde muita coisa de mim. Fica parecendo que vocês dois conspiram contra mim e eu fico por fora de tudo. É muito ruim que..." Eu me contive.

"Kay, isso não tem nada a ver com meu relacionamento com você."

"Eu gostaria mesmo que não tivesse."

"Você quer saber tudo o que Lucy está fazendo?", perguntou ele.

"Claro."

"Você lhe diz tudo quando está trabalhando num caso?"

"De forma alguma."

"Entendo."

"Por que bateu o telefone na minha cara?"

"Você ligou numa hora imprópria", respondeu ele.

"Você nunca tinha feito isso antes, independentemente de se a hora era ou não imprópria."

Ele tirou os óculos e guardou-os cuidadosamente. Estendeu a mão para a caneca de café, olhou para dentro dela e viu que estava vazia. Ele a segurou com as duas mãos.

"Eu estava com uma pessoa e não queria que ela soubesse que você estava na linha", explicou.

"Quem era essa pessoa?"

"Alguém do Pentágono. Não posso lhe dizer o nome."

"Do Pentágono?"

Ele ficou em silêncio.

"Por que você iria se importar se alguém do Pentágono soubesse que eu estava ligando para você?", perguntei.

"Parece que você criou um problema", disse Wesley com toda a naturalidade, repondo a caneca de café no lugar. "Seria melhor se não tivesse rondado pelo Forte Lee."

Eu estava aparvalhada.

"O doutor Gruber, seu amigo, pode ser demitido. Você deve evitar entrar em contato com ele daqui para a frente."

"Isso tem a ver com o Luther Gault?"

"Sim, com o general Gault."

"Eles não podem fazer nada contra o doutor Gruber", protestei.

"Receio que sim", disse Wesley. "O doutor Gruber fez uma pesquisa não-autorizada num arquivo militar. Ele lhe passou informações confidenciais."

"Confidenciais?", perguntei. "Isso é um absurdo. É uma informação de rotina. Você paga vinte dólares para ter acesso a ela quando visita o Museu do Quartel-Mestre. Não é como se eu tivesse pedido uma droga dum arquivo do Pentágono."

"Você só pode pagar os vinte dólares para ter acesso a informações de caráter sigiloso se for a pessoa interessada ou tiver um mandado judicial para isso."

"Benton, estamos falando de um *serial killer*. Será que todo mundo ficou maluco? Quem é que está ligando para um arquivo de computador?"

"O exército liga."

"Trata-se de um caso de segurança nacional?"

Wesley não respondeu.

Como ele não acrescentou mais nada, eu disse: "Ótimo. Vocês rapazes podem ter os seus segredinhos. Minha única preocupação é evitar mais mortes. Eu já não sei mais o que é que lhe interessa." Meu olhar era implacável e sentido.

"Por favor", impacientou-se Wesley. "Sabe, tem dias em que eu gostaria de fumar desbragadamente, como Marino." Ele bufou exasperado. "O general Gault não tem a menor importância nessa investigação. Ele não precisa ser arrastado para ela."

"Acho que tudo o que pudermos saber sobre a família de Temple Gault é importante. E nem consigo acreditar que você não pense assim. Informações sobre o background são vitais para traçar perfis e prever comportamentos."

"Eu estou lhe dizendo que o general Gault está fora disso."

"Por quê?"

"Por uma questão de respeito."

"Meu Deus, Benton." Eu me inclinei para a frente em minha cadeira. "Gault pode ter matado duas pessoas usando um diabo de um par de botas de seu tio. E você acha que o exército iria gostar de ver isso na revista *Time* e na *Newsweek*?"

"Não ameace."

"Vou ameaçar sim. Vou fazer mais do que ameaçar, se não fizerem o certo. Fale-me do general. Eu já sei que os olhos do sobrinho puxaram aos dele. E o general gostava de se pavonear, pois, ao que parece, ele preferia ser fotografado em uniformes de gala, como Eisenhower."

"Ele pode ter sido vaidoso, mas era um homem excelente, pelo que todos dizem."

"Quer dizer que ele era tio de Gault? Você está admitindo isso?"

Wesley hesitou. "Luther Gault é tio de Gault."

"Fale um pouco mais disso."

"Ele nasceu em Albany e se graduou pela Citadel, em 1942. Dois anos mais tarde, quando já era capitão, sua divisão se transferiu para a França, onde ele se tornou herói na batalha de Ardenas. Ganhou a Medalha de Honra e foi promovido novamente. Depois da guerra, mandaram-no para o Forte Lee como encarregado da divisão de pesquisas na área de uniformes da Corporação do Quartel-Mestre."

"Quer dizer então que as botas eram dele."

"Bem que poderiam ser."

"Ele era alto?"

"Disseram-me que ele e Gault eram da mesma altura quando o general era mais jovem."

Pensei na fotografia do general vestido em uniforme de gala. Ele era magro e não muito alto. Seu rosto era forte, olhos resolutos, mas ele não parecia ser indelicado.

"Luther Gault também serviu na Coréia", continuou Wesley. "Ele foi destacado para trabalhar no Pentágono por algum tempo, como subchefe de equipe, e depois voltou a Forte Lee, como subcomandante. Ele terminou sua carreira no CMA-V."

"Eu não sei o que é isso", disse-lhe.

"Comando Militar Auxiliar - Vietnam."

"E depois disso ele se reformou e foi para Seattle?", perguntei.

"Ele e a mulher mudaram-se para lá."

"Filhos?"

"Dois meninos."

"E como eram as relações do general com o irmão?"

"Não sei. Ele faleceu e seu irmão não vai querer conversar conosco."

"Então não poderemos saber como as botas do tio foram parar nas mãos de Gault."

"Kay, existe um código para os ganhadores da Medalha de Honra. Eles pertencem a uma classe diferente. O exército lhes dá um status especial e eles são rigorosamente protegidos."

"Todo esse segredo é por causa disso?", quis saber.

"O exército não vai gostar nada nada de que o mundo saiba que um agraciado por sua Medalha de Honra, general de duas estrelas, é tio de um dos mais notórios psicopatas que o nosso país já conheceu. O Pentágono não vai ficar nem um pouco satisfeito em deixar transpirar que esse assassino — como você já disse — pode ter golpeado muitas pessoas até a morte, usando as botas do general Gault."

Levantei de minha cadeira. "Estou cansada de homenzinhos com seus códigos de honra. Estou cansada da cumplicidade masculina e de seus segredinhos. Não somos crianças brincando de índio e de caubói, nem meninos de bairro brincando de guerra." Eu estava exausta. "Pensei que você fosse mais evoluído."

Ele também se levantou, enquanto meu pager começou a tocar. "Você está entendendo a coisa de forma errada", disse ele.

Olhei para a telinha do pager. O código era de Seattle e, sem pedir permissão a Wesley, usei seu telefone.

"Alô", disse uma voz desconhecida.

"Recebi uma ligação desse número para o meu pager."

"Não liguei para nenhum pager. De onde a senhora está ligando?"

"Virgínia." Eu estava quase desligando.

"Acabei de ligar para Virgínia. Espere um minuto. É sobre a Prodigy?"

"Oh. Talvez o senhor tenha falado com a Lucy?"

"Código LUCYTALK?"

"Sim."

"Acabamos de trocar mensagens. Estou respondendo à sua consulta sobre restaurações de ouro. Sou dentista em Seattle e membro da Academia Americana de Restaurações de Ouro. A senhora é patologista forense?"

"Sim", respondi. "Muito obrigada por responder. Estou tentando identificar uma jovem morta com muitas restaurações de ouro."

"Por favor, descreva-as."

Contei-lhe sobre os trabalhos odontológicos feitos em Jane e sobre os problemas com os seus dentes. "É possível que ela tenha sido instrumentista", acrescentei. "Talvez ela tocasse saxofone."

"Houve uma jovem, que não era daqui, que parecia ter essas características."

"Ela esteve em Seattle?"

"Sim. Todos na nossa Academia sabiam sobre ela porque tinha uma boca incrível. Suas restaurações de ouro e anomalias dentárias foram usadas em slides em muitos de nossos encontros."

"O senhor se lembra de seu nome?"

"Sinto muito. Ela não era minha paciente. Mas me lembro de ter ouvido falar que ela era instrumentista profissional até sofrer um terrível acidente. Foi aí que começaram seus problemas com os dentes."

"A moça de quem estou falando tinha perdido muito do esmalte dos dentes", disse-lhe. "Provavelmente por excesso de escovação."

"Ah, sim. A daqui também."

"Não me parece que a moça de que o senhor está falando fosse uma pessoa da rua", comentei.

"Não podia ser. Alguém pagou por aquela boca."

"A garota de que falo vivia na rua quando morreu, em Nova York."

"Jesus, isso me deixa triste. Imagino que, fosse quem fosse, essa pessoa não tinha condições de se cuidar sozinha."

"Qual é o seu nome?", perguntei.

"Sou Jay Bennet."

"Doutor Bennet, o senhor se lembra de mais alguma coisa dita num desses encontros com apresentação de slides?"

Seguiu-se um longo silêncio. "Sim, sim. É uma coisa muito vaga." Ele hesitou novamente. "Ah, já sei", disse ele. "A moça daqui era parente de alguém importante. Na verdade, ela devia estar morando na casa dessa pessoa quando desapareceu."

Dei-lhe mais informações para que ele pudesse ligar para mim novamente. Eu desliguei o telefone e meus olhos encontraram-se com os de Wesley.

“Acho que Jane é irmã de Gault”, afirmei.
“O quê?” Ele parecia muito chocado.
“Acho que Temple Gault assassinou a própria irmã”, repeti. “Por favor, diga-me que ainda não sabia disso.”
Wesley se sobressaltou.
“Tenho que verificar a identidade dela”, disse-lhe. Já não me restava mais nenhuma emoção naquele momento.
“Seu prontuário odontológico não pode esclarecer isso?”
“Se o acharmos. Se ainda existirem as radiografias. Se o exército não me atrapalhar.”
“O exército nada sabe sobre ela.” Ele fez uma pausa e por um instante seus olhos brilharam, cheios de lágrimas. Wesley desviou o olhar. “Ele disse o que fez quando mandou a mensagem do CAIN hoje.”
“Sim”, concordei. “Que CAIN matou o irmão. A descrição de Gault com ela em Nova York parecia ser mais de dois homens do que de uma mulher e de um homem.” Fiz uma pausa. “Gault tem outros irmãos?”
“Apenas uma irmã. Soubemos que ela viveu na Costa Oeste, mas nunca conseguimos saber onde, porque ela não sabia dirigir. O Departamento de Trânsito não tem nenhum registro da carteira de motorista. Na verdade, nunca soubemos se ela chegou a existir.”
“Agora não existe mais”, respondi.
Ele estremeceu e desviou o olhar.
“Ela não viveu em lugar nenhum — pelo menos nos últimos anos”, continuei, lembrando-me de seus pobres pertences e de seu corpo mal nutrido. “Jane viveu na rua, por um tempo. Pra falar a verdade, acho que estava conseguindo sobreviver assim, até que seu irmão chegou à cidade.”
Wesley parecia desesperado quando disse, com a voz trêmula: “Como pode alguém ter feito uma coisa dessas?”.
Envolvi-o com meus braços. Não me importava se alguém entrasse e nos visse assim. Abracei-o como uma amiga.
“Benton”, disse-lhe. “Vá para casa.”

17

Passei o fim de semana e o Ano-Novo em Quantico, e embora houvesse uma grande quantidade de mensagens da Prodigy, a perspectiva de descobrir a identidade de Jane não era nada promissora.

Seu dentista se aposentara no ano anterior e seus raios X Panorex tinham sido reutilizados para aproveitamento da prata. A falta desses filmes foi uma grande decepção, porque eles poderiam mostrar velhas fraturas, configuração do seio paranasal e anomalias ósseas que permitiriam uma identificação. Quanto às fichas dentárias, quando toquei no assunto, seu dentista, que morava em Los Angeles, foi evasivo.

"O senhor ainda as tem, não é?"

"Tenho um milhão de caixas na garagem."

"Duvido que tenha um milhão."

"Tenho bastante."

"Por favor. Estamos falando de uma mulher que ainda não conseguimos identificar. Todos os seres humanos têm o direito de serem enterrados com o próprio nome."

"Eu vou ver isso, está bem?"

Minutos mais tarde, falei com Marino ao telefone: "Temos que tentar identificar pelo DNA ou por um ID visual".

"Sei", disse ele, zombeteiramente. "E aí, o que é que você vai fazer? Mostrar a fotografia a Gault e perguntar se a mulher em quem ele fez aquele serviço se parece com sua irmã?"

"Acho que o dentista a andou enganando. Já vi isso acontecer antes."

"O que você está querendo dizer?"

"Às vezes isso acontece. Eles declaram ter feito um trabalho que não fizeram, de forma a receber dinheiro da Previdência ou dos planos de saúde."

"Mas fizeram um montão de trabalhos em sua boca."

"E ele poderia muito bem ter registrado outro tanto a mais. Acredite. O dobro de restaurações de ouro, por exemplo. Isso poderia significar milhares de dólares. Ele diz que fez, sem ter feito. Jane tem uma lesão no cérebro e mora com um tio velho. Como eles poderiam saber?"

"Odeio gente babaca."

"Se eu pudesse conseguir suas fichas dentárias, iria denunciá-lo. Mas ele não vai me passar. Aliás, elas nem devem existir mais."

"Você vai ter que participar de uma sessão de júri às oito da manhã", disse Marino. "Rose ligou para me avisar."

"Isso quer dizer que eu devo sair daqui amanhã cedo."

"Vá direto para sua casa que eu te pego."

"Vou direto para o tribunal."

"Não, não vai. Você não vai sair por aí, dirigindo na cidade nessa circunstância."

"Sabemos que Gault não está em Richmond", disse-lhe. "Ele está no seu esconderijo de sempre, um apartamento ou sala com o computador."

"Tucker não suspendeu a ordem de proteção policial para você."

"Ele não pode dar nenhuma ordem em relação a mim. Ele nem ao menos pode me fazer um pedido num restaurante."

"Ah, pode sim. É só ele destacar alguns policiais para te acompanhar. Ou você aceita a situação, ou tenta fugir deles. Se ele quiser fazer o pedido de uma droga de almoço para você, pode fazer isso também."

Na manhã seguinte, liguei para o Departamento de Medicina Legal de Nova York e deixei um recado para o dr. Horowitz, sugerindo que ele começasse a análise do DNA do sangue de Jane. Ficou combinado que Marino me pegaria em casa logo cedo. Quando ele chegou, os vizinhos olhavam pelas janelas e abriam suas belas portas para pegar os jornais. Três radiopatrulhas estavam estacionadas na frente do Ford de Marino, sem identificação, parado na entrada da garagem. Windsor Farms acordava, ia ao trabalho e me via sendo escoltada por policiais. Os gramados, perfeitos, estavam brancos com a geada, e o céu, quase azul.

Quando cheguei ao Tribunal John Marshall, seguiu-se uma rotina à qual eu já estava bastante acostumada. Mas o policial que se encontrava na portaria não entendeu o que eu estava fazendo ali.

"Bom dia, doutora Scarpetta", disse ele, abrindo um largo sorriso. "E essa neve, hein? Não parece que estamos vivendo num cartão de Natal Hallmark? E bom dia para o senhor também, capitão", acrescentou ele, dirigindo-se a Marino.

A máquina de raios X disparou quando passei. Apareceu uma policial para me revistar, enquanto o que apreciava a neve vasculhava minha bolsa. Marino e eu descemos pelas escadas e chegamos a uma sala com carpete cor de laranja e filas de cadeiras com uma ou outra pessoa sentada. Sentamos na fileira de trás, e ficamos ouvindo pessoas dormitando, mexendo em papéis, tossindo ou assoando o nariz. Um homem de jaqueta de couro com as fraldas da camisa penduradas folheava revistas enquanto um outro, de cashmere, lia um romance. Na sala vizinha, um aspirador de pó zumbia. Batia na porta da sala cor de laranja e voltava.

Contando com Marino, havia três policiais uniformizados à minha volta, naquela sala aborrecida. Às oito e cinqüenta da manhã entrou a oficial de justiça, atrasada, e subiu num estrado para nos dar algumas orientações.

"Temos duas mudanças", disse ela, olhando diretamente para mim. "O xerife que vamos ver no videoteipe não é mais xerife."

Marino sussurrou ao meu ouvido: "Porque ele já morreu"

"E", continuou ela, "o filme vai dizer a vocês que os emolumentos pela participação no júri são de trinta dólares, mas ainda são de vinte dólares."

"Puxa", Marino voltou a pendurar no meu ouvido. "Será que você vai precisar de um empréstimo?"

Assistimos ao vídeo e aprendi muita coisa sobre o meu importante dever cívico e sobre os privilégios correspondentes. Observei o xerife Brown novamente, agradecendo-me por prestar aquele importante serviço. Ele me informou que eu fora chamada para decidir o destino de outra pessoa, e então me mostrou o computador que usara para me selecionar.

"Os nomes indicados são tirados de uma urna", afirmou ele, com um sorriso. "Nossa justiça depende da cuidadosa apreciação dos indícios e das provas. Nossa justiça depende de nós."

Ele deu um número de telefone para o qual poderíamos ligar, e nos lembrou de que a xícara de café custava vinte e cinco centavos e que eles não tinham troco.

Depois do vídeo, a oficial de justiça, uma bela negra, aproximou-se de mim.

"Você é policial?", perguntou ela, em voz baixa.

"Não", respondi, explicando-lhe quem eu era, enquanto ela olhava para Marino e para os outros policiais.

"Devemos desculpas a você", sussurrou ela. "Não devia estar aqui. Devia ter nos telefonado para nos informar. Não tenho a menor idéia de por que você está aqui."

Os outros sorteados estavam olhando para nós. Isso desde que entramos, e a razão se tornou clara. Eles ignoravam totalmente o sistema judicial, e eu me via rodeada de policiais. Além disso, a oficial de justiça também estava lá. Eu devia ser a ré. Provavelmente eles não sabiam que os réus não lêem revistas na mesma sala que os membros do júri.

Na hora do almoço eu já tinha ido embora, me perguntando se alguma vez na vida eu iria participar de um júri. Marino me deixou na porta do meu edifício e eu fui para minha sala. Liguei novamente para Nova York e o dr. Horowitz atendeu ao telefone.

"Ela foi enterrada ontem", disse ele, referindo-se a Jane.

Senti-me muito triste. "Eu achava que vocês esperassem um pouco mais."

"Dez dias. Já faz mais ou menos isso, Kay. Você sabe que temos problema de espaço."

"Mas nós podemos identificá-la pelo DNA."

"Por que não pelos registros dentários?"

Eu expliquei o problema.

"É uma pena." O dr. Horowitz fez uma pausa e, quando recomeçou a falar, estava meio relutante. "Sinto lhe dizer que tivemos uma tremenda confusão por aqui." Fez nova pausa. "Francamente. Gostaria que não a tivéssemos enterrado. Mas enterramos."

"O que aconteceu?"

"Parece que ninguém sabe. Guardamos uma amostra de sangue em papel filtro para teste de DNA, como sempre fazemos. E mantemos também, é claro, um vaso com seções dos órgãos maiores etc. A amostra de sangue parece ter sido colocada em lugar errado, e o vaso foi jogado fora por engano."

"Não pode ter acontecido isso!", exclamei.

O dr. Horowitz ficou em silêncio.

"E quanto aos tecidos nas placas de parafina para histologia?", perguntei então, pois o tecido poderia ser usado para testes de DNA, se as outras alternativas falhassem.

"Não tiramos tecidos para exames quando a causa da morte é clara", respondeu ele.

Eu não sabia o que dizer. Ou o dr. Horowitz dirigia um departamento terrivelmente incompetente, ou esses enganos não eram bem "enganos". Sempre tive certeza de que ele era um homem muito escrupuloso. Talvez tivesse me enganado. Eu sabia como eram as coisas na cidade de Nova York. Os políticos não conseguiam ficar longe do necrotério.

"É preciso trazê-la para cá", disse-lhe. "Não vejo alternativa. Ela foi embalsamada?"

"Raramente embalsamamos corpos destinados à ilha Hart", respondeu, referindo-se à ilha do East River onde ficava o Cemitério de Indigentes. "Vai ser preciso localizar o seu número de identificação, exumá-la e trazê-la de volta na balsa. Podemos fazer isso. É só o que podemos fazer. Isso vai levar alguns dias."

"Doutor Horowitz", disse-lhe, cautelosa, "o que é que está havendo?"

Sua voz estava firme mas desapontada, quando respondeu: "Não tenho a menor idéia".

Sentei à minha escrivaninha tentando pensar no que poderia fazer. Por que o exército tinha que se preocupar com o fato de Jane ser identificada? Se ela era sobrinha do general Gault, e o exército sabia que ela morrera, era de se esperar que eles quisessem confirmar sua identidade e enterrá-la de forma devida.

"Doutora Scarpetta", disse Rose, na porta que ligava minha sala à sua, "é Brent, do banco."

Ela transferiu a ligação.

"Tenho uma nova despesa", disse ele.

"Sei", afirmei, tensa.

"Foi ontem. Um lugar chamado Fino, em Nova York. Eu verifiquei. É na rua 36 Leste. O valor é de 104,13 dólares."

Fino tinha uma excelente comida da Itália setentrional. Meus avós eram do norte da Itália e Gault se fez passar por Benelli, um nome italiano. Tentei ligar para Wesley, mas ele não estava. Também não encontrei Lucy, que não estava nem no DPE, nem em seu alojamento. Marino era a única pessoa a quem eu podia dizer que Gault voltara para Nova York.

"Ele está aprontando de novo", disse Marino, chateado. "Sabe que estamos acompanhando essas despesas do cartão, doutora. Ele não está fazendo nada que não queira que a gente saiba."

"Sei disso."

"Não vamos pegá-lo pelo American Express. O que você deve fazer é cancelar o cartão."

Mas eu não podia fazer isso. Meu cartão era como o modem que Lucy sabia estar sob o assoalho. Ambos eram tênues fios que levavam a Gault. Ele estava aprontando das suas, mas mais dia, menos dia, ele ia se exceder. Ia ficar muito despreocupado e, no embalo da cocaína, cometeria um erro.

"Doutora", continuou Marino, "você está ficando muito nervosa com isso. Precisa relaxar."

Gault queria que eu o achasse, pensei. Toda vez que ele usava o cartão, estava mandando uma mensagem para mim. Dando-me mais informações sobre ele. Eu sabia o que ele gostava de comer e que não gostava de vinho tinto. Sabia dos cigarros que fumava, as roupas que usava, e pensei em suas botas.

"Você está me ouvindo?", ouvi Marino perguntar.

Nós sempre partimos da hipótese de que as botas eram de Gault.

"As botas pertenciam a sua irmã", pensei alto.

"Do que é que você está falando?", perguntou Marino, impaciente.

"Ela deve ter recebido do tio anos atrás e aí Gault tomou-as dela."

"Quando? Ele não fez isso em Cherry Hill, na neve."

"Não sei quando foi. Pode ter sido pouco antes de ela morrer. Ou dentro do Museu de História Natural. Eles usavam praticamente o mesmo número de sapato. Podem ter trocado as botas. Pode ser qualquer coisa. Mas duvido que ela as tenha dado voluntariamente. Pelo fato de que as botas deviam ser muito boas para enfrentar a neve. Era muito melhor usar aquelas do que as que encontramos no antro de Benny."

Marino ficou em silêncio mais um pouco. Então ele disse: "Por que ele tomaria suas botas?".

"É simples", respondi. "Porque as queria."

Naquela tarde fui ao aeroporto de Richmond com uma pasta cheia e um pequeno saco de viagem. Não liguei para meu agente de viagens porque não queria que ninguém soubesse para onde eu iria. No balcão da USAir, comprei uma passagem para Hilton Head, Carolina do Sul.

"Ouvi dizer que lá é muito bonito", disse a comunicativa moça que me atendeu. "Muita gente vai até lá para jogar golfe e tênis." Ela registrou minha sacola de viagem.

"Você precisa pôr uma etiqueta." Baixei a voz: "Tem uma arma de fogo dentro dela".

Ela fez que sim e me deu uma etiqueta laranja berrante, informando que eu levava uma arma de fogo descarregada.

"Vou deixar que a senhora a leve aí dentro", disse-me ela. "Sua sacola fecha?"

Fechei o zíper com um cadeado e observei-a, enquanto ela punha a sacola na esteira rolante. Ela me devolveu a passagem e subi para o portão, que estava cheio de gente que não parecia muito feliz em voltar para casa, ou para o trabalho, depois dos feriados.

O vôo para Charlotte pareceu demorar mais de uma hora, porque eu não podia usar meu telefone celular e meu pager tocou duas vezes. Passei os olhos pelo *Wall Street Journal* e pelo *Washington Post*, enquanto meus pensamentos vagavam por caminhos traiçoeiros. Eu imaginava como iria falar aos pais de Temple Gault sobre a mulher assassinada que chamávamos de Jane.

Eu nem ao menos tinha certeza de que os Gault iriam me receber, porque eu não tinha telefonado antes. Seu endereço e telefone não constavam do catálogo. Mas eu achava que não devia ser tão difícil encontrar a propriedade que eles haviam comprado, perto de Beauford. A fazenda Live Oaks era uma das mais velhas da Carolina do Sul, e as pessoas do lugar saberiam de alguma coisa sobre esse casal que tinha perdido a casa e as instalações na enchente de Albany.

No aeroporto de Charlotte tive bastante tempo para responder às chamadas ao meu pager. Ambas eram de Rose, que me pedia para verificar o tempo livre na minha agenda, porque haviam chegado muitas intimações.

"E Lucy queria falar com a senhora", disse ela.

"Ela tem o número do meu pager", afirmei, surpresa.

"Perguntei-lhe se ela tinha o número", falou a secretária. "Ela disse que ligava outra hora."

"Disse de onde estava ligando?"

"Não. Acho que de Quantico."

Não tive tempo de perguntar mais nada, porque o terminal D era muito comprido e o avião para Hilton Head partiria dentro de quinze minutos. Fiz todo o caminho correndo e tive tempo de comprar um pãozinho macio sem sal. Peguei também vários pacotinhos de mostarda, e levei a bordo a única refeição daquele dia. O executivo sentado ao meu lado ficou olhando meu lanche, como se dissesse que eu era uma dona de casa grosseira que não sabia nada sobre viagens aéreas.

Quando já tínhamos levantado vôo, peguei a mostarda e pedi um uísque com gelo.

"Por acaso o senhor poderia me trocar uma nota de vinte?", perguntei ao meu vizinho, porque ouvira a comissária de bordo reclamar de que estava sem troco.

Ele pegou sua carteira enquanto eu abria o *New York Times.* Deu-me uma nota de dez e duas de cinco, então eu paguei seu drinque. "Fica uma coisa pela outra", disse-lhe.

"É muita gentileza sua", agradeceu ele, num sotaque sulista xaroposo. "Imagino que a senhora deve ser de Nova York."

"Sim", menti.

"Por acaso está indo a Hilton Head para a Convenção de Lojas de Conveniência da Carolina? Vai ser no Hyatt."

"Não. Estou indo para a Convenção das Casas Funerárias", menti novamente. "Vai ser no Holiday Inn."

"Ah", disse ele. E não falou mais nada.

O aeroporto de Hilton Head estava cheio de pequenos aviões particulares e Learjets, pertencentes às pessoas muito ricas que tinham casas na ilha. O terminal era um pouco maior que uma cabana, e a bagagem ficava amontoada do lado de fora, numa plataforma de madeira. Fazia frio, o céu estava escuro e instável, e enquanto os passageiros corriam apressados para os carros que os esperavam e para os trens, eu ouvia suas queixas.

"Que merda", exclamou o homem que estivera sentado ao meu lado. Ele carregava tacos de golfe quando se ouviu um trovão logo depois de um raio, que iluminou uma parte do céu como se tivesse começado uma guerra.

Aluguei um Lincoln prateado e passei algum tempo abrigada dentro dele no estacionamento do aeroporto. A chuva tamborilava no teto do carro, e eu não conseguia ver nada através do pára-brisa, enquanto estudava o mapa que a Hertz me dera. A casa de Anna Zenner era em Palmetto Dunes, não muito longe do Hyatt, para onde o homem do avião fora. Tentei ver se seu carro ainda estava no estacionamento, mas tanto quando pude ver, ele e seus tacos de golfe tinham sumido.

A chuva amainou e peguei a saída do aeroporto que dava para a alameda William Hilton, que me levou à Queens Folly. Tinha percorrido um pequeno trecho dessa rodovia quando achei a casa. Eu esperava uma coisa menor. O refúgio de Anna não era um bangalô, e sim um esplêndido solar rústico com teto de madeira e vidro inclinados para dar vazão à água da chuva. O quintal onde estacionei tinha muitas palmeiras e carvalhos cheios de barbas-de-velho. Um esquilo desceu de uma árvore quando eu estava subindo os degraus que davam para o alpendre. Ele chegou bem perto e ficou de pé, sobre as patas traseiras, as bochechas mexendo-se rapidamente como se ele tivesse um monte de coisas a me dizer.

"Aposto como ela dá comida para você, não?", disse-lhe, enquanto apanhava a chave.

Ele continuou com as patas dianteiras levantadas, como se protestasse.

"Bem, não tenho absolutamente nada, apenas a lembrança de um pãozinho", disse eu. "Sinto muito." Fiz uma pequena pausa, e ele pulou para um pouco mais perto. "E se você estiver com hidrofobia, vou ter que matar você."

Entrei decepcionada, porque não havia alarme contra roubo.

"Isso é ruim", comentei, mas eu não ia mudar de lugar.

Fechei a porta e passei o ferrolho. Ninguém sabia que eu estava ali. Eu ia ficar bem. Fazia muitos anos que Anna vinha para Hilton Head e nunca sentiu necessidade de pôr um sistema de segurança. Gault estava em Nova York e eu não via como ele poderia ter me seguido. Andei até a sala de madeira rústica e janelas que subiam desde o chão até o teto. A madeira de lei era coberta por um brilhante tapete indiano, e a mobília era de mogno branqueado, guarnecido de tecidos com adoráveis matizes.

Andei de sala em sala cada vez mais faminta, enquanto o oceano se transformava em chumbo líquido e um resoluto pelotão de nuvens negras marchava, vindo do norte. Um comprido passeio de tábuas começava na casa e se estendia até as dunas, e eu levei café até o seu extremo. Fiquei olhando as pessoas caminhando e andando de bicicleta, e um ou outro fazendo jogging. A areia era dura e cinzenta, e bandos de pelicanos marrons voavam em formação como que preparando um ataque a uma nação de peixes inimigos ou talvez ao tempo.

Uma toninha emergiu quando homens jogaram bolas de golfe no mar, e então uma prancha de Styrofoam voou das mãos de um menino. Ela foi carregada pela praia enquanto ele corria desabaladamente. Fiquei observando a perseguição que se estendeu por um quarto de milha, até que sua presa deslizou pela grama, subiu na minha duna e pulou minha sebe. Desci os degraus e peguei-a antes que o vento a carregasse novamente, e o menino diminuiu a marcha quando me viu olhando para ele.

Ele não teria mais do que oito ou nove anos. Trajava jeans e suéter. Lá longe, na praia, sua mãe tentava alcançá-lo.

"Você pode me dar minha prancha, por favor?", disse ele, olhando para a areia.

"Você quer que o ajude a levá-la de volta a sua mãe?", perguntei, carinhosamente. "Com esse vento é difícil uma pessoa conseguir levar sozinha. "

"Não, obrigado", respondeu ele timidamente, estendendo as mãos.

Senti-me rejeitada enquanto observava, do caminho de tábuas de Anna, o menino lutando contra o vento. Finalmente, ele colou a prancha ao corpo como uma tábua de passar e foi caminhando com dificuldade pela areia úmida. Continuei olhando para ele e sua mãe até se tornarem pontinhos que, de vez em quando, eu perdia de vista. Tentei imaginar para onde estavam indo. Para um hotel ou para uma casa? Onde costumam ficar os menininhos e suas mães em noites chuvosas neste lugar?

Quando eu ainda era criança, nunca viajara de férias porque não tínhamos dinheiro, e agora eu não tinha filhos. Pensei em Wesley e tive vontade de ligar para ele, ao ouvir o barulho das ondas quebrando na praia. Apareceram estrelas por entre as negras nuvens, e as vozes eram levadas pelo vento de forma que eu não podia entender uma palavra. Poderia muito bem estar ouvindo o coaxar de sapos ou o canto de pássaros. Levei minha xícara de café vazia para dentro de casa, e, pela primeira vez, não senti medo.

Ocorreu-me que talvez não houvesse nenhuma comida, e que eu teria que me contentar com o pãozinho que comera horas antes.

"Obrigada, Anna", disse, ao encontrar uma provisão de alimentos dietéticos.

Esquentei peru e legumes sortidos, liguei a lareira a gás e adormeci num sofá branco, com minha Browning não muito longe de mim. Eu estava cansada demais para sonhar. O sol e eu levantamos à mesma hora, e a minha missão só me pareceu real quando olhei para a sacola de viagem e pensei no que havia dentro dela. Era cedo demais para sair, então pus um suéter e um jeans e saí para dar um passeio.

A areia estava firme e lisa para os lados de Sea Pines, e o sol era uma mancha amarelo-clara na água. O canto dos pássaros somava-se ao barulho das ondas. Narcejas andavam em busca de crustáceos e gusanos, gaivotas pairavam no vento, e corvos zanzavam como salteadores de estrada com capuzes pretos.

As pessoas mais velhas passeavam àquela hora, em que o sol era mais fraco, e enquanto eu andava, deleitava-me com a brisa marinha que afagava meu corpo. Sentia que podia respirar plenamente. Eu me enternecia com o sorriso das pessoas estranhas que caminhavam de mãos dadas, e acenava para elas quando acenavam para mim. Os namorados andavam abraçados, e as pessoas sozinhas tomavam café nos passeios de madeira e olhavam para a água.

De volta à casa de Anna, comi uma rosquinha que encontrei no freezer e tomei um longo banho. Em seguida, pus o blazer e a calça preta que estava usando antes. Arrumei minhas coisas e fechei a casa como se não fosse voltar. Não tive nenhuma sensação de estar sendo observada até o momento em que o esquilo reapareceu.

"Oh, não", exclamei, abrindo a porta do carro. "Você de novo?"

Ele se pôs de pé nas patas traseiras e ficou me fazendo um sermão.

"Ouça, a dona da casa disse que eu podia ficar aqui. Sou muito amiga de Anna."

Seus bigodes se mexiam enquanto ele me mostrava sua barriguinha branca.

"Se você está me contando os seus problemas, não se dê a esse trabalho." Joguei minha bolsa no banco de trás. "Anna é que é a psiquiatra. Não eu."

Abri a porta do lado do motorista. Ele pulou para mais perto e eu não pude mais agüentar. Mexi na minha sacola e encontrei um pacote de amendoins do avião. O esquilo estava de pé sobre as patas traseiras mastigando furiosamente quando saí de ré sob a sombra das árvores. Ele ficou me olhando ir embora.

Peguei a 278 Oeste e fui dirigindo por uma paisagem luxuriante cheia de taboas, rosas de gueldres, giestas e juncos. As lagoas eram cobertas de lotos e lírios, e a toda hora via falcões adejando pelo campo. Longe das ilhas parecia que a maioria das pessoas era pobre, exceto no interior. Estradas estreitas mostravam igrejinhas brancas e trailers usados como residência, ainda enfeitados com as luzes de Natal. Mais perto de Beaufort, viam-se oficinas mecânicas, pequenos motéis em terrenos estéreis, e uma barbearia que ostentava uma bandeira confederada. Parei duas vezes para consultar o mapa.

Na ilha de Santa Helena passei por um trator que levantava poeira à margem da estrada, e comecei a procurar um lugar onde pudesse pedir informações. Passei por edifícios abandonados, feitos de escória de hulha, que outrora tinham sido armazéns. Havia enfardadeiras de tomates, casas de fazenda e casas funerárias, ao longo de ruas com alamedas de carvalhos e pomares vigiados por espantalhos. Só parei quando cheguei a Tripp Island e achei um lugar para almoçar.

O restaurante chamava-se Gullah House, e a mulher que me atendeu era alta e negra. Ela estava bonita num gracioso vestido de cores tropicais e, quando falou por sobre o balcão com um garçom, a língua deles me soou muito musical e cheia de palavras estranhas. O dialeto era uma mistura de falares indígenas e inglês elisabetano. Era a língua falada pelos escravos.

Esperei em minha mesa de madeira pelo chá gelado, e com receio de que as pessoas que trabalhavam ali não soubessem me dizer onde viviam os Gault.

"O que mais deseja, querida?" A garçonete voltou com uma jarra de vidro com chá, gelo e limão.

Apontei no cardápio *Biddy een de Fiel* porque não sabia pronunciar aquilo. A tradução anunciava peito de frango grelhado com alface.

"Não quer batata-doce frita ou talvez fritada de siri, para começar?" Seu olhar vagava pelo restaurante enquanto falava.

"Não, obrigada."

Resolvida a fazer com que sua cliente tivesse mais do que uma refeição ligeira, ela me mostrou camarões fritos dos Países Baixos no fim do menu. "Hoje temos também camarões frescos fritos. São tão gostosos que vão fazê-la se sentir nas nuvens."

Olhei para ela. "Bem, então acho que vou querer um pratinho de acompanhamento."

"Quer dizer que vai querer os dois."

"Por favor."

O serviço continuou em seu ritmo lento, e já era quase uma da tarde quando paguei a conta. A senhora com o belo vestido, que concluí ser a gerente, se encontrava lá fora, no estacionamento, falando com uma outra mulher negra, que estava ao volante de um furgão. Do lado estava escrito GULLAH TOURS.

"Por favor", disse-lhe.

Seus olhos pareciam vidro vulcânico, desconfiados, mas não hostis. "Quer fazer um tour pela ilha?", perguntou ela.

"Não, preciso descobrir um endereço", respondi. "Você conhece a fazenda Live Oaks?"

"Não está em nenhum roteiro turístico. Não mais."

"Quer dizer que não posso ir até lá?"

A gerente virou o rosto e me olhou de lado. "Mudou um pessoal novo para lá. Eles não gostam de visitas, está entendendo?"

"Estou sim", disse-lhe. "Mas preciso ir até lá. Não quero dar uma volta pela ilha. Só quero saber como se chega lá."

Ocorreu-me que a língua que eu estava falando não era bem a que a gerente — que provavelmente era também a dona do Gullah Tours — queria ouvir.

"Que tal se eu pagar por um tour e você me levar à Live Oaks?"

Isso lhe pareceu uma boa proposta. Passei-lhe vinte dólares e fomos embora, eu a seguindo. A distância não era tão grande e logo o furgão diminuiu a velocidade. Um braço metido numa manga colorida apontou pela janela quilômetros de nogueiras por trás de uma sebe branca. O portão estava aberto no final de um longo caminho de terra, e meia milha mais adiante enxerguei tílias e um velho telhado. Não havia nenhuma placa indicando o nome do proprietário, nem nenhuma indicação de que era a fazenda Live Oaks.

Dobrei à esquerda, entrei na estradinha e corri os olhos pelos espaços entre as velhas nogueiras, cujos frutos já haviam sido colhidos. Passei por uma lagoa coberta de lentilhas-d'água à beira da qual caminhava uma garça. Não vi ninguém, mas quando me aproximei de uma magnífica casa estilo pré-guerra, avistei um carro e uma camioneta. Atrás havia um velho celeiro com teto de zinco perto de um silo de tabi. O tempo escurecera, e minha jaqueta me parecia muito fina quando subi os íngremes degraus da varanda. Toquei a campainha.

Percebi pela expressão do homem que se aproximava que o portão lá da frente não deveria ter sido deixado aberto.

"Isto aqui é propriedade particular", afirmou ele, secamente.

Se Temple Gault era seu filho, eu não via nenhuma semelhança entre os dois. Era um homem rijo com cabelos grisalhos, rosto comprido e marcado pelas intempéries. Usava Top-Siders, calças cáqui e um suéter cinza com um capuz.

"Gostaria de falar com Peyton Gault", disse-lhe, sustentando seu olhar enquanto segurava minha sacola.

"O portão devia estar fechado. Você não viu as placas de PROIBIDA A ENTRADA? Faz pouco tempo que as preguei em cada um dos mourões da cerca. O que você quer com ele?"

"Só posso dizer ao próprio Peyton Gault o que quero dele", respondi.

Ele me olhou com atenção, os olhos cheios de indecisão. "Você não é repórter ou coisa assim, não é?"

"Não, senhor, não sou. Sou legista-titular do Departamento de Medicina Legal de Virgínia." Dei-lhe o meu cartão.

Ele se encostou na ombreira da porta como se estivesse se sentindo mal. "Deus tenha piedade de nós", murmurou. "Por que vocês não nos deixam em paz?"

Para mim, era inimaginável o seu tormento íntimo pelo que havia criado, pois em algum recôndito de seu coração, ele ainda amava o filho.

"Senhor Gault", disse-lhe. "Por favor, permita-me falar com o senhor."

O homem apertou o canto dos olhos com o polegar e o indicador para evitar chorar. As rugas ficaram mais fundas na pele queimada, e um súbito raio de sol que passara por entre as nuvens tingiu a sua barba cor de areia.

"Não estou aqui por curiosidade", continuei. "Ou para inquisições. Por favor."

"Ele nunca agiu de maneira correta desde o dia em que nasceu", disse Peyton Gault, enxugando os olhos.

"Eu sei que é terrível para o senhor. É um horror indizível. Mas eu entendo."

"Ninguém consegue entender", corrigiu ele.

"Por favor, deixe-me tentar."

"O que é que se ganha com isso?"

"Só temos a ganhar", respondi. "Estou aqui para fazer o que tem que ser feito."

Ele me lançou um olhar cheio de indecisão. "Quem a mandou aqui?"

"Ninguém. Vim por conta própria."

"E como você nos achou?"

"Pedi informações pelo caminho", falei, e lhe contei como chegara até lá.

"Você não parece bem agasalhada nessa jaqueta."

"Estou quente o bastante."

"Bem", disse ele. "Vamos para o píer."

Seu embarcadouro cruzava pântanos que se estendiam até onde a vista alcançava, e as ilhas Barrier pareciam uma caixa-d'água perdida no horizonte. Debruçamo-nos nos balaústres e ficamos observando os uçás agitando-se na lama escura. De vez em quando uma ostra espumava.

"Na época da Guerra Civil chegou a ter uns duzentos e cinqüenta escravos aqui", contou-me ele, como se tivéssemos ido até ali para ter uma conversa amigável. "Antes de ir embora você deve dar uma passadinha na Capela da Paz. Agora não passa de uma estrutura de tabi com ferro batido enferrujado, junto a um pequeno cemitério."

Deixei-o falar.

"Naturalmente, os túmulos foram saqueados há mais tempo do que as pessoas conseguem lembrar. Imagino que a capela foi construída por volta de 1740."

Fiquei calada.

Ele suspirou, e ficou olhando o mar.

"Trouxe umas fotografias que gostaria de mostrar ao senhor", disse-lhe, calmamente.

"Sabe", sua voz voltou a ficar emocionada, "é quase como se aquela enchente fosse um castigo por algo que fiz. Nasci naquela fazenda em Albany." Olhou para mim. "Ela resistiu a quase dois séculos de guerra e mau tempo. Então veio a tempestade e o rio Flint subiu mais de seis metros."

"A polícia estadual e a polícia militar ajudaram a fazer tapagens em tudo", continuou. "A água atingiu o telhado da casa de minha família, sem falar nas árvores. Não que a gente dependesse das nogueiras para ter comida na mesa. Mas durante certo tempo minha mulher e eu vivemos como os sem-teto, num abrigo com umas trezentas pessoas."

"Não foi seu filho quem provocou essa enchente", disse-lhe, suavemente. "Nem mesmo ele poderia provocar um desastre natural."

"Ainda bem que a gente se mudou. As pessoas ficavam rodeando todo o tempo, tentando ver onde ele tinha nascido. Isso afetava os nervos de Rachael."

"Rachael é sua esposa?"

Ele fez que sim.

"E a sua filha?"

"É outra história triste. Tivemos que mandar Jayne para o oeste quando ela tinha onze anos."

"Esse é o seu nome?", perguntei, atônita.

"Na verdade é Rachael. Mas o segundo nome é Jayne, com *y*. Não sei se você sabia, mas Temple e Jayne são gêmeos."

"Não, eu não sabia", afirmei.

"E ele sempre teve ciúme dela. Era terrível ver aquilo, porque ela era louca por ele. Eles eram duas coisinhas loiras muito bonitinhas de se ver, e era como se desde o primeiro dia Temple tivesse querido esmagá-la como um inseto. Ele era cruel." O sr. Gault fez uma pausa.

Uma gaivota passou voando, gritando, e bandos de uçás se refugiaram numa moita de taboas.

Ele passou a mão na nuca e apoiou o pé numa das traves baixas do balaústre. "Eu pensei que já tinha visto tudo, e então, quando eles tinham cinco anos, Jayne ganhou um cachorrinho. Um cachorrinho muito bonitinho, um vira-lata." Fez mais uma pausa. "Bem", sua voz estava embargada, "ele desapareceu, e na mesma noite ela acordou e achou-o morto em sua cama. Provavelmente Temple o tinha estrangulado."

"O senhor disse que Jayne morou na Costa Oeste?", perguntei.

"Rachael e eu não sabíamos o que fazer. Eu sabia que mais dia, menos dia, ele iria matá-la, era só uma questão de tempo. Coisa que quase conseguiu mais tarde, é o que acho. Sabe, eu tinha um irmão em Seattle. Luther."

"O general", afirmei.

Ele continuou olhando para a frente. "Acho que vocês devem saber muito sobre nós. Tudo por causa de Gault. Daqui a uns tempos vamos estar lendo coisas sobre isso nos livros e vendo nos filmes." Ele bateu de leve com o punho na trave do balaústre.

"Jayne foi morar com o tio e sua mulher?"

"E ficamos com Temple, em Albany. Acredite-me, se eu pudesse mandá-lo embora e ficar com ela, era isso que teria feito. Ela era uma criança tão doce e sensível. Muito sonhadora e carinhosa." As lágrimas corriam-lhe pelas faces. "Ela sabia tocar piano e saxofone, e Luther amava-a como uma filha. Ele tinha filhos."

"Tudo corria bem, considerando-se o problema que tínhamos em mãos", continuou. "Rachael e eu íamos a Seattle muitas vezes por ano. Vou lhe dizer uma coisa: não era fácil para mim, mas isso quase arrebentou o coração dela. Então cometemos um grande erro."

Ele fez uma pausa até ficar em condições de prosseguir, temperando a garganta muitas vezes. "Jayne, num certo verão, insistiu que queria vir para casa. Acho que foi quando ela estava para completar vinte e cinco anos, e queria passar o aniversário junto com todo mundo. Então ela, Luther e sua mulher, Sara, vieram de Seattle para Albany. Temple agiu como se estivesse totalmente indiferente, e eu me lembro..."

Pigarreou novamente. "Lembro-me bem de que eu pensei que tudo daria certo. Talvez ele tivesse superado seja lá o que o possuía. Jayne se divertiu muito em sua festa, e decidiu sair para passear com nosso velho cão Snaggletooth. Ela queria que tirássemos uma fotografia sua, e nós tiramos. Entre as nogueiras. Então todos entramos em casa, exceto ela e Temple."

"Ele voltou lá pela hora da ceia", continuou, "e eu lhe perguntei: 'Onde está a sua irmã?'. Temple respondeu: 'Ela disse que ia cavalgar um pouco'."

"Bem, esperamos, esperamos e esperamos, e nada de ela voltar. Então Luther e eu saímos para procurá-la. Encontramos o cavalo ainda com a sela e andando pelo estábulo, e ela estava no chão, com sangue espalhado por toda parte."

Ele enxugou o rosto com as mãos, e não tenho palavras para descrever a piedade que senti por aquele homem e por sua filha Jayne. Eu tinha medo de dizer a ele que aquela história terminara.

"O médico", prosseguiu ele, com dificuldade, "supôs que ela tivesse levado um coice do cavalo, mas eu fiquei desconfiado. Pensei que Luther mataria o rapaz. Sabe como é, ele não recebeu uma Medalha de Honra por distribuir marmitas. Então, quando Jayne melhorou o bastante para sair do hospital, Luther levou-a de volta para sua casa. Mas ela nunca mais se recuperou totalmente."

"Senhor Gault", disse-lhe. "O senhor tem alguma idéia de onde sua filha está agora?"

"Bem, ela passou a viver por conta própria, há uns quatro ou cinco anos, desde que Luther morreu. A gente costuma receber notícias dela nos aniversários, Natal, ou quando lhe dá na telha."

"Teve notícias dela neste Natal?", perguntei.

"Não exatamente no dia de Natal, mas uma ou duas semanas antes." Ele se concentrou, uma expressão estranha no rosto.

"Onde ela estava?"

"Ela ligou da cidade de Nova York ."

"O senhor sabe o que ela estava fazendo lá, senhor Gault?"

"Eu nunca sei o que ela anda fazendo. Acho que ela simplesmente perambula por aí e liga quando precisa de dinheiro, essa é que é a verdade." Ele ficou observando uma garça branca pousada num toco de árvore.

"Quando ela ligou de Nova York ", insisti, "pediu dinheiro?"

"Importa-se que eu fume?"

"Claro que não."

Ele pegou um maço de Merits do bolso e tentou acender o fogo no vento. Deu as costas para o vento e eu então juntei minha mão à sua e risquei o fósforo. Ele estava trêmulo.

"É muito importante saber sobre o dinheiro", disse-lhe. "Com que freqüência e quanto ela costumava receber?"

Fez uma pausa. "Sabe, Rachael é quem cuida dessas coisas."

"Ela manda dinheiro? Ou seria cheque?"

"Acho que você não conhece minha filha. Ninguém iria pagar um cheque a ela. Rachael lhe manda dinheiro para um lugar determinado. Sabe, Jayne tem que tomar remédios para prevenir ataques. Por causa do que aconteceu com sua cabeça."

"Para onde o dinheiro é enviado?", perguntei.

"Para uma agência da Western Union. Rachael sabe dizer qual."

"E quanto a seu filho? O senhor se comunica com ele?"

Seu rosto endureceu. "De forma alguma."

"Ele nunca tentou voltar para casa?"

"Não."

"E quanto a este novo endereço? Ele sabe que o senhor está aqui?"

"A única comunicação que quero ter com Temple é com uma arma de fogo de tambor duplo." Os músculos de suas mandíbulas se contraíram. "Não quero nem saber se ele é meu filho."

"O senhor sabia que ele está usando seu cartão da AT&T?"

Ele empertigou-se e bateu uma cinza que foi levada pelo vento. "Não pode ser."

"Sua mulher paga as contas?"

"Bem, quem faz esse tipo de coisa é ela."

"Entendo."

Jogou o cigarro na lama e um caranguejo foi atrás dele.

Ele disse: "Jayne morreu, não é? Você é legista e por isso veio aqui".

"Sim, senhor Gault. Sinto muitíssimo."

"Logo desconfiei, quando você me disse quem era. Minha menininha é a mulher que eles supõem ter sido morta por Temple no Central Park."

"É por isso que estou aqui", disse-lhe. "Mas preciso de sua ajuda para provar que ela é sua filha."

O sr. Gault me olhou nos olhos, e percebi que se sentia aliviado. "Senhora, não quero minha filha numa sepultura miserável de um cemitério de indigentes. Quero-a aqui comigo e com a Rachael. Finalmente ela pode viver conosco, porque agora ele já não pode lhe fazer nenhum mal."

Andamos ao longo do píer.

"Posso fazer com que isso se realize", falei, enquanto o vento vergava a grama e revolvia nossos cabelos. "Só preciso de uma amostra do seu sangue, senhor Gault."

18

Antes de entrarmos na casa, o sr. Gault me avisou que sua mulher nunca soube lidar com situações difíceis. Ele explicou, com o máximo de cuidado de que era capaz, que Rachael Gault nunca encarara a realidade do terrível destino de seus filhos.

"Não é que ela vá cair desmaiada", explicou-me em voz baixa, enquanto subíamos os degraus da varanda. "Ela simplesmente não vai aceitar a realidade, se é que você me entende."

"O senhor quer ver as fotografias aqui fora?", indaguei.

"De Jayne?" Ele mostrou-se cansado, novamente.

"Dela e de suas pegadas."

"Pegadas?" Passou os dedos calejados pelos cabelos.

"O senhor se lembra se ela possuía um par de botas do exército?", perguntei-lhe.

"Não." Ele balançou a cabeça. "Mas Luther tinha muita coisa desse tipo."

"Sabe que número de sapato ele calçava?"

"O pé dele era menor que o meu. Suponho que ele calçava trinta e nove ou quarenta."

"O senhor sabe se ele deu um par de botas a Temple?"

"Uh", disse ele, rapidamente. "A única forma de Luther dar botas a Temple seria chutando-lhe o traseiro com elas metidas nos pés."

"As botas poderiam ter pertencido a Jayne."

"Sim, claro. Ela e Luther provavelmente usavam o mesmo número. Ela era uma moça alta, mais ou menos do tamanho de Temple. E eu sempre desconfiei que isso tinha a ver com o problema dele."

O sr. Gault teria ficado ali fora, no vento, falando o dia inteiro. Ele não queria que eu abrisse a sacola porque sabia o que havia dentro.

"Não somos obrigados a fazer isso. O senhor não precisa olhar nada", disse-lhe. "Podemos usar o DNA."

"Se você não se incomoda", falou-me com os olhos brilhando, quando estendeu a mão em direção à porta, "acho que é melhor eu mesmo contar a Rachael."

A entrada da casa era pintada de cinza-claro. Um velho candelabro de latão pendia do teto alto e uma graciosa escada em espiral levava ao pavimento superior. Na sala de estar havia objetos antigos da Inglaterra, tapetes orientais e formidáveis retratos a óleo de pessoas que viveram há muito tempo. A sra. Gault estava sentada num sofá simples, com um bordado no colo. Por uma grande arcada pude ver que as cadeiras da sala de jantar eram forradas com aquele tipo de bordado.

"Rachael?" O sr. Gault ficou diante dela como um solteirão tímido, com o chapéu na mão. "Temos visita."

Ela ia enfiando e puxando a agulha. "Oh, que bom!" Sorriu e deixou o trabalho de lado.

Rachael Gault outrora fora bonita; tinha pele, olhos e cabelos bonitos. Fiquei impressionada com o fato de que Jayne e Temple pareciam-se com a mãe e com o tio, e resolvi não especular sobre isso, mas atribuir o fato às leis de dominância de Mendel ou às probabilidades genéticas.

O sr. Gault sentou-se no sofá e ofereceu-me uma cadeira de espaldar alto.

"Como está o tempo lá fora?", perguntou a sra. Gault, com o sorriso fino do filho e as cadências hipnóticas da fala arrastada do sudeste. "Eu queria saber se sobrou algum camarão." Ela olhou diretamente para mim. "Sabe, não sei o seu nome. Agora, Peyton, não vamos ser grosseiros. Apresente-me a sua nova amiga."

"Rachael", tentou o sr. Gault novamente. Com as mãos nos joelhos, ele inclinou um pouco a cabeça. "Ela é uma médica da Virgínia."

"Oh?" Suas mãos delicadas agarraram rápido o tecido em seu colo.

"Ela é médica-legista." Ele olhou para a mulher. "Querida, Jayne está morta."

A sra. Gault recomeçou a trabalhar no bordado com dedos ágeis. "Sabe, tínhamos um pé de magnólia que durou uns cem anos, antes que um raio o abatesse na primavera. Pode imaginar isso?" Ela continuava a sua costura. "Temos tempestades por aqui. Como é o lugar onde você mora?"

"Eu moro em Richmond", respondi.

"Ah, sim", disse ela, a agulha mergulhando mais fundo. "Agora, veja, tivemos sorte de não ter todos nossos bens queimados pela guerra. Aposto como você teve algum bisavô que lutou nela, não?"

"Sou de origem italiana", disse-lhe. "Nasci em Miami."

"Bem, lá com certeza é muito quente."

O sr. Gault parecia desamparado em seu sofá. Ele desistiu de olhar para quem quer que fosse.

"Senhora Gault." Fiz uma pausa. "Eu vi Jayne em Nova York."

"É mesmo?" Ela parecia muito contente com isso. "Conte-me direitinho como foi." Suas mãos eram como beija-flores.

"Quando eu a vi, ela estava muito magra e com o cabelo cortado."

"Jayne nunca ficava satisfeita com os próprios cabelos. Quando estava de cabelo curto, parecia-se com Temple. Eles são gêmeos e as pessoas costumavam confundi-los, pensando que ela era um rapaz. Por isso ela sempre usava cabelos compridos, e é por isso que me surpreendi quando você disse que ela estava de cabelo curto."

"A senhora fala com seu filho?", perguntei.

"Ele não liga tanto quanto devia, esse menino mal-educado. Mas ele sabe que pode fazer isso."

"Jayne ligou para cá umas duas semanas antes do Natal", disse-lhe.

Ela ficou calada, enquanto continuava costurando.

"Ela disse alguma coisa à senhora sobre ter encontrado o irmão?"

A sra. Gault permanecia calada.

"Eu pergunto isso porque ele também estava em Nova York ."

"Com certeza eu disse a ele que visitasse a irmã e que lhe desejasse um feliz Natal", explicou a sra. Gault, enquanto o marido se encolhia.

"A senhora lhe enviou dinheiro?", continuei.

Ela olhou para mim. "Agora acho que você está sendo um pouco indiscreta."

"Sim, senhora. Receio que tenha que fazer perguntas indiscretas."

Ela enfiou uma linha azul-brilhante na agulha.

"Os médicos fazem perguntas indiscretas", continuei, tentando uma outra tática. "Faz parte do nosso trabalho."

Ela sorriu um pouco. "Bem, é assim mesmo. Acho que é por isso que odeio ir ao médico. Eles acham que podem curar qualquer coisa com leite de magnésia. É como tomar tinta branca. Peyton, você poderia me trazer um copo de água com uma pedrinha de gelo? E pergunte se a nossa visitante deseja alguma coisa."

"Nada", disse-lhe, calmamente, enquanto ele se levantou relutante e saiu da sala.

"Foi muita atenção da senhora mandar dinheiro para a sua filha", comentei. "Por favor, diga-me como a senhora manda esse dinheiro para uma cidade tão grande e tão movimentada como Nova York ."

"Mandei via Western Union, como sempre faço."

"Para onde exatamente a senhora mandou?"

"Para Nova York , onde Jayne está."

"*Onde* em Nova York, senhora Gault? E a senhora fez isso outras vezes?"

"Mandei para uma farmácia lá. Porque ela tem que comprar os seus remédios."

"Por causa dos ataques. Seu difeniliadantoína."

"Jayne disse que não era uma parte da cidade muito boa." Ela continuava bordando e bordando. "Chamava-se Houston. Só que não se pronuncia como a cidade do Texas."

"Houston e o quê?", perguntei.

"O quê? Não sei o que você quer dizer." Ela estava começando a ficar agitada.

"Uma rua transversal. Preciso de um endereço."

"Mas pra que você precisa disso, meu Deus do céu?"

"Porque esse pode ser o lugar aonde sua filha foi antes de morrer."

Ela bordava cada vez mais rápido, os lábios apertados num linha fina.

"Por favor, ajude-me, senhora Gault."

"Ela anda muito de ônibus. Diz que vê a América deslizando pela janela como num filme, quando está no ônibus."

"Eu sei que a senhora não quer que ninguém mais morra."

Ela fechou os olhos com força.

"Por favor."

"Agora deixe-me descansar."

"O quê?"

"Rachael." O sr. Gault voltou à sala. "Não temos nenhum gelo. Não sei o que aconteceu."

"Para a cama", disse ela.

Aturdida, olhei para seu marido.

"Com Deus me deito, com Deus me levanto, com a graça de Deus e do Espírito Santo", disse o sr. Gault, olhando para sua esposa. "A gente rezava assim com as crianças todas as noites, quando elas eram pequenas. É nisso que você está pensando, não é, querida?"

"Essa era a senha para a Western Union", disse a sra. Gault.

"Porque Jayne não tinha carteira de identidade", concluí. "Evidente. Por isso eles a faziam dizer a senha, para pegar o dinheiro e a receita."

"Ah, sim. Era assim que vínhamos fazendo por muitos anos."

"E para Temple?"

"Para ele também."

O sr. Gault passou a mão no rosto. "Rachael, você não tem mandado dinheiro para ele também. Por favor, não vá me dizer que..."

"É o meu dinheiro. Eu tenho o dinheiro que recebi de minha família, da mesma forma que você." Ela recomeçou a bordar, girando o tecido de um lado para o outro.

"Senhora Gault", disse-lhe, "Temple sabia que Jayne recebia dinheiro pela Western Union?"

"Claro que sim. Ele é seu irmão. Temple disse que pegaria o dinheiro para Jayne porque ela não estava muito bem. Desde que o cavalo lhe deu um coice. Ela nunca foi tão inteligente quanto Temple. E eu mandava um dinheirinho para ele também."

"De quanto em quanto tempo a senhora mandava dinheiro?", perguntei, novamente.

Ela fez um nó e ficou olhando em volta, como se tivesse perdido alguma coisa.

"Senhora Gault, não vou sair desta casa até a senhora responder à minha pergunta ou me pôr para fora."

"Depois que Luther morreu, não havia ninguém para cuidar de Jayne, e ela não quis vir para cá", disse ela. "Ela não queria ficar numa casa. Então, sempre me avisava onde estava e eu a ajudava quando podia."

"Você nunca me contou isso." Seu marido estava arrasado.

"Desde quando ela estava em Nova York ?", perguntei.

"Desde 1º de dezembro. Mandei dinheiro regularmente, um pouco de cada vez. Cinqüenta dólares aqui, cem dólares ali. Mandei algum dinheiro no sábado passado, como de costume. É por isso que soube que Jayne está bem. Ela soube dizer a senha. Isso quer dizer que ela estava firme."

Perguntava a mim mesma desde quando Temple vinha interceptando o dinheiro de sua pobre irmã. O meu desprezo por ele era tal que chegava a me assustar.

"Ela não gostou da Filadélfia", continuou a sra. Gault, falando mais depressa. "Era lá que estava antes de ir para Nova York. Que bela 'cidade do amor fraterno', hein? Roubaram seu instrumento lá. Arrancaram de sua mão."

"A flauta de metal?", perguntei.

"Seu saxofone. Sabe, meu pai tocava violino."

O sr. Gault e eu olhamos para ela.

"Talvez tenham roubado o saxofone. Puxa, não me lembro de todos os lugares onde ela esteve. Querido, lembra-se de quando ela veio para o aniversário e saiu para passear entre as nogueiras com o cachorro?" Suas mãos ficaram quietas.

"Isso foi em Albany. Não é onde estamos agora."

Ela fechou os olhos. "Ela tinha vinte e cinco anos e nunca tinha sido beijada." A sra. Gault sorriu. "Lembro-me dela ao piano, tocando enquanto a tempestade caía lá fora, cantando *Parabéns a você* até não poder mais. Então Temple a levou ao celeiro. Ela o seguiria para qualquer lugar. Nunca entendi por quê. Mas Temple sabe ser envolvente."

Uma lágrima escorreu de seus olhos.

"Ela saiu para cavalgar aquele maldito Priss e não voltou." Mais lágrimas. "Oh, Peyton, nunca mais vi minha filhinha."

O sr. Gault falou em voz trêmula: "Temple a matou, Rachael. Isso não pode continuar".

Voltei de carro para Hilton Head e peguei o primeiro vôo para Charlotte. Dali voei para Richmond e peguei meu carro. Não fui para casa. Estava tomada de um sentimento de urgência que me fazia arder. Não consegui entrar em contato com Wesley em Quantico, e Lucy não respondera a nenhum de meus telefonemas.

Eram quase nove horas quando passei pelos negros estandes de tiro e pelos quartéis, as árvores estendendo suas sombras de ambos os lados da estrada estreita. Eu estava exausta e perturbada, observando os sinais que indicavam travessia de gamos, quando vi um facho de luz azul no espelho retrovisor. Não sabia o que era, mas sabia que não se tratava de uma patrulha da polícia, porque estas tinham outros faróis, além daquele que fica na altura do radiador.

Segui em frente. Lembrei-me de casos em que eu trabalhei de mulheres sozinhas que tinham parado para carros que elas imaginavam ser da polícia. Muitas vezes, ao longo dos anos, eu avisara Lucy para nunca parar para carros sem identificação, por nenhuma razão, e principalmente à noite. O carro vinha colado ao meu, mas só parei quando cheguei à cabine do guarda, em frente à Academia.

O carro não-identificado parou atrás do meu, e dele saiu imediatamente um PM uniformizado que veio para junto da janela do meu carro, com a pistola em punho. Meu coração pareceu parar.

"Saia com as mãos para cima!", ordenou ele.

Não me mexi.

Ele recuou e eu supus que o guarda tenha lhe dito alguma coisa. Então o guarda saiu da guarita e o PM grudou no vidro da minha janela. Eu baixei o vidro enquanto o PM baixava sua arma, sempre de olho em mim. Ele não parecia ter mais do que dezenove anos.

"A senhora vai ter que sair." O PM estava bravo e bastante embaraçado.

"Saio se você guardar a arma e sair da frente", disse-lhe, enquanto o guarda da Academia recuava. "E estou com uma pistola entre os bancos. Estou dizendo isso para que você não se assuste."

"A senhora é do Departamento de Combate às Drogas?", disse o PM, enquanto examinava meu Mercedes.

Ele tinha o que parecia ser o resquício acinzentado de um bigode. Meu sangue fervia. Eu sabia que ele estava se preparando para dar um show de macheza para o guarda da Academia, que permanecia quieto, olhando.

Saí do carro, as luzes azuis pulsando em nossos rostos.

"Quer saber se sou do Departamento de Combate às Drogas?"

"Sim."

"Não."

"Do FBI?"

"Não."

Ele foi ficando cada vez mais desconcertado. "Então o que a senhora é?"

"Sou uma médica-legista", disse-lhe.

"Quem é seu chefe?"

"Não tenho chefe."

"A senhora tem que ter um chefe."

"Meu chefe é o governador da Virgínia."

"Preciso ver sua carteira de motorista", disse ele.

"Só quando você me disser do que estou sendo acusada."

"A senhora estava dirigindo a quarenta e cinco por hora numa estrada cuja velocidade máxima é trinta e cinco. E tentou fugir."

"Todo mundo que foge da polícia militar vai direto para a cabine de um guarda?"

"Quero ver a sua carteira de motorista."

"E eu quero que você me diga, recruta", disse-lhe com veemência, "por que motivo você acha que não parei naquela estrada deserta à noite?"

"Não tenho a menor idéia."

"Viaturas sem identificação raramente interceptam carros, mas psicopatas muitas vezes fazem isso."

A luz azul pulsava em seu rosto pateticamente jovem. Ele provavelmente nem sabia o que era um psicopata.

"Nunca vou parar para um Chevrolet se eu e você tivermos a infelicidade de repetir essa cena ridícula algum dia. Você está entendendo?"

Um carro saiu em velocidade da Academia e parou do outro lado da guarita.

"Você veio para cima de mim", continuei meu discurso, indignada, enquanto a porta de um carro batia. "Você sacou uma droga duma nove-milímetros e apontou para mim. Será que ninguém lhe ensinou o sentido de *abuso de autoridade*?"

"Kay?", Wesley apareceu na escuridão, palpitante.

Imaginei que o guarda o tinha chamado, mas eu não entendia por que ele estaria ali àquela hora. Wesley não pode ter vindo de sua casa. Ele morava quase em Fredericksburg.

"Boa noite", disse ele secamente ao PM.

Eles se afastaram um pouco e não ouvi o que conversaram. Mas o rapaz voltou ao seu carro pequeno e leve. As luzes azuis se apagaram e ele foi embora.

"Obrigado", disse Wesley ao guarda. "Vamos." Olhou para mim. "Siga-me."

Ele não entrou no estacionamento que eu costumava usar, mas numa área reservada, atrás do Jefferson. Não havia nenhum outro carro no estacionamento, apenas uma grande pick-up, que reconheci ser de Marino. Saí.

"O que está havendo?", perguntei, o hálito condensando-se com o frio.

"Marino está na Unidade." Wesley trajava um suéter preto e calças pretas, e percebi que havia alguma coisa no ar.

"Onde está Lucy?", perguntei, rapidamente.

Ele ficou em silêncio, enquanto introduzia seu cartão de segurança numa abertura para entrarmos por uma porta reservada.

"Nós precisamos conversar."

"Não." Eu sabia o que ele queria dizer. "Estou muito preocupada."

"Kay, não sou seu inimigo."

"Às vezes você tem agido como se fosse."

Andávamos depressa, e nem pensamos em pegar o elevador.

"Sinto muito", disse ele. "Eu amo você e não sei o que fazer."

"Entendo." Eu estava abalada. "Também não sei o que fazer. Preciso que alguém me diga. Mas não quero continuar com isso, Benton. Eu não lamento o que houve entre nós, mas não quero isso sempre."

Ele ficou calado por um instante.

"Lucy fez um ponto contra o CAIN", disse ele, em tom indiferente. "Mobilizamos a ERR."

"Quer dizer que ela está aqui?", perguntei aliviada.

"Ela está em Nova York. E estamos indo para lá." Ele olhou o relógio.

"Não estou entendendo", disse-lhe, quando nossos passos começaram a ressoar nas escadas.

Atravessamos depressa um longo corredor, no qual os homens cuja função era negociar com seqüestradores passavam o dia, quando não estavam fora, negociando com terroristas escondidos em edifícios ou com seqüestradores de aviões.

"Não entendo por que ela está em Nova York", disse, nervosa. "Por que Lucy precisa estar lá?"

Entramos em sua sala, onde vi Marino agachado, junto a uma sacola de viagem. Ela estava aberta, e no carpete havia um aparelho de barbear e três pentes de balas para sua Sig-Sauer. Ele parecia procurar alguma coisa quando olhou para mim.

Ele disse a Wesley: "Você acredita numa coisa dessas? Esqueci minha lâmina de barbear".

"Existem lâminas em Nova York", disse Wesley, secamente.

"Estive na Carolina do Sul", disse eu. "Falei com os Gault."

Marino parou de mexer na sacola e tornou a olhar para mim. Wesley sentou-se à sua escrivaninha.

"Espero que eles não saibam onde está o filho", foi o comentário esquisito que ele fez.

"Não há nenhum indício de que saibam." Olhei para ele curiosa.

"Bem, talvez isso não tenha importância." Wesley esfregou os olhos. "Só não quero que ninguém o avise."

"Lucy conseguiu mantê-lo no CAIN tempo suficiente para que o localizássemos, é isso?"

Marino levantou-se e sentou-se numa cadeira. "O verme se entocou no Central Park."

"Onde?", perguntei.

"No Dakota."

Wesley e eu pensamos justamente isso no Natal, quando passamos em frente ao Dakota. Gault talvez nos estivesse observando. De seu quarto dava para ver nossas luzes.

"Ele não tem dinheiro para ficar no Dakota", disse a eles.

"Lembra-se de sua identidade falsa?", perguntou Marino. "O italiano chamado Benelli?"

"É o apartamento dele?"

"Sim", respondeu Wesley. "Parece que o senhor Benelli é o herdeiro excêntrico da fortuna de sua família. A gerência supõe que o atual ocupante é um parente dele italiano. De resto, eles não costumam fazer muitas perguntas lá, e ele está falando com sotaque. É muito conveniente, porque o senhor Benelli não paga as despesas. Quem paga é o pai, que mora em Verona."

"Por que não se pode ir ao Dakota e pegar Gault?", perguntei. "Por que a ERR não pode fazer isso?"

"Melhor não. É muito arriscado", disse Wesley. "Não se trata de uma guerra, Kay. Não queremos que haja baixas, e estamos presos à lei. As pessoas do Dakota poderiam ser feridas. Não sabemos onde Benelli está. Ele poderia estar na sala."

"Sim, numa sacola de plástico numa mala", disse Marino.

"Sabemos onde Gault está, mantemos o edifício sob vigilância. Mas Manhattan não é bem a região que escolheríamos para agarrar esse sujeito. Tem gente demais. Se se arma um tiroteio — não importa se você é bom ou não —, alguém sai ferido, alguém que nada tem a ver com a história. Acontece de uma mulher, um homem, uma criança passar na hora errada..."

"Entendo", disse-lhe. "Não discordo de você. Gault está no apartamento agora? E a Carrie?"

Wesley respondeu: "Nenhum dos dois foi visto, não temos razão para acreditar que Carrie esteja com ele".

"Ele não usou o meu cartão de crédito para comprar as passagens de avião dela", comentei. "Isso eu posso dizer."

"Sabemos que Gault estava no apartamento pelo menos até as oito da manhã de hoje", disse Wesley. "Foi nessa hora que ele entrou no sistema e Lucy o pegou."

"Ela o pegou?", perguntei, olhando para os dois homens. "Lucy o localizou daqui e depois foi embora? Foi mobilizada com a ERR?"

Imaginei uma cena esquisita: Lucy, de botas pretas e uniforme, com um grupo de habilíssimos pilotos de helicóptero, atiradores de elite e peritos em explosivos, e minha incredulidade aumentou.

Os olhos de Wesley encontraram os meus. "Ela está em Nova York há dois dias, trabalhando no computador da Polícia de Trânsito. Lucy o pegou já em Nova York."

"Por que não trabalhar onde fica a sede do CAIN?" Eu gostaria de saber, porque não queria Lucy em Nova York. Não queria ela no mesmo estado em que se achava Temple Gault.

"A Polícia de Trânsito tem um sistema extremamente sofisticado", disse ele.

Marino falou. "Eles têm coisas que a gente não tem, doutora."

"O quê, por exemplo?"

"Um mapa computadorizado de todas as galerias do metrô." Marino chegou um pouco para mais perto de mim, os braços apoiados nos joelhos. Ele entendia o que eu estava sentindo. Dava para perceber isso pelo seu olhar. "Achamos que foi com esse mapa que Gault se orientou em suas andanças pelo metrô."

Wesley explicou: "Carrie deve ter conseguido fazer Gault entrar no computador da Polícia de Trânsito pelo CAIN.

Com isso, ele bolou uma maneira de se deslocar pelas galerias do metrô para conseguir suas drogas e cometer seus crimes. Ele teve acesso a plantas detalhadas que incluem estações, passarelas, túneis e saídas de emergência".

"Que saídas de emergência?"

"O metrô tem saídas que levam para fora das galerias, para o caso de um trem ter que parar por algum motivo. Os passageiros podem passar pela saída de emergência e chegar de volta à superfície. O Central Park tem muitas dessas saídas."

Wesley levantou-se e se aproximou de sua sacola de viagem. Ele a abriu e tirou um grosso rolo de papel branco. Depois de retirar a borracha que o envolvia, foi desdobrando enormes plantas das galerias do metrô de Nova York , que incluíam trilhos e estruturas, poços de inspeção, lixeiras, sinais luminosos, plataformas. Essas plantas cobriam quase toda a área da sala de Wesley, algumas com quase dois metros. Eu as examinei, fascinada.

"Isto é da comandante Penn?", perguntei.

"Isso mesmo", respondeu Wesley. "E o que ela tem no computador é muito mais detalhado. Por exemplo", ele se acocorou, apontando e afastando a gravata. "Em março de 1979, as catracas da CB número 300 foram retiradas. É bem aqui." Ele me mostrou um mapa da estação da rua 110, na avenida Lennox, e da rua 112.

"E agora uma mudança como esta vai diretamente para o sistema de computação da Polícia de Trânsito."

"Isso quer dizer que qualquer mudança logo é registrada nos mapas computadorizados", falei.

"Exato." Ele abriu mais uma planta, esta da estação do Museu de História Natural da rua 81. "O motivo pelo qual achamos que Gault está usando esses mapas está aqui." Wesley mostrou uma área sob vigilância que indicava uma saída de emergência bem perto de Cherry Hill.

"Se Gault tivesse esse mapa", continuou Wesley, "muito provavelmente ele teria escolhido essa saída de emergência para entrar e sair quando cometeu o assassinato no Central Park. Por aqui, ele e sua vítima poderiam andar pelas galerias sem serem vistos, depois de sair do museu, e quando chegassem ao parque, já estariam bem perto do chafariz onde ele tencionava expor o corpo.

"Mas o que você não fica sabendo por esse mapa de três meses atrás é que um dia antes do assassinato, o Departamento de Obras bloqueou essa saída para conserto. Achamos que foi por isso que Gault e sua vítima saíram bem perto da Ramble", disse ele. "Algumas pegadas encontradas nessa área, como se viu depois, são semelhantes às suas. E elas foram encontradas próximo de uma saída de emergência."

"Então a gente tem que se perguntar como ele sabia que a saída perto de Cherry Hill estava bloqueada", falou Marino.

"Suponho que ele poderia ter verificado isso antes", disse-lhe.

"Você não pode fazer isso de cima porque as portas só se abrem de dentro da galeria", continuou Marino.

"Talvez ele estivesse na galeria e tenha visto de dentro que a porta estava bloqueada", argumentei, pois sabia aonde a coisa ia chegar e não estava gostando nada daquilo.

"Claro que é possível", disse Wesley, sensatamente. "Os policiais do trânsito entram muito nas galerias. Estavam todos nas plataformas e estações e ninguém se lembra de ter visto Gault. Acho que ele se desloca lá embaixo orientando-se pelo computador e sobe às ruas quando lhe convém."

"Qual o papel de Lucy nisso tudo?", perguntei.

"Manipular", respondeu Marino.

"Não conheço computação", acrescentou Wesley. "Mas pelo que entendi, ela programou o computador de forma que, quando ele acessa o mapa, o que ele na verdade está vendo é um mapa que ela vai modificando."

"Modificando para quê?"

"Esperamos descobrir uma forma de pegá-lo como um rato num labirinto."

"Achei que a ERR tinha sido mobilizada."

"Vamos tentar tudo o que for possível."

"Bem, deixe-me sugerir que a gente considere um outro plano. Gault vai à farmácia Houston Professional quando precisa de dinheiro."

Eles me olharam como se eu estivesse louca.

"É para lá que a mãe dele tem mandado dinheiro para a irmã de Temple, Jayne..."

"Espere um pouco", interrompeu Marino.

Mas eu continuei: "Tentei ligar antes para avisar a vocês. Sei que ele andou interceptando o dinheiro, porque a senhora Gault mandou dinheiro para Jayne quando ela já estava morta. E alguém o recebeu, assinando o recibo. Essa pessoa conhecia a senha".

"Espere um pouco", disse Marino. "Espere uma droga de minuto. Você está querendo dizer que esse filho da puta matou a própria irmã?"

"Sim", respondi. "Ela era irmã gêmea dele."

"Jesus. Ninguém me falou isso." Ele olhou acusadoramente para Wesley.

"Você chegou dois minutos antes de Kay ser presa", disse-lhe Wesley.

"Eu não fui presa", afirmei. "Seu segundo nome é Jayne, com *y*", acrescentei, e informei-os de tudo.

"Isso muda tudo", disse Wesley, e ligou para Nova York.

Eram quase onze horas quando ele largou o telefone. Ele se levantou e pegou sua pasta, o seu saco de viagem e um rádio portátil que estava na escrivaninha. Marino também se levantou da cadeira.

"Unidade três para unidade dezessete", falou Wesley no rádio.

"Dezessete."

"Estamos indo para aí."

"Sim, senhor."

"Vou com você", disse-lhe.

Ele olhou para mim. Eu não estava na lista original de passageiros.

"Está bem", afirmou ele. "Vamos."

19

Discutimos o plano no ar, enquanto nosso piloto rumava para Manhattan. O FBI, seção de Nova York, iria enviar um agente à paisana para a farmácia da rua Houston com a Segunda Avenida, enquanto dois agentes de Atlanta seguiriam para a fazenda Live Oaks. Tudo isso acontecia enquanto conversávamos pelos microfones de bordo.

Se a sra. Gault mantivesse o esquema habitual, faria mais uma remessa de dinheiro no dia seguinte. Como Gault não desconfiava de que seus pais já sabiam da morte da filha, ele deveria estar pensando que o dinheiro chegaria, como de costume.

"Uma coisa que ele não vai fazer de forma alguma é pegar um táxi e ir para a farmácia", a voz de Wesley encheu meu fone de ouvido, enquanto eu olhava para planícies de trevas.

"Agora", disse Marino, "eu duvido. Ele sabe que todo mundo, menos a rainha da Inglaterra, está em seu encalço."

"Queremos que ele vá para as galerias do metrô."

"Lá embaixo parece ser mais arriscado", comentei, pensando em Davila. "Tudo escuro. E ainda há os trilhos condutores e os trens."

"Eu sei", disse Wesley. "Mas ele tem a mentalidade de um terrorista. Ele não se importa com quem mata. Não podemos ter um tiroteio em Manhattan em pleno meio-dia."

Eu tinha plena consciência disso.

"E como garantir que ele vá à farmácia passando pela galerias?", perguntei.

"Nós apertamos o cerco sem o espantar."

"Como assim?"

"Amanhã haverá uma passeata contra a violência."

"Vem mesmo a calhar", disse-lhe, ironicamente. "Vai ser pelo Bowery?"

"Sim. O trajeto pode ser facilmente desviado para a rua Houston e a Segunda Avenida."

Marino interrompeu. "Basta deslocar os cones de sinalização."

"O Departamento de Polícia de Trânsito pode mandar uma comunicação via computador, avisando a polícia de que na Bowery haverá uma passeata a tal hora. Gault verá no computador que a passeata vai passar pela área exatamente na hora em que imaginamos que ele irá apanhar o dinheiro. Ele verá que a estação de metrô da Segunda Avenida foi fechada temporariamente."

Uma usina nuclear em Delaware brilhava como uma resistência elétrica, e o ar frio se infiltrava, chegando até nós.

"Aí ele vai ver que não é uma boa hora para ficar andando pela rua", falei.

"Exatamente. Onde tem passeata, tem policiais."

"O que me preocupa é que ele pode desistir de ir pegar o dinheiro", disse Marino.

"Ele vai atrás do dinheiro", afirmou Wesley, como se tivesse certeza.

"Sim", concordei. "Ele é um viciado. Isso é uma motivação mais forte que qualquer medo que ele possa ter."

"Você acha que ele matou a irmã por causa do dinheiro?", perguntou Marino.

"Não", respondeu Wesley. "Mas as pequenas quantias que sua mãe mandava eram mais uma coisa de que ele se apropriava. No final, ele tirou tudo o que sua irmã possuíra."

"Não, não tirou", disse-lhe. "Ela nunca foi má como ele. Isso é a melhor coisa que ela possuía e Gault não lhe tirou isso."

"Estamos chegando armados à Big Apple", falou Marino, sem usar o microfone.

"Droga! Esqueci a minha bolsa", reclamei.

"A primeira coisa que vou fazer é falar com o comissário", continuou Marino.

Aterrissamos no heliporto de Hudson, perto do porta-aviões Intrepid, que ainda estava enfeitado com luzes de Natal. Uma radiopatrulha da Polícia de Trânsito nos esperava e lembrei-me de ter chegado ali há bem pouco tempo e de ter sido apresentada à comandante Penn. Lembrei-me também da visão do sangue de Jayne na neve, quando eu ainda não sabia da terrível verdade sobre ela.

Chegamos novamente ao Athletic Club de Nova York.

"Em que sala Lucy está?", perguntei a Wesley, enquanto fazíamos o nosso registro com um velho que parecia ter passado a vida toda trabalhando altas horas da noite.

"Ela não está." Wesley nos passou as chaves.

Afastamo-nos do balcão.

"Está bem", disse-lhe. "Agora me conte."

Marino bocejou. "Nós a vendemos para uma fábrica do bairro têxtil."

"Ela está sob custódia ou coisa assim", disse Wesley com um risinho, quando o elevador se abriu. "Ela está com a comandante Penn."

No meu quarto, tirei a roupa e pendurei no chuveiro. Eu a vaporizei, como tinha feito nas duas últimas noites, e pensei em jogá-la fora se algum dia tivesse a chance de trocar de roupa. Dormi debaixo de vários cobertores e com as janelas totalmente abertas. Acordei às seis horas, antes de o despertador tocar. Tomei um banho e pedi um pãozinho e café.

Às sete, Wesley ligou e logo ele e Marino estavam à minha porta. Descemos até o saguão e fomos para um carro de polícia que nos esperava. Minha Browning estava na minha pasta, e esperava que Wesley conseguisse autorização especial de porte, porque não queria infringir as leis de Nova York. Pensei em Bernhard Goetz.

"Eis o que vamos fazer", disse Wesley, enquanto nos dirigíamos à baixa Manhattan. "Vou passar a manhã no telefone. Marino, quero que você fique na rua, com os policiais de trânsito. Providencie para que essas drogas desses cones fiquem exatamente no lugar onde devem ficar."

"Certo."

"Kay, quero você junto com a comandante Penn e com Lucy. Elas vão ficar em contato direto com os agentes que se encontram na Carolina do Sul e com o que está na farmácia." Wesley olhou o relógio. "Os agentes da Carolina do Sul, aliás, devem estar chegando à fazenda dentro de uma hora, no máximo."

"Vamos torcer para que os Gault não estraguem tudo", disse Marino, que estava no banco ao lado do motorista.

Wesley olhou para mim.

"Quando me despedi deles, eles pareciam dispostos a colaborar", disse-lhe. "Mas será que a gente não pode mandar o dinheiro para Gault no nome da mãe, e deixá-la de fora dessa história?"

Wesley falou: "A gente poderia sim. Mas quanto menos chamarmos a atenção sobre o que estamos fazendo, melhor. A senhora Gault mora num vilarejo. Se os agentes mandam dinheiro de lá, alguém poderia comentar."

"E como Gault iria ficar sabendo desse comentário?", perguntei, ceticamente.

"Se o agente da Western Union, em Beaufort, desse algum toque a alguém aqui em Nova York, isso poderia espantar Gault. Não queremos correr esse risco, e quanto menos gente estiver envolvida, melhor."

"Entendo."

"Há um outro motivo para que você fique com a comandante", continuou Wesley. "Se a senhora Gault quiser fazer algum tipo de interferência, vou precisar que você fale com ela para que volte a se comportar direitinho."

"Gault tem que aparecer na farmácia", falou Marino. "Ele só deve saber que não veio dinheiro nenhum quando chegar ao balcão, se é isso que vai acontecer, caso a velha desconfie de nós."

"Não sabemos o que ele vai fazer", disse Wesley. "Mas acho que ele pode ligar antes."

"A sra. Gault deve mandar o dinheiro", concordei. "Ela tem que continuar com isso. E isso é duro."

"Claro, trata-se de seu filho", acrescentou Wesley.

"E aí, o que vai acontecer?", indaguei.

"Arranjamos as coisas para que a passeata comece às duas, que é a hora em que costumam chegar ordens de pagamento. Vamos ter a ERR em campo — alguns dos agentes estarão na passeata. E haverá também outros agentes. Mais policiais à paisana. Estes ficarão principalmente no metrô e em áreas próximas às saídas de emergência."

"E na farmácia?", perguntei.

Wesley fez uma pausa. "Vamos ter, claro, dois agentes lá. Mas não queremos agarrar Gault nem na farmácia, nem perto dela. Ele pode começar a atirar a torto e a direito. Se tiver que haver baixas, que seja só uma."

"Eu só queria ser o felizardo a providenciar isso", comentou Marino. "Depois disso, podia me aposentar."

"Nós temos que pegá-lo nas galerias do metrô", disse Wesley, enfaticamente. "Não sabemos de que armas ele dispõe no momento. Nem quantas pessoas ele pode pôr fora de combate com o caratê. A gente ignora muita coisa. Acho que cada vez mais ele se afunda na cocaína e está perdendo o controle. E ele não tem medo. É por isso que é tão perigoso."

"Para onde nós vamos?", perguntei, olhando os edifícios sombrios passando por nós, enquanto começava a cair uma chuva fraca. Não era um bom dia para uma passeata.

"Penn instalou um posto de comando na rua Bleecker, que fica perto da farmácia Houston, mas a uma distância segura", explicou Wesley. "Sua equipe passou a noite toda lá, levando equipamentos de computação e coisas assim. Lucy está com eles."

"E isso é dentro da própria estação de metrô?"

O policial que estava dirigindo respondeu: "Sim, senhora. É uma parada local que opera apenas durante a semana. Os trens não param lá nos fins de semana, portanto ela fica tranqüila. Os policiais de trânsito têm um minidistrito que cobre o Bowery".

Ele estacionou em frente às escadarias que desciam para a estação. As calçadas e as ruas estavam cheias de pessoas com guarda-chuvas ou com jornais na cabeça.

"É só descer e já se vê a porta de madeira à esquerda das catracas. Fica perto do guichê de informações", disse o policial.

Ele pegou o microfone. "Unidade um-onze."

"Unidade um-onze", respondeu o controlador.

"Dez-cinco, unidade três."

O controlador contatou a unidade três e reconheci a voz da comandante Penn. Ela sabia que eu tinha chegado. Wesley, Marino e eu descemos com cuidado os degraus escorregadios, enquanto a chuva começava a cair mais pesada. Os ladrilhos do interior da estação estavam úmidos e sujos, e não havia ninguém por lá. Eu ficava cada vez mais ansiosa.

Passamos pelo guichê de informações, e Wesley bateu numa porta de madeira. Ela se abriu e o detetive Maier, que eu e Marino conhecêramos no dia da autópsia de Davila, fez-nos entrar num espaço que se transformara numa sala de controle. Havia monitores de circuitos fechados de tevê numa mesa comprida, e minha sobrinha estava sentada junto a um consolo equipado com telefones, equipamentos de rádio e computadores.

Frances Penn, trajando um suéter preto de comando e calças de uniforme do seu grupo, veio em minha direção e me deu um caloroso aperto de mão.

"Kay, estou tão feliz por você estar aqui", disse ela, que parecia cheia de energia.

Lucy estava absorvida numa linha de quatro monitores. Cada um exibia uma planta de uma parte diferente do metrô.

Wesley disse à comandante Penn: "Tenho que ir para a área de operação. Marino vai estar fora com seus homens, como combinamos".

Ela fez que sim com a cabeça.

"Isso quer dizer que a doutora Scarpetta vai ficar aqui."

"Muito bom."

"Onde nós estamos, exatamente?", perguntei.

"Bem, estamos perto da estação da Segunda Avenida, onde fica a farmácia", respondeu-me a comandante Penn. "Vamos bloquear a entrada com cones de sinalização e cavaletes. Não podemos arriscar um confronto com civis por perto. Esperamos que ele venha pelo túnel, margeando os trilhos que vão em direção norte, ou saia por ele, e Gault estará mais inclinado a pegar a Segunda Avenida se ele não estiver aberto. Você vai entender melhor quando sua sobrinha o mostrar na tela."

"Quer dizer que vocês pretendem pegá-lo em algum ponto dentro dessa estação?", perguntei.

"É isso o que a gente espera", disse Wesley. "Vamos ter o nosso pessoal no escuro. A ERR vai estar lá, e em toda a área próxima. O ponto central é que queremos pegá-lo longe das aglomerações de pessoas."

"Claro", respondi.

Maier estava olhando para nós atentamente. "Como você supôs que a moça do parque era irmã dele?", perguntou ele, olhando diretamente para mim.

Dei-lhe um breve resumo da história, acrescentando: "Vamos usar o teste de DNA para confirmar".

"Pelo que ouvi falar não é bem assim", disse ele. "Ouvi falar que perderam seu sangue e matéria fecal no necrotério."

"Onde você ouviu isso?", perguntei.

"Conheço um monte de caras que trabalham lá. Sabe, detetives da Divisão de Desaparecidos do DPNY."

"Nós vamos identificá-la", disse-lhe, os olhos fixos nele.

"Bem, se você quer saber, vai ser uma pena se eles descobrirem."

A comandante Penn estava ouvindo com toda a atenção. Percebi que ela e eu estávamos chegando à mesma conclusão.

"Por que você diz isso?", ela lhe perguntou.

Maier estava ficando com raiva. "Porque a forma como as coisas funcionam nesta bosta de sistema nessa merda de cidade é assim: a gente agarra o filho da puta aqui, certo? Então, ele é acusado de matar essa moça porque não existem provas de que ele matou Jimmy Davila. E nós não temos pena de morte em Nova York. E o caso arrefece se a moça é uma anônima qualquer — se ninguém souber quem é ela."

"Está me parecendo que você quer que esse caso caia no esquecimento", disse Wesley.

"É. Está parecendo porque é isso mesmo."

Marino olhava para ele sem nenhuma expressão no rosto. "Aquele verme", disse ele, "acabou com o Davila com sua própria arma. O certo seria ele ir para a cadeira elétrica."

"Você está coberto de razão", continuou Maier, com as mandíbulas crispadas. "Ele liquidou um policial. Um puta dum policial que está sendo acusado de uma porrada de coisas, porque é assim que acontece quando você é morto no cumprimento do dever. As pessoas, os políticos, política interna — todos têm suas prioridades. Todo mundo tem. Seria muito melhor se Gault fosse julgado na Virgínia e não aqui."

Ele olhou para mim novamente. Eu sabia o que acontecera com o material para exame de Jayne. O detetive Maier pedira aos seus amigos do necrotério que lhe fizessem um favorzinho, em honra do seu colega assassinado. E embora aquele ato fosse absolutamente errado, eu quase não podia condená-los por isso.

"Existe cadeira elétrica na Virgínia, onde Gault também cometeu assassinatos", disse ele. "E o que dizem por aí é que a doutora é recordista em conseguir sentenciá-los por assassinato. Só que se o filho da puta for julgado em Nova York, provavelmente você não vai testemunhar, vai?"

"Não sei", respondi.

"Está vendo? Ela não sabe. Isso quer dizer que a gente pode tirar o cavalinho da chuva." Ele olhou para cada uma das pessoas em volta, como se tivesse feito uma demonstração irrefutável. "O canalha precisa ir para a Virgínia para ser cozido, se é que um de nós não vai acertá-lo aqui mesmo."

"Detetive Maier", disse a comandante Penn com toda a calma. "Vamos para a minha sala."

Eles saíram, passando por uma porta que ficava no fundo. Maier iria ser excluído da operação porque não podia ser controlado. Ela faria um relatório sobre o caso e, com certeza, ele seria suspenso.

"Estamos saindo", falou Wesley.

"Sim", disse Marino. "Agora vocês só vão nos ver na tevê." Ele estava se referindo aos monitores que havia na sala de controle.

Eu estava tirando o casaco e as luvas e falando com Lucy quando a porta se abriu e Maier entrou. Ele veio até mim, andando com passos rápidos e raivosos.

"Faça isso por Jimmy", disse ele, comovido. "Não deixe esse filho da puta sair por aí impune."

As veias de seu pescoço estavam saltadas e ele olhou para o teto. "Desculpe." Ele piscou para evitar as lágrimas e quase não conseguia falar quando abriu a porta e saiu.

"Lucy?", disse-lhe. Estávamos sozinhas.

Ela estava digitando, concentradíssima. "Olá", respondeu.

Aproximei-me dela e beijei o alto de sua cabeça.

"Sente-se", disse ela, sem desviar os olhos do que estava fazendo.

Dei uma olhada nos monitores. Havia setas indicando os trens que iam em direção a Manhattan, Brooklyn, Queens, e uma intrincada grade indicando ruas, escolas e clínicas médicas. Tudo estava numerado. Sentei-me ao lado dela e tirei os óculos de minha pasta quando a comandante Penn voltou, mostrando-se bastante tensa.

"Não foi nada fácil fazer isso", disse, de pé, atrás de nós. Ela estava tão perto que o revólver em sua cintura quase encostava na minha orelha.

"O que são esses desenhos piscantes que parecem escadas em espiral?", indaguei, apontando alguns deles na tela.

“São as saídas de emergência”, respondeu a comandante Penn.

“Vocês podem me explicar o que estão fazendo aqui?”

“Explique você, Lucy”, falou a comandante Penn.

“É uma coisa muito simples”, disse Lucy, mas eu nunca acreditava quando ela dizia aquilo. “Supomos que Gault também está olhando esses mapas. Então faço com que ele veja o que nós queremos que ele veja.”

Ela digitou várias teclas e apareceu uma nova parte do metrô, com seus símbolos e a representação dos trilhos intermináveis. Lucy continuou digitando e apareceu uma área tracejada em vermelho.

“Este é o trajeto que imaginamos que ele vá fazer”, disse ela. “Pela lógica, ele deve entrar no metrô neste ponto.”

Lucy apontou para o monitor à sua esquerda. “Este apresenta a estação do Museu de História Natural. Como você pode ver, há três saídas de emergência aqui à direita, próximo ao planetário Hayden, e uma perto do conjunto habitacional Beresford. Ele poderia ir também em direção sul, mais próximo ao Kenilworth, e entrar nas galerias do metrô por esse lado, dirigindo-se para qualquer plataforma, quando quiser tomar o trem.”

“Não mudei nada nessa área sob controle”, continuou Lucy. “É mais importante confundi-lo na outra ponta, onde ele entra para o Bowery.”

Ela ia digitando rapidamente e foram aparecendo, uma a uma, outras imagens em cada um dos monitores. Lucy conseguia mexer e manipular aquilo como se fossem maquetes em suas mãos. No monitor do centro, que ficava à sua frente, o diagrama representando uma saída de emergência estava iluminado e circunscrito por um quadrado.

“Acho que a sua toca é aqui”, falou Lucy. “Uma saída de emergência onde a Quarta e a Terceira se encontram no Bowery.” Ela apontou. “Aqui por trás dessa grande construção castanho-avermelhada, o Cooper Union Foundation Building.

A comandante Penn falou: "O motivo que nos leva a achar que ele está usando essa saída é que descobrimos que ela foi forçada. Enfiaram uma lâmina de alumínio entre a porta e o caixilho, de forma que se pudesse entrar vindo de cima".

"Essa saída também é a mais próxima da farmácia", continuou ela. "Fica afastada, aqui por trás desse edifício, praticamente numa passagem entre contêineres de lixo. Gault poderia entrar e sair quando quisesse, e era muito improvável que alguém o visse, mesmo em plena luz do dia."

"E há uma outra coisa", disse Lucy. "No quarteirão da Cooper há uma famosa loja de instrumentos musicais. A Carl Fisher Instrumentos Musicais."

"Certo", falou a comandante Penn. "Uma pessoa que trabalha lá se lembra de Jayne. De vez em quando ela entrava na loja para dar uma olhada. Isso deve ter acontecido lá por dezembro."

"Alguém falou com ela?", perguntei, e aquilo me deixou triste.

"Eles só lembram que ela estava interessada em partituras de jazz. Não sabemos bem o que Gault tem a ver com essa área. Mas ele pode ter muito mais a ver do que imaginamos."

"O que fizemos", disse Lucy, "foi excluir essa saída de emergência. A polícia a bloqueou."

Ela continuou trabalhando no teclado. O desenho não estava mais iluminado e havia uma legenda dizendo *Desativada*.

"Acho que aí seria um bom lugar para pegá-lo", comentei. "Por que não pegá-lo ali, atrás do Cooper Union Building?"

"Pelo mesmo motivo", disse a comandante Penn. "Fica bem próximo a uma região muito movimentada e cheia de gente, e Gault poderia voltar para dentro da galeria, mergulhando bem fundo nela. Literalmente, nas entranhas do Bowery. Uma perseguição naquele lugar seria perigosa, e talvez não conseguíssemos pegá-lo. Eu imagino que ele saiba se orientar naquela área muito mais do que nós."

"Certo. E aí, como vai ser?"

"O que vai acontecer é que, já que Gault não vai poder usar sua saída de emergência preferida, ele tem duas alternativas: ou pegar outra saída, que fica mais ao norte, acompanhando os trilhos, ou continuar andando pelas galerias, subindo para a rua na plataforma da Segunda Avenida."

"Achamos que Gault não vai pegar outra saída", disse a comandante Penn. "Isso faria com ele ficasse muito tempo na superfície, fora das galerias. E com uma passeata acontecendo, ele sabe que haverá muitos policiais circulando por ali. Por isso, estamos supondo que ele vai querer ficar o maior tempo possível dentro das galerias do metrô."

"Certo", concordou Lucy. "É perfeito. Gault sabe que a estação foi fechada temporariamente. Ninguém vai vê-lo quando ele subir, vindo dos trilhos. E ele já vai sair praticamente do lado da farmácia. Pega o dinheiro, e volta pelo mesmo caminho."

"Talvez sim. Mas pode ser que não."

"Ele sabe da passeata", disse Lucy, peremptoriamente. "Ele sabe que a estação da Segunda Avenida está fechada. Ele sabe que a saída de emergência que ele forçou está bloqueada. Ele sabe simplesmente tudo o que queremos que ele saiba."

Lancei-lhe um olhar cético. "Por favor, por que você tem tanta certeza?"

"Trabalhei o sistema de forma que eu seja informada, imediatamente, toda vez que esses arquivos forem acessados. Eu sei que todos eles foram acessados e quando foram." Seus olhos fuzilavam de raiva.

"Será que não poderia ter sido outra pessoa?"

"Não da forma como eu armei as coisas."

"Kay", disse a comandante Penn. "Tem outra parte muito importante. Veja aqui." Ela me mostrou a linha de monitores do circuito fechado numa mesa comprida. "Lucy, mostre a ela."

Lucy mexeu no teclado e cada um dos monitores passou a mostrar uma diferente estação do metrô. Podíamos ver as pessoas passando. Os guarda-chuvas estavam fechados, debaixo do braço, e cheguei a reconhecer sacolas com o logotipo das lojas Bloomingdale's, do mercado Dean & DeLuca e da Delicatessen da Segunda Avenida.

"Está parando de chover", observei.

"Agora veja isto", disse Lucy.

Ela deu mais alguns comandos, sincronizando o circuito fechado com os diagramas computadorizados. Quando um entrava na tela, o outro também entrava.

"O que podemos fazer", explicou ela, "é atuar como o pessoal que faz controle de tráfego aéreo. Se Gault fizer algo inesperado, vou estar em contato permanente com os policiais, os federais, via rádio."

"Por exemplo, se — queira Deus que não — ele conseguir fugir e se internar pelas galerias ao longo desses trilhos aqui", a comandante Penn apontou para um mapa na tela, "Lucy pode avisar a polícia pelo rádio que existe uma barricada de madeira à direita. Ou uma plataforma, trilhos de trens expressos, uma saída de emergência, um corredor, um poste de sinalização."

"Isso se ele escapar e a gente tiver que ir buscá-lo no inferno onde ele matou Davila", acrescentei. "Isso é o pior que pode acontecer."

Frances Penn olhou para mim. "O que é o pior quando a gente lida com ele?"

"Espero que a gente já tenha visto", disse-lhe.

"Você sabe que a Polícia de Trânsito dispõe de um sistema telefônico com tela de toque, não é?" Lucy me mostrou. "Se os números estiverem no computador, você pode discar de qualquer parte do mundo. O que é bom mesmo é o 911. Se for discado da superfície, a chamada cai no DPNY. Se for discado de dentro das galerias do metrô, cai na Polícia de Trânsito."

"Quando vocês vão fechar a estação da Segunda Avenida?", levantei-me e perguntei à comandante Penn.

Ela olhou o relógio. "Em pouco menos de uma hora."

"Os trens vão continuar passando?"

"Claro", disse ela, "só que não vão parar lá."

20

A passeata contra a violência começou na hora marcada, com a participação de quinze grupos religiosos e um aglomerado de homens, mulheres e crianças que queriam ter os seus espaços de volta. O tempo tinha piorado, e a neve provocava ventos gelados que obrigavam as pessoas a tomar táxis e metrô, porque estava frio demais para andar.

Às duas e quinze, Lucy, a comandante Penn e eu estávamos na sala de controle, com todos os monitores, tevê e rádio ligados. Wesley permanecia num dos muitos carros do FBI que o DPE havia pintado para parecerem táxis, equipados com rádios e outros aparelhos de comunicação e de vigilância. Marino estava na rua, com os policiais de trânsito e com agentes do FBI à paisana. O pessoal da ERR estava dividido: parte no Dakota e parte na farmácia e na rua Bleecker. Não sabíamos exatamente a posição de cada um, porque todos lá em cima estavam se movimentando, e nós nos mantínhamos ali, paradas.

"Por que ninguém ligou?", queixou-se Lucy.

"Ele ainda não foi visto", disse a comandante Penn, com a voz firme mas exasperada.

"Imagino que a passeata já tenha começado", comentei.

"Está na Lafayette, vindo para cá", afirmou a comandante Penn.

Ela e Lucy usavam fones de ouvido ligados ao consolo. Elas estavam em canais diferentes.

"Está bem, está bem", disse a comandante Penn, ajeitando-se na cadeira. "Já o localizamos. Plataforma número sete", exclamou para Lucy, cujos dedos voaram. "Ele acabou de sair de uma passarela. Entrou na galeria do metrô, vindo de um túnel que passa por baixo do parque."

A plataforma número sete apareceu no televisor preto e branco. Observamos um vulto usando um comprido casaco preto. Usava botas, chapéu e óculos escuros, e estava afastado dos outros passageiros, na extremidade da plataforma. Lucy chamou outro mapa na tela enquanto a comandante Penn ficava à escuta no rádio. Fiquei observando passageiros andando, sentados, olhando mapas e de pé. Ouviu-se o ruído de um trem que diminuiu a velocidade e parou. As portas se abriram e ele entrou.

"Em que direção ele está indo?", perguntei.

"Sul. Gault está vindo para cá", disse a comandante Penn, excitada.

"Ele está na linha A", informou Lucy, examinando seus monitores.

"Certo." A comandante Penn entrou no ar. "O mais longe que ele pode ir é até a Washington Square", disse ela a alguém. "Aí ele pode passar para a linha F direto para a Segunda Avenida."

Lucy disse: "Vamos checar as estações uma a uma. Não sabemos onde ele vai descer. Mas ele tem que sair em algum lugar para poder voltar às galerias."

"Gault vai ter que fazer isso em direção à Segunda Avenida", falou a comandante Penn pelo rádio. "Ele não pode pegar o trem naquela estação, porque ele não está parando lá."

Lucy manipulava os monitores do circuito fechado de tevê. Ia mostrando a intervalos rápidos diferentes estações, enquanto um trem que não víamos vinha em nossa direção.

"Ele não está na 42", disse ela. "Também não o estamos vendo na estação Penn, nem na 23."

Os monitores piscavam, mostrando plataformas e pessoas que não sabiam que estavam sendo observadas.

"Se ele ficou naquele trem, deve estar na rua 43", afirmou a comandante Penn.

Mas se estava, não desembarcou, ou pelo menos não o vimos. Então, de repente, nossa sorte virou e de forma totalmente inesperada.

"Meu Deus", gritou Lucy. "Ele está na estação Grand Central! Como diabos ele foi parar lá?"

"Ele deve ter mudado de direção, indo para leste antes que a gente pensasse que o faria, e cruzou a Times Square", disse a comandante Penn.

"Mas por quê?", perguntou Lucy. "Isso não faz o menor sentido."

A comandante Penn contatou pelo rádio a unidade dois, que era a de Wesley. Ela perguntou-lhe se Gault já tinha passado pela farmácia. Ela tirou o fone de ouvido e pôs o microfone nele, para que pudéssemos ouvir o que Wesley dizia.

"Não, ele não passou", foi a resposta dele.

"Nossos monitores acabaram de mostrá-lo na Grand Central", explicou ela.

"O quê?"

"Não sei por que ele foi parar lá. Mas há tantos trajetos alternativos. Ele poderia sair em qualquer lugar que quisesse, por um motivo qualquer."

"Temo que sim."

"E quanto à Carolina do Sul?", perguntou a comandante Penn.

"Está tudo certo. O pássaro levantou vôo e pousou", disse Wesley.

A sra. Gault enviara o dinheiro, ou o FBI o fizera. Nós observávamos seu filho, vagando entre pessoas que não sabiam que ele era um monstro.

"Espere um pouco", continuou a comandante Penn, falando pelo rádio. "Ele está na rua 43 com a Union Square, indo em direção sul, exatamente onde você está."

Eu estava louca pelo fato de não podermos pegá-lo. A gente o via, mas isso de nada adiantava.

“A impressão que se tem é que ele está mudando de trem o tempo todo”, comentou Wesley.

A comandante Penn disse: “Lá vai ele novamente. O trem já partiu. Temos Astor Place na tela. É a última parada, a menos que ele passe por nós e saia no Bowery”.

“O trem está parando”, afirmou Lucy.

Observamos as pessoas no monitor e não vimos Gault.

“Bem, ele deve estar no trem”, falou a comandante Penn ao microfone.

“Nós o perdemos”, disse Lucy.

Ela ia mudando as imagens dos canais de tevê calada, desapontada. Não o vimos.

“Merda”, praguejou ela.

“Onde é que ele teria se enfiado?”, perguntou a comandante Penn, desconcertada. “Ele tem que sair em algum lugar. Se é que vai à farmácia. Ele não pode usar a saída do Cooper Union.” Ela olhou para Lucy. “É isso. Talvez ele vá tentar. Mas não vai conseguir sair. Está bloqueada. Mas pode ser que ele não saiba.”

Lucy respondeu: “Gault sabe sim. Ele leu as mensagens eletrônicas que lhe enviamos”.

Ela continuou vasculhando os monitores. Ele continuava desaparecido, e o rádio permanecia num silêncio carregado de tensão.

“Desgraça!”, disse Lucy. “Ele deve estar na linha seis novamente. Vamos ver Astor Place e Lafayette mais uma vez.”

Não adiantou nada.

Ficamos em silêncio por um tempo, olhando para a porta fechada, de madeira, que dava para a nossa estação vazia. Lá em cima, centenas de pessoas andavam por ruas encharcadas para demonstrar que já estavam fartas de violência. Comecei a olhar o mapa do metrô.

A comandante Penn disse: “Agora ele deve estar na Segunda Avenida. Deve ter descido uma estação antes ou depois, e feito o resto do caminho a pé, pelas galerias.”

Veio-me então um pensamento terrível. "Ele pode fazer a mesma coisa aqui. Não estamos tão perto da farmácia, mas também estamos na linha seis."

"Sim", disse Lucy, voltando-se para olhar para mim. "Daqui ao Bowery é um pulo."

"Mas estamos trancadas", afirmei.

Lucy voltou ao teclado.

Levantei-me da cadeira e olhei para a comandante Penn. "Estamos sozinhas aqui. Estamos só nós três. Os trens não param aqui nos fins de semana. Não há mais ninguém. Todo mundo está na Segunda Avenida e na farmácia."

"Estação de base para unidade dois", disse Lucy no rádio.

"Unidade dois", disse Wesley.

"Tudo certo aí? Porque o perdemos de vista."

"Continuem a postos."

Abri minha pasta e peguei minha arma. Engatilhei-a e pus a trava de segurança.

"Qual é o seu dez-vinte?", perguntou a comandante Penn, para saber onde eles se encontravam.

"Perto da farmácia."

As telas brilhavam loucamente enquanto Lucy tentava localizar Gault.

"Esperem aí. Esperem aí", ouvimos a voz de Wesley no ar.

Então ouvimos Marino. "Parece que o localizamos."

"Vocês o localizaram?", perguntou a comandante Penn, incrédula. "Onde ele está?"

"Ele está andando em direção à farmácia." Era Wesley de volta. "Espere um pouco. Espere um pouco."

Houve um silêncio. Então Wesley disse: "Ele está no caixa pegando o dinheiro. Esperem".

Esperamos num silêncio carregado de tensão.

Passaram-se três minutos. Wesley voltou a falar pelo rádio. "Ele está saindo. Vamos fechar o cerco logo que ele entrar no terminal. Fiquem firmes."

"Como ele está vestido?", perguntei. "Você tem certeza de que é a mesma pessoa que pegou o metrô no museu?"

Ninguém deu a mínima.

"Oh, Cristo", exclamou Lucy de repente, e olhamos para os monitores.

Estávamos vendo as plataformas da estação da Segunda Avenida e a ERR irrompendo da escuridão dos trilhos. Vestidos de uniformes pretos e botas de combate, eles cruzaram correndo a plataforma e subiram as escadas que dão acesso à rua.

"Alguma coisa deu errado", disse a comandante Penn. "Eles estão tentando pegá-lo na rua!"

Vozes ricocheteavam no rádio.

"Nós o pegamos."

"Ele está tentando correr."

"Certo, certo, pegamos a arma dele. Ele caiu."

"Você o algemou?"

Dentro da sala de controle, uma sirene disparou. No teto, lâmpadas vermelho-sangue se acenderam e um código vermelho 429 começou a brilhar na tela do computador.

"Mayday!", exclamou a comandante Penn. "Um policial está caído! Ele acionou o botão de emergência de seu rádio!" Ela fitava a tela do computador incrédula e sem ação.

"O que está acontecendo?", perguntou Lucy pelo rádio.

"Não sei", foi a resposta de Wesley. "Algo está errado. Espere um pouco."

"Não é lá que ele está. O Mayday não é na estação da Segunda Avenida", disse a comandante Penn, assustada. "Esse código que está na tela é do Davila."

"Davila?" Eu estava estupefata. "Jimmy Davila?"

"Ele era a unidade 429. Esse era seu código. Ele não foi cancelado. Continua válido."

Olhamos para a tela. O código vermelho se deslocava numa grade computadorizada. Eu estava pasma pelo fato de ninguém ter pensado nisso antes.

"O rádio de Davila estava com ele quando o encontraram?", perguntei.

A comandante Penn continuava paralisada.

"Gault ficou com o rádio!", exclamei. "Ele ficou com o rádio de Davila."

A voz de Wesley voltou ao ar. Ele não sabia o que nos afligia. Não podia saber sobre o Mayday.

"Não estamos bem certos de tê-lo pegado", disse Wesley. "Não estamos bem certos de quem pegamos."

Lucy olhou para mim intensamente. "Carrie", disse ela. "Eles não sabem se pegaram Carrie ou Gault. Os dois provavelmente estão vestidos da mesma forma de novo."

Dentro de nossa pequena sala de controle sem janelas e sem ninguém por perto, fitávamos o código Mayday piscante e vermelho movendo-se na tela do computador, aproximando-se do lugar onde estávamos.

"Está na galeria que vai na direção sul", disse a comandante Penn com uma crescente entonação de urgência.

"Ela não recebeu a mensagem que enviamos", considerou Lucy.

"Ela?", perguntou a comandante Penn, lançando-lhe um olhar estranho.

"Ela não sabe da passeata, nem que a Segunda Avenida está fechada", continuou Lucy. "Ela deve ter tentado passar pela saída de emergência na travessa, mas não pôde sair porque está bloqueada. Então ela ficou rodando lá por baixo desde que a vimos na Grand Central."

"Não vimos Gault ou Carrie nas plataformas das estações próximas de nós", afirmei. "E você não sabe se é ela."

"Existem tantas estações", disse a comandante Penn. "Alguém pode ter descido sem que a gente visse."

"Gault mandou-a à farmácia em seu lugar", falei, cada vez mais nervosa. "Ele sabe tudo o que estamos fazendo."

"CAIN", murmurou Lucy.

"Sim. Isso, além do que ele deve ter estado observando."

Lucy tinha o local em que estávamos, a parada da rua Bleecker, no circuito fechado de tevê. Três monitores mostravam a plataforma e as catracas de diferentes ângulos, mas um quarto monitor estava escuro.

"Alguma coisa deve estar tapando uma das câmaras", disse Lucy.

"E ela estava assim antes?", perguntei.

"Quando a gente chegou aqui, não", respondeu ela. "Mas não estávamos monitorando a estação onde estamos. Não parecia haver nenhuma razão para vigiá-la."

Estávamos olhando o código vermelho mover-se lentamente na tela.

"Temos que ficar fora do ar", falei à comandante Penn. "Ele está com um rádio", acrescentei, porque sabia que aquele código vermelho da tela era Gault. Eu não tinha a menor dúvida. "Ele está ligado e ouvindo cada uma das palavras que estamos dizendo."

"Por que o Mayday ainda está lá?", perguntou Lucy. "Será que ela quer que a gente saiba onde ela está?"

Eu olhei para ela. Era como se Lucy estivesse em transe.

"O botão deve ter sido acionado inadvertidamente", disse a comandante Penn. "Se você não conhece o botão, não vai imaginar que é para Maydays. E como se trata de um alarme silencioso, ele pode ficar ligado sem que você saiba."

Mas eu não acreditava que tudo o que estava acontecendo era por engano. Gault estava vindo em nossa direção porque era para cá que ele queria vir. Ele era um tubarão nadando na escuridão das galerias, e lembrei-me do que Anna dissera sobre o presente hediondo que ele me dera.

"Ele está quase no poste de sinalização." Lucy estava apontando para a tela. "Demônio, ele está bem perto."

Nós não sabíamos o que fazer. Se falássemos com Wesley pelo rádio, Gault iria ouvir e desaparecer nas galerias. Se não nos comunicássemos com ele, os homens não saberiam o que estava acontecendo. Lucy estava na porta, e a abriu um pouco.

"O que é que você está fazendo?", perguntei a ela, quase gritando.

Ela fechou a porta rapidamente. "É o banheiro feminino. Acho que uma faxineira abriu a porta quando estava limpando e deixou aberta. A porta está tapando a câmara."

"Você viu alguém aí fora?", perguntei.

"Não", disse ela, os olhos cheios de ódio. "Eles *acham* que a pegaram. Como eles sabem que não é Gault? Talvez seja ela quem esteja com o rádio de Davila. Eu a conheço. Provavelmente ela sabe que estou aqui."

A comandante Penn estava tensa quando me disse: "Há algumas armas aí dentro".

"Sim."

Entramos num espaço atulhado com escrivaninhas e cadeiras quebradas. Ela abriu um armário e pegamos escopetas, caixas de balas e roupas de Kevlar. Ficamos alguns minutos ali e quando voltamos para a sala de controle, Lucy não estava mais lá.

Olhei para o circuito fechado de tevê e vi uma imagem piscar na quarta tela, quando alguém fechou a porta do sanitário feminino. O sinal brilhante na grade do mapa estava agora no interior da estação, numa passarela. A qualquer momento estaria na plataforma. Procurei minha pistola Browning, mas ela não estava no consolo onde eu a deixara.

"Ela levou minha arma", disse, atônita. "Ela saiu daqui. Lucy foi atrás de Carrie!"

Carregamos escopetas o mais rápido que pudemos, mas não gastamos tempo com roupas. Minhas mãos estavam desajeitadas e frias.

"Você tem que falar com Wesley pelo rádio", disse à comandante Penn, nervosa. "Tem que fazer alguma coisa para que eles venham para cá."

"Você não pode sair daqui sozinha", disse ela.

"Não posso deixar a Lucy sozinha aí fora."

"Então vamos nós duas. Pegue uma lanterna."

"Não. Peça socorro. Peça que venha alguém."

Saí correndo sem saber o que iria encontrar lá fora. Mas a estação estava deserta. Fiquei absolutamente imóvel com a escopeta preparada. Notei a câmara instalada na parede revestida com ladrilhos verdes, próximo aos banheiros. A plataforma estava vazia, e ouvi um trem ao longe. Ele passou direto porque não parava naquela estação aos sábados. Pela janela, vi passageiros dormindo, lendo. Poucos tiveram tempo de ver uma mulher de escopeta em punho ou de estranhar aquilo.

Eu me perguntei se Lucy podia estar no banheiro, mas aquilo não fazia sentido. Havia um banheiro anexo à sala de controle onde passáramos o dia inteiro. Eu me aproximava da plataforma quando meu coração disparou. A temperatura era baixa e eu estava sem casaco. Meus dedos começaram a ficar entorpecidos em volta da coronha da arma.

Fiquei um pouco aliviada ao me ocorrer que Lucy poderia ter saído para buscar socorro. Talvez ela tenha fechado a porta do banheiro e, em seguida, corrido para a Segunda Avenida. Mas, e se ela não tivesse feito isso? Olhei para a porta fechada, sem querer passar por ela.

Aproximei-me, pé ante pé, desejando estar com uma pistola. Uma escopeta é muito imprópria para lugares acanhados e esquinas. Quando cheguei à porta, meu coração quase me saía pela boca. Peguei a maçaneta, dei um firme puxão e entrei com a escopeta em riste. A área próxima à pia estava vazia. Eu não ouvia nenhum ruído. Olhei por baixo das portas dos sanitários e minha respiração ficou suspensa. Vi calças azuis e um par de botas de trabalho grandes demais para serem de mulher. Ouvi um tinido metálico.

Brandi a escopeta, trêmula, enquanto ordenava: "Saia com as mãos para o alto!".

Um grande rumor soou no assoalho. O homem da limpeza, vestido de macacão e de casaco, parecia à beira de um ataque cardíaco quando apareceu na porta. Estava de olhos esbugalhados, olhando para mim e para a escopeta.

"Só estou limpando esse banheiro. Não tenho nenhum dinheiro", disse ele, aterrorizado, os braços levantados como alguém que tivesse acabado de fazer um gol.

"Você está em meio a uma operação policial", exclamei, apontando a escopeta para o teto e puxando a trava de segurança. "Você tem que sair daqui agora!"

Não foi preciso pedir duas vezes. Ele não pegou seus instrumentos de trabalho, nem pôs o cadeado na porta do banheiro. Voou escada acima, em direção à rua, enquanto eu recomeçava a andar pela plataforma novamente. Localizei cada uma das câmaras, perguntando a mim mesma se a comandante Penn me via pelos monitores. Eu estava quase voltando para a sala de controle, quando olhei para os trilhos mergulhados na escuridão e tive a impressão de ouvir vozes. De repente, houve um arrastar de pés e o que pareceu ser um grunhido. Lucy começou a gritar.

"Não! Não! Não faça isso!"

Ouviu-se um grande estouro, parecido com uma explosão dentro de um tambor de metal. Fagulhas voaram na escuridão de onde partiu o ruído, e as luzes da estação da rua Bleecker começaram a piscar.

Não havia luz ao longo dos trilhos, e eu não enxergava nada, porque não ousava acender a lanterna que levava. Fui tateando por uma passarela de metal e desci com todo o cuidado uma escadaria estreita que levava à galeria.

Enquanto ia avançando devagar, a respiração ofegante, meus olhos começaram a se acostumar ao escuro. Conseguia ver vagamente a forma das arcadas, trilhos, e as partes de concreto onde os sem-teto dormiam. Eu tropeçava no lixo e fazia barulho quando pisava em objetos de metal ou de vidro.

Eu mantinha a escopeta levantada à minha frente, para proteger a cabeça de algum ressalto de concreto que por acaso não visse. Sentia cheiro de lixo, dejetos humanos e de queimado recente. Quanto mais eu avançava, mais forte era o mau cheiro. Surgiu então uma luz forte, como se fosse a lua, quando um trem apareceu nos trilhos que iam em direção norte. Temple Gault estava a menos de cinco metros de distância.

Ele segurava Lucy pelo pescoço, com uma faca em sua garganta. Não muito longe deles, o detetive Maier estava preso ao trilho condutor da via sul, mãos e dentes cerrados, a corrente elétrica passando pelo seu corpo sem vida. O trem passou fazendo um tremendo barulho, e a escuridão voltou.

"Solte-a." Minha voz tremeu quando acendi a lanterna.

Piscando, Gault escondeu o rosto da luz. Ele estava tão pálido que parecia albino, e dava para ver músculos e tendões em suas mãos nuas, que seguravam a faca de aço que ele me roubara. Com um movimento rápido, ele podia cortar a garganta de Lucy até a espinha dorsal. Ela olhava para mim, paralisada pelo terror.

"Não é ela que você quer", disse-lhe avançando um pouco.

"Tire a luz do meu rosto", falou ele. "Largue a lanterna."

Não apaguei a lanterna, mas coloquei-a devagar num ressalto do concreto, de onde ela lançava uma luz irregular que incidia diretamente na cabeça ensangüentada e queimada do detetive Maier. Eu me perguntava por que Gault não me pedira para largar a escopeta. Talvez ele não a pudesse ver. Eu a mantinha apontada para cima. Estava a menos de dois metros dele.

Os lábios de Gault estavam rachados e ele fungou ruidosamente. Ele parecia magro e desgrenhado, e eu me perguntava se ele estava entrando ou saindo de um estado de euforia produzido pelas drogas. Gault usava jeans, botas de selva e um casaco preto de couro gasto e rasgado. Na lapela ele trazia o caduceu que imaginei ser o que comprara em Richmond, alguns dias antes do Natal.

"Ela não é nenhum brinquedo." Não podia impedir minha voz de tremer.

Seus olhos terríveis estavam vidrados quando um fio de sangue escorreu pelo pescoço de Lucy. Minhas mãos se crisparam em volta da escopeta.

"Largue-a. Vamos ser só eu e você. É a mim que você quer."

Uma luz brilhou em seus olhos, e eu quase adivinhava a sua estranha cor azul na penumbra. Suas mãos se mexeram subitamente, empurrando Lucy para o trilho condutor, e eu pulei na direção dela. Agarrei-a pelo suéter, puxei-a para mim e ambas caímos no chão. A escopeta disparou e produziu fagulhas, pois a bala foi atraída pelo voraz trilho condutor.

Gault sorriu, empunhando a minha Browning e jogando a faca de lado. Ele engatilhou a arma, segurando-a com ambas as mãos, apontando para a cabeça de Lucy. Ele estava acostumado com a sua Glock e parecia não saber que a minha Browning tinha uma trava de segurança. Gault acionou então o gatilho, mas nada aconteceu. Ele não entendeu o que estava se passando.

"Corra!", gritei para Lucy, empurrando-a. "CORRA!"

Ele engatilhou a arma mas, como já o tinha feito, não saiu nenhum cartucho, e ela ficou sobrecarregada. Enfurecido, ele apertou o gatilho, mas a pistola permanecia emperrada.

"CORRA!", gritei.

Eu estava caída no chão e não tentei sair, porque achava que Gault não iria correr atrás dela se eu continuasse ali. Ele tentava abrir o cursor, sacudindo a arma. Lucy começou a chorar, tropeçando na escuridão. A faca estava junto ao trilho condutor e, quando estendi a mão para pegá-la, um rato passou por cima de minhas pernas. Assustada, me cortei em cacos de vidro que havia no chão. Minha cabeça estava perigosamente perto das botas de Gault.

Ele não conseguia consertar a arma e vi que me olhava muito tenso. Eu sabia muito bem o que ele estava pensando. Segurei com mais força o frio cabo de aço. Sabia o que ele era capaz de fazer com os pés, e não podia atingir seu peito ou um vaso maior do pescoço porque não dava tempo. Eu estava de joelhos. Quando ele tomou posição para me chutar, levantei a faca e enfiei a lâmina em sua coxa. Com as duas mãos, cortei o mais que pude, enquanto ele gritava.

O sangue arterial espirrou em meu rosto quando puxei a faca. A artéria femural, cortada, vertia sangue aos borbotões, no ritmo das batidas daquele coração hediondo. Afastei-me dele o mais rápido que pude. Sabia que a ERR estava esperando, de olho nele.

"Você me feriu", disse Gault, mostrando uma incredulidade infantil. Encurvado, ele olhava fascinado o sangue escorrer por entre os dedos crispados sobre a perna. "Isso não vai parar. Você é médica. Faça parar."

Olhei para ele. Sob o boné, percebia-se a cabeça raspada. Pensei na sua irmã gêmea morta e no pescoço de Lucy. Um rifle de mira telescópica disparou duas vezes de dentro da galeria, de onde estava a estação. Balas silvaram, e Gault caiu junto do trilho sobre o qual ele quase jogara Lucy. Um trem vinha se aproximando, mas não fiz nada para afastá-lo dos trilhos. Afastei-me e não olhei para trás.

Lucy, Wesley e eu saímos de Nova York na segunda-feira, e o helicóptero voou primeiro na direção leste. Sobrevoamos penhascos e as mansões de Westchester, chegando finalmente à escabrosa e maldita ilha que não figurava nos mapas turísticos. Uma chaminé caindo aos pedaços elevava-se das ruínas de uma velha penitenciária de tijolos. Sobrevoamos em círculos o Cemitério de Indigentes, enquanto prisioneiros e seus guardas levantavam os olhos naquela manhã enevoada.

O Belljet Ranger desceu o mais que pôde e eu torci para que nada nos obrigasse a aterrissar. Eu não queria ficar perto dos homens da ilha Rikers. Pedras tumulares pareciam dentes bancos emergindo do gramado irregular, e alguém formara uma cruz com pedras. Um caminhão-plataforma estava estacionado próximo a um túmulo aberto, e os homens estavam retirando o caixão novo de pinho.

Eles pararam para nos olhar quando passamos, deslocando o ar com mais força que os ventos com os quais eles estavam acostumados. Os prisioneiros, agasalhados por causa do inverno, não acenaram para nós. Uma balsa enferrujada balançava na água, esperando para levar o caixão até Manhattan, para o último exame. A irmã gêmea de Gault iria atravessar o rio naquele mesmo dia. Jayne, finalmente, voltaria para casa.

Série policial

Réquiem caribenho
Brigitte Aubert

Bellini e a esfinge
Bellini e o demônio
Bellini e os espíritos
Tony Bellotto

Os pecados dos pais
O ladrão que estudava Espinosa
Punhalada no escuro
O ladrão que pintava como Mondrian
Uma longa fila de homens mortos
Bilhete para o cemitério
O ladrão que achava que era Bogart
Quando nosso boteco fecha as portas
O ladrão no armário
Lawrence Block

O destino bate à sua porta
Indenização em dobro
Serenata
James M. Cain

Post-mortem
Corpo de delito
Restos mortais
Desumano e degradante
Lavoura de corpos
Cemitério de indigentes
Causa mortis
Contágio criminoso
Foco inicial
Alerta negro
A última delegacia
Mosca-varejeira
Vestígio
Predador
Livro dos mortos
Patricia Cornwell

Edições perigosas
Impressões e provas
A promessa do livreiro
Assinaturas e assassinatos
O último caso da colecionadora de livros
John Dunning

Máscaras
Passado perfeito
Ventos de Quaresma
Leonardo Padura Fuentes

Tão pura, tão boa
Correntezas
Frances Fyfield

O silêncio da chuva
Achados e perdidos
Vento sudoeste
Uma janela em Copacabana
Perseguido
Berenice procura
Espinosa sem saída
Na multidão
Céu de origamis
Luiz Alfredo Garcia-Roza

Neutralidade suspeita
A noite do professor
Transferência mortal
Um lugar entre os vivos
O manipulador
Jean-Pierre Gattégno

Continental Op
Maldição em família
Dashiell Hammett

O talentoso Ripley
Ripley subterrâneo
O jogo de Ripley
Ripley debaixo d'água
O garoto que seguiu Ripley
A chave de vidro
Patricia Highsmith

Sala dos Homicídios
Morte no seminário
Uma certa justiça
Pecado original
A torre negra
Morte de um perito
O enigma de Sally
O farol
Mente assassina
Paciente particular
Crânio sob a pele
P. D. James

Música fúnebre
Morag Joss

Sexta-feira o rabino acordou tarde
Sábado o rabino passou fome
Domingo o rabino ficou em casa
Segunda-feira o rabino viajou
O dia em que o rabino foi embora
Harry Kemelman

Um drink antes da guerra
Apelo às trevas
Sagrado
Gone, baby, gone
Sobre meninos e lobos
Paciente 67
Dança da chuva
Coronado
Dennis Lehane

Morte em terra estrangeira
Morte no Teatro La Fenice
Vestido para morrer
Morte e julgamento
Acqua alta
Donna Leon

A tragédia Blackwell
Ross Macdonald

É sempre noite
Léo Malet

Assassinos sem rosto
Os cães de Riga
A leoa branca
O homem que sorria
O guerreiro solitário
Henning Mankell

Os mares do Sul
O labirinto grego
O quinteto de Buenos Aires
O homem da minha vida
A Rosa de Alexandria
Milênio
O balneário
Manuel Vázquez Montalbán

O diabo vestia azul
Walter Mosley

Informações sobre a vítima
Vida pregressa
Joaquim Nogueira

Revolução difícil
Preto no branco
No inferno
George Pelecanos

Morte nos búzios
Reginaldo Prandi

Questão de sangue
Os ressucitados
O enigmista
Ian Rankin

A morte também frequenta o Paraíso
Colóquio mortal
Lev Raphael

O clube filosófico dominical
Amigos, amantes, chocolate
Alexander McCall Smith

Serpente
A confraria do medo
A caixa vermelha
Cozinheiros demais
Milionários demais
Mulheres demais
Ser canalha
Aranhas de ouro
Clientes demais
A voz do morto
Rex Stout

Fuja logo e demore para voltar
O homem do avesso
O homem dos círculos azuis
Relíquias sagradas
Fred Vargas

A noiva estava de preto
Casei-me com um morto
A dama fantasma
Janela indiscreta
Cornell Woolrich

1ª EDIÇÃO [1997] 2 reimpressões
2ª EDIÇÃO [2003]
3ª EDIÇÃO [2010]

ESTA OBRA FOI COMPOSTA PELO GRUPO DE CRIAÇÃO EM GARAMOND LIGHT, E IMPRESSA PELA GEOGRÁFICA EM OFSETE SOBRE PAPEL PAPERFECT DA SUZANO PAPEL E CELULOSE PARA A EDITORA SCHWARCZ EM AGOSTO DE 2010